BASTEI
LÜBBE
TASCHENBUCH

Weitere Titel des Autors:

Der Schmerzsammler

Als Teil des Autorenduos Sabine Martin:

Die Henkerin
Die Tränen der Henkerin
Die Reliquienjägerin

Titel auch als Hörbuch und E-Book erhältlich

Über den Autor

Martin Conrath hat bereits einige Kriminalromane veröffentlicht, von denen einer als Tatort verfilmt wurde. Außerdem ist er ein Teil des Autorenduos Sabine Martin, das erfolgreich Historische Romane schreibt. Martin Conrath lebt und schreibt in Düsseldorf.

Martin Conrath

Teufelsblume

Thriller

BASTEI LÜBBE TASCHENBUCH

BASTEI LÜBBE TASCHENBUCH
Band 17001

1. Auflage: September 2014

Dieser Titel ist auch als E-Book erschienen

MIX
Papier aus verantwortungsvollen Quellen
FSC® C006701

Originalausgabe

Lektorat: Daniela Jarzynka
Textredaktion: Heike Rosbach, Nürnberg
Titelillustration: © Shutterstock/Sever180
Umschlaggestaltung: Pauline Schimmelpenninck
Büro für Gestaltung, Berlin
Satz: two-up, Düsseldorf
Gesetzt aus der Minion und der Meta
Druck und Verarbeitung: CPI – Ebner & Spiegel, Ulm
Printed in Germany
ISBN 978-3-404-17001-2

Es geht nirgends merkwürdiger zu als auf der Welt.

Kurt Tucholsky

Prolog

»Lieber Gott, ich bin die Katrin. Vielleicht erinnerst du dich ja an mich, ich bete jeden Tag und bin ganz artig.

Heute war meine Mama da. Sie hat traurig geguckt. Ich sehe ja auch komisch aus, ohne Haare. Ich habe ihr gesagt, sie soll das nächste Mal früher kommen, nach dem Frühstück. Dann kommt nämlich der Clown, und der hat auch eine Glatze. Der Clown ist sehr lustig. Wir alle lachen viel. Auch die Sina, obwohl die nur ganz leise gelacht hat, weil sie doch so schwach ist. Für Sina habe ich heute ganz doll gebetet. Aber ich weiß nicht, ob du mich gehört hast. Du bist doch so weit oben im Himmel, oder?

Schwester Lydia ist neu hier. Sie ist nett! Sie hat immer Zeit für mich. Wir spielen mit ihr *Mensch ärgere Dich nicht* und *Rummikub* und *Monopoly*. Das Mittagessen war auch lecker. Hähnchen und Pommes und Erbsen. Es ist schön hier. Ich brauche nur auf den Knopf zu drücken, dann kommt jemand und fragt, was ich brauche.

Meine Schwester und mein Bruder waren auch hier. Sie sind aber nicht lange geblieben. Meine Schwester hat geweint.

Nachts ist es gruselig. Lieber Gott, ich weiß, dass ich nicht lügen soll. Ich sage immer die Wahrheit, auch wenn die Erwachsenen mir nicht glauben: Wenn das Licht aus ist, dann kommen die kleinen bunten Tiere. Sie sind ganz rund und haben ein weiches Fell. Sie sitzen einfach nur da und schauen mich und die anderen Kinder mit ihren großen runden Augen an. Vorgestern, da ist eins auf das Bett von Andy gekrabbelt und hat sich auf seinen Kopf gesetzt. Der hat das gar nicht gemerkt. Am nächsten Morgen war der Andy tot. Ist er jetzt bei dir? Geht es ihm gut? Kannst du ihm sagen, dass ich ihn vermisse?

Gestern wollte eins von den Tieren in mein Bett. Ich habe ganz laut geschrien, Lydia kam, und da ist es ganz schnell weggerollt und hat sich so gut versteckt, dass keiner es gefunden hat. Jetzt sitzt wieder eins da und schaut mich an. Die ganze Zeit. Ich kann nicht schreien. Ich kann mich überhaupt nicht bewegen. Muss ich jetzt sterben? Komme ich jetzt zu dir und Andy? Und zu den anderen Kindern? Ich weiß, dass es nicht schlimm ist zu sterben, das hat Mama gesagt. Aber ich habe trotzdem furchtbare Angst und muss die ganze Zeit weinen ...«

Montag

Frau Dr. Sola lächelte auf eine Art, die Fran nicht wütend machte. »Wie oft denken Sie daran, dass der Tod Sie erlösen kann?«, fragte sie.

»Nie.«

»Wir hatten eine Vereinbarung.«

»Manchmal«, gab Fran zu, obwohl das Wort ihr die Kehle verklebte.

»Was heißt manchmal?«

Manchmal hieß eigentlich oft: Immer dann, wenn die Verzweiflung Fran zu zerstören drohte. Immer dann, wenn Fran an den letzten Frühling denken musste. Immer dann, wenn Fran einen Trost brauchte, um von ihrer Trauer nicht zerrissen zu werden. »Das wissen Sie doch ganz genau, Frau Dr. Sola.«

»Das ist richtig. Aber das nützt Ihnen nichts. Wissen nützt Ihnen nichts. Es ist wichtig, dass Sie es aussprechen können.«

Fran öffnete den Mund, doch die Worte kamen nicht, sie klammerten sich in ihrem Bauch fest. Sie schloss den Mund wieder.

»Es macht Sie sprachlos, nach wie vor …«

Fran nahm das Glas, das vor ihr stand, und leerte es. Das Wasser schmeckte schal, immerhin war es kühl, drängte ein wenig die Hitze zurück, die Frans Kehle hochstieg.

Frau Dr. Sola konnte in ihr lesen wie in einem offenen Buch. Das war Fran immer wieder unheimlich, aber es war unumgänglich, damit die Therapie wirkte.

Fran betrachtete das Bild an der gegenüberliegenden Wand.

Sie kannte inzwischen jedes Detail: ein Haus auf einem Hügel, umgeben von Lavendelfeldern. Südfrankreich. An siebenundzwanzig Stellen bröckelte der Putz von der Fassade, dessen Farbe in der Sonne schmerzhaft weiß strahlte. Die Lavendelfelder wurden durch sechs Wege horizontal und durch elf Wege vertikal geteilt. Auf dem vierten horizontalen stand eine alte Frau und winkte dem Betrachter zu. Sie trug einen schwarzen Rock und eine türkisfarbene Bluse. Ihr Haar war von einem weißen Tuch verdeckt, das sie wie einen Turban um den Kopf geschlungen hatte.

Die ersten Sitzungen waren grotesk gewesen. Fran hatte nicht reden können. Nicht über das, was ihr zu schaffen machte. Sie schüttelte innerlich den Kopf. Selbst jetzt noch, sogar in Gedanken verwendete sie Worte, die zu beschwichtigen suchten: »Zu schaffen machen.« Was für eine Verharmlosung! Stechmücken machten einem zu schaffen, störrische Arbeitskollegen, neurotische Nachbarn oder Straßenlärm. Was sie erlebt hatte, machte ihr nicht zu schaffen, es machte sie kaputt.

»Frau Miller?«

»Ja«, erwiderte Fran und stellte das Glas wieder zurück.

»›Ja‹ für sprachlos oder ›ja‹ für ›Ich habe Sie gehört‹?«

»Sprachlos.« Fran überlegte einen Moment. »Eigentlich ist das falsch. Wortlos trifft es besser. Mir fehlen die Worte, die Begriffe. Ich fühle nur. Nichts als Entsetzen. Und Scham.«

»Sie geben sich die Schuld«, sagte Frau Dr. Sola in einem Ton, der halb fragend, halb feststellend war.

War das die richtige Formulierung? Das treffende Wort? Sich die Schuld geben? War es nicht so, dass sie die Schuld einfach hatte, dass die Schuld über sie gekommen war wie eine Naturkatastrophe? Dass sie sich nicht hatte wehren können? Nein, sie hatte sich nie die Schuld gegeben, andere hatten ihr die Schuld gegeben, aber das änderte nichts daran, dass sie Schuld auf sich geladen hatte, die Schuld angenommen hatte wie einen streunenden verlausten Hund, der sich als reißende Bestie entpuppte.

»Ich habe die Schuld einfach. Sie ist in meine Seele eingebrannt wie ein Brandzeichen in die Haut einer Kuh. Das lässt sich nicht mehr rückgängig machen.«

»Das ist ein sehr interessanter Aspekt, Frau Miller. Hat diese Sicht der Dinge Auswirkungen auf Ihr Leben?«

Mein Leben? Fran war sich nicht sicher, ob das noch *ihr* Leben war. Sie hatte Psychologie studiert, dann war sie zur Polizei gegangen, hatte die Ochsentour absolviert, und nach nur sieben Jahren war sie zur Kriminalhauptkommissarin befördert worden. Kurz darauf hatte das Landeskriminalamt sie abgeworben. Seitdem war sie Mitglied der Arbeitsgruppe Operative Fallanalyse und Spezialistin für Sekten. Nach dem Tag X, dem Tag, der ihr bisheriges Leben zerstört hatte, war sie als Referentin und Seminarleiterin immer öfter eingeladen worden. Zuerst hatte sie entsetzt abgelehnt, aber dann hatte sie begriffen, dass darin eine Chance lag, ihr Trauma in den Griff zu kriegen und gleichzeitig andere zu warnen, sich nicht so zu verhalten, wie sie es getan hatte: einem Mörder auf den Leim zu gehen, einen Alleingang zu wagen, der sie direkt in die Hölle geführt hatte. In einem Bunker auf einen Stuhl gefesselt hatte sie zusehen müssen, wie ihre Schwester gefoltert wurde, und sie hatte nicht verhindern können, dass der Mann, in den sie sich verliebt hatte, in einem Explosionsinferno ums Leben gekommen war. Sie hatte entschieden, ihre Schwester zu retten.

»Die Schuld ist über mich gekommen!«, sagte Fran und dachte: Ja, diese Sicht der Dinge beeinflusst mein Leben, und wie! Nur weil ich es so sehe, wie ich es sehe, lebe ich überhaupt noch. Nur weil mir klar wurde, dass ich die Schuld nicht gesucht habe, sondern die Schuld eines anderen auf mich übergegangen ist, weiß ich, dass ich kein schlechter Mensch bin, dass es nicht Egoismus war, der mich damals gelenkt hat.

»Diese Sicht ist meine Lebensversicherung, Frau Dr. Sola«, flüsterte Fran.

»Eine gute Lebensversicherung, Frau Miller.« Frau Dr. Sola schaute zur Uhr. »Die Zeit ist mal wieder um. Ich denke, Sie sind auf einem guten Weg.«

»Sie halten mich nicht mehr für selbstmordgefährdet?«

Frau Dr. Sola seufzte. »Ich habe Sie nie als selbstmordgefährdet eingestuft. Wenn es so gewesen wäre, hätte ich Sie einliefern lassen. Das ändert nichts daran, dass Sie Ihr Trauma noch nicht überwunden haben. Aber daran arbeiten wir, solange es notwendig ist. Sie sind auf einem guten Weg, wie gesagt. Ich habe erneut eine Verlängerung der Therapie beantragt, und glauben Sie mir, sie wird genehmigt werden.«

Das war eine gute Nachricht. Fran hätte die Therapie nicht bezahlen können. Die ersten sechs Monate hatte sie wöchentlich zwei Termine gehabt, danach einen pro Woche.

Fran und Frau Dr. Sola standen gleichzeitig auf. Sie schüttelten sich die Hände. Fran genoss den Blick in die Augen von Frau Dr. Sola. Sie leuchteten smaragdgrün, und obwohl diese Farbe eher kalt war, strahlten ihre Augen Wärme aus.

»Wir sehen uns dann etwas früher diesmal, am Mittwoch um achtzehn Uhr«, sagte Frau Dr. Sola und geleitete Fran nach draußen.

Aus dem Wartezimmer kam ein Mädchen auf sie zugestürmt. »Mama! Endlich! Ich habe Hunger!«

Frau Dr. Sola verzog das Gesicht, dann lächelte sie. »Meine Tochter Emily.«

Emily blieb vor Fran stehen und streckte die Rechte aus. »Guten Tag.«

Wie Anne, dachte Fran. Sie sieht genauso aus wie meine

Schwester, als sie acht oder neun war. Ein Rauschgoldengelchen mit einer Ausstrahlung, die es schwermachte, ihr böse zu sein. Fran nahm die kleine zarte Hand.

»Hallo Emily, ich bin Fran.«

Sie drückte Frans Hand erstaunlich fest. Ein selbstbewusstes Mädchen. Gut.

»Kommst du aus Amerika?«, fragte Emily.

»Mein Vater kommt aus Amerika. Meine Mutter ist von hier. Eigentlich heiße ich Franziska, aber das finde ich blöd.«

»Stimmt. Franziska klingt doof. Wie findest du Emily?«

Frau Dr. Sola holte tief Luft.

»Sehr schön«, sagte Fran schnell.

»Na prima«, sagte Frau Dr. Sola. »Dann wäre das ja geklärt. Jetzt müssen wir los, sonst bekommst du nie was zu essen.«

»Na dann. Auf Wiedersehen, Emily.« Fran winkte noch einmal, dann zog sie die Tür der Praxis hinter sich zu und trat auf die Straße.

Dichte Wolken hingen über der Stadt, es war kaum zehn Grad warm, obwohl es schon Mitte Mai war. Der Frühling sollte eigentlich mit Wärme und Sonne die unterkühlte Stadt auftauen, aber er schien nachholen zu wollen, was der Winter versäumt hatte.

Fran fröstelte und zog den Reißverschluss ihrer schwarzen Lederjacke bis zum Hals zu. Einen Moment lang dachte sie, man habe ihr Fahrrad gestohlen, doch dann fiel ihr ein, dass sie mit ihrem neuen Auto hier war.

Sie spähte die Straße hinunter. Blau-metallisch schimmerte die Karosserie zwischen den anderen Wagen hervor, der Heckspoiler machte klar, dass es sich nicht um eine Familienkutsche handelte, sondern um einen Sportwagen, dafür gebaut, schnell zu fahren.

Sie hatte lange gesucht, einige Händler fast um den Verstand gebracht. Im Internet war sie auf den Fanclub dieses Fahrzeugs gestoßen. Sie wollte schon wegklicken, doch als sie noch einmal hinschaute, stellte sie fest, dass sie genau dieses Auto gesucht hatte. Dem Club würde sie niemals beitreten, aber man hatte ihr dort bereitwillig Auskunft gegeben, welches Modell für sie am geeignetsten war. Zwei Wochen später stand ihr gebrauchter Impreza vor der Tür, das Modell gab es nicht mehr, und die Nachfolger sahen aus wie alle anderen Spießerkisten auch. Mit sechzigtausend Kilometern auf dem Tacho war der Wagen so gut wie neu.

Sie drückte auf die Fernbedienung, hörte das Klacken der Verriegelung; drei Mal leuchteten die Blinklichter auf, der Diener begrüßte seine Herrin, es sah aus wie das Blinzeln gelber Augen, Augen, die auch zu einem Wesen aus der Unterwelt gepasst hätten.

Dienstag

»Los, gib mir das Feuerzeug«, sagte Kevin. Er war gerade vierzehn Jahre alt geworden, sah aber aus wie sechzehn. Sein Freund, dem seine Eltern den vollkommen bekloppten Namen Alfred gegeben hatten, war tatsächlich sechzehn, aber einen Kopf kleiner.

Alfred schüttelte den Kopf. Er griff in die Tüte und zog einen Feuerwerksknaller hervor, einen Donnerschlag. »Den lass ich hochgehen, und zwar in Rekordzeit, dann kannst du dir einen aussuchen. Hast du die Stoppuhr bereit?«

Widerwillig nickte Kevin. Sie hatten vorher ausprobiert, wie lange die Zündschnur brannte. Zu ihrem Entzücken war es nie dieselbe Zeit. Die kürzeste waren viereinhalb Sekunden gewesen, die längste sechs. Eine halbe Ewigkeit.

Alfred zündete den Böller an und betrachtete die zischende Zündschnur. Die Sekunden tickten. Eine, zwei, drei. Jetzt wäre es gut gewesen, das Ding wegzuwerfen.

Wie jedes Jahr hatten sie an Silvester ihr ganzes Taschengeld in Feuerwerk umgesetzt, damit der Vorrat mindestens bis in den Frühling reichte. Als Übungsgelände hatten sie ein Waldstück ausgesucht, das nicht von Forstarbeitern heimgesucht wurde. Niemand schlug Holz, niemand räumte tote umgestürzte Bäume beiseite, niemand ging hier spazieren. Perfekt! Sie hatten am nächsten Tag frei und würden die ganze Nacht hier verbringen. Sie hatten sich mit Schlafsäcken, Energieriegeln und Bier ausgerüstet und ihren Eltern erzählt, sie würden bei einem Freund übernachten.

Langsam wurde es Zeit. Alfred wollte wirklich aufs Ganze gehen. Kein Wunder. Sie hatten darum gewettet, wer der Mutigste war, wer den Böller am längsten in der Hand hielt. Der Einsatz: jeweils ihr halbes Monatstaschengeld, vierzig Euro von Alfred und dreißig von Kevin. Man konnte sagen, was man wollte, aber Alfred war echt fair. Er hatte zehn Euro mehr in den Pott eingezahlt. Kevin machte einen Schritt rückwärts, er hatte keinen Bock darauf, irgendwelche heißen Teile ins Gesicht zu bekommen. Fünf Sekunden. Noch ein Schritt rückwärts. Sechs Sekunden. So lange hatte noch keine Zündschnur gebrannt. Sieben. Alfred schien den Böller in seiner Hand gar nicht mehr zu sehen. Er hatte irgendwie abgeschaltet.

»Scheiße!«, schrie Kevin, tat einen Satz nach vorn, schlug Alfred den Böller aus der Hand, schloss die Augen und riss ihn zu Boden. Sie rollten sich ab, und im selben Augenblick flogen ihnen die glühenden Fetzen des Böllers um die Ohren. Der Lärm der Explosion machte Kevin für einen Moment taub. Dann hörte er Alfreds Schreien. Verdammte Scheiße, dachte Kevin, hat's ihn doch erwischt? Als er die Augen öffnete, begriff er, warum Alfred schrie, und stimmte in das Gebrüll mit ein.

*

Schon die ersten Töne von »Like a Satellite« rissen Fran aus dem Schlaf. Entgegen der Empfehlung von Frau Dr. Sola und obwohl er unentwirrbar mit den schwärzesten Stunden ihres Lebens verbunden war, hatte sie sich nicht dazu durchringen können, den Klingelton ihres Handys zu wechseln. Sie liebte dieses Lied, obwohl es Teenie-Kram war.

Fran schaute zuerst auf die Uhr. Giftiggrüne Ziffern leuchteten ihr entgegen: vier Uhr und siebenundzwanzig Minuten.

Dann identifizierte sie die Nummer auf dem Display ihres Telefons. Es war Sascha Herz, leitender Hauptkommissar des Kriminalkommissariats 11 in Düsseldorf, das sich unter anderem mit Mord und Totschlag befasste. Das konnte nichts Gutes bedeuten. Und das heute. Um zwei musste sie in Wiesbaden sein. Jörn Vogler, der Chef des Bundeskriminalamtes, hatte sie eingeladen, einen Vortrag über ihre Arbeit zu halten: Operative Fallanalyse, salopp auch Profiling genannt, und ihr Spezialgebiet Sekten und Okkultes.

»Guten Morgen, Sascha.«

»Du klingst, als hättest du noch gar nicht geschlafen.«

Fran mochte Saschas warme Stimme und seine ruhige Art, die Dinge anzugehen. Sie hatte ihn im letzten Jahr während der Mordermittlung kennengelernt, die ihr Leben von Grund auf verändert hatte.

»Ich war früh im Bett, und mehr als sechs Stunden brauche ich nicht. Wie schlimm ist es?«

»Ziemlich. Nicht viel übrig. Ein Skelett. Zieh dich warm an. Kannst du kommen?«

»Eilig?«

»Schnelldusche geht. Taxi steht vor der Tür. Bis gleich.«

Fran trennte die Verbindung, knipste die Nachttischlampe an, schaute sich kurz um, aber seit sie ins Bett gegangen war, hatte sich nichts verändert.

In fünf Minuten hatte sie sich geduscht und angezogen. Vor der Tür stand ein Streifenwagen, sie konnte die Beamten nicht erkennen, ihre Gesichter verschwanden im Schatten einer Baumkrone, hinter der eine Straßenlaterne stand. Sie stieg hinten ein, gurtete sich an und fragte, wo es hingehe.

»Ratingen.«

Die Stimme trieb Fran augenblicklich den Schweiß auf die Stirn. Was zum Teufel hatte ihr Vater hier verloren? Der

»große« James Miller, der sich nach wie vor als Herr der alleinigen Wahrheit betrachtete. Der seine Tochter als ehrgeizigen Emporkömmling betrachtete. Der sie nicht einmal im Krankenhaus besucht hatte, als sie dort mit dem Tod gerungen hatte. Den sie seit fast einem Jahr nicht gesehen hatte und den zu treffen, geschweige denn ein Wort mit ihm zu wechseln sie nicht erpicht gewesen war. Daran hatten auch ihre Besuche bei Mum nichts geändert. Genauso wenig die Therapie. Machte er jetzt Doppelschichten?

Ihr wurde die Kehle eng, Trauer und Wut stiegen ihr in den Kopf, ausgelöst durch die Ohnmacht ihrem Vater gegenüber.

»Aha.« Mehr brachte sie nicht heraus. Sie warf einen Blick in den Rückspiegel: Ihr Vater saß am Steuer, den düsteren Blick starr geradeaus gerichtet.

Sein Kollege ergriff das Wort. »Das KK 11 hat Sie angefordert, Frau Miller, KHK Sascha Herz, um genau zu sein. Weil es wohl Unklarheit darüber gibt, wie die Tat einzuordnen ist.«

Fran räusperte sich. »Details? Männlich? Weiblich? Identifiziert? Lagebild?«

»Geschlecht unbekannt«, sagte der Kollege. »Identität unbekannt. Unklare Lage. Zwei Jungs haben die Leiche gefunden. Die wollten da übernachten. Die haben ihr ganz privates Halloween erlebt. Die Kollegen aus Mettmann haben den ersten Sicherungsangriff durchgeführt und dann uns angerufen. Die Gerichtsmedizin ist unterwegs.«

»Danke«, sagte Fran und lehnte sich zurück. Wenn Düsseldorf eingeschaltet wurde und die Abteilung Operative Fallanalyse, hieß das eindeutig, dass es um etwas Größeres ging. Hoffentlich kein Kind oder, noch schlimmer, ein Säugling.

»Wie alt?« Fran hörte ihre Stimme zittern.

»Erwachsen. Mehr weiß ich nicht.«

Wenigstens das blieb ihr erspart. Schon zu ihrer Zeit auf

Streife hatte sie sich immer darum gedrückt, wenn es um Gewalt gegen Kinder gegangen war. Und je weniger sie wusste, desto besser. Eigentlich hatte sie schon zu viel gefragt. Zu viel Wissen machte sie voreingenommen, verstellte ihr den Blick.

Der Kollege versank in Schweigen, auch ihr Vater gab keinen Laut von sich. Er fuhr los, das Blaulicht zuckte durch die Nacht. Das Martinshorn würde er nur einschalten, wenn jemand vor sich hin träumte und das Blaulicht nicht sah.

Die Stadt schien zu gähnen, wachte langsam auf. Auf den Straßen waren die ersten Frühaufsteher unterwegs, das große Rennen würde erst ab acht Uhr losgehen, sich bis elf hinziehen. Dann war an manchen Stellen kein Durchkommen mehr.

Von ihrem Vater schien Hitze auszugehen. Sie drückte sich in den Sitz, versuchte so weit wie möglich von ihm abzurücken. Aber es wurde nicht besser. Sein ausrasierter Nacken starrte sie an, das volle graue Haar war exakt in der Mitte des Schädels gescheitelt, kein einziges Härchen tanzte aus der Reihe. So hatte es sich James Miller auch für seine Familie vorgestellt. Jedes Mitglied hatte seine Rolle, und wehe, jemand lehnte sich gegen den göttlichen Plan des James Miller auf.

Fran hatte es geschafft, sich freigemacht, sie lebte ihr eigenes Leben. »Lüg dich nur selber an!«, rief eine Stimme in ihr. »Dein eigenes Leben? Dass ich nicht lache! Du fängst an zu zittern, wenn du die Stimme deines Vaters hörst. Wie erbärmlich ist das denn?«

Fran vertrieb die schlechten Gedanken, konzentrierte sich auf das, was vor ihr lag. Eine Leiche. Ein Skelett. Ein komplexer Tatort. Fragen. Entscheidungen. Sie drehte den Kopf zur Seite, die Stadt flog an ihr vorüber. Sie fuhren nach Norden, am Flughafen vorbei, ein Stück Autobahn, dann Landstraße, schließlich ein Waldweg. Scheinwerfer blendeten, der Wagen hielt an. Frans Vater schwieg, machte keine Anstalten, auszusteigen.

Fran murmelte »Danke«, stieß die Tür auf, stieg aus und achtete darauf, sie leise und sanft zu schließen. Kaum stand sie an der Absperrung, rammte ihr Vater den Rückwärtsgang rein und preschte davon. Fran blickte dem Streifenwagen hinterher, seufzte und wandte sich einem Kollegen in Uniform zu, der offensichtlich den Zugang zum Fundort bewachte.

»Fran Miller …«

Mit einer zackigen Bewegung hob der Mann das Flatterband und zeigte den Weg entlang. »Kollege Herz erwartet Sie. Da vorne rechts.«

Sein Atem kondensierte. Fran genoss die kalte Luft, die zumindest von außen die Gluthitze in ihrem Körper etwas linderte.

Sascha kam auf sie zu, lächelte; er legte ihr eine Hand sanft auf die Schulter. »Wie geht es dir?«, fragte er.

Fran wusste, dass er die Frage ernst meinte. Sascha meinte alles ernst, was er sagte, und trotzdem war er ein fröhlicher Mensch, trotz des Berufes, den er ausübte. Oder war er fröhlich, weil er alles ernst meinte, was er sagte?

»Nicht so schlecht«, antwortete Fran. Seine Hand auf ihrer Schulter war angenehm. Die Zuwendung eines Freundes. Ohne Hintergedanken. Unkompliziert. »Frau Dr. Sola ist wirklich gut.«

Es war ein offenes Geheimnis, dass Fran in psychotherapeutischer Behandlung war.

»Aber es dauert halt.« Fran blickte Sascha in die Augen, er verstand.

»Gut.« Er nahm die Hand weg und deutete auf die Scheinwerfer und die Sichtblenden. Die Leute vom Erkennungsdienst bewegten sich in aller Ruhe. In dem kalten grellen Scheinwerferlicht sahen sie aus wie Gespenster, weiße Schutzanzüge, Gesichtsmasken. Das Licht hob die Umrisse der Menschen hervor, stanzte sie aus der Dunkelheit, sie leuchteten, als hätten sie eine sichtbare Aura.

»Und?«, fragte Fran

»Die Leiche ist in einem besonderen Zustand.« Sascha rieb sich die Nasenwurzel. »Am besten, du schaust es dir selber an. Alles andere erzähle ich dir danach.«

Fran legte den Anzug an, dann musste sie warten. Die Spurensicherung hatte noch keinen Pfad abgesteckt und noch keine Trittplatten ausgelegt, die dazu dienten, dass sich die Kollegen am Tatort bewegen konnten, ohne ihn zu verunreinigen oder Spuren zu zerstören.

Fran schaute sich um. Sie war noch nie hier gewesen. Ein naturbelassenes Waldstück, eine Straße, ein Feldweg. Einsam. Dichtes Gebüsch. Bestens geeignet, um eine Leiche abzulegen, die nicht gefunden werden sollte. Die Luft roch frisch, kein durchdringender Verwesungsgeruch.

»Warum hast du mich gerufen?«, fragte Fran in die kalte Luft, die langsam in ihre Glieder kroch.

Bevor Sascha antworten konnte, winkte der verantwortliche Einsatzleiter der Spurensicherung und zeigte auf einen Weg, der nun mit Flatterband markiert war und ins Unterholz führte. Noch war es dunkel, obwohl sich die Dämmerung schon ahnen ließ. Ohne Scheinwerfer und Markierung hätte Fran nach ein paar Metern die Orientierung verloren. Der Wald war dicht wie ein Dschungel.

»Na dann los«, sagte Sascha und ging vor. Er hatte ebenfalls einen Schutzanzug angelegt, der auch ihm die Persönlichkeit nahm; er sah jetzt genauso aus wie alle anderen, genauso wie Fran. Nur Konturen waren noch auszumachen, größere, kleinere, dickere, dünnere. Wie eine Prozession Untoter liefen sie den markierten Weg entlang, drückten Äste zur Seite und mussten einen riesigen Baumstumpf umgehen, der wie ein

Fels aus dem Boden ragte. Es lag noch ein Geruch in der Luft. Schießpulver. War geschossen worden?

Noch einmal mussten sie stehen bleiben, der Fotograf war auf einen Baum geklettert, um ein Bild von oben zu schießen. Es blitzte mehrmals, dann war der Weg frei. Um die Leiche waren keine Sichtblenden aufgestellt, der Wald war so dicht, dass er den Tatort vor Gaffern und den Teleobjektiven etwaiger Pressefotografen abschirmte, die sich eine Leiche schneller zu Gemüte führten als die Fleischfliegen – wenn man sie ließ. Wobei Fleischfliegen wesentlich leichter zu verscheuchen waren als Journalisten. In diesem Fall aber hatten die echten Fleischfliegen das Nachsehen. Von der Leiche war tatsächlich nur noch das Skelett übrig.

Ein braun verfärbter Schädel grinste ihr entgegen, schien sich noch im Tod über sie lustig zu machen. Jetzt stieg ihr leichter Verwesungsgeruch in die Nase. So leicht und flüchtig wie eine salzige Brise an der Nordsee, die einem bei geschlossenen Augen sagt, wo man ist, was man zu erwarten hat. Die Nordsee wäre ihr eindeutig lieber gewesen.

Ein paar Gewebefetzen klebten noch hie und da am Knochen. Was es im Einzelnen war, konnte Fran nicht sagen, da musste das Labor ran. In diesem Zustand konnte es Haut sein, oder Muskeln oder Sehnen, eben alles, was an einem Schädel zu finden ist. Keine Haare. Aber etwas konnte Fran am Schädel erkennen, das nicht zum Fundort passte: Dreck. Erde. Schmutz. Hell und krümelig, durchsetzt mit dunklen Partikeln. Der Boden hier war schwarz, die Leiche war also eindeutig von einem anderen Ort hergebracht und hier abgelegt worden.

Die Armknochen lagen gekreuzt über dem eingefallenen Brustkorb. Am Handskelett fehlten ein paar Knochen, der Mittelfinger war nicht vollständig, die Handwurzel der rechten Hand war durcheinandergeraten, weil kein Gewebe mehr vorhanden war, das die Knöchelchen an der richtigen Stelle hielt. Unter den Knochen machte sie eine unverrottbare Plane aus. Das erklärte, wie die losen Knochen hierher gebracht worden waren. Nach dem Transport waren sie neu sortiert worden.

Fran beugte sich vor. Wer immer die Leiche hergerichtet hatte, war, was Anatomie anging, kein Laie. Die meisten Knochen waren an der richtigen Stelle platziert. Das war besonders bei der Wirbelsäule nicht so einfach. Die Knochen der einen Hand waren korrekt aneinandergelegt, die der anderen nicht. Jeder Student, der sich mit Anatomie auseinandersetzen musste, lernte den Merkspruch, der die Position der Handwurzelknochen beschrieb: »Es fährt ein Kahn im Mondenschein dreieckig um das Erbsenbein, vieleckig groß, vieleckig klein, der Kopf, der muss beim Haken sein.« Aber das Kahnbein war um hundertachtzig Grad verdreht, das Vieleckbein war in der Mitte zwischen Kopfbein und Hakenbein platziert. Vollkommen falsch. So konnte ein Handgelenk nicht funktionieren.

Fran rief sich zur Ordnung. Sie wertete, was sie sah. Genauso gut konnte es möglich sein, dass die Anordnung bewusst gewählt worden war. So wie alles an dieser Leiche augenscheinlich planvoll hergerichtet war.

Zwischen den Knochen der beiden Hände war eine Pflanze drapiert. Eine ganz besondere Pflanze! Deswegen hatte Sascha sie verständigt. Schwarz glänzend streckten sich Fran die langen schwarzen Fäden der Blüte einer Fledermauslilie entgegen. Und die Fledermauslilie hieß im Volksmund Teufelsblume.

*

Ich schlage das Tagebuch meiner Mutter auf. Es fällt mir nicht leicht, darin zu lesen, aber es muss sein. Ich muss mich den Schatten aussetzen, die aus der Vergangenheit immer wieder über mich fallen. Manchmal finde ich auch tröstende Worte, finde Antworten auf schwierige Fragen.

Ich nehme das ledergebundene Buch in die Hand. Es trägt die Nummer zwölf und umfasst das Jahr 1972. Wie weich die Oberfläche ist! Samtig wie Babyhaut. Mutter hat mir die Tagebücher gegeben, hat gesagt: »Bei dir, Hannah, sind sie sicher, und du darfst sie lesen, ich habe keine Geheimnisse vor meiner Tochter.« Ich blättere die Stelle auf, an der ich gestern aufgehört habe. Sommer 1972. Ich lese die ersten Worte, und schon höre ich die Stimme meiner Mutter, obwohl sie oben im Bett liegt und schläft. Sie schreibt so lebendig, als würde sie mir es erzählen, es ist, als wäre ich dabei. »An erster Stelle muss die Familie stehen. Ich kann nicht verstehen, wie man das anders sehen kann. Es ist doch ein Schwur, den ich geleistet habe vor Gott und den Menschen! ›Bis dass der Tod uns scheidet.‹ Treu zueinander stehen in guten wie in schlechten Tagen. Dazu stehe ich, und dazu werde ich immer stehen.

Rüdiger ist ein guter Mann, da können die Leute sagen, was sie wollen. Er kümmert sich um alles. Er verdient gutes Geld, und sein Beruf ist nicht einfach. Ständig ist er auf Achse, aber am Wochenende ist er immer zu Hause. Dadurch verdient er etwas weniger als andere. Wir verbringen eine gute Zeit miteinander, und ich erfülle gerne meine ehelichen Pflichten. Es ist ja nie lange, und er gibt sich Mühe, mir nicht wehzutun.

Rüdiger hat recht behalten, dass wir den Kommunisten zeigen werden, wer wir sind. Vom Platz gefegt haben wir sie und sind Fußballeuropameister geworden, so wie sich das gehört. Schon vom ersten Spiel an hat Rüdiger gesagt: ›Diesmal geben wir es ihnen! Egal wer im Endspiel gegen uns antreten muss, er hat schon verloren.‹

Wenn nur das mit Torsten endlich aufhören würde. Gestern hat er schon wieder einen Vogel mitgebracht. Gefunden hätte er ihn, das hat er behauptet, aber ich kann ihm nicht glauben. Das arme Tier hatte beide Flügel gebrochen, ein Bein war ihm ausgerissen worden.

Ständig schleppt er irgendwelche Tiere an, und wenn ich sie ihm wegnehme, gerät er außer sich und besteht darauf, sie zu begraben. Hinten im Garten ist schon ein ganzer Friedhof. Er ist doch erst fünf Jahre alt! Wie kann so etwas sein? Hoffentlich merken sie im Kindergarten nichts davon. Sonst sagen sie alle, der Torsten, der ist verrückt. Wie verrückt muss dann erst die Mutter sein?

Bis jetzt hat sich niemand beschwert, Gott sei Dank! Rüdiger sagt, wir sollen den Jungen nach dem Sommer in die Schule schicken. Ich finde, es ist zu früh. Aber wenn er darauf besteht, werde ich es natürlich machen. Vielleicht ist es ja auch gut für Torsten; die anderen Kinder, die Disziplin, Lehrer, die nichts durchgehen lassen. Mein Sohn ist ein intelligentes Kind. Wir haben ihn testen lassen, er hat einen IQ von einhundertachtundzwanzig. Damit kann er studieren und Professor werden, und genau so soll es auch sein. Rüdiger hat recht, wenn er sagt, dass unsere Kinder es besser haben sollen als wir. Wir haben uns noch nicht entschieden, was Torsten studieren soll. Vielleicht Medizin? Oder Jura? Nein, ich möchte, dass er in die Wirtschaft geht. Da ist das meiste Geld zu verdienen. Er soll ins Bankgeschäft.

Morgen kommt Rüdiger von einer Tour zurück. Am Montag hat er Prüfung bei der Industrie- und Handelskammer. Wenn er besteht, kann er als Disponent arbeiten und muss nicht mehr mit dem LKW unterwegs sein. Ich weiß nicht, was ich mir wünschen soll.«

Ich klappe das Tagebuch wieder zu. Genug für heute. Ich habe noch viel zu tun, muss mich um Katrin kümmern, muss waschen, muss einkaufen und Essen kochen für Torsten.

*

»Das sieht nicht gut aus, oder was meinst du?«, sagte Sascha, der plötzlich hinter Fran stand.

Fran zuckte zusammen. »Du bist leise wie eine Katze, Sascha. Du hast mich erschreckt.«

Er trat neben sie. »Entschuldige, aber du warst so vertieft, dass du mich nicht gehört hast.«

»Schon gut, ich habe es überlebt.«

»Was meinst du? Hat der Teufel seine Hand im Spiel?«

Fran lächelte. »Hat er sie nicht immer im Spiel, wenn jemand ermordet wird?« Sie hustete. »Obwohl wir noch gar nicht wissen, wie das Opfer ums Leben kam.«

»Es muss eine Zeit lang in der Erde gelegen haben.«

»Zweifellos. Vielleicht ein Teufel mit Spaten, der auf die Idee gekommen ist, sich ein paar gebrauchte Seelen zu besorgen«, sagte Fran.

»Gebrauchte Seelen?« Sascha verzog das Gesicht.

»Stell dir vor, du stirbst«, sagte Fran.

»Ich versuche es, aber ich muss gestehen, das ist nicht ganz einfach.«

»Du bist ein guter Mensch, zumindest, soweit ich dich kenne.«

Sascha verneigte sich leicht. »Danke für die Blumen.«

»Bedank dich nicht zu früh, das dicke Ende kommt noch. Du stirbst also, klopfst an die Himmelspforte, wirst eingelassen, deine Weste ist weiß. Aber dann passiert es. Nach kurzer Zeit geht dir das Gejaule der Engel auf den Keks, die von morgens bis abends nichts Besseres zu tun haben, als langweilige Lieder zur Ehre ihres Chefs zu singen. Also machst du einen Termin mit Gott und erklärst ihm, dass du es im Himmel nicht mehr aushältst, dass du lieber woanders hinwillst. In die ewigen Jagdgründe zum Beispiel. Oder zu den zweiundsiebzig Jungfrauen. Das passt für einen Bullen einfach besser. Gott zuckt mit den

Schultern und meint, er wolle niemanden gegen seinen Willen festhalten und ob du es dir nicht noch mal überlegen willst. Prima, denkst du. Gott ist ja doch ganz okay. Du sagst, du möchtest lieber gehen. Er grinst dich an, es macht plopp – und deine Seele ist weder im Himmel noch in der Hölle, sondern in einem Nichts. Du fühlst nichts, bist nur einfach bei Bewusstsein. Ziemlich unangenehm.«

»Und jetzt kommt der Teufel ins Spiel, der mit irgendeinem satanischen Spruch meine – gebrauchte, weil aus dem Paradies kommende – Seele in die Hölle holt.«

Fran klatschte in die Hände. »Exakt. Aus dieser Zwischenwelt bedient sich der Teufel, wenn er nichts Besseres findet.«

»Aber was hat Gott davon? Und warum komme ich zuerst in den Himmel, wenn er eigentlich wissen müsste, dass ich gar nicht dahinwill? Er ist doch unfehlbar und allwissend.«

»Ich muss euch leider enttäuschen.«

Fran und Sascha fuhren herum.

Ein Gespenst stand vor ihnen. Weiß vom Kopf bis zu den Unterschenkeln, nur die Füße waren in blauen Kunststoff gehüllt. »Gott ist fehlbar, und Polizisten kommen grundsätzlich nicht in den Himmel! Harald Machinsky, angenehm.« Die Stimme klang gedämpft, der Mundschutz filterte die hohen Frequenzen heraus.

»Unser neuer Leichenschnippler«, sagte Sascha. »Das ist …«

Harald Machinsky unterbrach Sascha. »Fran Miller, ich weiß.«

»Woher kennen Sie mich?« Fran konnte sich nicht daran gewöhnen, so etwas wie ein B Promi geworden zu sein.

»Das ging doch durch die Presse, vorwärts und rückwärts. Frage mich, warum Sie noch niemandem die Geschichte verkauft haben.«

Fran lachte. »Weil niemand sie haben wollte.«

»Echt jetzt? Das ist doch der Stoff, aus dem die Boulevardblätter gemacht sind. Schlagzeile: ›Sekten-Jägerin in den Fängen des Teufels‹.«

Sascha hustete. »Was können Sie über die *Leiche* sagen?«

Harald Machinsky seufzte. »Also die Leiche ist kürzlich ausgegraben und eindeutig auf der Plane transportiert worden. Die Bodenanhaftungen sind nicht vertrocknet. Anhand der Kopfform und des Beckens bin ich mir sicher, dass es eine Frau ist. Der Verwesungszustand ist sehr weit fortgeschritten, wie Sie sehen, so gut wie skelettiert. Keine Haare, das ist schon seltsam, kein nennenswertes Gewebe. Liegezeit? Keine Angaben. Todeszeitpunkt? Keine Angaben. Todesursache? Keine Angaben. Das wird ein Dauerbrenner. Wenn wir Glück haben, finden wir was über den Zahnstatus. Alter: so zwischen sechzehn und fünfzig. Sehr wahrscheinlich eine Weiße. Alles andere kriegen wir im Labor raus.«

»Danke.« Sascha Herz wandte sich Fran zu. »Was meinst du?«

Fran verstand nicht. »Wozu?«

»Die Blume.«

»Nichts.«

»Wie, nichts?«, fragte Sascha.

»Das ist alles viel zu wenig, um daraus irgendwelche vernünftigen Schlüsse ziehen zu können. Nur weil diese Pflanze im Volksmund Teufelsblume heißt, bedeutet das nicht, dass irgendeine Sekte, und schon gar nicht eine satanistische, etwas damit zu tun hat. Ehrlich gesagt verringert das sogar die Wahrscheinlichkeit, denn ich kenne keine Sekte, die sich mit dieser exotischen Schönheit schmückt. Für euch ist es aber ein guter Ansatz. Findet raus, wer diese Pflanze im Gewächshaus hegt und pflegt. Dann seid ihr einen gewaltigen Schritt weiter. Sie wächst nicht einfach so im Garten.« Fran wunderte sich, dass sie Sascha erklären musste, wie er seinen Job zu erledigen hatte.

»Ich bin ehrlich gesagt etwas überrascht, Fran.« Er zog sie beiseite. »Eine ausgegrabene Leiche, die rituell zurechtgemacht ist mit einem aussagekräftigen Requisit – und du hältst es nicht für schwarze Magie?«

»Rituell ist deine Interpretation.« Fran hob einen Zeigefinger. »Weißt du, das ist mir zu dick. Das ist, als würde jemand mit Neonbuchstaben auf die Straße sprühen: ›Sekte bei der Arbeit‹. Wir wissen noch nicht einmal, ob es sich um ein Kapitalverbrechen handelt.«

Sascha rieb sich die Nasenwurzel. »Okay. Kein Thema. Ich stelle meine Frage anders. Was siehst du? Welches Szenario kannst du dir vorstellen? Wie kommt die Leiche hierher? Warum?«

»Viele Fragen auf einmal. Die Anordnung der Handwurzelknochen ist dir aufgefallen?«

Sascha schüttelte den Kopf. »Was ist damit? Stimmt was nicht? Machinsky ist nichts aufgefallen. Oder er hat es nicht für bedeutsam erachtet.«

»Wenn jemand versucht hat, die Handwurzel korrekt zu restaurieren, war er ein Laie. Das bezweifle ich, weil die Handwurzelknochen der einen Hand richtig angeordnet sind. Der Täter weiß also, wie es geht. Es war Absicht, aber ich weiß nicht, was es bedeuten soll. Auf jeden Fall wurde das Skelett zusammengepuzzelt. Es muss beim Transport durcheinandergeraten sein. Der Fundort spricht dafür, dass man die Leiche nicht sofort finden sollte und dass der Täter kein großes Risiko eingehen wollte, entdeckt zu werden. Es dauert schließlich eine Weile, über zweihundert Knochen fein säuberlich zu einem ordentlichen Skelett anzuordnen, egal ob Laie oder Spezialist.«

Sascha nickte. Fran wusste, dass er diese Schlüsse auch

schon gezogen hatte. Sie wusste auch, dass Sascha normalerweise gewissenhaft bei der Sache war und lieber hundert Spuren nachging, die nicht erfolgversprechend aussahen, um nur ja nicht die eine zu übersehen, die den Durchbruch in Form des Schuldbeweises bringen konnte oder den Verdächtigen entlastete. Das machte ihn in den Augen seiner Vorgesetzten zu einem unbequemen Mann, der viel Geld verbrauchte. Aber noch genoss Sascha Vorschusslorbeeren, denn sein ehemaliger Chef und Mentor, Benjamin Haller, genannt Senior, hatte ihn wärmstens empfohlen. Und so wie Fran Senior kannte, hatte er bei der Beförderung die Hand im Spiel gehabt.

»Also könnte jeder mit einem Anatomiebuch ein Skelett zusammenbasteln?«

»Siehst du?«, sagte Fran. »Es hat nichts zu bedeuten. Es muss kein Arzt gewesen sein, der hier das Opfer seines Kunstfehlers entsorgt hat.«

»Und die Blume?«

»Die Teufelsblume eröffnet viele Interpretationsmöglichkeiten. Wenn es um eine Sekte geht, dann eine, die ich nicht kenne, mit neuen Ritualen, äußerst morbiden, ohne Zweifel. Wenn es ein Menschenopfer war, was ich sehr bezweifle, dann muss die Leiche irgendwo gelagert oder vergraben worden sein. Dafür kommen nur abgelegene Orte in Frage, die nicht für die Öffentlichkeit zugänglich sind oder so versteckt, dass sie selten frequentiert werden.«

»Vielleicht eine Kleingartenkolonie?«, fragte Sascha.

»Schrebergärten? Nein. Da kennt jeder jeden, da kannst du nicht mal eben eine Leiche verbuddeln. Natürlich müsst ihr das checken, aber ich glaube nicht, dass ihr was finden werdet …«, Fran hielt kurz inne. »Habt ihr die Friedhöfe schon abgeklappert?«

»Meine Leute sind dabei.« Sascha schien fast beleidigt. »Sofort abtelefoniert, halb Düsseldorf aus dem Bett geklingelt. Bis jetzt noch nichts. Die Friedhöfe sind groß, es wird noch etwas dauern.«

»Ist der Täter ein Einzelgänger? Ist er ein Mehrfachtäter?« Sie ließ den Zeigefinger sinken. »Wo hat er die Leiche her? Oder die Leichen? Hat er sie gestohlen? Schwierig. Das würde auffallen.« Sie lächelte Sascha an. »Wenn ich dich richtig einschätze, hast du alle Fälle von Grabschändung der letzten zehn Jahre abgefragt?«

Sascha nickte. »Sackgasse.«

»Also tötet er, lagert die Leichen, lässt sie skelettieren, wahrscheinlich in der Erde, der Geruch wäre jemandem aufgefallen, auch auf zwei Kilometer gegen den Wind. Er gräbt sie wieder aus. Einige Zeit später.« Sie warf einen Blick in Richtung des Skeletts. »Wie lange lässt er sie liegen? Wo? Vielleicht doch zuerst im Freien, damit sie skelettieren? Dann muss er weit draußen auf dem Land wohnen. Vielleicht betreibt er seine ganz private Bodyfarm.«

Fran hatte während ihres Studienaufenthaltes in den Staaten die Gelegenheit gehabt, die Bodyfarm zu besuchen. Dort lagen Dutzende frische und alte Leichen in der freien Natur, um die Verwesungsvorgänge studieren zu können.

»Seine Skelette sind auf jeden Fall ein wenig derangiert, die Knochen zum Teil ein einziges Durcheinander, weil nicht mehr viel da ist, das sie zusammenhält. Auf jeden Fall mag er seine Leiche. Er misshandelt sie nicht, er schmückt sie. Wiedergutmachung? Eine Gabe, um in einer Welt, die auf Äußerlichkeiten steht, einen besseren Start zu haben?«

»Ein besserer Start? Das verstehe ich nicht, Fran.« Er zeigte auf die Teufelsblume. »Das ist nicht wirklich attraktiv.«

»Nicht für dich. Aber für ihn?«

»Na gut. Unser Täter tötet, gräbt ein. Was er vorher noch mit dem Opfer gemacht hat, wissen wir nicht. Nach einer relativ langen Zeit gräbt er sie aus und übergibt die Leiche wieder der Welt, so dass sie gefunden wird. Eine Botschaft?«

»Wer hat das Skelett gefunden?« Fran hob die Augenbrauen.

»Zwei Jungs ...«

»Ich weiß. Das war eine rhetorische Frage. Zufallsfund. Das Skelett hätte hier Jahre liegen können. Es sollte nicht gefunden werden, wahrscheinlich war es dem Täter egal. Sonst hätte er sein Opfer besser versteckt.«

Viele offene Fragen. Fran musste zugeben, dass sie der Fall interessierte. Aber sie wollte endlich ihre Studie fertigstellen, die sie vor drei Jahren begonnen hatte, als sie in die Abteilung Operative Fallanalyse des LKA gewechselt war. Und ihre Chefin, Sabine Fellmis, würde nicht erfreut sein, wenn sie sich an einen Fall dranhängte, der zu wenig Fakten hergab.

»Sascha.« Fran holte tief Luft. »Wir wissen zu wenig. Vielleicht ist die Leiche erst vier Wochen alt, ist an der Luft verwest, dann wurden die Reste eingegraben und wieder ausgegraben. Das hier ist nicht mal Kaffeesatzleserei. Wenn du mehr weißt, dann ruf mich an, ja? So hat es keinen Sinn.«

»Aber ich dachte ...«

Erst musste Sascha die Fakten ausermitteln, und wenn sich dann keine klaren Hinweise ergeben hatten, kam sie wieder ins Spiel – oder wenn die Leiche mit der Teufelsblume der Anfang einer Serie war. Fran beschlich das Gefühl, dass Sascha Zeit und Geld sparen wollte, indem er sie als eine Art Wünschelrute benutzte.

»Falsch gedacht. Gib mir Ergebnisse, gib mir Fakten. Das hier kann alles sein und nichts. Ich wiederhole mich, und du weißt, dass ich das nicht gern mache.«

Sascha schaute ihr in die Augen. »Hast du Angst?«

Was sollte das denn jetzt? Fran holte einmal Luft, um ihren

aufwallenden Zorn zu vertreiben. Sie hatte mit Frau Dr. Sola vereinbart, ihre Gefühle zu kontrollieren, vor allem ihre Wut, nicht um sie zu verdrängen, sondern um sich an geeigneter Stelle damit auseinanderzusetzen und nicht die Falschen als Blitzableiter zu missbrauchen. Sascha wäre jetzt der Falsche gewesen. Sie war dünnhäutig, weil sie ihren Vater getroffen hatte. Sie lächelte. »Ja. Ich habe Angst, mich in einen Fall zu stürzen, der kein Fall für mich ist.«

Sascha nickte. »Verstehe. Und ich möchte so schnell wie möglich dem Täter auf die Spur kommen. Das hier ist doch kein Einzelfall. Da steckt mehr dahinter. Du hast doch selber gesagt, es könnte ein Mehrfachtäter sein.«

Sascha klang, als wollte er ihr einen Staubsauger verkaufen. Sie musste wider Willen grinsen. Normalerweise waren es OFA-Leute wie sie, die aus dem kleinsten Indiz an einer Leiche gleich eine Mordserie machen wollten, diesmal war es der leitende Hauptkommissar.

»Es könnte immer ein Mehrfachtäter sein. Das musst du mir schon begründen«, sagte Fran.

»Wer so eine …«, er suchte nach dem passenden Wort, »… wer sich so mit Leichen beschäftigt, macht das doch nicht im Affekt. Da muss vorher schon was passiert sein, und danach wird er nicht plötzlich wieder ganz normal durch die Welt laufen. Da steckt sorgfältige Planung dahinter. Organisation.«

»Nicht schlecht«, sagte Fran anerkennend. »Das ist durchaus ein Argument. Aber genauso gut kann es sein, dass das hier ein Einzelfall bleibt, dass der Täter Angst vor der eigenen Tat bekommen hat und es nie wieder tun wird. Oder dass er vor vielen Jahren getötet hat, er wurde nicht entdeckt, sein Gewissen lässt ihn nicht in Ruhe und mit der«, sie malte Anführungszeichen in die Luft, »Veröffentlichung seines Opfers ruft er nach Hilfe, drückt er seinen Wunsch aus, aufgespürt und zur Rechenschaft gezogen zu werden.« Fran legte Sascha eine Hand auf den Unterarm. »Wenn eine zweite Leiche auftaucht, die so oder so ähnlich zurechtgemacht ist, *und* sich herausstellt, dass die Opfer eines nichtnatürlichen Todes gestorben sind, oder wenn der Staatsanwalt mich anfordert und meine Chefin grünes Licht gibt, dann stehe ich mit meinem kompletten Team auf der Matte.« Sie zeigte auf das Skelett und die Teufelsblume. »Damit kein Missverständnis entsteht: Natürlich will ich wissen, wer das war und wie er tickt. Das ist mein Beruf.«

Sascha seufzte. »Okay. Ich hatte die leise Hoffnung, dass du etwas aus dem Ärmel zaubern könntest.«

»Manchmal stirbt die Hoffnung zuerst«, sagte Fran. Für sie gab es hier nichts mehr zu tun. Sie suchte sich einen Kollegen aus, den sie noch von ihrer Zeit im Streifendienst kannte. Erfreut öffnete er ihr die Tür des Streifenwagens und fuhr sie in aller Ruhe und gemütlich plaudernd nach Hause.

Die ganze Fahrt über ging ihr ein Gedanke nicht aus dem Kopf: Was, wenn du dich irrst? Wenn Sascha recht hat und wir nur *einen* Kopf der Hydra sehen? Wenn die Teufelsblume wirklich der Schrei des Täters nach Entdeckung ist und er so lange weitermacht, bis er erhört wird?

*

Ich sitze im Garten. Es ist kühl, ich habe mir eine Decke über die Beine gelegt. Heute ist ein Tag, an dem die Erinnerungen kommen. An das, was Torsten mir erzählt hat, immer wieder und immer wieder. Es ist, als wäre ich dabei gewesen. Ich schließe die Augen und höre Torstens Stimme.

»Ich komme ja wohl nicht drum herum, alles zu erzählen, richtig? Dachte ich mir. Ist ja auch egal. Ich heiße immer noch Torsten Gabald, wohne in Düsseldorf, genügt das? Okay. Wie Sie wollen.

Wo soll ich anfangen? Vielleicht bei Papa? Obwohl ich das gar nicht gerne machen würde. Ich fange lieber an, vom Urlaub zu erzählen. Wir sind nämlich jedes Jahr an die Nordsee gefahren. Auf eine Insel. Ameland heißt sie.

Da bin ich schon im Bauch meiner Mama mitgefahren, das Rauschen der Nordsee habe ich sozusagen mit der Muttermilch eingesogen. Seitdem muss ich mindestens einmal im Jahr dorthin. Es ist ein Drang, wenn ich es nicht tue, fühlt es sich an, als hätte ich etwas Wichtiges verpasst, und eine innere Unruhe überfällt mich. Der weiße Strand, das Kreischen der Möwen, die würzige Luft, die Chocomel, dieser dicke Kakao, den ich literweise in mich reinschütten kann, ohne dass mir schlecht wird.

Zuerst haben wir bei einer holländischen Familie mit Namen van der Stock zur Miete gewohnt. Ein Zimmer für Mama und Papa, eins für mich, und später schlief Hannah in meinem Zimmer.

Das war eine schöne Zeit, vor allem weil Papa und Mama uns ganz oft in Ruhe ließen. Sie gingen aus, redeten die ganze Nacht mit unseren Vermietern, rauchten und tranken und nervten uns nicht mit irgendwelchen doofen Spielen, bei denen man was lernen musste. Dann schliefen sie bis mittags. Als Hannah groß genug war, sie ist ja zehn Jahre jünger als ich, habe ich sie angezogen, Frühstück gemacht, und dann sind wir an den Strand, manchmal schon ganz früh. Besonders toll war es, wenn Wilhelma van der Stock mitgegangen ist. Die war so alt wie ich. Dann haben wir zusammen am Strand gesessen, die Möwen gefüttert und aufgepasst, dass Hannah nicht ins offene Wasser tapste, sondern immer schön in einem Priel blieb. Das ging natürlich nur bei Ebbe; wenn Flut war, musste sie am Strand bleiben. Ich habe sie immer im Auge gehabt, deshalb ist auch nie etwas passiert.

Auf jeden Fall durfte sie hier so viel Sand ›umhertragen‹, wie sie wollte. Zu Hause ging das nicht. Da gab es auf dem Spielplatz einen ganz kleinen Sandkasten, und da durfte man keinen Sand herausnehmen.

Als ich vierzehn wurde, kaufte Papa ein Zelt. Von da an zelteten wir immer. Ich weiß nicht, warum, aber aus irgendeinem Grund wollten die van der Stocks uns nicht mehr haben. Und Wilhelma durfte auch nicht mehr mit mir an den Strand.

Mama und Papa haben nie darüber geredet, was da passiert war, nur einmal habe ich mitbekommen, dass Mama Papa eine runtergehauen und geschimpft hat, wenn das noch mal vorkäme, würde sie sich scheiden lassen. Was sie aber nicht getan hat, denn sie ist bald darauf gestorben.

Ich war sehr traurig, Hannah auch, nur Papa weinte überhaupt nicht. Und ganz schnell haben wir eine neue Mama gehabt, die war viel jünger als Papa und hatte nie Lust, mit uns zu spielen.

Hannah hat immer gefragt: ›Wo ist meine Mama?‹ Papa hat ihr einen Klaps auf den Hintern gegeben und gesagt, sie solle keine dummen Fragen stellen, Mama sei nicht mehr da.

Hannah ist zu mir gekommen, hat furchtbar geweint, ich konnte das gar nicht aushalten. Deshalb habe ich Hannah gesagt: ›Du kannst mit ihr reden. Sie ist in dir drin.‹ Sie hat mich mit ihren großen runden Augen angeschaut und gefragt: ›Wo?‹ Ich habe ihr auf den Kopf getippt und gesagt: ›Da drin, sollen wir es versuchen?‹ Sie hat geschnieft und sich mit dem Ärmel den Rotz abgewischt und hat aufgehört zu heulen. ›Ich frage Mama jetzt was, und sie wird dir eine Antwort geben, wenn du nur gut zuhörst und ganz stark an sie denkst. Mach die Augen zu.‹

Hannah schloss die Augen, ich stellte eine Frage, suchte eine ganz einfache aus. ›Hallo Mama. Hast du mich lieb?‹

Einen Moment arbeitete es in Hannahs Gesicht, als müsste sie ein ganz großes Geschäft erledigen, dann entspannten sich ihre Züge. Sie begann zu lächeln, dann strahlte sie über das ganze Gesicht und öffnete die Augen. ›Sie hat Ja gesagt.‹

Ab da haben wir immer mit Mama geredet, und mit der Zeit konnte ich Mama auch hören.

Papa hat uns auch nach Mutters Tod in Ruhe gelassen, ich konnte Hannah alles zeigen: wie man ein Feuerchen macht, ohne dass es Rauch gibt; wie man unter der Bettdecke liest, ohne dass Licht nach außen dringt; wie man genau die richtige Menge Geld aus dem Geldbeutel von der neuen Mama klaut, damit es nicht auffällt. Damit haben wir uns dann Lakritzstangen gekauft und sind ins Kino gegangen, nachmittags.

Eigentlich war das ganz gut mit der neuen Mama. Fast wie im Urlaub. Ich bin morgens aufgestanden, habe Frühstück gemacht, Hannah geweckt, sie fertig gemacht und in den Kindergarten gebracht. Aber Hannah hat schnell gelernt, sich selbst anzuziehen.

Und dann kam eines Tages unser neues Geschwisterchen. Von da an mussten wir immer ganz leise sein, und alles drehte sich nur noch um sie. Katrin hieß sie, ein blöder Name, aber die Erwachsenen machen immer alles, wie sie es wollen, egal, ob es Sinn macht oder nicht.

Ich habe versucht, Katrin zu hassen, aber es ging nicht. Wenn sie mich angelacht hat, musste ich auch lachen. Wenn sie geschrien hat, musste ich sie trösten.

MamaZwei war ganz überrascht, dass ich mein Schwesterchen mochte. Sie hatte wohl nicht damit gerechnet. Aber es war ihr recht. Hannah liebte ihre Schwester sowieso. Schon vom ersten Tag an. Wir durften mit ihr spielen und sie sogar wickeln. Zuerst war das ziemlich eklig, aber dann hat es mir auch Spaß gemacht. Hannah hatte ich nie gewickelt.

Papa fing mit der Zeit an, uns mächtig auf die Nerven zu gehen, und es wurde immer schlimmer. Ständig hatte er irgendetwas zu meckern. Wenn ich eine Zwei geschrieben habe, habe ich eine verpasst bekommen, weil ich doch eine Eins hätte schreiben können. Ich sei ein fauler Sack, hat er dann gebrüllt, und aus mir würde nichts werden, und er würde sich jeden Tag krummlegen, damit es mir eines Tages besser gehen sollte.

Jetzt rede ich doch von Papa, obwohl ich das gar nicht wollte. Aber ganz schlimm wurde es ja erst, als das große Unglück über uns hereinbrach.«

*

Der Kollege setzte sie an ihrer Wohnung ab, sie bedankte sich und bat ihn, noch einen Moment zu warten, so lange, bis sie im Haus war. Er sah sie irritiert an, nickte aber und öffnete den Sicherheitsgurt, damit er schnell aus dem Wagen springen konnte. Guter Mann. Immer zuerst den Partner sichern.

Sie zog den Schlüssel aus der Tasche, steckte ihn ins Schloss, zögerte einen Augenblick, atmete. Sie schloss auf, winkte ihrem Kollegen zu, der sich angurtete und losfuhr.

Fran drückte die Haustür ins Schloss, blieb im Dunkeln stehen. Kein Atmen zu hören. Kein Scharren von Schuhen, deren Besitzer ungeduldig auf sie gewartet hatte. Eine Tür ging, das Flurlicht flammte auf, Fran musste blinzeln, die Helligkeit blendete sie. Mit einem Satz sprang sie hinter einen Mauervorsprung, der den Eingang zum Keller markierte, und ging in Kampfstellung. Schritte klackten die geflieste Treppe hinunter. Noch bevor Fran das Gesicht sah, wusste sie, dass ihre Angst wieder einmal unbegründet gewesen war. Es war eine Frau, und vor Frauen brauchte sie keine Angst zu haben. Es war die Nachbarin aus dem ersten Stock. Fran wartete, bis sie das Haus verlassen hatte, dann eilte sie die Treppe hinauf, nahm immer zwei Stufen auf einmal. Ihre Wohnungstür schien unversehrt, zumindest war sie nicht verschmutzt oder mit irgendetwas Ekligem beklebt. In Windeseile entriegelte sie die drei Sicherheitsschlösser, bevor sie das normale Türschloss aufschließen konnte. Sie schlüpfte in ihre Wohnung, lauschte. Nichts. Reihum kontrollierte sie die Zimmer. Nichts. Entwarnung.

Frau Dr. Sola hatte ihr erklärt, was sie in der Theorie schon lange wusste: »Ihr Verstand sagt Ihnen, dass keine Gefahr drohen kann, dass der eine schreckliche Mann hinter dicken Mauern eingesperrt und der andere tot ist. Ihr Gefühl sagt Ihnen, dass die Gefahr allgegenwärtig ist. Dass keine Mauer hoch genug ist, ihn zurückzuhalten, und dass die Monster jederzeit von den Toten auferstehen können. Lassen Sie Ihr Gefühl nicht überhandnehmen, aber lassen Sie ihm genug Freiraum.«

Fran bereitete sich ein frisches Müsli, schaltete das Radio ein, hörte ein wenig Musik und die Nachrichten. Müdigkeit kroch ihr in die Glieder. Sie hatte noch genug Zeit, sich kurz hinzulegen. Den Wecker stellte sie auf zwölf Uhr, dann musste sie sich nicht hetzen.

Um zehn nach zwölf saß sie in ihrem neuen Spielzeug, lenkte es auf die A 46, dann auf die A 3. Die Tachonadel näherte sich der Zweihundertzwanzig, die Überholspur war frei. Fran drückte noch ein wenig aufs Gas, und selbst bei dieser Geschwindigkeit hatte der Motor Kraft genug, so zu beschleunigen, dass sie in den Hartschalensitz gedrückt wurde. Bei zweihundertfünfundfünfzig nahm sie den Fuß vom Gas. Von Weitem sah sie einen LKW, der von einem langsamen PKW überholt wurde. Sie wollte auf keinen Fall drängeln, also bremste sie bis auf einhundertzwanzig ab. So machte es ihr sogar noch mehr Spaß. Sie konnte immer wieder beschleunigen und das Gefühl genießen, in den Sitz gedrückt zu werden.

Mehr als neunzig Minuten würde sie nicht brauchen, würde also noch viel Zeit haben, ihren Vortrag noch mal durchzugehen und an den Details zu feilen. Sie sollte ausgesuchte Kollegen auf den neuesten Stand der Sektenaktivitäten in Deutschland bringen und ihnen erzählen, was in diesem Bereich die Operative Fallanalyse leisten konnte, vor allem im Beweisverfahren vor Gericht. Vogler hatte sie gebeten, die Studie vorzustellen, auch wenn sie noch nicht ganz fertig war. Wenigstens das waren Neuigkeiten für die Kollegen vom BKA. Denn ein wenig fühlte sie sich, als sollte sie Eulen nach Athen tragen: Das BKA in Wiesbaden hatte eine hervorragende Abteilung Operative Fallanalyse, rekrutiert vor allem aus Münchner Profilern, die Vorreiter in Sachen OFA Deutschland gewesen waren. Sie fragte sich, wie viele Morde der NSU-Serie man hätte verhindern können, hätte man auf die Kollegen aus München früher gehört. Und sie fragte sich, warum man sie wirklich eingeladen hatte. Für das BKA war ihre Arbeit nicht sonderlich relevant, auch nicht die Studie. Die Ergebnisse ließen sich in wenigen Worten zusammenfassen: »Satanisten sind nicht gewalttätiger als die Durchschnittsbevölkerung.«

Wieder kam ein Stück freie Strecke ohne Tempolimit. Fran trat das Gaspedal bis zum Anschlag durch, der Impreza machte einen Satz und schoss davon. Fast so gut wie ein heißer Base-Jump – eine Sekunde unaufmerksam, und man war tot.

Kein Stau hatte sie aufgehalten, also war sie pünktlich zu ihrem Vortrag eingetroffen. Fran ließ ihren Blick über das Auditorium gleiten. Siebenundzwanzig Männer, sechs Frauen. In der ersten Reihe saß Jörn Vogler. Zwar hatte er sie eingeladen, aber dass er sich ihren Vortrag anhören würde, damit hatte sie nicht gerechnet. War das ein Kompliment oder eine Warnung? Voglers Arm war lang genug, um sie mit einem Fingerschnipsen aus ihrem Job zu werfen.

»Meine sehr verehrten Damen und Herren, sehr verehrter Herr Vogler!« Sie nickte ihm zu, aber seine Miene blieb verschlossen. »Ich freue mich sehr, dass Sie mich eingeladen haben, Ihnen aus meinem Arbeitsbereich einige Aspekte näherzubringen. Dass ich hier, sozusagen in der guten Stube der deutschen OFA, sprechen darf, betrachte ich als eine Ehre. Ich hoffe, ich kann ihr gerecht werden.« Keine Reaktion. Also fuhr Fran fort: »Bevor ich ins Thema einsteige, möchte ich Ihnen ein paar Dinge über meinen Werdegang erzählen, die Sie in der Veranstaltungsbroschüre nicht gelesen haben. Damit Sie wissen, mit wem Sie es zu tun haben.«

Und damit die Distanz ein wenig geringer wird. Es war gut, etwas über sich selbst zu erzählen, zu signalisieren, dass sie eine von ihnen war. Sie machte eine kurze Pause, ließ den Blick schweifen. Immer noch keine Reaktionen, aber alle waren auf sie fokussiert. Gut.

»Genauso wichtig wie das Studium der Psychologie waren für mich die Jahre auf Streife, mit einem altgedienten, erfahrenen Kollegen. Dort habe ich die Fallstricke, die Versuchungen und die Anforderungen an den Polizeiberuf kennengelernt. Ich habe eine Kameradschaft erlebt, die es so wohl nur noch bei Bergleuten gibt, mit allen Vor- und Nachteilen.« Sie genoss die fragenden Blicke. »Ebenso wie unter Tage das Leben des Bergmanns von der Zuverlässigkeit des Kumpels an seiner Seite abhängt, so hängen über Tage das Leben und die seelische Gesundheit der Polizisten ebenfalls von den Kollegen an ihrer Seite ab. Der soziale Druck innerhalb einer Wache ist, sowohl im positiven wie auch im negativen Sinne, enorm hoch.« Kurze Pause. »Aber wem erzähle ich das? Es ist also menschlich, mal auszurasten, einen Fehler zu machen oder dem Alkohol mehr zuzusprechen, als es guttäte.« Jetzt kam die erste kleine Bombe. »Insofern wundert es mich nicht, *dass* Polizistinnen und Polizisten sich falsch verhalten; es wundert mich, dass sie sich nicht viel öfter falsch verhalten.«

Verhaltener Applaus lief durch die Reihen, einige nickten

bestätigend, Vogler aber hielt seine Arme über der Brust verschränkt und starrte sie misstrauisch an.

»Dann bin ich in den Kriminaldienst gewechselt und habe eine vollkommen andere Welt vorgefunden. Hatte ich vorher acht Stunden Dienst auf Streife und anschließend noch zwei Stunden Berichteschreiben, bestand meine Aufgabe nun vorwiegend in Aktenarbeit. Aber das, was ich lernen wollte, konnte ich dort nicht lernen: das Ganze eines Verbrechens erfassen! Die meisten Fälle hatten wir in ein oder zwei Tagen aufgeklärt, Intimizide, Beziehungstaten, klare Sachverhalte. Doch dann gab es Fälle, die von der Norm abwichen, die keinem bekannten Muster folgen wollten, die sich selbstständig machten, die sich mit unseren Perspektiven, mit unserer Erfahrung, mit unserem Wissen nicht fassen ließen. Noch immer schlummern viele dieser Fälle in den Archiven der deutschen Polizei. Glücklicherweise fragte mich das LKA genau zu diesem Zeitpunkt, ob ich das Team der Düsseldorfer OFA verstärken wollte. Natürlich wollte ich! Es folgten Lehrgänge im Ausland, unter anderem in den USA und in Großbritannien und natürlich in Bayern.« Sie musste einen Moment warten, bis das Gelächter abgeebbt war, sogar Vogler verzog den Mund zu einem schiefen Grinsen. Sie setzte neu an. »Vor allem bei unseren Münchner Kollegen habe ich viel gelernt. Umso größer war die Erschütterung, als ich erkennen musste«, Voglers Miene versteinerte; er wusste, was jetzt kam, »dass im Fall der NSU-Morde alle Hinweise der OFA in den Wind geschlagen worden waren.«

Jetzt konnte man eine Stecknadel fallen hören. Fran hatte die größte Pleite der deutschen Ermittlungsbehörden angesprochen und die OFA zum Allheilmittel erklärt. Das war für viele Kollegen von der Kriminalpolizei gleichbedeutend mit einer Kriegserklärung. Fran war sich nicht mehr sicher, ob sie den richtigen Weg eingeschlagen hatte. Predigte sie? Wedelte sie mit dem moralischen Zeigefinger? Die Fragen kamen zu spät. Jetzt musste sie weitermachen und es zu Ende bringen.

»Eins der wichtigsten Prinzipien der OFA ist: Wir gehen *allen* Vermutungen nach. Wir lassen uns nicht leiten von irgendwelchen Vorstellungen, wie etwas zu sein hat. Ein Kollege von der Kripo, ebenfalls ein Münchner, hat den Satz geprägt: ›Ich habe noch nie einen rechtsradikalen Terroristen auf dem Fahrrad gesehen.‹« Einige Kollegen blickten zu Boden, andere starrten sie trotzig an. »Bei allem Verständnis für die Schwierigkeiten unseres Berufs – das ist nicht akzeptabel! Was nützen die besten Methoden, wenn wir sie an der falschen Stelle anwenden? Die OFA gehört genauso in den kriminalistischen Köcher für *aktuelle* Fälle wie die DNA und der Fingerabdruck.«

Fran machte eine Pause, ließ die Worte wirken, wollte spüren, wie sich die Stimmung bei ihren Zuhörern entwickelte. Die meisten schienen mit ihr einer Meinung zu sein, sie hatten sich aufgerichtet, hörten aufmerksam zu. Nur Vogler machte eine Miene wie auf einer Beerdigung.

Fran fuhr fort: »Damit kein Missverständnis aufkommt: Die Operative Fallanalyse *löst* keine Fälle! Das ist ebenso sicher wie die Tatsache, dass Vorurteile und vor allem die Unfähigkeit, Fehler einzugestehen, jede vernünftige Ermittlung kaputt machen. Die OFA liefert neue Ansätze, neue Sichtweisen, ermöglicht Paradigmenwechsel. Terroristen oder andere Gewalttäter fahren nicht nur Fahrrad. Sie fliegen auch Flugzeuge in Häuser; sie töten sich selbst; sie sind unberechenbar; sind liebende Familienväter, treue Freundinnen, sie sind aus Fleisch und Blut und deshalb zu allem, zu dem ein Mensch fähig ist, fähig. Letztlich eine Binsenweisheit, die wir uns aber jeden Tag, immer wieder, vor Augen führen müssen!« Pause. »Unser aller Ziel ist es, Verbrechen aufzuklären, im besten Falle zu verhindern. Da ist kein Platz für Eitelkeiten.«

Hier und da ein Nicken, ansonsten blieb es ruhig, bei den meisten erkannte sie anhand ihrer Körpersprache, dass sie entspannt waren und bereit, weiter zuzuhören. Niemand stellte eine Frage.

Also begann Fran mit ihrem eigentlichen Vortrag, definierte zuerst den Begriff der Fallanalyse, damit klar wurde, worüber sie hier überhaupt redete, denn in einigen Grundfragen hatte sich ihre Sicht von den klassischen Definitionen entfernt: Sie unterschied nicht grundsätzlich organisierte oder unorganisierte Täter, sondern ging davon aus, dass jeder Täter ein eigenes Profil besaß, das man herausarbeiten musste. Dann stellte sie die Vorgehensweise der Düsseldorfer OFA dar, benannte die Schnittstellen zur Kriminalpolizei, die Möglichkeiten der Zusammenarbeit und die Bedeutung der Fallanalyse im Strafprozess, zeigte Fehlerquellen auf und Grenzen, aber auch neue Entwicklungen und Forschungsergebnisse, vor allem die neuen mathematischen Berechnungsmodelle zur geografischen Fallanalyse, die ihr Team in Düsseldorf entwickelt hatte. Die vorläufigen Ergebnisse ihrer Studie stellte sie wie geplant mit wenigen Sätzen vor.

Nach fast neunzig Minuten konnte sie ihr Fazit verkünden: »Wir fragen uns, wenn wir bestialischen Vergewaltigern und Mördern gegenüberstehen: ›Was sind das nur für Menschen?‹ Sehr unterschiedliche, die nicht in Schubladen passen, aber viele haben viele Gemeinsamkeiten. Und die gilt es zu finden und für unser Ziel, die Verbrechensbekämpfung, einzusetzen. Und wir sollten nie vergessen: Diese Menschen, die solch unvorstellbare Dinge tun, sind uns ähnlicher, als wir denken, als wir wahrhaben wollen. Vielen Dank.«

Sie musste an das Skelett mit der Teufelsblume denken. Hatte dieser Täter Ähnlichkeiten mit ihr? Welche dunkle Seite in ihr musste zum Vorschein kommen, um so etwas zu tun?

Ihre Kollegen begannen zu applaudieren, sogar Vogler machte mit, aber nach wie vor mit steinerner Miene. Fran verbeugte sich artig, lächelte, verbeugte sich nochmals. Glücksgefühle durchströmten Fran. Sie hatte es richtig gemacht, hatte Kritik geübt, ohne jemanden zu beschuldigen, hatte Konsens hergestellt: Alles, was wir tun können und dürfen, sollten wir tun, um Täter zu fassen und Menschenleben zu retten. Ein hohes Ziel, das oft nicht erreicht werden konnte. Umso wichtiger war es, immer wieder darauf hinzuweisen. Sie gefiel sich in der Rolle der Jeanne d'Arc, die mit erhobenem Moralschwert durch die Lande zog und die Welt verbesserte.

Fast zwei Minuten applaudierten ihre Kollegen, eine kleine Ewigkeit. Eine Fragerunde war nicht vorgesehen, alle hatten ihre Dienstnummer und ihre E-Mail-Adresse, unter der sie jederzeit zur Verfügung stand. Vogler blieb sitzen, zog sein Handy und sprach hinein. Einige Kolleginnen und Kollegen gratulierten Fran und wünschten ihr weiterhin viel Erfolg. Schnell leerte sich der Saal. Nur Vogler blieb sitzen; er stand erst auf, als sie alleine waren.

»Frau Miller, haben Sie einen Moment für mich?«

»Sehr gern, Herr Vogler.«

Vogler trat an sie heran, so nah, dass sie unwillkürlich den Oberkörper ein wenig zurückbog.

»Ihr Vortrag war nicht schlecht.«

Er schwieg, fixierte sie, wollte wohl ihre Reaktion testen. Fran lächelte weiter.

»Ehrlich gesagt, er war sehr gut. Sie haben den Finger in die Wunde gelegt, das tut natürlich weh. Der Polizeiapparat hat blinde Flecken, die so groß sind, dass ein ganzer Friedhof darin verschwinden könnte.«

Vogler flüsterte. Kein Wunder. Ein solcher Satz in den Medien hätte ihn seine Karriere gekostet.

»Sie wissen, dass wir alle ungeklärten Morde und Mordversuche auf rassistische Hintergründe prüfen?«

Fran nickte. An die dreitausend Fälle standen auf dem Prüfstand, bei über siebenhundert gab es Hinweise auf rassistische Motive. Allerdings waren die Untersuchungen bereits abgeschlossen, genaue Zahlen, wie viele Treffer es gab, kannte sie nicht.

»Wir haben die besten Kriminalisten darauf angesetzt, die bisherigen Ergebnisse sind, sagen wir mal, nicht schlecht.«

Fran ahnte, worauf er hinauswollte. »Aber auch die besten Kriminalisten sind Teil des Systems und schauen unter Umständen gekonnt vorbei.«

Vogler kniff die Augen zusammen. »Man hat mir gesagt, dass Sie sehr direkt sein können.«

Fran konnte sich nicht beherrschen. »Wer?«

»Dienstgeheimnis.« Voglers Miene blieb starr.

Okay, sagte sich Fran. Lass ihn einfach reden. Lass ihn sein Spiel spielen. »Verstehe.«

»Gut. Denn Sie werden gleich ebenfalls ein Dienstgeheimnis tragen. Können Sie das?«

Natürlich konnte sie das, und sie musste sich eingestehen, dass Vogler wirklich clever war. Er beherrschte die Klaviatur der Manipulation perfekt, er hatte mit Sicherheit ihre Akte auswendig gelernt und sich von ihrer Chefin, Sabine Fellmis, alles über ihre Renitenz erzählen lassen. Sie nickte.

»Erstens. Was wir ab jetzt besprechen, ist streng geheim. Zweitens. Sie werden die Anweisungen aus diesem Gespräch in Ihrem Team durchsetzen müssen.«

Fran hob eine Hand. »Sollten Sie das nicht lieber mit meinem Boss besprechen?«

»Sie müssen noch viel lernen. Frau Fellmis ist selbstverständlich eingeweiht und einverstanden.«

Fran hatte nicht die Zeit, sich zu wundern. Vogler redete sofort weiter.

»Wir haben vier OFA-Teams ausgewählt, die einige spezielle Fälle noch mal unter die Lupe nehmen sollen.«

»Bin ich deshalb eingeladen worden, um sozusagen meine Eulen nach Athen zu tragen, damit Sie sie begutachten können?«

»Exakt. Ist das ein Problem?«

Fran schüttelte den Kopf. »Nicht im Geringsten. Das beantwortet mir eine Frage, die mich sehr beschäftigt hat.«

»Sie erhalten siebzehn Fälle von denen, die als nichtrassistisch eingestuft wurden, bei denen wir aber Zweifel haben, ob die Einschätzung richtig ist.«

»Siebzehn?« Fran glaubte, sich verhört zu haben. »Wissen Sie …«

»Davon können Sie ausgehen. Ich weiß, wie viel Zeit jeder einzelne Fall braucht. Die Akten sind bereits unterwegs ins LKA Düsseldorf. Überlegen Sie sich, wie Sie den Vorgang beschleunigen können. Sie haben genau vierzehn Monate. Dann brauche ich die Ergebnisse. Je eher, desto besser. Und kein Wort zu irgendjemandem außerhalb Ihres Teams!«

Voglers ganze Haltung ließ keine Zweifel aufkommen: Der Mann meinte es ernst.

»Noch Fragen?«

Vogler wartete nicht auf eine Antwort. Er nickte knapp, drehte sich um und eilte, ja rannte fast aus dem Saal. Er ließ sie stehen wie einen Schüler, dem er eine Strafarbeit aufgebrummt hatte und dessen Gemurre er sich nicht anhören wollte.

Siebzehn Fälle! Wie lang lagen die Fälle zurück? Wie viele Personen waren involviert? Wie umfangreich war die Datenlage? Morde oder Mordversuche? Nichts wusste sie, außer, dass sie nicht wusste, wie sie das anstellen sollten. Vogler hatte nichts darüber gesagt, wie sie an die Zeugen käme; nichts darüber gesagt, wie viele Kilometer sie fahren mussten, um an die Tatorte zu gelangen, falls es die Tatorte überhaupt noch gab. Und was war mit Fellmis? Warum wälzte sie das auf Fran ab? Das war eigentlich eine klassische Führungsaufgabe: Das Unmögliche koordinieren, aus den Leuten alles rausholen, egal, ob sie dabei kaputtgingen oder nicht.

Ein Blick auf die Uhr sagte Fran, dass es Zeit wurde, zurückzufahren. Sie hatte sich mit ihrer Mutter um sechs Uhr zum sehr späten Kaffee verabredet.

Nachdenklich packte sie ihre Unterlagen und ihren Laptop zusammen, verstaute alles in ihrer Lehrer-Ledertasche, die sie von ihrer Mutter zur Diplomfeier geschenkt bekommen hatte.

Wenn sie nicht in einen Stau geriet, würde sie auf jeden Fall pünktlich sein. Ihr Impreza machte ihr von Tag zu Tag mehr Freude. Wenigstens etwas.

*

Marcel Kirsch war es gewohnt, stundenlang einfach rumzusitzen und alles im Blick zu behalten. Schon als Kripomann hatte ein großer Teil seiner Aufgaben darin bestanden, zu beobachten, auf der Lauer zu liegen. Er war immer wieder von den Mobilen Einsatzkommandos angefordert worden zur Unterstützung von Observationen.

Marcel tauchte aus seinen Erinnerungen auf. Sein Lockvogel Nummer drei betrat das Café. Ein älterer Mann, Rucksack, das Haar etwas wirr, insgesamt fahriges Auftreten. Das optimale Opfer für Taschendiebe.

»Nummer drei lebt«, sagte Marcel. Sofort bekam er eine Bestätigung von seinen beiden Greifern, die an der Laterne direkt gegenüber dem Ausgang des Welt-Cafés standen. Marcel musste grinsen. In Filmen griffen sich die Deppen von der Polizei immer ans Ohr, wenn sie miteinander über Interkom sprachen. Genauso gut hätte man sich rote Schilder umhängen können. *Seine* Leute waren mit der modernsten Technik ausgestattet. In-Ear-Monitoring mit Geräten, die so klein waren, dass man sie nicht sehen konnte. Die Mikrofone waren in der Bekleidung unsichtbar versteckt, die Lautsprecher saßen tief im Gehörgang und mussten mit einem speziellen Werkzeug eingesetzt und wieder entfernt werden.

Nur bei Sicherungsaufträgen von Empfängen oder Betriebsfeiern verwendete Marcel sichtbare Komm-Technik, damit seine Leute sofort erkennbar waren und die Besucher sich gut aufgehoben fühlten.

Marcel hatte noch einen weiteren Lockvogel parat. Wenn Nummer drei nicht die erhoffte Beute brachte, mussten sie abbrechen und am nächsten Tag neu ansetzen. Eine Wache würde er allerdings vor Ort lassen.

Die Bande, der sie auf der Spur waren, war clever. Sie setzten Spitzel ein, beobachteten ihren Einsatzbereich manchmal mehrere Wochen lang, bevor sie zuschlugen. Das Welt-Café war im letzten Jahr von der Bande mehrfach heimgesucht worden. Es hatte sich herumgesprochen, dass dort die Geldbeutel nicht sicher seien; die Folge: über zwanzig Prozent Umsatzeinbuße, einige tausend Euro jeden Monat.

Der Inhaber war aufgrund einer Empfehlung auf Marcel zugekommen und hatte, ohne mit der Wimper zu zucken, fünftausend Euro auf den Tisch gelegt. Die waren schon aufgebraucht; seit zwei Wochen observierten sie das Café und hatten einige schöne Bilder von Personen, die so verdächtig waren, dass man sie eigentlich sofort hätte festnehmen und ausquetschen müssen, bis sie ihr Versteck preisgaben. Aber so wurde bei der Polizei nicht gearbeitet. Die hinkte immer hinterher.

Wenn die Brieftasche gestohlen, die PIN geknackt und das Konto leer war, halfen auch keine vollmundigen Versprechen eines Innenministers oder des Polizeipräsidenten, man würde Düsseldorf zur sichersten Stadt Deutschlands machen. So ein Unsinn. Düsseldorf war reich, und wo Geld war, waren auch Kriminelle jeder Couleur.

Marcel konzentrierte sich auf den Lockvogel, ein Schauspieler, der sich gerne etwas nebenbei verdiente und ihm schon manchen guten Dienst erwiesen hatte. Der Mann war einfach klasse. Er orderte einen Kaffee, bestellte noch mal um, überlegte und wollte dann doch das, was er zuerst geordert hatte. Zwei der verdächtigen Personen machten sich an ihn ran. Bingo!

»Achtung!«, sagte Marcel vollkommen entspannt. »Zwei Broiler im Anflug.«

Marcel hatte sich einen Code ausgedacht, denn man wusste ja nie, wer so alles mithörte. Er benutzte zwar eine ganze Menge Schutzmechanismen, aber er wusste auch nur zu gut, wozu die deutschen Geheimdienste und auch das LKA in der Lage waren: Die NSA verwendete in vielen Bereichen deutsche Technologie. In Marcels Job musste man bis zu einem gewissen Grad an Verfolgungswahn leiden, ansonsten war man schnell erledigt.

Broiler, das ehemalige DDR-Wort für Brathähnchen, benutzten sie für Verdächtige, die kurz vor der Festnahme standen. Die beiden Greifer bewegten sich in Richtung Ausgang und positionierten sich so, dass ihnen die beiden Broiler bei der Flucht genau in die Arme laufen würden. Etwas abseits hatte Marcel insgesamt vier Verteidiger postiert. Die kamen ins Spiel, falls Bandenmitglieder versuchten, ihre Komplizen zu befreien. Die vier setzten sich zusammen aus einem Türsteher, zwei ehemaligen Soldaten und einem Praktikanten, der seine Ausbildung fast beendet hatte und jetzt Felderfahrung sammelte. Alle hatten mindestens den braunen Gürtel in Jiu-Jitsu, der Kampfsportart, die alle Polizisten lernten: eine Mischung aus Karate, Judo und Aikido, erweitert um einige effektive Techniken, um Gegner außer Gefecht zu setzen und ohne Mühe festzuhalten.

Der Lockvogel steckte seinen Geldbeutel außen so in die Manteltasche, dass er halb herausschaute. Ein echt fetter Köder, hoffentlich nicht zu fett.

Die Verdächtigen pirschten sich ran und nahmen den Lockvogel in die Zange, als er an der Schlange der Leute vorbeiging, die um Getränke anstanden. Der vordere drehte sich einfach nur kurz um, lächelte den Lockvogel an, der hintere schnappte sich den Geldbeutel. Niemand bemerkte etwas, alle waren mit sich selbst beschäftigt.

Jetzt musste Marcel den richtigen Moment abpassen. Der Lockvogel wandte sich wie abgesprochen nach rechts, um ins obere Geschoss zu gehen, die beiden Diebe schritten in aller Seelenruhe auf den Ausgang zu. Marcel zählte bis drei.

»Jetzt!«, sagt er leise.

Der Lockvogel fing an zu schreien: »Mein Geldbeutel!« Er zeigte auf den kleineren der beiden Diebe. »Er hat meinen Geldbeutel!«

Der sprintete sofort los, schaffte es aber, im Vorbeirennen den Geldbeutel seinem Komplizen zuzustecken, der ruhig weiterging. Jede Bewegung der beiden wurde von zwei hochauflösenden Kameras gefilmt.

»Alpha«, sagte Marcel. »Du schnappst dir den Sprinter. Omega, du greifst den Träger.«

Die Frage war jetzt nur noch, ob weitere Bandenmitglieder im Feld waren. Alpha legte den Sprinter flach, Handschellen klickten, Omega nahm den Dieb in den Kreuzfesselgriff, aus dem es kein Entkommen gab. Niemand kam ihnen zu Hilfe.

Beide versuchten sich zu befreien, aber sie hatten keine Chance, Alpha und Omega verstanden ihr Handwerk. Die Verteidiger blieben also diskret im Hintergrund.

Der Lockvogel kam aus dem Café gerannt, zog sich Handschuhe über, nahm seinen Geldbeutel entgegen, ließ ihn in eine Beweistüte fallen und beschriftete ihn. Gerichtsfeste Beweise! Beide Diebe hatten ihre Fingerabdrücke auf dem Geldbeutel hinterlassen.

Viel würde die ganze Sache juristisch nicht bringen. Wenn sich die beiden nicht illegal in Deutschland aufhielten und kein Haftbefehl gegen sie vorlag, waren sie in spätestens vierundzwanzig Stunden wieder auf freiem Fuß. Marcel war es egal, was mit den beiden bei der Polizei gemacht wurde. Ihm ging es um etwas ganz anderes.

Marcel wartete noch einen Moment, um sicherzugehen, dass wirklich keine Komplizen eingriffen, dann gab er das Go für die Belehrung der beiden. Die Funkverbindung wurde unterbrochen, sicher war sicher. Wenn jemand mitbekam, was seine Leute den Dieben ins Ohr flüsterten, würde man ihn den Medien zum Fraß vorwerfen und er könnte seinen Laden dichtmachen. Von Selbstjustiz würde man faseln.

Marcel kannte den Text zur Genüge, schließlich hatte er ihn sich ausgedacht.

Alpha und Omega beugten sich zu ihrer Beute hinunter und flüsterten den beiden in die Ohren: »Hör gut zu, Arschloch. Heute habt ihr Glück gehabt, dass wir euch der Polizei übergeben. Wenn wir euch das nächste Mal hier in Düsseldorf erwischen, dann machen wir euch fertig. Dann brechen wir euch die Hände und treten euch die Eier platt. Richtet das auch euren Kollegen aus. Sucht euch eine andere Stadt. Und wenn wir richtig böse werden, dann badet ihr im Rhein. Mit echt stylishen Betonschuhen an den Füßen.« Beide gaben noch mal etwas Druck auf die Ellbogengelenke der Männer, damit ihnen die Belehrung möglichst lange im Gedächtnis blieb.

Alpha und Omega richteten sich auf, Marcel schaltete den Funk wieder ein. So musste man mit diesem Pack umgehen. Alles andere war Kosmetik.

Nach ein paar Minuten kam eine Streife und sackte die Taschendiebe ein. Alpha erklärte den Sachverhalt, übergab den Geldbeutel. Der Beamte nickte und bat, dass sich die Beteiligten möglichst bald auf der Wache meldeten. Dann reichte er Alpha die Hand und bedankte sich.

Insgesamt vier harte Wochen lagen hinter Marcel und seinen Leuten. Sie freuten sich über den Bonus, den der Inhaber des Cafés zahlen würde. Zweitausend Euro extra. Marcel würde die Summe unter den Einsatzkräften gleichmäßig aufteilen. Sie hatten hervorragende Arbeit geleistet.

Er war sicher, dass sich die Aktion unter den Taschendiebbanden herumsprechen würde. Ein oder zwei Jahre würde das Welt-Café Ruhe haben, vielleicht auch noch ein drittes. Dann hatte das Milieu vergessen, was sich hier abgespielt hatte, und der Tanz würde von Neuem beginnen. Ein einträgliches Geschäft und ein krisensicherer Job. Und er hatte keinen abgehobenen Staatsanwalt über sich, der ihm sagte, wie er seine Arbeit zu machen hatte.

*

»Also, das geht jetzt ziemlich durcheinander. Ich weiß auch gar nicht, wozu das gut sein soll. Und es ist so lange her. Ich habe nichts Böses getan. Das wissen alle. Ich habe nichts mit dem zu tun, was Katrin passiert ist. Aber egal. Es muss wohl sein. Wie das mit Katrin war? Ach ja. Wir fuhren natürlich immer wieder nach Ameland, etwas anderes kam gar nicht in Frage, und mir war das recht. Ich war gerade achtzehn geworden und hätte gehen können, wohin ich wollte. Aber wohin hätte ich gehen sollen? Ich war ja noch auf der Schule, musste noch zwei Jahre machen bis zum Abitur. Nach zwei Ehrenrunden halt. Ehrlich, dieses Gefrage geht mir auf den Sack. Ja, ich weiß, ich reiße mich am Riemen. Mir ging halt alles auf die Nerven. Die Schule sowieso, ein Glück, dass ich nicht viel lernen muss, um halbwegs durchzukommen. Die zwei Jahre, in denen ich hängen geblieben bin, da bin ich erst gar nicht in die Schule. Meine Eltern wollten mich schon zum Schreiner machen, aber meine Lehrer haben gesagt, ich sei zu schade für einen Handwerksberuf. Dann musste ich halt weiter auf die Schule, obwohl ich gerne mit Holz gearbeitet hätte. Vielleicht. Vielleicht auch nicht.

Meine bescheuerte Stiefmutter führte sich auf wie eine Königin, da hätte es mir besser gefallen, Papa wäre öfter hier gewesen, aber der war wie immer unterwegs. Der Urlaub in diesem seltsamen Sommer war auf jeden Fall ziemlich beschissen. Ich hatte ein Mädchen kennengelernt, echt süß, aber die ist dann mit so einem Schönling abgezogen. Ich war sauer. Hannah hat ständig an mir gehangen wie eine Klette, kein Wunder, die Alten hatten ja nichts als Saufen und Ficken im Kopf. Ich habe Hannah auch sehr lieb, deswegen war das nicht so schlimm. Eigentlich war sie gar keine Klette. Sie war süß und hat sich immer an mich geschmiegt wie ein kleines Kätzchen. Und wenn sie gelacht hat, dann musste ich auch lachen, so wie bei Katrin. Also habe ich versucht, sie zum Lachen zu bringen.

Wir haben Katrins sechsten Geburtstag gefeiert, das wenigstens war schön. Sie hat ein komplettes Set Barbie-Hair geschenkt bekommen, mit allem Drum und Dran. Sie ist fast ausgeflippt vor Freude. MamaZwei hat einen Kuchen gebacken, wir haben gesungen und sind essen gegangen, Pommes, so viel wir wollten, und Frikandel Special mit viel Ketchup und alles, was ungesund ist.

Sonst gab es nämlich bei uns nur gesundes Essen. Wenig Fleisch, viel Gemüse.

Bei meinen Freunden ist das anders. Da gibt es jeden Tag Fleisch, außer freitags, klar, und Gemüse gibt es auch. Abends haben sich die beiden dann wieder anständig die Kante gegeben und haben sich gestritten, ich habe Katrin und Hannah mit an den Strand genommen, habe ein Lagerfeuer gemacht, und wir haben die Sterne gezählt und sind am Strand eingeschlafen, alle drei unter einer Decke.

Am nächsten Tag sind wir zurück, ich dachte schon, es gibt Ärger, aber die hatten ihren Rausch noch gar nicht ausgeschlafen. Da bin ich echt sauer geworden, hab mir einen Geldbeutel geschnappt und bin mit meinen Schwestern einkaufen gegangen. Kein einziger Gulden war übrig. Ich habe mir einen Drachen gekauft, Hannah ein Kleid, und Katrin hat zu ihrem Barbie-Hair noch einen Ken dazugekauft und einen Bauernhof. Danach hat's dann richtig Ärger gegeben, Papa hat mir ein paar gewischt, Mama-Zwei hat gekreischt wie hundert Möwen. Es war mir scheißegal! Ich habe denen die Meinung gegeigt, Katrin hat geflennt, und Hannah hat mit großen Augen dagesessen und war ganz und gar fasziniert. Wenigstens haben sie sich danach nicht mehr ganz so schlimm weggesoffen, aber sie haben sich noch mehr gestritten als sonst. Und immer ging es um dasselbe: Geld, Geld und noch mal Geld. Immer hatte MamaZwei zu wenig, und sie hat geschrien, dann soll er sich doch was andres suchen, er könne doch mehr, als die Scheiß-LKWs zu fahren. Er solle doch diese Scheißprüfung noch mal machen. So ging das immer zur Sache. Aber wehe, ich hätte das S-Wort gesagt, dann wären beide über mich hergefallen und hätten mir den Mund mit Seife ausgewaschen.

Fast hätte ich es vergessen. In dem Urlaub habe ich noch ein anderes Mädchen kennengelernt. Sie hatte langes braunes Haar und war einen Kopf kleiner als ich. Auf der rechten Wange hatte sie so einen dunklen Fleck, sie sagte, den habe sie von ihrer Mutter und sie sei stolz darauf. Beim Lachen hatte sie Grübchen in den Mundwinkeln, das fand ich besonders süß. Wir redeten viel miteinander, aber dann war der Urlaub schon wieder vorbei und sie musste nach Hause. Ich habe nie wieder etwas von ihr gehört, aber ich habe sie nicht vergessen können, bis heute. Ich habe sogar noch ihr Bild, das habe ich seitdem in meiner Brieftasche. Hier, schauen Sie mal. Ist sie nicht süß? So wunderschöne Augen. Klingt das bescheuert? Ein Bild von einem Mädchen mitschleppen, das man nie wieder gesehen hat? Nein? Was mir sonst noch einfällt?

In dem Jahr gab es besonders viele tote Kaninchen. Die waren von den Leuten mit einem Virus infiziert worden, weil es einfach zu viele waren. Mit ihren Gängen und Höhlen durchbohrten die Kaninchen die Dünen und machten sie damit kaputt, und das Meer spülte den Strand fort im Winter, wenn die Stürme kamen. Ich fand das gut mit den Kaninchen. Ich habe ganz viele gesammelt und vergraben. Aber ich habe niemandem etwas davon erzählt. Sonst wäre mein Vater noch mehr ausgerastet. Der wollte das nicht. Aber die Kaninchen sollten es doch gut haben. Ich dachte immer, so in der Erde, da ist es schön warm, und es bleibt auch ganz lange etwas übrig von ihnen. Sie sind nicht einfach weg. Die anderen toten Kaninchen wurden einfach verbrannt. Nichts blieb von ihnen. Wie schrecklich!

Die Kaninchen sind Ihnen egal? Und Katrin auch? Das sei alles geklärt? Warum bin ich dann hier? Sie haben doch gesagt, wegen Katrin ... nicht wegen Katrin. Aha! Wegen meiner Freunde auf dem Gymnasium. Was soll denn mit denen gewesen sein? Was haben die gesagt? Das kann nicht sein. Die lügen. Wie gedruckt. Ich hab nichts gemacht. Gar nichts. Und jetzt sage ich nichts mehr, jetzt gehe ich nach Hause.«

*

Fran parkte den Impreza direkt vor ihrem Elternhaus. Sie blieb noch einen Moment sitzen, betrachtete die roten Klinkermauern, hinter denen sie ihre Kindheit verbracht hatte. War sie als Kind glücklich gewesen? An was erinnerte sie sich? An die vielen Weihnachtsfeste, Geschenke, Lieder singen, die Kerzen, den Geruch von Tannennadeln, Fichtenharz und Zimtäpfeln. Sie erinnerte sich an den Tag, als sie sich das erste Mal weigerte, das Tischgebet zu sprechen. Sie war vierzehn, und sie hasste ihre Eltern mehr als alles auf der Welt.

Dad, der Saubermann-Polizist, hatte vor Wut seinen Teller an die Wand geworfen, Mutter vor Entsetzen ihr Glas umgestoßen. Wie Blut war der Rotwein über die weiße Tischdecke geflossen. Dad war aus dem Kreuzschlagen nicht mehr herausgekommen, und Mutter war schließlich in Tränen ausgebrochen. Fran bekam eine Woche Stubenarrest, das Essen aufs Zimmer. Dad meinte, wer in der Gemeinschaft nicht bete, der sei der Gemeinschaft nicht würdig. Nach dieser Woche der seelischen Folter hatte Fran wieder mitgebetet, bis zu ihrem achtzehnten Geburtstag. Ihren Gedanken jedoch hatte sie freien Lauf gelassen, zuerst dominiert von der Fantasie, wegzulaufen und auf einer einsamen Insel zu leben. Dann hatte sie beim täglichen Tischgebet eine satanische Sekte gegründet, sie war der Guru gewesen, und innerhalb kürzester Zeit waren alle Christen zu ihr übergelaufen – bis auf Mum und Dad. Als sie die Pubertät überstanden hatte, war sie dem Phänomen religiöser Fanatiker auf den Grund gegangen, hatte alles gelesen, was es über Sekten gab, und hatte daraufhin entschieden, Psychologie zu studieren.

Dad wollte, dass sie Jura oder Medizin studierte. Sie sagte zu allem Ja und Amen, und Dad, blind wie er war, schöpfte nicht den geringsten Verdacht.

Ohne Vorankündigung war sie ausgezogen und hatte sich geschworen, nie wieder ein Gebet zu sprechen. Dad hatte ihr nur hinterhergeschrien, sie sei eine Lügnerin und eine Verräterin, und sie brauche sich nicht einzubilden, dass sie einfach wieder kommen könne, wenn sie in der Gosse liege. Sie habe die Entscheidung getroffen, die Familie zu verlassen, jetzt müsse sie mit den Konsequenzen leben, denn jetzt habe sie keine Familie mehr.

Fran hatte nichts gesagt, sondern ihm nur den Mittelfinger gezeigt, worauf ihn Mum zurückhalten musste, sonst hätte er sie wahrscheinlich verprügelt. Zu dem Zeitpunkt hätte er das noch geschafft.

Schon zum nächsten Weihnachtsfest war Dad eingeknickt. Ihre Schwester Anne hatte ihr erzählt, dass Mutter ihn aus dem Schlafzimmer geworfen hätte. Ein ungeheuerlicher Vorgang, den Fran ihrer Mutter nicht zugetraut hatte. Leider blieb es der einzige Aufstand, den Mum ausfocht.

Sie vermittelte zwischen den beiden einen Burgfrieden: Fran nahm an den Familienfeiern teil, Reizthemen wurden ausgespart, Fran durfte ihre »Religion frei ausüben«, wie Mutter es bezeichnete, das hieß, sie musste nicht mitbeten, und Dad hielt die Klappe. Aber der Burgfrieden war brüchig, immer wieder kam es zum Streit, weil Dad einfach nicht akzeptieren konnte, dass Fran besser war als er, dass sie mehr wusste, dass sie schneller begriff und dass sie logischer denken konnte. Als sie dann auch noch zur OFA wechselte, war es ganz aus. Dad, inzwischen zum Dienststellenleiter aufgestiegen, bezeichnete die OFA als Hokuspokus und die Ermittlungserfolge als Zufälle. An Mums Geburtstag im letzten Jahr war der Streit eskaliert. Dad brach Fran fast den Arm, sie verpasste ihm eine satte Ohrfeige. Seitdem hatte sie mit Dad kein Wort mehr geredet. Bis auf heute Morgen. Wenn sie daran dachte, stellten sich ihr noch immer die Nackenhaare auf.

Sie seufzte, stieg aus, ging auf die Tür zu, auf der nur ein Name stand: »James Miller«. Als gäbe es ihre Mutter Elisabeth Miller gar nicht. Noch bevor sie den Klingelknopf drücken konnte, öffnete sich die Tür. Mum stand vor ihr, lächelte und nahm sie in die Arme. Fran umarmte sie fest und lang. Mum nahm sie an der Hand, zog sie ins Wohnzimmer und drückte sie in einen der tiefen Ledersessel, in denen Fran immer versank wie in einem schweren süßen Traum.

»Kaffee?«, fragte Mum.

»Aber sicher! Ich bin hundemüde. Hast du Kuchen?«

Mum eilte in die Küche, Fran schaute ihr hinterher. Es schien ihr gut zu gehen, ihr Gang war aufrecht, ihre Gesichtsfarbe von hellem Rosa. Sie hatte sich bestens erholt von ihrer Krankheit, die sie im letzten Jahr fast umgebracht hatte. Was wie eine Erkältung angefangen hatte, entwickelte sich zu einer heftigen Grippe mit Lungenentzündung. Fran musste zugeben, dass sie es ihrem Vater zu verdanken hatte, dass Mum noch lebte. Er hatte ihre Mutter gegen deren Willen ins Krankenhaus geschleppt, wo sie sofort auf die Intensivstation gekommen war. Dieses eine Mal hatte der Despotismus ihres Vaters etwas Gutes bewirkt.

Mum kam mit einer verschnörkelten Kanne und einem Tablett zurück, auf dem ihr selbstgemachter Frankfurter Kranz thronte. Kaffeeduft zog durch das Wohnzimmer, in dem seit über zwanzig Jahren dieselben Möbel standen. Eiche massiv. Gewienert und gewachst, wie neu.

Sie schenkte Fran ein, dann setzte sie sich. Beide tranken den Kaffee schwarz, ohne Zucker.

»Wie ist er so?«

»Was meinst du?«, fragte Mum. Es klang fast, als wollte sie sich darüber empören, dass Fran vermuten könnte, es gebe Schwierigkeiten. »James ist stark eingebunden. In die Arbeit und in die Gemeinde. Er bemüht sich sehr, Menschen zu helfen.«

Fran spürte einen Kloß im Magen. Allen möglichen Menschen half ihr Vater, nur ihr half er nicht, hatte er nie geholfen. Fran öffnete den Mund und schloss ihn wieder. Sie hatte ihre Mutter fragen wollen, wie sie es mit diesem Fossil nur aushielt. Aber die Frage war töricht und unnötig. Und egoistisch. Sie wäre nicht besser als ihr Vater, wenn sie ihre Mutter dazu missbrauchte, den Ärger über ihn loszuwerden. Das hatte Frau Dr. Sola ihr klargemacht.

»Ja«, sagte Fran, »er versucht sein Bestes, nicht wahr?« Sie hob eine Hand. »Das meine ich ernst.« Das Beste war eben nicht besonders viel. Fran verbiss sich ein Grinsen und trank einen Schluck Kaffee. Er war wirklich köstlich. »Und du? Was machst du? Du siehst gut aus!«

Mum strahlte über das ganze Gesicht. »Danke für das Kompliment. Es geht mir auch gut. Stell dir vor, der Gemeinderat hat Geld bewilligt für unser Syrien-Projekt.«

»Syrien-Projekt?« Fran fiel auf, dass sie mit ihrer Mutter schon lange nicht mehr über das gesprochen hatte, was ihr wichtig war, was sie machte, wie sie ihre Freizeit verbrachte.

»James hatte die Idee, den Menschen zu helfen. Wir versuchen, Flüchtlinge in Familien in Düsseldorf unterzubringen, ihnen ein menschenwürdiges Zuhause zu bieten, solange sie nicht in ihre Heimat zurück können.«

»Aber Dad …«

»Du meinst, wir würden nur Christen helfen?«

Fran schluckte. »Eigentlich ja.«

»Da kennst du deinen Vater schlecht. Wir helfen den syrischen Muslimen genauso wie den syrischen Christen. Muslime glauben doch auch an Gott! Und sie sind sehr stark im Glauben.«

Fran fragte nicht, ob das Angebot auch für Menschen wie sie, für Atheisten, galt. »Wie schön! Das überrascht mich tatsächlich.«

»Wir haben schon drei Familien gefunden. Es sind ältere Ehepaare, die viel Platz haben und sich ein wenig Gesellschaft wünschen – und ein wenig Hilfe im Haushalt oder im Garten. Eine echte Win-win-Situation.«

Fran zog die Stirn in Falten.

»Du musst nicht glauben, dass wir naiv sind«, sagte Mum. »Natürlich ist das ein Kulturschock – für beide Seiten. Es wird Probleme geben. Dafür haben wir ja das Geld beantragt. Wir wollen interkulturell geschulte Psychologen beauftragen, die Familien zu begleiten. Wir wollen das zum Pilotprojekt machen und zeigen, dass davon beide Kulturen profitieren können.« Sie stach die Gabel in den Frankfurter Kranz. »Na los!«

Fran schob sich ein Stück in den Mund. Der Frankfurter Kranz war fantastisch. Als kleines Kind hatte sie immer die Tage gezählt bis zu einem Familienfest, denn nur dann buk ihre Mutter Frankfurter Kranz. Später dann hatte sie die Tage gezählt, um sich vor dem Streit zu wappnen, der regelmäßig ausbrach, wenn sie und ihr Vater zusammentrafen.

Fran musste sich eingestehen, dass sie beeindruckt war. Die Menschen aus Syrien, die hierherfanden, brauchten dringend Hilfe und eine würdige Unterkunft. Darum ging es doch: Die Würde des Menschen ist unantastbar. Warum hatte ihr Vater dann ihre eigene Würde mit Füßen getreten? Sie schob die üblen Gedanken beiseite.

»Fran? Alles klar?«

Fran hob den Kopf. Wie lange hielt sie die Kuchengabel schon in der Hand? Sollte sie die Wahrheit sagen? Konnte Mum das ertragen? »Nicht wirklich, Mum.«

Mum stellte die Kaffeetasse ab. »Du und Vater – es zerreißt mir jedes Mal das Herz.«

Sie sah Fran direkt in die Augen.

»Aber …«

»James ist kein Ungeheuer – genauso wenig wie du.«

Eigentlich wollte Fran sagen, dass ihr Vater nicht das eigentliche Problem war. Ihre Albträume, ihre Trauer, ihre Verzweiflung, darum ging es. Und um siebzehn Altfälle und ein Skelett, das mit einer Teufelsblume garniert worden war. Sie wollte ihren Kopf in den Schoß ihrer Mutter legen, wollte, dass sie ihr sanft über die Haare strich und sagte, dass alles gut werden würde. Sie wollte Schutz und Trost.

Stattdessen sagte Fran: »Deswegen gehe ich ihm ja auch aus dem Weg. Ich brauche keinen Streit, und ich muss mich auch nicht mit ihm messen.«

Schweigend aßen sie den Kuchen. Was hatte sie denn erwartet? Dass Mutter plötzlich zur Einsicht gekommen war? Dass sie sich befreite aus dem Korsett? Das war die falsche Sicht der Dinge. Mum war genau da, wo sie sein wollte, mit dem Mann, der ihr gab, was sie brauchte. Stärke. Sicherheit. Führung.

Fran seufzte, stellte ihren Teller auf den Tisch, stand auf und setzte sich neben ihre Mutter. »Von Dad habe ich den Dickkopf und von dir die Liebe.«

»Willst du nicht mal mit ihm reden? Wollt ihr nicht Frieden schließen? Dann können wir wieder zusammen feiern. Weihnachten war so …« Sie ließ alle Luft aus ihren Lungen, es hörte sich an wie ein quietschender Luftballon.

»Da ist noch zu viel Gefühl im Spiel, zu viel Verletzung. Er hat mich nicht einmal letztes Jahr im Krankenhaus besucht. Ich hätte sterben können.«

»Ich habe dich auch nicht besucht. Und mir bist du nicht böse?«

Fran wurde es eng in der Brust. »Doch, ich bin dir böse, weil du dich nicht gegen ihn durchgesetzt hast. Aber ich weiß, dass du mich liebst. Ich habe dir schon längst verziehen, so wie du mir auch immer verzeihst.«

Mum lächelte schwach. »Das klang sehr nach Bibel. Das ist christlich.«

Fran musste lachen. »Siehst du! Man muss kein Christ sein, um ein guter Mensch zu sein.« Das Lachen tat gut. Das Reden mit ihrer Mutter tat gut. Einfach hier zu sitzen und sie zu lassen, wie sie war, tat gut. »Lass uns über etwas anderes reden, sonst werden wir noch melancholisch. Wie geht es Tante Hermine?«

Tante Hermine war die Schwester ihres Vaters, sie lebte in Colorado, und mit ihr verstand sich Fran gut. Ihr verdankte sie den einjährigen Aufenthalt in den Staaten, als sie sechzehn war. Hermine war ebenfalls gläubig, sie ging zur Kirche, betete viel, aber sie hatte nicht einmal daran gedacht, von Fran dasselbe zu erwarten. Sie hatten sich über Gott und die Welt unterhalten können, ihre Auffassungen deckten sich manchmal, manchmal waren sie grundverschieden.

Die Augen ihrer Mutter leuchteten. Sie begann zu erzählen, die Zeit verflog, und bevor ihr Vater sie überraschen konnte, machte sich Fran auf den Heimweg. Fast drei Stunden hatten sie geplaudert, es war neun Uhr geworden, es dämmerte, Dad musste bald Dienstschluss haben.

Sie verabschiedete sich mit einer langen Umarmung von ihrer Mutter und dem Versprechen, bald wieder vorbeizuschauen.

Mum schloss leise die Tür, Fran stand auf der Straße. Sie merkte, dass ihr irgendetwas fehlte, aber sie konnte nicht sagen, was.

Um diese Zeit gab es kaum noch Verkehr auf der Volmerswerther Straße. Fran wohnte nur ein paar Gehminuten von ihren Eltern entfernt. Sie stieg in ihren Wagen und schämte sich fast, die paar Meter zu fahren, die sie auch zu Fuß hätte gehen können.

Vor ihrem Haus blieb sie einen Moment sitzen und beobachtete die Straße. Niemand war unterwegs, nichts rührte sich. Um zehn wurden die Bürgersteige hochgeklappt, ein Grund, warum Fran hierher gezogen war.

Sie stieg aus, lauschte, drückte die Fernbedienung, die Türverriegelung ihres Wagens klackte, die Blinker leuchteten zweimal auf. Zügig ging sie zur Eingangstür, alle Sinne auf höchster Alarmstufe. Sie schloss auf, glitt in den Flur und zog die Tür wieder zu. Das Licht hatte sich automatisch eingeschaltet. Fran lauschte, dann sprang sie die Treppe hoch, blieb eine halbe Etage unterhalb ihrer Wohnung stehen, lauschte wieder, aber es war nicht das Geringste zu hören.

Alles war sauber. Kein Päckchen, keine Karte an die Tür geklebt, nichts. Sie entriegelte die drei Sicherheitsschlösser, mit jedem geöffneten Schloss schlug ihr Herz schneller. Ein Einbrecher konnte sie geöffnet und dann wieder verschlossen haben. »So ein Unsinn«, sagte ihr Verstand, aber erst als sie alle Räume kontrolliert hatte, wurde sie wieder ruhig. Angst essen Seele auf, dachte Fran. Pass auf, dass dir das nicht passiert.

*

Endlich Wochenende. Die Woche war sehr anstrengend, auf der Arbeit gab es viele Krankmeldungen, auf der Inneren war die Hölle los, die Kolleginnen halten die Sechzig-Stunden-Woche nicht durch, und ich habe es kaum geschafft, meine Hausarbeit zu erledigen.

Ich lese das Tagebuch meiner Mutter weiter, es geht um Torsten. So langsam begreife ich, warum er ist, wie er ist, und dass es

Dinge gibt, an die wir besser nicht rühren. Aber egal, was es ist, er ist mein Bruder, und ich würde ihn niemals im Stich lassen, so wie er mich nie im Stich gelassen hat. Und ich bin froh, dass ich so vieles anders mache als meine Eltern. Am Wochenende wollen sie uns besuchen, ich bin mal gespannt, wie das wird. Das letzte Mal hat es wieder Streit gegeben. Ich nehme das Tagebuch zur Hand und schlage es auf. Es ist das Jahr 1973. Ich bin noch gar nicht geboren. Torsten ist sechs Jahre alt und jetzt in der Schule. Die Schrift meiner Mutter ist leicht nach links geneigt. Und sie schreibt, als würde sie es gerade erleben. Das hat mich zuerst irritiert, aber mit der Zeit habe ich mich daran gewöhnt.

»Endlich ist Torsten im Bett. So hat er sich schon lange nicht mehr gewehrt. Ich weiß nicht, was er hat. Wir haben uns nichts anmerken lassen, obwohl wir wirklich am Boden zerstört sind. Rüdiger ist durchgefallen. Ganz knapp. Der Prüfer hat ihn auf dem Kieker gehabt, das ist klar. Der wollte nicht, dass Rüdiger besteht, der wollte seine Spezis durchbekommen.

Nach dem Mittagessen haben wir Torsten rausgeschickt und uns erst mal einen Zinn 40 genehmigt. Das kann man sonst alles nicht aushalten. Danach waren wir kurz im Bett, Rüdiger hatte es wirklich nötig, so schnell, wie es ging.

Jetzt hat er die Schnauze voll. Er macht die Prüfung nicht noch mal. Das finde ich nicht gut, aber er lässt nicht mit sich reden. Wie sollen wir denn alles bezahlen? Als Disponent verdient er viel mehr und könnte noch weiter Karriere machen. Er sagt, dann soll ich doch arbeiten gehen. Wie stellt er sich das denn vor? Ich muss schon den Haushalt machen. Das ist Arbeit genug. Und Torsten hält mich auch auf Trab. Wenn ich nicht ständig hinterher bin, dann macht er seine Hausaufgaben nicht. Wenigstens hat das mit den Tieren aufgehört. Er hat schon lange keins mehr mitgebracht. Wie immer hatte Rüdiger recht: Er hat hart durchgegriffen und Torsten streng bestraft, wenn er ein Tier mit nach Hause geschleppt hat. Am besten hat Stubenarrest gewirkt. Wenn Torsten nicht raus darf, wird er fast verrückt. Prügeln hat gar nicht geholfen. Ich verstehe das nicht. Aber ich muss es ja auch nicht verstehen. Hauptsache, er macht den Unsinn nicht mehr.

Rüdiger schläft jetzt, ich mache mich ans Bügeln. Das geht am besten mit einem kleinen Zinn 40, wirklich nur ein kleiner, ich bin ja kein Alki. So wie der Franzen, ein Kollege von Rüdiger. Der hat seinen Führerschein verloren, den haben sie mit zweieinhalb Promille erwischt, als er mit dem Hänger einen Laternenmast flachgelegt hat. Mein Gott, muss der gesoffen haben. Eine Flasche Schnaps bestimmt. Rüdiger ist da anders. Der achtet genau drauf, dass er nie mehr als 0,8 Promille hat.

Das Bügeln geht gut von der Hand, ich höre Radio, sie berichten über das Raumschiff, das die Amerikaner im Weltall haben, Skylab heißt es. Helmut Kohl hat endlich den Parteivorsitz der CDU übernommen, hoffentlich jagt er diesen Kommunistenfreund Willy Brandt bald aus dem Amt.

Rüdiger schnarcht so laut, dass ich es durch die Wand höre, das Schlafzimmer liegt ja direkt neben dem Wohnzimmer, wo ich das Bügelbrett stehen habe, damit ich es nicht immer aus dem Keller holen muss.

Morgen soll Rüdiger mir ein neues Bügelbrett besorgen, das alte ist ganz wackelig, beim Zusammenklappen habe ich mir schon ein paar Mal die Finger gequetscht. Ich schaue auf die Uhr. Wo bleibt Torsten? Er sollte doch schon längst da sein. Er muss noch Hausaufgaben machen. Ich gehe in die Küche, schaue mir die Spüle an; ach je, ich habe ganz vergessen, das Geschirr zu spülen. Wenn Rüdiger wach wird, muss das fertig sein, sonst wird er sehr böse. Ich binde mir die Schürze um, lasse heißes Wasser einlaufen. Torsten muss ja gleich kommen, zum Abendessen ist er auf jeden Fall da, denn er weiß, dass er später nichts mehr zu essen kriegt.

Ich ziehe mir die Gummihandschuhe über, tauche mit den Fingern in das heiße Wasser, es brennt ein wenig, auch durch das Gummi hindurch, aber es ist nicht unangenehm. Zuerst die Weingläser. Warum sind es so viele? Die Teller von gestern sind auch dabei, diese Spülerei nimmt kein Ende. Es kommt mir vor, als würde ich den ganzen Tag nichts anderes machen als spülen. Es gibt keinen Ausweg. Oder doch? Der Kühlschrank. Schon das Klacken des Verschlusses lässt Wärme durch meinen Körper strömen. Der gute alte Zinn 40. Das ist immer noch die beste Medizin. Ich nehme einen Schluck aus der Flasche, ein Glas weniger zu spülen. Schon sehe ich klarer. Es ist gar nicht so viel Geschirr. Ach du je! Auf dem Herd stehen ja noch die Töpfe. Die Soße ist ganz festgebacken, ich muss scheuern wie blöde, das kostet Kraft, kostet Energie, die ich mit einem Zinn 40 schnell wieder aufgefüllt habe.

Endlich. Alles fertig. Ich schaue auf die Uhr. Es ist fast sechs. Rüdiger schläft noch, ich bin vollkommen erschöpft von der Plackerei. Ich muss mich einen Moment hinlegen. Nur eine Viertelstunde. Das Sofa lacht mich an, ich strecke mich aus, denke an den Urlaub. Bald fahren wir, nur zwei Wochen, aber besser als nichts. Wo bleibt Torsten nur?

Als ich aufwache, ist es bereits dunkel. Rüdiger ist nicht da. Wo steckt er bloß? In der letzten Zeit ist er immer öfter weg, ohne Bescheid zu sagen. Torsten sitzt am Küchentisch und schläft, der Kopf ist ihm auf die Tischplatte gesackt. Vor ihm liegen sein Mathematikheft und ein Kasten mit Kärtchen. Er hat ins Heft ein paar Rechenaufgaben eingetragen: Subtraktion und Addition, Multiplikation und Division. Alles ist richtig. Ich wecke ihn auf, er erschrickt und fällt fast vom Stuhl, sein Kopf ist schweißnass. Ich frage ihn, was los ist. Er sagt, dass er schlecht geträumt hat.

Es ist Zeit für ihn, ins Bett zu gehen. Er zieht sich aus, ich gebe ihm einen Kuss auf die Stirn, er schaut mich seltsam an, dann schlüpft er unter die Decke, legt sich auf den Rücken und starrt nach oben ins Leere. Ich mache das Licht aus. Es ist ein Uhr in der Nacht.

›Schlaf jetzt‹, sage ich. Hoffentlich weckt er mich nicht wieder mitten in der Nacht. Er kommt oft, will zu uns ins Bett, aber das geht nicht.

Ich gehe auch ins Bett. Rüdiger ist immer noch nicht da. Wo zum Teufel steckt er bloß?«

Ich lege das Buch zur Seite. Mutter hat nicht gewusst, wo Vater gesteckt hat, sie hat es noch nicht einmal geahnt. Sie ist so naiv, damals wie heute. Männer sind alle gleich, bis auf Torsten. Torsten hat niemals eine Frau betrogen.

Es wird Zeit, nach Katrin zu sehen. Vorsichtig taste ich mich die Treppe hoch, manchmal quietscht sie so laut, dass Katrin wach wird. Die Tür ist einen Spalt offen. Sie schläft, sieht aus wie ein Engel. In der letzten Zeit ist sie oft müde, das muss am Wetter liegen. Oder an der Schule. Sie ist jetzt acht und muss schon eine ganze Menge lernen. Morgen werde ich die Hausaufgaben mit ihr machen, meine Stiefmutter Petra oder, wie Torsten immer sagte, MamaZwei, hat keine Zeit, sie will in die Stadt zum Einkaufen. Das ist gut, dann habe ich einen schönen Nachmittag mit Katrin.

Leise schließe ich die Tür, das Licht lasse ich an. Mein Zimmer ist direkt neben Katrins. Es ist klein, ein Bett steht darin und ein Nachttisch. Aber mir reicht das. Mehr brauche ich nicht. Ich gehe Zähne putzen, wasche mich und ziehe mein Nachthemd an. Flink schlüpfe ich unter mein Federbett, es wärmt. Ich denke an Ameland, an die Möwen, und dann bin ich auch eingeschlafen.

Mittwoch

Fran öffnete die Augen und wunderte sich. Sie hatte gut geschlafen, sechs Stunden am Stück. Obwohl sie von der Teufelsblume geträumt hatte, war sie nicht aufgewacht. Sie fühlte sich ausgeruht und tatkräftig, das Gespräch mit ihrer Mutter hatte ihr gutgetan. In ihrer Mailbox hatte sie eine Nachricht von ihrer Chefin gefunden. Sabine Fellmis hatte für halb acht eine Teambesprechung angeordnet.

Sie warf einen Blick in den Spiegel. »Du bist keine Schönheit wie deine Schwester Anne, Fran Miller«, sagte sie zu sich selbst, »aber du siehst gut aus.«

Was sollte sie anziehen? Eigentlich war es ein Grund zu feiern, wenn der Aufbruch zu neuen Ufern bevorstand. Schwarze Stiefel, Jeans, weiße Bluse und die rote Lederjacke, die sie in Südspanien während eines Urlaubs gekauft hatte. Sie legte dezent Rouge auf und zog eine dünne Linie mit schwarzem Kajal um ihre Augen.

Sollte sie mit dem Auto fahren oder mit dem Fahrrad? Das Wetter schien zu halten, es sah nicht nach Regen aus. Also das Fahrrad. Mit der Straßenbahn Rennen zu fahren hatte sie sich abgewöhnt, und in diesem Outfit würde sie das sowieso nicht machen, da sie sonst den ganzen Tag mit Schwitzflecken unter den Armen herumlaufen musste.

Sie holte das Fahrrad aus dem Keller, es war keine sechs Monate alt und hatte ein Vermögen gekostet. Dafür wog es aber fast nichts, und es lief wie von selber. Bis zum Landeskriminalamt waren es laut Fahrradtacho dreitausenddreihundertvierundsechzig Meter. Wenn sie richtig gut drauf war und die Wege frei, schaffte sie es in knapp sechs Minuten, das war ein Schnitt von sechsunddreißig Kilometern pro Stunde. Annähernd olympiareif.

Fran ließ es ruhig angehen, genoss den kühlen Fahrtwind und dachte ans Wochenende. Ein Base-Jump vom Viaduc de Millau stand an. Eine sichere Sache, sie hatte mehr als genug Zeit, die Reißleine zu ziehen. Der Absprungpunkt lag fast zweihundert Meter über dem Boden. Sie freute sich seit Wochen auf den Sprung, den ersten seit Monaten. Außerdem wartete eine Überraschung auf sie, der Organisator hatte etwas Besonderes angekündigt.

Am Beginn ihrer Therapie hatte Frau Dr. Sola darauf bestanden, dass Fran eine Zeit lang auf die Base-Jumps verzichtete. Überraschenderweise war ihr das nicht schwergefallen. Sie hatte damit gerechnet, so etwas wie einen Entzug zu erleben, aber nichts dergleichen hatte sich eingestellt. Natürlich hatte sie oft daran gedacht, sich einfach fallen zu lassen, damit ihre Gedanken endlich zur Ruhe kamen. Aber sie benutzte diese Fantasie nur als Beruhigungsmittel, als Notausgang, wenn ihr Kopf zu bersten drohte, und es funktionierte auch meistens.

Sie nahm das Fahrrad mit in die Abteilung, denn selbst die wuchtigen Gebäude des LKA konnten Fahrraddiebe nicht abschrecken.

Ihr Büro war leer, wahrscheinlich war das Team schon im Besprechungsraum. Hinter ihrem Schreibtisch hatte Bruno Rheinstahl eine Halterung für ihr Fahrrad angebracht. Sie hob es hinein und seufzte. Bruno und ihr Vater kannten sich schon lange. Als Kind hatte Fran auf Brunos Schoß gesessen, später hatte sie mit seinen Töchtern gespielt. Er war so etwas wie ein zweiter Papa für sie gewesen. Eine Mischung von beiden als Vater, das wäre gut gewesen. Aber man konnte es sich ja nicht aussuchen, und wer weiß, vielleicht hätte die Mischung aus dem religiösen strengen Fanatiker James Miller und dem liberalen Kuschelbär Bruno Rheinstahl einen Golem ergeben, der schlimmer war als die schlechten Eigenschaften von beiden zusammengenommen.

Sie ging langsam in Richtung Besprechungsraum, die Stimmen wurden lauter, sie verlangsamte ihre Schritte. Ein wenig mulmig wurde ihr schon.

»Keine Ahnung, worum es geht«, hörte sie Günther Anleder, seines Zeichens ebenfalls Psychologe, sagen. »Aber es scheint wichtig zu sein, Fellmis hat eine Pressekonferenz abgesagt. Das macht sie normalerweise nur über ihre Leiche.«

Gedämpftes Lachen folgte. Fran betrat den Raum. Alle waren da: ihr Freund Bruno, Spezialist auf dem Gebiet der Rechtsmedizin, Facharzt für Innere und Rechtsmedizin. Martina Schwartz, Informatikerin und Programmiererin, Expertin für geografische Fallanalyse. Ihre Ergänzungen der Algorithmen zur Berechnung des wahrscheinlichen Aufenthalts- und Aktivitätsraumes eines Täters wurden inzwischen weltweit genutzt. Auf ihrem Schreibtisch stand eine Ehrenurkunde der kanadischen Polizei. Heute trug sie ein pinkfarbenes Kleid, dazu eine graue Strickweste und rote Sneakers. Einen Preis für ihre Garderobe würde sie wohl nie bekommen. Fran hatte sich immer wieder gefragt, wie Martinas Mann das nur aushielt, bis sie ihn kennengelernt hatte. Die beiden passten hervorragend zusammen, zumindest was die Kleidung anging. Wie ihre Ehe funktionierte, darüber wusste Fran nicht viel. Martina trennte Berufliches und Privates streng, für das Team war sie unentbehrlich. Ihre Ruhe, ihre Ausdauer und ihre skalpellscharfe Logik suchten ihresgleichen.

Fran nickte Christine Austerlitz zu, die für die Aktenführung zuständig war, ein Job, der am besten zu vergleichen war mit einem Helden aus der griechischen Mythologie: Sisyphos, dem als Strafe auferlegt war, einen riesigen Felsbrocken einen Berg hinaufzurollen. Doch immer wenn er oben ankam, stürzte der Brocken wieder hinunter, und Sisyphos musste von Neuem beginnen. Christine wurde nie fertig. Immer gab es Daten, die erfasst, klassifiziert, geordnet und gesichert werden mussten. Ihr kam im Team zentrale Bedeutung zu. Arbeitete sie nicht korrekt, konnten die Ermittlungen in eine vollkommen falsche Richtung laufen. Dass sie nebenbei eine ausgezeichnete Fallanalytikerin war, ging oft unter.

Bruno kam auf sie zu, drückte sie kurz, und bevor er fragen konnte, wie es ihr gehe, rauschte auch schon Sabine Fellmis in den Raum, nahm am Kopfende des Tisches Platz, warf eine dünne Personalakte in die Mitte und stöhnte laut und vernehmlich.

Fellmis blickte allen in die Augen und blieb bei Fran hängen. Fran war sich nicht sicher, was sie sah. Trauer? Erleichterung? Es war wohl beides, vor allem passte es zu keiner von Frans Theorien bezüglich einer anstehenden Personalentscheidung.

»Ich will es kurz machen«, sagte Fellmis. Sie war kaum zu verstehen, so leise redete sie.

Keine Begrüßung, nicht einmal ein Wort über das Wetter, nichts. Da kam ein ganz großer Hammer geflogen.

»Ich quittiere den Dienst aus persönlichen Gründen.«

Alle hielten den Atem an.

»Ich habe dem Innenminister eine Empfehlung für meine Nachfolge gegeben, der er mit Sicherheit folgen wird.«

Sie lächelte kaum merklich. Dann wandte sie sich Fran zu, der es eiskalt über den Rücken lief. Sie hatte meilenweit danebengelegen mit ihrer Einschätzung. Nicht eine Kündigung, eine Beförderung stand an. Bitte nicht, dachte Fran. Nicht ich.

Fellmis grinste. »Sie haben es erfasst, Frau Miller. Sie werden ab sofort diese Abteilung leiten.«

Fran setzte an, um das Angebot abzulehnen, aber Fellmis unterbrach sie sofort.

»Sie wollen das nicht machen, das ist mir klar. Und genau deswegen werden Sie es machen.« Sie schlug die Akte auf. »Das ist Ihre Personalakte. Sie ist dünn, weil Ihre Karriere steil und fast makellos war. Und jetzt wird sie noch steiler.« Sabine Fellmis las vor.

Fran schnappte nach Luft. Ihr Versagen, das den Tod eines Menschen nach sich gezogen hatte, war nicht aufgeführt. Die Ermittlungen gegen sie waren eingestellt worden, auch das war nicht aufgeführt. Die Akte war weißgewaschen worden, nur zu einem Zweck: um sie in diese Position zu drängen. Es fühlte sich an wie eine Vergewaltigung. Sie wollte das nicht, verdammt noch mal. Sie war psychisch krank. Sie war in Therapie. Sie dachte zweimal am Tag daran, wie schön es wäre, nicht mehr leben zu müssen. Sie konnte keine Abteilung leiten, nicht Verantwortung für andere Menschen übernehmen. Ihre Seele war ein stinkender Müllhaufen.

Bruno begann zu applaudieren. Günther erhob sich und fiel mit ein. Martina und Christine ebenfalls. Bis auf Fellmis standen alle auf.

Nein, nein und nochmals nein! Was war mit ihrer Arbeit? Mit ihrer Forschung? Es gab noch so viele Dinge, die untersucht werden mussten. Sie konnte sich nicht ständig in irgendwelchen Sitzungen mit Verwaltungshengsten rumstreiten. Sie musste etwas Sinnvolles tun, Ergebnisse erzielen, Fälle bearbeiten, auch wenn es Altfälle waren.

»Nein!« Sie schrie so laut, dass es schlagartig still wurde.

Nacheinander plumpsten die Mitglieder des Teams wieder auf ihre Stühle.

Fellmis grinste noch immer. »Das habe ich erwartet. Aber ich kann Ihnen die Sache schmackhaft machen. Sie müssen nicht den ganzen Tag in irgendwelchen Sitzungen abhängen. Ich habe im Vorfeld eine Restrukturierung der Abteilung erreicht. Es gibt ein festes Budget. Die Kommunikation mit dem Ministerium wird auf einen Jour fixe im Monat beschränkt. Ein Staatssekretär wird sich dann hier einfinden und sich anhören, was es gibt. Da es für mich keine zusätzliche Stelle geben wird, ist es notwendig, Frau Miller, dass Ihre Arbeitskraft dem Team erhalten bleibt. Sie haben Repräsentationsaufgaben zu erfüllen und legen die Richtung fest. Ein bisschen Urlaubsplanung, ein bisschen Einsatzplanung, das ist schon alles. Sie verdienen eine Stange mehr Geld, und Sie können fast so weitermachen wie bisher. Wenn Sie ablehnen, werden Sie versetzt. Schlagen Sie ein. Das ist ein einmaliges Angebot.«

Fellmis erpresste sie vor aller Augen, ohne eine Spur von Unrechtsbewusstsein. Fran musste sich entscheiden. Versetzung hieß, dass sie kündigen würde, ganz klar. Zumindest was das anging, hatte Fellmis sie falsch eingeschätzt. Günther nickte ihr aufmunternd zu. Warum wollte er es nicht machen? Warum nicht Bruno? Beide hatten so viele Jahre mehr Erfahrung. Martina wäre eine gute Wahl gewesen. Sie ließ sich nie aus der Ruhe bringen. Aber jedes Gesicht, in das sie schaute, sagte: »Mach es!« Ihr Team wollte sie. Ihre Freunde wollten sie, trauten es ihr nicht nur zu, sondern forderten sie auf, es zu tun. Hatte Fellmis das einkalkuliert? Sie saß in der Falle. Sie konnte ihr Team nicht enttäuschen, zumal sie oft damit geprahlt hatte, was sie aus dieser Abteilung machen würde, wenn sie die Chefin wäre.

»Aber nur auf Probe!«, platzte Fran heraus. »Wenn ich merke, dass es nicht geht, werfe ich sofort das Handtuch. Und wenn ich strafversetzt werde, hole ich mir die Frührente.«

Wieder brandete Applaus auf, nur Fellmis ließ sich nichts anmerken. Mit durchgedrücktem Rücken saß sie auf ihrem Stuhl und lächelte kalt.

Günther kam zu Fran und gab ihr die Hand. »Eine gute Entscheidung, Fran, du wirst sehen. Und das mit der Frührente – das würdest du nie machen.«

Er schien es tatsächlich ernst zu meinen, hielt sie für fähig, *ihm* zu sagen, was er tun solle. Das würde ein wilder Tanz werden!

Das Klatschen verebbte. Fellmis zog ein Blatt Papier aus der Akte und reichte es Fran. »Die Ernennungsurkunde.«

Natürlich – ein abgekartetes Spiel. Die Entscheidungen waren längst getroffen, hier ging es nicht um ihre Interessen, sondern um die Interessen anderer. Wer steckte dahinter? Sie würde es herausfinden.

Fran nahm das Dokument entgegen, wog es einen Moment in der Hand, es war nicht schwerer als jedes andere Blatt Papier.

»Dass Sie sich selber das Budget erhöhen, können Sie übrigens vergessen, Frau Miller«, sagte Fellmis, schlug die Akte zu und stand auf. »Zum Abschied will ich einmal ehrlich sein. Ich habe diesen Job nie gemocht. Man hat mich hier hineingedrängt, hat mich von einer einflussreichen Position hierher aufs Abstellgleis befördert.« Sie blickte Fran in die Augen. »Wir haben oft Streit gehabt, und wir werden wohl nie Freunde werden, Frau Miller. Aber ich hoffe, dass es Ihnen anders ergeht, ich hoffe, dass Sie erkennen, welche Möglichkeiten Sie ab jetzt haben – und welche nicht. Viel Erfolg Ihnen allen.«

Fellmis hatte verdammt recht. Sie hatten sich nie gemocht, sie hatten sich bekämpft, Fran hatte Fellmis immer als karrieresüchtig eingeschätzt und ihre harte unerbittliche Art gehasst. Warum hatte die Chefin sich ihnen nie anvertraut? Sie hätten ein Agreement treffen können. Hatte Fellmis sie deshalb ausgesucht? Weil klar war, wo Fran stand und wie es ihr ging? Weil Frans Herz letztlich doch an dieser Abteilung hing? Wenn es so war, dann hatte Fran ihre ehemalige Chefin unterschätzt. Und sie hatte sie nicht einmal ansatzweise gekannt. Persönliche Gründe? Was steckte dahinter? Krankheit? Burn-out?

Fran zwang sich, aufzustehen. Sie reichte Fellmis die Hand, diese schlug ein, ihre Blicke trafen sich, und dieses Mal, dieses eine Mal, jetzt, da alles zu spät war, sah Fran echte Wärme in den Augen der anderen.

»Alles, was Sie wissen müssen, finden Sie im Posteingang«, sagte Fellmis, ließ ihre Hand los, drehte sich ohne ein Wort um und ging.

Noch nie in ihrem Leben hatte Fran so sehr gefühlt, dass sie immer zu spät kam, wenn es um Menschen ging. Sie war jetzt siebenunddreißig Jahre alt, ihre Beziehungen hatten allesamt in Katastrophen geendet, ihre Familie war zerbrochen, und sie selbst wusste nicht, wer sie eigentlich war. Frau Dr. Sola würde sich freuen. Jede Menge Gesprächsstoff.

»Du bist jetzt unsere Chefin!« Bruno grinste von einem Ohr zum anderen. »Ich finde das gut!«

»Ich auch!«, sagte Martina.

»Schließe mich vollumfänglich an«, sagte Christine.

»Fellmis hat gut gewählt«, sagte Günther. Er rieb sich seine Halbglatze. »Glaub mir. Du bist die beste Wahl. Vielleicht weißt du es noch nicht, aber das wird sich bald ändern.«

»Ach ja?« Fran zeigte auf Günther. »Na gut. Dann ist hier schon mal die erste Anordnung. Ab sofort darfst du keine prophetischen Plattitüden mehr von dir geben, Günther. Du bist Wissenschaftler, kein Hütchenspieler.«

Günther machte ein Gesicht wie ein Kugelfisch, die anderen platzten los vor Lachen. Fran fiel mit ein, und das tat unendlich gut. Wann hatte sie das letzte Mal aus ganzem Herzen gelacht?

Das musste über ein Jahr her sein. Vielleicht bestand ja doch Hoffnung.

»Okay«, sagte Fran. »Schluss mit lustig. Was ihr gerade erlebt habt, war nur ein kleiner Schachzug im Spiel der Mächtigen. Ihr kennt Vogler?«

Alle nickten.

»Er hat mich gestern nach meinem Vortrag auf die Seite genommen.« Fran verzichtete auf eine Kunstpause. »Wir sollen Altfälle aufarbeiten. Morde. Auf rassistischen Hintergrund abklopfen. Siebzehn, die bereits von den Kollegen von den Mordkommissionen nachuntersucht wurden. Innerhalb von vierzehn Monaten.«

Alle stöhnten.

»Dämmert euch was? Vogler hat natürlich gewusst, dass ich die Leiter hinaufgestoßen werde. Die haben das ausgekungelt. Aber ich weiß noch nicht genau, warum. Ach ja. Das ist alles streng geheim. Wer plaudert, fliegt.«

»Aber Vogler muss doch wissen, dass wir in so kurzer Zeit nicht so viele Fälle anständig bearbeiten können«, sagte Bruno. »Ich dachte, die hätten was gelernt.« Er schüttelte resigniert den Kopf.

Günther hob den Zeigefinger. »Über siebenhundert Fälle sind auf Rot gestuft worden. Möglicher fremdenfeindlicher Hintergrund. Denen geht der Arsch auf Grundeis. Ich wette eins zu tausend, dass wir und die anderen OFA-Kolleginnen und -Kollegen *die* Fälle bekommen, bei denen die Führung damit rechnet, dass sie sich als rassistisch motiviert herausstellen. Oder es sind die Fälle, bei denen sich die Führung sicher ist oder zumindest vermutet, dass die ermittelnden Beamten auf dem rechten Auge blind sind. Wir klären auf, die vertuschen. Noch eine NSU-Serie wollen die nicht haben. Nicht in der Öffentlichkeit.«

Alle schwiegen betroffen. Günther hatte ausgesprochen, was Fran befürchtet hatte. Sie wurden ohne Rücksicht auf Verluste in einen Gewissenskonflikt gezwungen. Aber jetzt war sie nicht mehr einfach nur Fran Miller, die an ihrem Schreibtisch saß, sich über ihre Chefin ärgerte und Theorien wälzte, warum Satanisten nicht die Monster waren, als die sie in der Öffentlichkeit dargestellt wurden. Seit einer halben Stunde trug sie Verantwortung für ihr Team, für ihre Leute, für Bruno, Martina, Christine und Günther. Für Menschen, mit denen sie seit Jahren zusammenarbeitete, die sie mochte.

»Ich lasse euch die Wahl«, sagte Fran. »Wir können beschließen, dass es nicht geht, ich mache eine Aktennotiz und einen Termin beim Innenminister. Ich erpresse ihn: entweder mehr Ressourcen oder wir schmeißen hin.«

Fran war überrascht, wie gut sich das anfühlte. Sie würde es durchkämpfen, sie wollte ihre Leute schützen, auch wenn es sie ihren eigenen Job kosten sollte.

»Das wissen wir zu schätzen, Fran«, sagte Martina. »Aber ich glaube, wir kommen mit der Sache klar. Wenn sich herausstellen sollte, dass wir einen Skandal decken sollen, können wir immer noch den Snowden machen. Aber wenn wir jetzt schon kneifen, haben wir keinerlei Handlungsspielraum mehr. Dann rekrutieren die irgendwelche Fußsoldaten, die alles mit sich machen lassen.«

Alle nickten.

Fran fühlte sich seltsam leicht. So wie nach einem Sprung von einer Brücke, kurz nachdem sie die Reißleine gezogen hatte und ihr Nervensystem mit einer Unmenge Glückshormone geflutet wurde. Ihr Team stand geschlossen hinter ihr, und Martina hatte natürlich recht. Nur wenn sie mitspielten, konnten sie handeln, konnten sie eingreifen, wenn sie es für nötig erachteten.

»Okay. Ihr wollt es so.« Fran lächelte. »Dann wäre das geklärt. Die skelettierte Leiche der Teufelsblume. Ihr habt es ja mitbekommen. Sascha Herz hatte mich zum Fundort hinzugebeten, weil er einen satanistischen Hintergrund für möglich hält. Ich habe ihm gesagt, dass wir mehr Fakten brauchen. Außerdem haben wir jetzt genug zu tun. Wenn sich die Faktenlage ändert, müssen wir eventuell ran. Dann haben wir zwei dicke Dinger am Hals.«

»Dann sollten wir sorgfältig planen. Wie gehen wir vor?«, fragte Günther.

Fran war perplex. Es war ihnen egal, ob sie mit Arbeit zugeschüttet wurden. Das gesamte Team schien sich in Spartiaten verwandelt zu haben, die mit wenigen Männern das unbesiegbare Heer des Xerxes aufhielten. Zwar waren sie alle dabei gestorben, aber sie hatten ihre Aufgabe erfüllt.

Christine hob die Hand, Fran nickte ihr zu.

»Jeder übernimmt einen Fall, arbeitet sich ein, erstellt ein Dossier. Treffen einmal am Tag für Abgleich und Austausch. Ich gebe euch einen Crashkurs in Aktenführung, weise euch in die Software ein, damit ihr die Grunddaten eurer Fälle einarbeiten könnt. Ich werde das Feintuning übernehmen. Dann sind wir alle immer auf dem neuesten Stand.«

Kein Widerspruch.

»Wir sollten uns auf keinen Fall das Zeitkorsett anziehen. Sonst brauchen wir gar nicht anzufangen«, schlug Bruno vor. Immerhin eine Stimme der Vernunft. Denn es half nichts, heldenhaft unterzugehen: Jeder Fall brauchte seine Zeit, wollte man ihn gründlich untersuchen und herausfinden, ob er rassistisch motiviert war.

Zustimmendes Schweigen.

»Die Akten sind unterwegs«, sagte Fran. »Genießt noch ein paar ruhige Stunden.«

Die anfängliche Euphorie war verflogen. Sie wussten, was auf sie zukam. Unbezahlte Überstunden, Zeitdruck, Stress, Nervereien, Reibereien.

Was musste Fran jetzt machen? Sie musste in Fellmis' Büro umziehen. Wollte sie das überhaupt? Sie schätzte die Bürogemeinschaft mit Bruno. Am besten wäre es, sie würde erst mal die Unterlagen von Fellmis lesen. »Noch Fragen?«

Günther meldete sich. »Das Skelett mit der Teufelsblume. Das klingt schon ziemlich interessant. Sollten wir nicht zumindest ein Anfangsszenario entwickeln? Vielleicht wäre es ganz nützlich, wenn du dich zumindest ein wenig in den Fall einklinkst. Man weiß ja nie.«

»Was weiß man nie?«, fragte Fran. Sie ahnte die Antwort.

»Das riecht hundert Meter gegen den Wind nach einer Serie. Oder kennst du einen Fall, der einen Modus Operandi mit Leichenschmückung hat und nicht Teil einer Serie geworden ist?«

»Nein«, gab Fran zu. »Ich habe sogar von der Teufelsblume geträumt. Sascha Herz hat genauso argumentiert.«

»Fran hat recht, Günther. Es riecht nach Serie, aber es ist zu früh. Wir sollten abwarten, was bei den Ermittlungen rauskommt.« Bruno schürzte die Lippen. »Trotzdem fände ich es nicht schlecht, wenn Günther wenigstens ein kleines bisschen seine Nase in den Fall steckt. Wir halten dir den Rücken frei.«

Allgemeines Kopfnicken. Fran holte tief Luft. »Na gut. Aber zuerst kümmere ich mich um die Übernahme dieser seltsamen Abteilung.«

»Perfekt!« Günther grinste wie ein kleiner Junge.

»Dann schaue ich mal, was ich mir da aufgebürdet habe«, sagte Fran und stand auf.

»Um siebzehn Uhr Einweisung!«, rief ihr Christine hinterher. »Aber nur, wenn dir die Teufelsblume nicht dazwischenkommt.«

Fran hob eine Hand, um zu signalisieren, dass sie verstanden hatte. Sie ging in Fellmis' Büro, fuhr den Rechner hoch, steckte ihre Codekarte ein, und tatsächlich, der Rechner war bereits für sie freigeschaltet. Sie öffnete das Mailprogramm. Eine E-Mail von Fellmis blinkte im Eingangsordner ganz oben, mit höchster Priorität versehen. Sie war gerade erst abgeschickt worden.

Ein Doppelklick öffnete die E-Mail.

»Liebe Frau Miller. Wenn Sie diese E-Mail lesen, dann hat mein Plan funktioniert und Sie sind meine Nachfolgerin. Meine Stelle wird nicht neu ausgeschrieben, das heißt, de facto haben Sie eine Kraft weniger, denn die Verwaltungsaufgaben werden einen Großteil Ihrer Arbeitszeit beanspruchen, auch wenn ich das etwas anders dargestellt habe. Sie müssen an vielen Sitzungen des Leitungsteams teilnehmen; Sie müssen Ihr Budget abrechnen und belegen; Sie müssen ständig Berichte schreiben über den Fortschritt und die aktuellen Projekte der Abteilung; Sie müssen Dienstpläne erstellen und darauf achten, dass sie eingehalten werden; Sie müssen die Anfragen der Pressestelle beantworten und zum monatlichen Jour fixe Öffentlichkeitsarbeit gehen.

Alle Details finden Sie im Anhang: ›Aufgaben der Leitung der Abteilung Operative Fallanalyse des Landeskriminalamtes‹ und im Geschäftsverteilungsplan.

Ein Tipp: Achten Sie darauf, dass Sie jede Kleinigkeit dokumentieren. Ihre Abteilung hat schon lange Begehrlichkeiten geweckt, und wenn Sie Fehler machen oder man Ihnen Fehler unterjubeln kann, wird man Ihnen die Sache aus der Hand nehmen.

Ich hoffe, Sie sind eine bessere Führungskraft als ich. Viel Glück. Sabine Fellmis.«

Fran wurde heiß. Fellmis hatte nicht die ganze Wahrheit

gesagt, hatte sie mit der Versprechung gelockt, sie könne im Grunde so weitermachen. Bisher hatte sie im Schatten von Fellmis gestanden und so gut wie nichts mit der Führungsebene zu tun gehabt. War Fellmis paranoid, oder sägte tatsächlich schon jemand an ihrem Stuhl, kaum dass sie darauf Platz genommen hatte? Aber warum hatte Vogler sie ausgesucht?

Fran verstand nichts mehr, aber das war ihr egal. Sie hatte die Herausforderung angenommen, es war, als wäre ein grauer Vorhang weggezogen worden, als hätte jemand das Licht von dämmerig auf hell hochgedreht. Sie würde ihr Bestes geben, und wenn das nicht reichte und man sie im hohen Bogen hinauswarf, dann hatte sie immer noch genug Möglichkeiten außerhalb des Polizeiapparates. Die Ernennung zur Leiterin der Abteilung Operative Fallanalyse wirkte wie ein starkes Antidepressivum. Fran war auf die Nebenwirkungen gespannt.

Sie ging die Anhänge durch: Passwortlisten, Vordrucke für Meldungen aller Art, von der Spesenabrechnung bis zum Antrag auf Zuteilung von Büroklammern. Sie musste Fellmis Respekt zollen. Die Übergabe war detailliert, vollständig und leicht verständlich. Und wenn Fran es recht bedachte, war der Zeitaufwand gar nicht so hoch, wenn sie einige der Aufgaben ans Team delegierte. Warum sollte die Last auf einer Schulter liegen? Das Team hatte ja bereits bewiesen, dass es Aufgaben übernehmen konnte, dass es bereit war, sie zu unterstützen.

Warum sollten ihre Leute nicht mitbekommen, was sie als Leiterin tat? Genau das hatte Fran immer an Fellmis kritisiert. Ihre Geheimnistuerei. Ihre Leute sollten wissen, was in den Leitungsteams besprochen wurde, sie sollten teilhaben an ihren Führungsaufgaben, sie sollten mitentscheiden.

Sie öffnete die Textverarbeitung und legte ein neues Dokument an: »Strukturreform der Abteilung Operative Fallanalyse«. Das war der richtige Weg. Wenn sie es gut machte, würden sie sich als Team selbst leiten. Alle würden Verantwortung tragen. Es war eine Binsenweisheit, dass das ungeheuer motivierend wirkte, vor allem bei Leuten, die ihre Arbeit mit Leidenschaft machten. War Fellmis zu schwach gewesen, Verantwortung abzugeben? Fran wusste es nicht, und es spielte auch keine Rolle.

Bruno kam vorbei, fragte, ob sie mit essen gehen wollte, aber Fran lehnte ab.

»Das kann ja heiter werden«, sagte Bruno und verschwand, bevor Fran antworten konnte. Die Nebenwirkungen setzten bereits ein.

Als sie alle Dokumente von Fellmis durchgegangen und die neue Struktur erstellt hatte, bei der jeder Verantwortung übernehmen musste, war es siebzehn Uhr geworden. Fran wechselte in den Besprechungsraum.

Christine hatte schon einen Leitfaden vorbereitet, sie erklärte das System und die Tücken, bat um Einhaltung der formalen Regeln, damit die Informationen von allen gleichermaßen gelesen und verstanden werden konnten. An Christine war eine Lehrerin verloren gegangen.

Bis neunzehn Uhr ging der Unterricht. Dann schickte Fran ihr Team nach Hause und verabschiedete sich in die Kantine. Sie nahm sich einen Salat, setzte sich an einen freien Tisch und stocherte in den grünen und roten Blättern herum.

Träumte sie? Gab es eine Art Verschwörung? Hatte man sie ausgewählt, *damit* sie Fehler machte?

*

»Ob ich mich daran erinnere, wie meine Mutter gestorben ist? Was für eine bescheuerte Frage! Natürlich erinnere ich mich daran. Es ist sieben Jahre her, aber das wissen Sie ja bestimmt. Sie wissen ja eh alles. Warum soll ich das noch mal erzählen? Das tut mir nicht gut, verstehen Sie? Es tut mir im Kopf weh.

Weil Sie von der Polizei sind? Deswegen dürfen Sie alles? Ich will keine Kopfschmerztablette, davon wird mir schlecht, und einen Arzt will ich auch nicht. Ich will nach Hause. Meine Schwester macht sich bestimmt Sorgen. Sie ist erst neun, und mein Vater ist unterwegs, und meine Stiefmutter kann sich im Moment nicht einmal selber helfen. Ich muss mich um meine Familie kümmern. Ich habe einen Vorschlag: Wenn ich alles erzähle, kann ich dann bald wieder nach Hause? Ehrlich?

Gut. Ich nehme Sie beim Wort. Auf Ameland haben wir also Katrins sechsten Geburtstag gefeiert. Erst im Nachhinein ist mir klar geworden, dass sie da schon irgendwie komisch war. Sie hat sich gefreut, ja, aber irgendwie hing so ein Grauschleier über allem. Selbst bei ihrem Lieblingsspiel, Mensch ärgere Dich nicht, war sie nicht richtig bei der Sache, und am Strand war sie immer so schnell müde, obwohl sie nichts lieber machte als Sandburgen bauen.

Meine Stiefmutter hat Fieber gemessen und erhöhte Temperatur festgestellt. Katrin hatte sich wohl ein bisschen erkältet, dachten wir.

Als wir nach Hause fuhren, schien es ihr zuerst besser zu gehen. Aber kurz vor dem Ende der Ferien bekam Katrin richtig Fieber. Meine Stiefmutter machte Wadenwickel, kochte Hühnerbrühe, sie gab sich wirklich Mühe. Das Fieber sank auch, aber Katrin war so unendlich müde. Dann kamen auch noch die Kopfschmerzen hinzu. Zuerst erhielt Katrin Aspirin, dann etwas Stärkeres. Sie musste sich ständig übergeben. Meine Stiefmutter sagte, das käme von den Schmerztabletten. Auf jeden Fall wurde es nicht besser, sondern schlimmer. Hannah und ich wechselten uns ab, saßen an ihrem Bett, hielten ihre Hand, es war nicht auszuhalten. Warum Katrin? Sie hat doch niemandem etwas getan. Sie war so fröhlich gewesen.

Katrin ist meine Schwester, und ich liebe sie mehr als je zuvor. So wie Hannah. Ich würde nie zulassen, dass ihnen etwas Böses widerfährt. Ich würde alles tun, um das zu verhindern. Alles!«

*

»Darf ich?«

Fran schreckte hoch. Sascha stand vor ihr, lächelte.

»Was machst du denn hier?«, fragte sie und bereute ihren ärgerlichen Ton sofort.

»Labor. Und wenn ich darf, mich zu dir an den Tisch setzen.«

»Natürlich, entschuldige, ich war unhöflich«, beeilte sich Fran zu sagen. »Schön, dass ich dich sehe. Es gibt Neuigkeiten.«

Sascha glitt auf einen Stuhl und balancierte dabei sein Tablett. Cola light, Buletten, Kartoffelsalat, Brötchen, Senf. Ohne Zwischenfall setzte er alles ab und begann sofort zu essen.

»Das Erste für heute«, sagte er zwischen zwei Bissen. »Ach ja, bevor ich es vergesse: keine fehlende Leiche auf Friedhöfen im Umkreis von dreißig Kilometern. Was gibt es Neues bei dir?«

»Ich bin die Nachfolgerin von Sabine Fellmis.«

Sascha hörte auf zu kauen. »Heute ist doch der fünfzehnte Mai, oder täusche ich mich?«

»Kein Aprilscherz. Sie hat mich heute Morgen überrumpelt, und das Team stand auf ihrer Seite.«

Sascha reichte ihr die Hand. »Herzlichen Glückwunsch, Frau Abteilungsleiterin, oder herzliches Beileid?«

Sie schlug ein und lachte. »Beides.«

»So geht es mir auch. Eine Mordkommission leiten ist viel Papier, viel Diplomatie, und ständig muss ich irgendetwas entscheiden.« Er grinste verschmitzt. »Aber es macht Laune, ein paar Leute rumzukommandieren, die mich früher immer genervt haben.«

Fran stellte sich kurz vor, wie es wäre, wenn sie plötzlich Dads Vorgesetzte wäre. Keine Chance! Eine Zusammenarbeit wäre unmöglich. Egal, was sie sagen würde, er würde es immer als Angriff auffassen – und sie musste sich eingestehen, dass es umgekehrt genauso wäre. In dieser Beziehung waren sie sich gleich. Wie es wohl wäre, wenn es anders wäre, wenn sie ein Team wären, sich respektieren würden? Fremd. Ungewohnt. Irgendwie gefährlich.

»Und die Teufelsblume lässt dich vollkommen kalt? Keine Lust, ein wenig zu graben?« Sascha verschlang eine Bulette zur Hälfte und schob eine gehäufte Gabel Kartoffelsalat hinterher.

Doch, dachte Fran. Aber sie würde ihn ein wenig schmoren lassen. »Wir wissen nicht, wer sie ist. Wir haben kein Verbrechen. Wir haben nichts. Vergiss es.« Sie beobachtete ihn genau.

Sascha seufzte, trank die halbe Cola in einem Zug aus. Eine Übersprunghandlung. Eindeutig. Was überspielte er damit? Ärger? Enttäuschung?

»Das heißt, wir brauchen eine zweite Leiche, die genauso hergerichtet ist?«

»Wünschst du dir das?«

»Ja und nein. Wenn das Opfer schon tot ist und wir dem Täter auf die Spur kommen, weil er es ebenfalls offen ablegt, wäre das wunderbar. Ich hoffe nicht, dass er weitertötet.«

Fran hob den Zeigefinger.

»Ja, ja, ich weiß. Wir können gar nicht wissen, ob er überhaupt schon getötet hat. Du bist schlimmer als Benjamin. Als der noch mein Chef war, hat er auch ständig den Zeigefinger gehoben. Das hast du von ihm gelernt.« Der Rest der Bulette wanderte in Saschas Mund.

»Was sagt er denn dazu?« Sie ließ den Zeigefinger wieder sinken.

»Zuerst hat er gesagt, dass du ihn gefälligst mal besuchen sollst, er wisse schon gar nicht mehr, wie du aussiehst.«

Frans schlechtes Gewissen regte sich, aber nur ein wenig. Benjamin Haller, genannt Senior, hatte immer auf ihrer Seite gestanden, auch als sie diesen verhängnisvollen Fehler gemacht hatte, der mindestens einen Menschen das Leben gekostet hatte. Aber sie hatte ihn erst vor zwei Wochen zu Hause besucht, er hatte sie mit Kuchen und guten Ratschlägen vollgestopft, von beidem hatte sie Magendrücken bekommen. Trotzdem war es an der Zeit, ihm Guten Tag zu sagen und ihm die frohe Botschaft zu überbringen, dass man sie ein weiteres Mal die Karriereleiter hinaufgestoßen hatte.

»Ich hole das morgen nach.« Sie hob die rechte Hand. »Ich schwöre es.«

»Gut. Mission eins erfüllt.« Sascha zeigte auf den Salat. »Wie kann ein Mensch damit überleben?«

»Was?«

»Da drin findest du keine Kalorien, egal wie gründlich du suchst. Da hilft dir auch deine OFA nichts.«

Fran spießte ein Salatblatt auf die Gabel. »Was glaubst du, woraus deine Bulette besteht? Im besten Fall Schlachtabfälle, die eine Reise auf einem zwei Kilometer langen Förderband hinter sich haben, auf dem Bakterien und Viren eine Party nach der anderen feiern.« Sie fuhr sich mit dem Zeigefinger über die Kehle. »Ist das deine zweite Mission? Mich mit Fastfood zu mästen?«

»Ich mache mir nur Gedanken …«

»Stopp!«, sagte Fran und grinste dabei. »Deine Fürsorge in allen Ehren, aber ich glaube, da überschreitest du eindeutig deine Kompetenzen.«

Sascha ließ den Kopf hängen. »War nicht böse gemeint.«

Fran schwieg und schaute ihn nur erwartungsvoll an.

»Die zweite Mission, richtig. Ich soll dich dazu überreden, der Moko ›Teufelsblume‹ beratend zur Seite zu stehen.«

»Mordkommission?«, fragte Fran. Sascha verwendete die Abkürzung »Moko«, obwohl es laut offiziellem Verzeichnis »MK« hieß. Gott sei Dank hielten sich die wenigsten an diese Vorgaben, zumindest wenn es nicht um Berichte ging.

»Aber ihr wisst doch gar nicht …«

»Danke für deine Lektionen.« Sascha klang beleidigt. »Nicht geklärte Todesursache, das ist mir klar. Aber die Frau ist einfach so verschwunden, ohne Grund. Oberstaatsanwalt Hasso Kittner hat ein Ermittlungsverfahren gegen unbekannt eingeleitet. Du kennst ihn ja. Er will sich nicht vorwerfen lassen, untätig gewesen zu sein.«

»Warum schickt er mir nicht einfach eine Dienstanweisung?« Fran verspeiste das Salatblatt, das immer noch auf der Gabel gesteckt hatte.

»Er ist davon überzeugt, dass ihr Profiler nicht unter Druck arbeiten solltet.«

Das war eine vernünftige Ansicht, aber es klang in diesem Zusammenhang wie eine Ausrede, wie eine Lüge. Fran stand kurz davor, Sascha ins Gesicht zu lachen.

Sascha wedelte mit einem Stück Kartoffel, die Salatmayonnaise drohte quer über den Tisch zu spritzen. »Kittner will *dich.*« Er schob die Gabel in den Mund, bevor die gelbliche zähe Soße auf Abwege geraten konnte.

»Weil ich traurige Berühmtheit erlangt habe?«

»Du wirst es nicht glauben. Er hält dich für die Beste in deiner Abteilung. Bruno Rheinstahl ist Forensiker, ein erfahrener und ausgebuffter dazu. Aber er schaut nicht weit genug über den Tellerrand.«

»Auf welcher Grundlage, bitte schön, sollte Kittner das beurteilen können?«

Sascha hob nur die Augenbrauen.

Fran sah ein, dass die Frage dumm gewesen war. »Fellmis natürlich.«

»Wer sonst. Das wird dir in Zukunft auch blühen. Du musst Beurteilungen abgeben. Jährlich oder auf Anfrage. Du musst Beurteilungsgespräche führen …«

Fran winkte ab. »Fellmis hat mir alles aufgeschrieben. Aber ich weiß nicht, ob ich mich daran gewöhnen kann.«

»Wenn nicht, musst du die Leitung wieder abgeben.« Sascha kniff die Augen zusammen.

Er schwieg, und Fran wurde klar, dass sie diesen Mann überhaupt nicht kannte, dass ihr Misstrauen berechtigt war. Bisher war er immer ein zuvorkommender, zugewandter und einfühlsamer Kollege gewesen, fleißig und sich für nichts zu schade. Doch jetzt blitzte noch etwas anderes durch. Sascha kannte sich mit dem Apparat aus, wusste, wie die Großen dachten, wie sie vorgingen. Und er war ebenfalls eine Führungskraft, schwamm wie sie selbst mit im Becken, in dem sich reichlich Haie tummelten. Das war gefährlich, aber sie musste sich die Quelle »Sascha Herz« warmhalten. Anscheinend waren Kittner und Sascha gut befreundet, wenn der Oberstaatsanwalt ihm vertrauliche Informationen brühwarm servierte.

»Entschuldige. Danke für den Hinweis«, sagte Fran und pickte mit ihrer Gabel ein Stück Kartoffel von Saschas Teller. Es schmeckte, wie sie es erwartet hatte. Konservierungsmittel und Salz überdeckten fast alles andere. »Und weiter?«

»Günther Anleder ist nicht schlecht, aber er hört sich selbst zu gerne reden und versucht, alle in seinem Umfeld zu therapieren.«

Fran musste einräumen, dass diese Einschätzung zutraf. Günther war ein hervorragender Diagnostiker, kannte alle Krankheitsbilder und Symptomkomplexe auswendig und hatte den richtigen Riecher. Im Einzelgespräch war er in der Lage, in kürzester Zeit ein Psychogramm herauszuarbeiten, ohne dass der Klient sich dabei ausgefragt fühlte. Aber die großen Zusammenhänge gingen ihm oft verloren, er fokussierte sich auf ein Detail, vergrub sich darin, dozierte darüber ohne Punkt und Komma. Man musste ihn zu nehmen wissen. Doch er hatte sich als Freund erwiesen, als es hart auf hart gegangen war. Fran vertraute ihm bedingungslos, im Gegensatz zu Sascha Herz, den sie nicht einschätzen konnte.

»Was ist mit Martina Schwartz?«

Sascha seufzte. »Jetzt ist der Moment gekommen, an dem ich dir ein Versprechen abnehmen muss. Über alles, was wir hier reden, musst du absolutes Stillschweigen bewahren. Wirklich absolut. Du darfst nicht einmal Senior etwas sagen.«

»Beschnüffelt ihr uns?« Fran wurde flau im Magen.

»Dass ihr schon immer unter Beobachtung steht, ist dir klar?«

»Keine Frage. Wir arbeiten täglich mit sensiblen Daten. Aber wie weit geht es?«

»Sehr weit. Wir wissen, dass Martina Schwartz eine hervorragende Profilerin ist und bis heute absolut loyal. Aber wir wissen auch, dass ihr Bruder in die rechte Szene abgerutscht ist.«

Fran ließ die Gabel fallen. Das waren Neuigkeiten! Martina redete nicht viel über private Angelegenheiten. Und das warf natürlich ein ganz neues Licht auf Voglers Auftrag. Die Informationen musste er auch haben. Was ging da vor? Kollisionen zwischen Privatem und Beruflichem waren damit unausweichlich. Die ganze Angelegenheit wurde immer undurchschaubarer. Oder konnte es sein, dass Vogler es nicht wusste? Sie konnte Sascha nicht fragen, damit hätte sie ihr Versprechen der Vertraulichkeit Vogler gegenüber verletzt. Ein Teufelskreis.

»Verdammt. Das ist echt beschissen.« Fran stöhnte. »Wenn

ich gewusst hätte, was auf mich zukommt! Ich bin noch nicht einmal offiziell Leiterin, der Vertragsbeginn ist auf morgen datiert, und schon steht meine Welt auf dem Kopf. Also ist der Staatsschutz an Martina dran?«

Sascha nickte.

»Gilt das für uns alle?«

Sascha schüttelte den Kopf. »Die sind ja nicht lebensmüde. Wenn das rauskäme, wären sie wirklich erledigt.« Sascha schüttelte erneut den Kopf. »Wären sie natürlich nicht.« Er grinste verlegen. »Sie haben nur Martina Schwartz im Visier, präventiv sozusagen. Sie wissen, dass Martina Schwartz eine von den Guten ist. Sie wissen es, *weil* sie Martina im Visier haben. Aber stell dir vor, ihr Bruder klaut ihre Codes. Bevor sie routinemäßig geändert werden, könnte er an Informationen kommen, mit denen er richtig Schaden anrichten könnte. Ein Zeitfenster von sechs Stunden wäre mehr als genug.«

»Zeugenschutzprogramme!« Fran graute es davor, was passieren würde, wenn den Nazis diese Informationen zugespielt würden. Eine Welle der Gewalt wäre die Folge. Von Einschüchterung bis zum Mord war alles möglich.

»Das ist nur ein Beispiel«, sagte Sascha. »Ermittlungsakten. Laufende Observierungen. Geplante Durchsuchungen. Undercover-Identitäten und Informanten.«

Fran legte eine Hand auf ihr Herz. »Ich schwöre dir bei allem, was mir lieb und teuer ist, ich werde kein Sterbenswörtchen rauslassen.« Fran würde sich an ihren Schwur halten, aber sie würde, wenn es darauf ankäme, ihr Wissen nutzen.

»Gut. Ich hoffe, dass es dich nicht zu sehr belasten wird.«

Es belastete sie jetzt schon. Der Beipackzettel mit den Nebenwirkungen ihres neuen Jobs wurde schnell länger. Damit sie nicht umsonst litt, musste sie wenigstens so viel wie möglich erfahren. »Wie tief steckt Martinas Bruder drin?«

»Er soll demnächst in den Inner Circle der Nationalen Front Deutschlands vorrücken. Führungsebene. Logistik, Beschaffung, PR.«

»Nationale Front?« Fran runzelte die Stirn. »War das nicht eine DDR-Organisation?«

»Ja. Aber die Nazis bedienen sich ja gerne in fremden Gärten, um zu täuschen und zu verschleiern. Einige Mitglieder des NFD stehen den Strukturen des NSU nahe. Das ist echt heiß. Allerdings haben wir noch keine konkreten Hinweise auf kriminelle Handlungen. Der NFD ist so etwas wie der politische Arm der extremen rechten Szene.«

Das war mehr als heiß. Mit denen war nicht zu spaßen. Arme Martina. Fran musste mit ihrem Wissen sehr vorsichtig umgehen, musste die Kollegin stützen und schützen, ohne die Situation zu verschärfen. Gleichzeitig musste sie verhindern, dass vertrauliche Daten in falsche Hände gerieten. Sie beschloss, alle Zugriffe von außen zu unterbinden und nur in Ausnahmefällen zuzulassen, abgesichert durch ein Instantpasswort. Erst nach persönlicher Identifizierung wurde das Passwort vergeben, und es galt nur für kurze Zeit.

»Zurück zum Thema. Steigst du mit ein?«

Fran schüttelte den Kopf, Sascha legte die Gabel vorsichtig auf den Teller und fluchte leise. Wie weit würde er gehen, wie viel war sie ihm wirklich wert, wie viel Verhandlungsspielraum hatte er?

»Wenn ihr mehr habt, bin ich dabei, vielleicht. Ich kann nicht ins Leere arbeiten, und mein Team auch nicht. Wir haben genug zu tun. Aber du kannst mich jederzeit anrufen.«

Fran legte Sascha eine Hand auf den Unterarm. Sie spürte seine Wärme durch den Stoff hindurch. Er schaute ihr in die Augen, und sie sah, dass seine Zuneigung zu ihr seine Enttäuschung verdrängte.

»Okay«, sagte Sascha. »Kittner wird nicht begeistert sein, aber er hat es ja nicht anders gewollt. Er hätte dir ein vernünftiges Angebot machen können. Zum Beispiel dafür sorgen, dass die Stelle von Fellmis nicht gestrichen wird.«

»Das hätte auf jeden Fall förderlich gewirkt. Aber ich will niemanden erpressen, damit habe ich schlechte Erfahrungen gemacht«, sagte Fran und zog ihre Hand wieder zurück.

»Erpressung ist fast das einzige Mittel in diesem Apparat, um deine Interessen durchzusetzen. Du musst es nur so verpacken, dass es wie ein Geschenk aussieht.«

Fran kratzte die Salatschüssel aus. Das Dressing schmeckte erstaunlich gut. »Ich werde es versuchen. Ach ja, was ist denn mit Christine Austerlitz? Warum nicht sie?«

»Das ist nicht dein Ernst!«

Fran überlegte. Was meinte Sascha damit? Dass Christine nicht gut war? Unsinn. Er meinte etwas ganz anderes. »Logisch. Sie bewältigt das größte Arbeitspensum von uns allen. Ihre Überstunden sind legendär und fast schon justitiabel.«

»Bingo. Sie ist eine Arbeiterin der Extraklasse und wäre an eine Führungsposition verschwendet.«

Fran verbiss sich die Bemerkung, dass sie anscheinend am entbehrlichsten war, weil man ihr die Leitung aufgedrückt hatte. Vielleicht konnte sie sich doch zu einer kleinen Erpressung durchringen. »Meinst du, ich könnte Kittner mit einem Projektplan und den Zahlen der Überstunden davon überzeugen, eine neue Stelle für uns zu schaffen?«

Sascha schmunzelte. »Du begreifst schnell, aber ich rate dir, warte noch ein wenig. Außerdem ist Kittner, was das angeht, der falsche Ansprechpartner. Du musst mit Hugo Dorfmann reden. Ihr werdet demnächst sowieso mehr miteinander zu tun bekommen. Dorfmann sitzt als Leiter des LKA auch im Leitungsteam. Es werden sich noch genug Gelegenheiten bieten, ihm ein Angebot zu machen, das er nicht ablehnen kann.«

»Und du kannst nichts für mich tun?« Fran zeigte mit ihrer Gabel auf Sascha. Zwischen den Zinken klemmte ein Maiskorn.

Sascha zog sein Handy, tippte eine Nummer ein. »Herz hier.« Er hörte kurz zu und sah Fran an. »Noch nicht. Sie ist sehr interessiert, natürlich. Aber durch die Beförderung ist ihr Zeitkontingent schon jetzt überstrapaziert.« Wieder hörte Sascha zu. »Okay. Werde ich. Danke. Auf Wiederhören.« Er steckte das Handy weg.

»Du lügst, ohne rot zu werden!« Fran legte die Gabel auf ihren Teller und wischte sich den Mund ab. Das galt auch für sie. Die Frage war: Wer log besser?

»Folgender Vorschlag: Du steigst ein, wie gesagt nur als Beraterin, kommst mit zu Vernehmungen und entwickelst ein paar Thesen, nur mündlich, ich trage die Verantwortung. Dafür wird dir eine neue Planstelle in Aussicht gestellt.«

Fran hustete. »In Aussicht gestellt? Für das nächste Jahrhundert vielleicht. Das wird nie was.«

»Das sehe ich anders. Du kennst meinen Gesprächspartner nicht, und das muss auch so bleiben. Aber ich kenne ihn. Und bei ihm bedeutet ›in Aussicht stellen‹, dass es so gut wie sicher ist.«

»Wie sicher?«

»Fünfundneunzig Prozent.«

»Fünf Prozent unsicher ist eine Menge.«

Sascha beugte sich zu Fran und flüsterte. »Ich weiß nicht, warum du dich so zierst, aber ich würde wetten, dass dich die Teufelsblume nicht loslässt. Habe ich recht?«

Fran beugte sich ebenfalls ein Stück nach vorn. Ihre Nasen stießen fast aneinander. »Ich weiß nicht, warum du mich so umgarnst, aber ich würde wetten, dass da irgendetwas dahintersteckt, das mit meiner Person nichts zu tun hat. Habe ich recht?« So leicht würde er sie nicht bekommen. Er musste wenigstens ein oder zwei seiner Karten auf den Tisch legen.

Gleichzeitig lehnten sie sich wieder zurück und lächelten breit.

»Kein Kommentar«, sagte Sascha und stand auf. »Wir sehen uns.«

»Bis dann«, erwiderte Fran.

Sascha ging los, verließ die Kantine, die Tür klackte ins Schloss. Fran zählte langsam von hundert runter. Bei sechsunddreißig sah sie Sascha aus den Augenwinkeln die Tür zur Kantine öffnen. Er ließ sich auf den Stuhl ihr gegenüber fallen.

»Du kannst echt knallhart verhandeln. Okay. Es hat nicht nur etwas mit deiner Person zu tun. Ich betone: Nicht nur. Mehr kann ich dir momentan nicht sagen.«

»Akzeptiert.«

Saschas Augen leuchteten.

Fran verstand genug von Menschen, um zu erkennen, dass das nicht gespielt war. Sascha freute sich ehrlich, sie dabeizuhaben.

»So, wie abgesprochen. Ich gehe gerne mit auf Vernehmungen, wenn es sinnvoll ist, und ich werde ein wenig rumspinnen, ohne Gewähr.«

Sascha hielt ihr die Hand hin. Sie schlug ein.

»Und du hast recht damit, dass mir die Teufelsblume nicht aus dem Kopf geht, dass mich ein ungelöstes Rätsel in den Wahnsinn treibt.«

Sie starrten sich noch einen Moment in die Augen, dann ließen sie los. Dieser Sascha Herz hatte ausgesprochen hübsche und vor allem gefährliche braune Rehaugen.

*

Die haben mich schon wieder geholt. Diesmal wegen der anderen Sache. Das merke ich schon daran, dass sie mich nicht ins Präsidium bringen, sondern zum Staatsschutz. Aber sie wissen nichts. Sonst hätten sie unser Versteck längst ausgehoben. Sie bluffen. Stochern im Nebel. Wollen mich weichkochen. Aber da haben sie sich den Falschen ausgesucht. Ein Mann und eine Frau sitzen mir gegenüber. Der Raum ist kahl, nackter Beton. Ein Spiegel. Auf der anderen Seite des Spiegels stehen andere Beamte und diskutieren über jede meiner Bewegungen, über jeden Gesichtsausdruck. Sollen sie nur. Jean Pierre, den wir nur ›Der Belgier‹ nennen, hat uns beigebracht, nicht mal mit der Wimper zu zucken. Stundenlang. Und nicht nur das. Wenn ich wollte, könnte ich die beiden auf der Stelle mit meinen Händen töten. Jedes Wochenende fahre ich in die Eifel und trainiere dort mit meinen Kameraden Kampfsport. Und Schießen. Mit Pistole, Gewehr und Compoundbogen. Vor allem von dem Compoundbogen war ich fasziniert. Lautlos und zielsicher auf hundert Meter.

Wir müssen jederzeit bereit sein. Wir sind die stille Reserve des Volkskampfes. Wenn sich die Massen erheben, werden wir zur Stelle sein.

Die beiden sind freundlich, bieten mir Kaffee an. Ich lehne ab. Die glauben tatsächlich, dass ich so blöd bin und auf den Kaffee-Trick reinfalle. Im Kaffee ist eine Wahrheitsdroge, was sonst? Immerhin reagieren sie gelassen. Sie fragen, ob ich eine Tätowierung habe. Ich verneine. Das ist nicht gelogen. Ich hatte eine Tätowierung, aber ich habe beschlossen, sie wegzumachen, so wie meine Kameraden auch. Falsche Eitelkeiten dürfen uns nicht leiten. Es ist egal, was wir auf der Haut tragen, solange wir unter der Haut die richtige Einstellung haben.

Sie wollen wissen, mit wem ich Umgang habe, wer meine Freunde sind. Ich sage, ich habe keine Freunde mehr, seit ich auf der Schule war. Sie sagen, das könne doch gar nicht sein. Ich sage nichts. Unentwegt werfen sie sich Blicke zu, die mich verunsichern sollen. Was für Kasper! Die Tür geht auf, ein Mann kommt herein, legt eine dünne Akte auf den Tisch und flüstert der Frau etwas ins Ohr. In der Akte liegen natürlich nur leere Blätter.

Der Mann schlägt die Akte so auf, dass ich nichts lesen kann. Er zeigt auf etwas. Dann schaut er mich sorgenvoll an. Seine Stirn sieht aus wie ein Waschbrett. Ich verändere meine Miene nicht im Geringsten.

Er fragt, ob ich nicht wissen will, was in der Akte steht. Ich schüttele nur den Kopf.

Er sagt: ›Wir haben gehört, dass Sie mit unangenehmen Zeitgenossen zu tun haben. Mit Leuten, die was gegen Türken haben und gegen andere Ausländer.‹

Ich sage, diese Leute hätten bessere Ohren als ich. Die Frau lächelt gequält. Sie ist mindestens sechzig Jahre alt. Sie könnte meine Mutter sein. Warum arbeiten hier so alte Menschen? Ob ich ins Gefängnis wolle, fragt sie. Was für eine bescheuerte Frage. Ich ziehe nur meine Augenbrauen nach oben. Wenn ich wollte, könnte ich einen Anwalt anrufen. Aber das ist nicht notwendig. Noch ein oder zwei Stunden, dann werden sie aufgeben.

Immer wieder fragen sie mich dasselbe. Ob ich diesen oder jenen Namen kenne. Ich kenne niemanden. Ob ich gut finde, dass Ausländer umgebracht werden. Ich sage nichts dazu. Ob ich fest auf dem Boden der freiheitlich-demokratischen Grundordnung stehe. Ich lache nur. Nach nicht ganz einer Stunde und sieben Durchgängen mit denselben Fragen lassen sie mich in Ruhe. Beim Rausgehen erhasche in einen Blick auf den Inhalt der dünnen Akte. Es sind tatsächlich nur weiße Blätter darin. Sie sind so leicht zu durchschauen. Ich muss meiner Schwester klarmachen, dass sie noch misstrauischer sein soll als sonst. Denn der Feind kann auch in der eigenen Familie lauern.

Donnerstag

Fran stellte den Impreza ab, warf einen Blick auf die Uhr, es war bereits nach Mitternacht, und beobachtete wie immer zuerst das Haus, in dem sie wohnte. Nichts Ungewöhnliches. Sie stieg aus, der Impreza blinzelte ihr zu. Nach wenigen Schritten stand sie an der Haustür und zwang sich, sie sofort aufzuschließen und in den Flur zu treten. Alles in ihr wehrte sich dagegen, aber sie schaffte es, drückte den Lichtschalter. Dann stieg Fran nicht zu schnell und nicht zu langsam die Treppe hoch. Ein Teil von ihr geriet in Panik, wollte flüchten, aber sie beschleunigte ihre Schritte nicht. Sie fühlte sich wie ein angeleintes Schaf, das den Wolf kommen sah. Doch der Wolf kam nicht.

Als sie die Wohnungstür öffnete, beschloss sie, das Licht nicht sofort einzuschalten. Kein fremder Geruch lag in der Luft. Sie schloss die Tür, horchte. Ihre Hand tastete nach dem Lichtschalter. Etwas knackte. Sie schrak zusammen, Licht flammte auf, instinktiv hatte sie den Schalter gedrückt. Niemand wartete auf sie. Weder hier noch sonst wo in der Wohnung. Alle Räume waren exakt so, wie Fran sie am Morgen verlassen hatte.

Ihr Puls beruhigte sich. Wie lange würde es dauern, bis ihr Gehirn sie nicht mehr mit diesen sinnlosen Angstattacken folterte? Frau Dr. Sola hatte gesagt, das könne noch lange dauern. Jahre. Vielleicht sogar den Rest des Lebens. Viel einfacher wäre es, wenn jemand Vertrautes zu Hause warten würde. Aber genau das war das Problem. Sie konnte sich nicht vorstellen, jemanden in ihr Heim und damit in ihre Seele einzulassen. Obwohl sie immer wieder Sehnsucht nach der Berührung eines

Mannes hatte, und auch nach Sex, hatte sie seit mehr als einem Jahr niemanden mehr mit nach Hause gebracht. Bei einem Fremden zu übernachten kam schon gar nicht in Frage.

Fran zog sich aus, kochte sich einen schwarzen Tee, einen Assam, und legte sich in ihr schmales Bett. Das französische hatte sie verschenkt. Nach der dritten Tasse wurde sie müde. Es war erst kurz nach zehn, aber ihr fielen die Augen zu. Ein angenehmes Gefühl. Sie löschte das Licht, dachte noch eine Weile über die Teufelsblume nach und schlief ein.

Nur einen Moment später sang Lena von Liebe und dass sie wie ein Satellit um ihren Liebsten kreise.

Fran tastete nach ihrem Handy, bekam es zu fassen und betrachtete die Nummer. Es war Sascha.

»Ja?« Mehr brachte sie nicht heraus. Ihre Zunge fühlte sich dick und pelzig an.

»Alles klar? Gut geschlafen?« Er wartete nicht auf Antwort und klang, als sei er bereits seit Stunden auf den Beinen. »Wir haben das Skelett identifiziert. Zahnstatus. Birte Rastow heißt sie. Sie war in einer Klinik wegen einer komplizierten Oberkieferoperation. Ein Weisheitszahn ist in die falsche Richtung gewachsen. Wie lange brauchst du? Wir müssen zu ihren Eltern. Zuerst der Vater, dann die Mutter. Ich stehe vor deiner Tür, den Rest erzähle ich dir gleich.«

Fran kletterte aus dem Bett. Zehn nach sieben. Es war schon hell. Sie hatte fast neun Stunden geschlafen. Wie betäubt. Ein gutes Zeichen. Eine weitere Nacht ohne Horror. »Bin gleich da.« Sascha klang nicht nur so; wie es aussah, war er tatsächlich schon seit einiger Zeit unterwegs.

»Ich bin froh, dass du mitkommst«, sagte Sascha.

»Bis gleich.« Sie unterbrach die Verbindung.

Mit der Zeit hatte sie gelernt, sich innerhalb von fünf Minuten zu duschen, die Zähne zu putzen und anzuziehen. Heute war sie etwas langsamer. Der Schlaf wollte sich nicht vertreiben lassen. Er war zu lange Herr über sie gewesen. Normalerweise schlief sie nicht länger als sechs Stunden.

Fran hechtete die Treppe hinunter. Sascha wartete auf der anderen Seite in einem spießigen Benz, der überhaupt nicht zu ihm passte. Er trug einen Dreitagebart, sein schwarzes Haar zog sich in leichten Wellen über seinen Kopf, und sein Gesicht hätte sich gut gemacht in einem Werbespot für ein teures Parfum.

Er stieß die Beifahrertür auf, Fran ließ sich auf den Sitz fallen und gurtete sich an. »Seit wann bist du auf den Beinen?«

»Sechs Uhr. Die Jungs und Mädels von der Kriminaltechnik haben die Nacht durchgearbeitet und mir dann sofort Bescheid gegeben. Ich habe mir die Akten kommen lassen. Hast du gut geschlafen?«

»Fast neun Stunden!«

»Ein guter Anfang!«

Sascha lenkte den Benz in die Hammer Straße, hinein ins Hafenviertel. Fran hatte zuerst hierhin ziehen wollen, in das hippe Boomviertel, wo ein paar der angesagten Clubs der Stadt ihr Zuhause gefunden hatten. Aber dann hatte sie es sich anders überlegt, weil ihr der ganze Schickimicki mit der Zeit nur auf die Nerven gegangen wäre. Wenn sie Auslauf brauchte, war sie mit dem Fahrrad in zwanzig Minuten hier, mit dem Auto in fünf. Ihre Schwester Anne hatte sie anständig ausgeschimpft. Sie sei fast so spießig wie ihre Eltern, oder zumindest auf dem Weg dahin. Recht hatte sie gehabt.

»Was meinst du mit ›Guter Anfang‹?«, fragte Fran.

»Du fängst an, dir Gedanken über deine Leistungsgrenzen zu machen, und schaffst es, mal richtig auszuschlafen.«

Sascha gab nicht auf. Anscheinend wollte er ihr neuer Ersatzpapa werden, obwohl er erst fünfundvierzig war, also keine zehn Jahre älter als sie. »Wer bezahlt dich?«

»Für deine Betreuung? Es ist ein Fonds, in den regelmäßig eine Menge Leute einbezahlen. Horrende Summen. Aber es reicht einfach nicht.«

»Ha, ha, ha!« Fran schaute Sascha von der Seite an. Er schien es ernst zu meinen. Sein Pech. An ihr würde er sich die Zähne ausbeißen.

»Wir sind da.« Jeder Zentimeter war zugeparkt, also stellte Sascha den Wagen neben einem Porsche Cayenne auf einer Verkehrsinsel ab.

Sie stiegen aus und gingen ein Stück die Hammer Straße entlang. Sascha zeigte auf ein Haus mit Jugendstilfassade. Das angemessene Gebäude für Rechtsanwälte. »Birte Rastow hätte die Kanzlei eines Tages übernehmen sollen. Die Vermisstenakte schildert eine glückliche Familie mit einer Tochter, die vom Reißbrett stammt: intelligent, schön, ehrgeizig, loyal, gut erzogen. Bilder von Urlauben aus der ganzen Welt. Bilder von Birte mit Freund und Eltern auf Ibiza. Und dann: Bilder von Birte Rastow als Mädchen, kahl, rotgeränderte Augen. Leukämie. Blutkrebs. Bilder von ihrem elften Geburtstag. Blonde Locken, riesiger Kuchen, viele Menschen. Sie hatte den Krebs überwunden, dem Tod vorerst ein Schnippchen geschlagen. Mit zweiundzwanzig Jahren verschwindet sie spurlos. So steht es in den Akten.«

Sascha klingelte. Nichts. Er klingelte noch mal. Die Sprechanlage brummte und krachte. »Wer, verdammt noch mal? Presse? Verpisst euch …«

Sascha hielt seinen Ausweis vor die Eingangskamera. »Kriminalhauptkommissar …«

»Ja, ja, schon gut. Wird wohl nicht der Weihnachtsmann sein.«

Der Türdrücker summte, Fran schob die Tür schnell auf, muffige Luft schlug ihnen entgegen. »Das wird kein Spaziergang«, flüsterte Fran. Die Stimme hatte betrunken geklungen, der Assoziationssprung von der Presse zum Weihnachtsmann verhieß nichts Gutes.

Sascha zuckte mit den Schultern.

Sie stiegen zwei Treppen hoch, eine Tür stand offen, aus der es nicht nur muffig roch. Der Gestank von Exkrementen und altem Urin schlug ihnen entgegen. Zeitungen lagen zentimeterhoch im Flur, Teile der Tapete waren abgekratzt, Whiskyflaschen waren an den Seiten aufgereiht. Nur eine schmale Person konnte mit Müh und Not das Spalier der Flaschen passieren, ohne sie umzuwerfen. Soweit Fran es beurteilen konnte, kein billiger Fusel. Die Whiskys waren mindestens achtzehn Jahre alt, pro Flasche kosteten sie mindestens achtzig Euro, da kam was zusammen. Ein kleines Vermögen, das der Rechtsanwalt versoffen hatte.

»Hierher, ich bin in der guten Stube«, röhrte dieselbe Stimme, die Fran aus der Sprechanlage kaum hatte verstehen können. Zu dem Gestank nach Urin kam jetzt noch Schimmel hinzu, den Fran aber weniger roch als schmeckte. Die Sporen verpesteten die Atemluft.

Sie betraten ein Zimmer, dessen Fenster abgedunkelt waren. In der Mitte, auf einem Berg aus Zeitungen, leeren Flaschen und Pappkartons von einem guten Dutzend Fastfood-Produzenten, thronte der Hausherr, eine unförmige Masse, aus der die Arme und Beine wie Tentakel heraushingen. Der Kopf versank im völlig verfetteten Kinn. Der Mann musste an die fünf Zentner wiegen. Warum holte ihn keiner hier raus? Was war mit seiner Frau?

»Was wollen Sie? Ich weiß, dass sie tot ist.« Er hielt ein I-Phone in die Luft.

Fran trat einen Schritt näher an den Berg aus Müll und Fett heran. Sie wollte sein Gesicht sehen. Im Halbdunkel hatte sie geglaubt, es sei geschminkt, aber jetzt erkannte sie, dass Tränen Kanäle in den Schmutz gegraben hatten. Sie musste sich beherrschen, um dem Koloss nicht vor die Füße zu kotzen. Es war einfach widerlich.

Der Grund, warum er sich innerhalb von nur zwei Jahren vom geachteten Rechtsanwalt zum widerwärtigen Freak hatte abwracken können, lag auf der Hand: heillose Eigenliebe. Das war keine Trauer um seine Tochter. Das war die Verzweiflung darüber, dass er weder leben noch sterben konnte. Sie würden von ihm in diesem Zustand nichts erfahren, das ihnen helfen würde, den Tod seiner Tochter zu erklären. Hatte sie vielleicht den Freitod gewählt, weil sie ihre Eltern nicht mehr ausgehalten hatte? Weil sie nie sein durfte, was sie hätte sein wollen? Dieser Mann würde das leugnen, selbst wenn es zweifelsfrei bewiesen wäre. Ansonsten hätte er sich ja eingestehen müssen, dass er am Tod seiner Tochter Verantwortung, vielleicht sogar Schuld trug.

Frederik Rastow, früher mal Rechtsanwalt, warf das Handy achtlos weg. Es landete in einem Haufen feuchter Zeitungen, die nach altem Urin stanken. »Birte sollte mich auf diesem Handy anrufen. Sie hat es nicht getan.«

Einen Moment lang spielte Fran mit dem Gedanken, den Mann hier sterben zu lassen. Dann zog sie ihr Smartphone heraus und verständigte die zuständigen Behörden. Bis der Rettungswagen eintraf, mussten sie warten. Frederik Rastow war hochgradig suizidgefährdet, vollkommen verwahrlost, jenseits der Realität, auf des Messers Schneide.

Sieben endlose Minuten standen Fran und Sascha vor dem menschlichen Wrack. Kein einziges Wort fiel. Die Besatzungen des Rettungswagens und der Streife bedachten sie mit bösen Blicken, aber natürlich taten sie, was sie tun mussten. Sie schafften es, den Fettberg durch den Flur zu bugsieren. Mit sechs Mann schoben, drückten und quetschten sie ihn durch die Tür. Immerhin mussten sie ihn nicht tragen. Dafür hätten auch sechs Mann nicht ausgereicht.

Noch auf der Straße hörte Fran das Gekreische von Frederik Rastow, dass er alle verklagen würde, dass er das Recht habe, so zu leben, wie er wolle, und so zu sterben, wie er wolle. Und dass man ihm zuerst seine Tochter genommen habe, dann seine Frau und zuletzt seine Würde.

»Hast du das gewusst?«, fragte Fran. »Hast du mich deshalb mitgenommen?«

»Bei allen guten Göttern, nein. Fran, was hältst du von mir?«

»Gute Frage.« Fran biss sich auf die Zunge.

Sascha startete den Wagen und ignorierte Frans Antwort. »Bei seiner Frau werden wir mehr Glück haben. Wir haben einen Termin. Ich hatte versucht, *ihn* zu erreichen, aber es war nur die Mailbox angegangen. Wir fahren nach Oberkassel. Rheinallee. Die Mutter von Birte Rastow kommt aus alteingesessenem Geldadel. Sie sollte in den diplomatischen Dienst. Aber sie hat entgegen der Pläne ihrer Eltern andere Wege eingeschlagen und ist Rechtsanwältin geworden.«

Sascha fuhr auf die Rheinkniebrücke, die Oberkassel mit der Altstadt verband. Fran warf einen Blick auf den Rhein, der träge dahinfloss. Ein Frachtschiff unterquerte die Brücke. Einfach mitfahren und alles hinter sich lassen, dachte Fran und lächelte. Nein! Ein Jahr. Das war der Deal.

Sie konzentrierte sich auf das bevorstehende Gespräch. Einerseits mussten sie behutsam vorgehen, denn Birtes Mutter empfing sie freiwillig. Sie hatten keine Handhabe, sie auch nur vorzuladen. Mit Leichtigkeit konnte sie alle Begehrlichkeiten der Polizei abschmettern. Andererseits brauchten sie Informationen, von denen Fran annahm, dass Magdalena Rastow sie nur ungern preisgab.

Sascha fand einen Parkplatz direkt vor dem Haus von Magdalena Rastow, geborene von Wildenfeld.

Bevor er klingeln konnte, schwang die Tür auf. Fran entdeckte mehrere Kameras, mit denen man jeden Zentimeter des Grundstücks überwachen konnte.

Sie traten in einen Vorgarten, der ein wenig verwildert war. Als Fran genau hinsah, erkannte sie, dass hier das Ideal britischer Gartenkultur verwirklicht wurde: Alles schien natürlich zu sein, aber an jeder Pflanze, an jeder Rose, die zufällig eine Wand hinaufwuchs, schimmerte eine planende Hand durch. Die Verwilderung des Gartens war kein Zufall. Pflanzen durften hier nur deshalb frei wachsen, weil es dazu diente, den Beobachter in die Irre zu führen. Ungeschnittene, verwilderte Buchsbaumhecken trennten das Grundstück nach rechts und links ab. Es maß insgesamt vielleicht achthundert, maximal tausend Quadratmeter. Riesig für diese Lage. Das Haus passte zu Frans Eindruck, dass hier ein englischer Wohnstil verwirklicht werden sollte: viktorianisch. Weiß. Eine kleine Veranda, zwei übereinanderliegende Erker, Schieferdach. Alles wie neu.

Die Verandatür ging auf. Eine Frau von vielleicht vierzig Jahren trat heraus. Sie war dieser Typ Frau, die zwar alt wurde, aber niemals ihre Schönheit verlieren würde. Was für ein Kontrast. Hier der vollkommen aus dem Gleichgewicht geratene Mann, der in seinen Exkrementen und seinem Selbstmitleid vor sich hin rottete, da die attraktive Frau, beide vom selben Schicksalsschlag oder vom selben Versagen geprüft.

Magdalena Rastow lächelte so, wie man unangenehme Gäste begrüßte: höflich, aber ohne jegliche Wärme. Sie reichte zuerst Fran die Hand, dann Sascha. Kein Wort kam über ihre Lippen, Fran und Sascha nickten kurz.

Magdalena Rastow zeigte hinter sich und ging vor in einen Salon mit Blick auf einen Gartenteich, postmoderne Statuen und einen Außenkamin mit Grill, auf dem man einen ganzen Ochsen hätte braten können.

Fran war keine Kunstexpertin, aber wenn sie sich nicht irrte, hing an einer Wand ein echter Miró, an einer anderen ein ebenso echter Turner, die Szene eines Schiffbruchs auf hoher See. Farbgewaltig, drohend, der Sturm wollte in die gediegene Dekadenz des Salons eindringen, doch die Leinwand hielt das Unwetter fest.

»Ich habe es bereits erfahren«, sagte Magdalena Rastow. »Sie sind der erste offizielle Besuch zur Befragung. Ihre Kollegen waren übrigens sehr taktvoll.«

Keine roten Augen, die Fingernägel perfekt manikürt, alle Details ihres Outfits waren farblich aufeinander abgestimmt. Fran kam sich vor wie ein hässliches Entlein.

»Die Umstände sind recht ungewöhnlich, nicht wahr?«, fragte Magdalena Rastow.

Fran überlegte einen Moment. Sollte sie den Ball aufnehmen und zurückspielen? Fragen, was die Frau wusste und woher? War das zu provokativ? Es war vor allem irrelevant. Sie entschied sich dagegen. Mitgefühl war angesagt. Fran musste es nicht heucheln. »Es tut mir aufrichtig leid, Frau Rastow.«

»Mir ebenfalls, Frau Rastow«, sagte Sascha ebenso ehrlich.

Sie schaute zwischen Sascha und Fran hin und her. Ihr Lächeln veränderte sich, wurde wärmer. »Danke für Ihre Anteilnahme. Wie kann ich Ihnen helfen?«

»Indem Sie sich noch einmal erinnern«, sagte Fran. »Auch wenn es schmerzt. Gibt es etwas, das Ihnen nach dem Verschwinden Ihrer Tochter aufgefallen oder wieder eingefallen ist? Gab es besondere Umstände? Hat sie sich noch mal gemeldet?«

»Ist sie ermordet worden?«, fragte Magdalena Rastow und wischte damit Frans Fragen beiseite.

Volltreffer. Magdalena Rastow wich aus. Fran beantwortete die Frage. »Wir wissen es nicht. Wenn ja, muss es uns der Täter verraten. Die Gerichtsmedizin konnte bisher nichts feststellen.«

»Todesursache unbekannt?«, fragte Magdalena Rastow.

Fran nickte, hakte nach. »Sie ist am 12.7.2012 das letzte Mal gesehen worden?«

Magdalena Rastows Lächeln versteinerte. »Ja.«

Fran warf Sascha einen Blick zu. Ihr Kollege nickte unmerklich. Ihm war ebenfalls aufgefallen, dass sie log. Also machte sie weiter. »Ihr Mann hat es nicht ertragen …«

»Er ist ein Schwächling. Das war er schon immer. Aber ich war schwanger und es war nichts Besseres in Sicht. Zumindest hat er sich als geschäftstüchtig herausgestellt. Als Vater hat er komplett versagt. Ich habe mich ein halbes Jahr nach Birtes Verschwinden scheiden lassen. Er hat aufgegeben, als noch Hoffnung bestand.« Magdalena Rastow blickte aus dem Fenster.

Fran stutzte. Hoffnung? Sicher, es bestand immer Hoffnung, wenn jemand vermisst wurde, solange man keine Leiche fand. Und manchmal verrannten sich die Angehörigen so sehr, dass sie selbst dann noch hofften, wenn es keine Hoffnung mehr gab. Was war mit Birte passiert? Fran musste die Festung, hinter der sich Magdalena Rastow verbarg, schleifen, freiwillig würde sie nichts preisgeben. Sie dachte an Frau Dr. Sola und ihre Beharrlichkeit und sagte: »Wissen Sie, Frau Rastow, ich frage mich, warum Sie uns anlügen. Sie haben nach dem 12.7.2012 Kontakt zu Ihrer Tochter gehabt. Wenn Sie wollen, dass wir klären, wie Ihre Tochter ums Leben gekommen ist, müssen Sie uns die Wahrheit sagen.«

Fran hörte Sascha tief Luft holen.

Magdalena Rastow erhob sich langsam und zeigte auf die Tür.

Fran stand ebenfalls auf. Magdalena Rastow war fast einen

Kopf größer als sie. »Sie sind keinen Deut besser als Ihr Mann. Guten Tag.«

Fran drehte sich auf dem Absatz um und verließ den Salon. Sascha trottete hinter ihr her. Magdalena Rastow machte keine Anstalten, sie aufzuhalten.

Kaum standen sie draußen, legte Sascha auch schon los. »Bist du wahnsinnig geworden? So kannst du nicht mit dieser Frau umgehen. Du hast sie beschimpft und beleidigt. Sie wird uns die Hölle heißmachen.«

»Und wenn schon. Hast du ihr geglaubt?«

Sascha druckste herum. »Natürlich nicht, aber du weißt, wie schwer es ist, das letztlich zu entscheiden.«

»Aber nicht bei dieser Frau. Die ist so überkontrolliert, dass sie jeden Moment platzen muss. Das muss die Hölle für Birte gewesen sein. Sie ist abgehauen. So sieht es aus. Und ich wette hundert zu eins, dass Birte sich noch mal gemeldet hat. Und dass ihre Eltern nicht reagiert haben. Deswegen hat ihr Vater sich lebendig begraben, und *sie* mauert sich hinter ihrer Fassade ein. Sie haben beide versagt, und sie wissen es. Weißt du, was ich versuchen werde?«

Sascha hob die Hände. »Das kannst du nicht bringen. Sie ist ein Opfer, nicht die Täterin.«

»Wir brauchen ihre Aussage! Wir müssen sie zwingen! Sie konnte nicht verhindern, was mit ihrer Tochter passiert ist. Birte hatte noch Kontakt, konnte sich entweder eine Zeit lang frei bewegen, oder der Täter hat die Eltern getäuscht. Das ist ein wichtiger Ermittlungsansatz. Die beiden haben die Behörden belogen! Haben vielleicht Beweismittel unterschlagen! Damit können wir sie kriegen.«

»Du wirst keine Richterin und keinen Richter finden, der dir aufgrund dieser Fantasien einen Durchsuchungsbeschluss unterschreibt.«

»Nicht, wenn du mich im Stich lässt.« Fran reckte das Kinn vor.

Sascha wich einen Schritt zurück. »Du willst wirklich einen falschen Vorwurf konstruieren?« Er wedelte mit der Hand. »Ohne mich. Ich bin doch nicht lebensmüde.«

Sascha konnte dieses Vorgehen die Leitung der Mordkommission kosten, das war Fran klar. »Das ist kein falscher Vorwurf. Es ist ein berechtigter Verdacht. Versteh mich doch, Sascha. Ich *muss* wissen, ob ich mich irre oder nicht. Vielleicht schützen Birtes Eltern den Täter? Hast du ihre Reaktionen gesehen?«

»Natürlich habe ich das. Aber …«

»Kein Aber. Was ist jetzt?«

Sascha schüttelte den Kopf. »Das mache ich nicht. Das ist falsch. Du verlangst von mir, dass ich meinen Eid verletze. Hast du nicht immer gesagt, wir müssen sauber bleiben? Hast du nicht Staatsanwalt Böhrerjan verdammt, weil er sich nicht daran gehalten hat?«

Das hatte sie, aber nicht, weil Böhrerjan versucht hatte, ein Verbrechen aufzuklären, sondern weil er seine Position als Staatsanwalt für seine eigenen Interessen missbraucht hatte und verantwortlich war für den Tod eines Menschen, so wie sie. Böhrerjans Tochter war ermordet worden, und er hatte den Fall nicht abgegeben, sondern in blinder Trauer an sich gerissen. Einen Verdächtigen hatte er in den Selbstmord getrieben. Und doch war es anders. *Er* hätte es verhindern können, *sie* nicht. »Versteh mich nicht falsch. Ich will keinen Streit mit dir, und ich akzeptiere deine Entscheidung. Aber ich habe letztes Jahr etwas gelernt. Manchmal muss ich andere Wege gehen. Ich bin keine Polizistin mehr. Ich bin nicht an *deinen* Eid gebunden. Und ich werde auch kein Gesetz brechen. Ich werde an Kittner eine Notiz schreiben, so wie er es von mir erwartet. Neue Ermittlungsansätze. Ich äußere den Verdacht, dass der Tod von Birte Rastow etwas mit ihren Eltern zu tun haben *kann*. Dass es sein *kann*, dass sie Beweismittel unterschlagen haben. Du kannst ihm gerne das Gegenteil schreiben, wir werden sehen, wem er glaubt.«

»Du weißt genau, dass er mich dazu befragen wird, wenn du ihm so ein Ding auf den Tisch legst. Ich leite die Moko Teufelsblume.«

»Dann sagst du ihm, wie du es siehst. Dass du nicht daran glaubst und es für falsch hältst, sie vorzuladen und eventuell ihr Haus zu durchsuchen.«

Sie stiegen in den Benz, Sascha ließ den Wagen an und fuhr langsam los. Es gefiel ihr, dass er seinen Frust nicht im Verkehr ausließ. Auf der Kniebrücke drängelte ein SUV von hinten, blendete auf. Sascha schaute in den Rückspiegel, dann auf den Tacho.

»Autsch«, sagte er. »Keine vierzig. Das ist definitiv zu langsam.« Er trat aufs Gaspedal und beschleunigte auf sechzig. Das schien den SUV zufriedenzustellen. »Wenn ich nachdenke, vergesse ich leicht, dass ich in einem Auto sitze.« Er schmunzelte. »Deswegen haben mich Kollegen von der Streife schon mal angehalten. Die haben gedacht, ich hätte mich zugekifft.«

»Und?«

»Nichts. Kein Cannabis zumindest. Was anderes hat sie nicht interessiert. Mein Glück. Mit Alkohol wäre es eng geworden.«

»Die Polizei, das leuchtende Vorbild!« Fran spürte ein Kratzen im Hals. »Was jetzt, Sascha? Gibt es keinen Kompromiss?«

»Ich kann mich darauf einlassen, dass du deine Notiz schreibst, ich die Reaktion von Oberstaatsanwalt Kittner abwarte und ihm meine Bedenken mitteile. Ganz neutral. Wenn er dann etwas anordnet, bin ich raus aus der Sache. Aber ich konstruiere keine falschen Vorwürfe.«

Fran atmete auf. »Ich auch nicht. Passt doch. Good guy, bad girl.«

»Der Schöne und das Biest.«

»Ha!« Fran kniff Sascha in die Seite.

Er schrie kurz auf, verriss das Steuer, der Benz sprang auf die zweite Spur. Ein Hupkonzert war die Antwort, obwohl Sascha niemandem wirklich in die Quere gekommen war. Schnell hatte er den Wagen wieder im Griff, aber er schwitzte trotzdem.

»Ich bin total kitzelig!«, rief er empört.

»Gut, dass ich das weiß. Ich werde es gnadenlos einsetzen.«

»Ich fürchte, du meinst es ernst. Soll ich dich am LKA absetzen?«, fragte Sascha.

»Ja, bitte.« Sie schaute Sascha von der Seite an. War es wirklich richtig, mit der Brechstange vorzugehen? Sie konnte sich genauso gut täuschen und das Leid von Magdalena Rastow vervielfachen. Er hatte recht. Es machte keinen Sinn, unnötige Energie zu verschwenden. Wenn Magdalena Rastow nicht reden wollte, würden sie nichts daran ändern können. Fran musste sich eingestehen, dass sie zu weit vorgeprescht war. »Weißt du was? Ich glaube, ich lasse das mit der Notiz. Du hast recht. Es ist der falsche Weg. Ich habe überreagiert. Es tut mir leid.«

»Ich bin ehrlich erleichtert. Hab schon gedacht, du verrennst dich.«

»Wunder gibt es immer wieder! Aber dir ist schon klar, dass wir einen vollkommen unberechenbaren Täter haben? Dass wir nichts für unmöglich halten sollten und im richtigen Moment vielleicht ungewöhnliche Dinge tun müssen? Unser Täter passt in kein Schema, das wir kennen. Er wird uns überraschen.«

»Und bestimmt nicht mit einem Weihnachtsgeschenk«, sagte Sascha, lächelte und gab Gas.

Freitag

Fran hatte schlecht geschlafen; sie war mehrfach aus beängstigenden Träumen hochgeschreckt, an die sie sich nicht mehr erinnern konnte. Das war auch nicht nötig, sie wusste auch so, was sie umtrieb. Statt ihr zu kündigen, hatte man sie befördert. Wie in einem schlechten Film: plötzlich Chef, der Sprung ins kalte Wasser, ihre Seele war nicht einverstanden.

Jetzt saß sie an dem kreisrunden Konferenztisch, den sie einfach nur Tafelrunde nannten, alle schauten sie erwartungsvoll an. Die Tafelrunde war die beste Neuerung unter der Herrschaft von Sabine Fellmis gewesen, jedoch war sie dafür von vielen anderen Abteilungsleitern auch kritisiert worden. Das rieche nach »Demokratie«, hatte man ihr vorgeworfen, völlig zu Unrecht.

»Guten Morgen noch mal«, sagte Fran. »Von Birte Rastow gibt es nicht viel Neues. Der Vater ist vollkommen verwahrlost und nicht aussagefähig, die Mutter ist nicht aussagewillig. Ich glaube, sie verschweigt etwas; er hat alles verdrängt. Wir müssen auf die Obduktion, den Bericht der Spurensicherung und die Vernehmungen des Umfeldes warten. Bis dahin vergnügen wir uns mit den Altfällen. Hat jemand was?« Sie zeigte auf Bruno.

»In meinem Altfall geht es um den türkischstämmigen Deutschlehrer Metin Küczük aus Kreuzberg in der Eifel. Er ist am 14.8.1985 in seiner Wohnung tot aufgefunden worden. Erschlagen. Seine Frau und seine beiden Töchter waren verreist. Zuerst ging man von einem Raubmord aus, doch es ergaben sich Verdachtsmomente gegen Familienmitglieder, denen aber nichts nachgewiesen werden konnte. Küczük war ein Tyrann, angeblich hat er seine zwei Töchter missbraucht. Nach Auswertung der Vernehmungen halte ich das für eine Rufmordkampagne. Es gibt einen schwachen Hinweis, dem damals nicht nachgegangen wurde. Einige Tage vor seinem Tod war Küczük sehr nervös und unruhig gewesen. Seiner Frau hatte er am Telefon erzählt, er werde sich mit ›Leuten treffen, denen man helfen muss‹. Wer diese Leute waren, ist nicht ermittelt worden. Außerdem fehlte in der Wohnung außer Küczüks Brieftasche nichts, obwohl dort Schmuck im Wert von einigen tausend Euro mehr oder weniger offen herumlag. Meine Arbeitsthese: vorgetäuschter Raubmord – Küczük hat etwas gesehen oder gewusst, das ihn sein Leben gekostet hat. Die Fragen: Welche Leute hat Küczük getroffen? Wie wollte er ihnen helfen? Warum? Die Asservatenlage ist eine Katastrophe. Keinerlei DNS ist erhalten. Es gibt drei Teilfingerabdrücke von Fremdpersonen.«

»Das sind schon recht gute Ansätze, Bruno.« Fran nickte Günther zu.

»Bei mir geht es um Aysche Hayat, sie ist fünfzehn Jahre alt geworden. Hayat heißt übrigens ›das Leben‹. Sie wurde im Januar 2004 in Gerresheim vergewaltigt und ermordet. Die Forensik konnte es nicht näher eingrenzen, sie lag einige Zeit draußen. Es gibt mehrere DNS-Spuren, die aber niemandem im Umfeld zugeordnet werden konnten. Aysche Hayat ging aufs Gymnasium, liberale Eltern, kein Kopftuch, sie durfte Fremde mit nach Hause bringen, auch Jungs. Interessant: Sie engagierte sich gegen Rassismus, für den Dialog mit Andersdenkenden und für eine Liberalisierung des Islam. Und das mit fünfzehn Jahren! Ach ja, sie war Muslima, aß kein Schweinefleisch und trank keinen Alkohol. Ihre Eltern förderten sie, ihr Notendurchschnitt lag bei eins Komma vier. Mir ist es ein Rätsel, warum nicht die OFA eingeschaltet wurde. Es handelt sich eindeutig um einen Fall von Übertötung. Äußerlich war es schwer zu erkennen, aber die Röntgenbilder brachten es zutage: Ihr wurden alle Knochen im Leib gebrochen. Zum Teil vor ihrem Tod, zum Teil danach. Barbarisch, hasserfüllt. Entweder war es ein verschmähter Liebhaber oder ein Nazi, auf jeden Fall war ungeheure Wut im Spiel. Die Datenbankabfrage hat nichts ergeben. Der Modus Operandi ist nicht bekannt.« Günther überlegte einen Moment. »Jetzt fällt es mir ein. Die Verletzungen sahen aus, als sollte sie gerädert werden, eine Hinrichtungsmethode aus dem späten Mittelalter: Dem Verurteilten werden mit einem schweren Wagenrad Arme und Beine so lange zerschmettert, bis man ihn zwischen die Speichen des Rades flechten kann, als wären seine Gliedmaßen biegsam wie Schilf. Auf Aysches Gymnasium gab es eine Gruppe Neonazis, gegen die nie ermittelt wurde. Ich werde sie mir vorknöpfen.«

»Danke, Günther.« Wie Fran befürchtet hatte, waren die Fälle nicht nur alt, sondern äußerst komplex. Die für jeden Fall relevanten Spuren auszuwerten würde Monate dauern.

Martina meldete sich. »Gegen eure Fälle ist meiner geradezu normal und wahrscheinlich schnell zu klären. Ich erspare euch die Details. Es ist ein alter Fall, der nicht neu aufgegriffen wurde, obwohl die DNS-Analyse inzwischen so weit entwickelt ist, dass die asservierten Spurenträger den Mörder mit an Sicherheit grenzender Wahrscheinlichkeit überführen würden. Er ist 1979 in einem Prozess wegen Mangels an Beweisen freigesprochen worden. Die Umlaufakte trägt sechsmal denselben Vermerk: ›Wegen hohen Alters des mutmaßlichen Täters Neueröffnung der Akte abgelehnt.‹ Andere Fälle hatten Priorität. Der mutmaßliche Täter war bereits vierundsiebzig und schwerkrank gewesen, als die Forensiker in der Lage gewesen wären, seine Schuld nachzuweisen. Heute ist er achtundneunzig und dement.«

»Danke, Martina. Christine?«

»Mein Fall: ein griechischer Geschäftsmann. Stopp. Mit seiner Česká in seinem Warenlager quasi hingerichtet. Stopp. Es ist nicht dieselbe Waffe wie bei den NSU-Morden. Stopp. Die Sache wird kompliziert. Stopp. Die Ermittlungen gegen einen Hauptverdächtigen sind eingestellt worden, weil Beweismittel verschwunden sind. Stopp.« Sie zögerte einen Moment. »Eine echt üble Geschichte. Der Hauptverdächtige war Polizist, Motiv Eifersucht, seine Frau und der Grieche hatten ein Verhältnis. Der Polizist hat sich ein Jahr später umgebracht, kein Abschiedsbrief.«

»Sonst noch was?« Niemand meldete sich. »Gute Arbeit. Ich danke euch.«

Das Team zerstreute sich, jeder ging in sein Büro und vertiefte sich in die Abgründe der menschlichen Seele. Fran blieb sitzen, lauschte. Zuerst schien alles still, doch dann hörte sie aus den Büros gedämpfte Stimmen.

Eigentlich hätte sie die Personalplanung kontrollieren und den Urlaubsplan für den Rest des Jahres aufstellen müssen. Aber die Teufelsblume ging ihr nicht aus dem Kopf. Es stand außer Frage, dass die Blume für den Täter etwas bedeutete, dass sie ein Symbol darstellte, weshalb es unwahrscheinlich war, dass es sich um eine einzelne Tat handelte.

Grundkenntnisse der Pflanzensymbolik gehörten zum Handwerkszeug jeden Profilers, aber in diesem Fall brauchte Fran Spezialistenwissen. Am Institut für Rechtsmedizin der Kölner Uniklinik kannte sie jemanden, der ihr für die meisten Pflanzen dieser Welt im Schlaf aufsagen konnte, was sie bedeuteten: der forensische Biologe Alex Zeitfeller. Sie wählte seine Nummer, eine frische Stimme meldete sich.

»Hallo Fran, grüß dich! Was kann ich für dich tun?«

»Hi Alex. Alles klar bei dir?«

»Definitiv.«

Alex war kein Mann der vielen Worte, er hasste Smalltalk.

»Was kannst du mir über die Teufelsblume sagen?«

Alex schnalzte mit der Zunge. »Hast du drei oder vier Stunden Zeit?«

»Gibt es keine Kurzfassung?«

»In welchem Zusammenhang ist die ›Tacca chantrieri‹ denn aufgetaucht?«

»Sie hat ein Skelett geschmückt, das wir am Dienstag gefunden haben.«

»Oho!« Alex schnalzte zweimal mit der Zunge. Je öfter er das tat, desto beeindruckter war er. Wenn er dann noch die Tonhöhe variierte, war das der Ausdruck höchster fachlicher Erregung. »Wo soll ich anfangen? Am besten bei der christlichen Symbolik.«

Eine Stunde später wusste Fran fast alles über den Symbolgehalt der Teufelsblume. Es beruhigte sie nicht im Geringsten.

*

Ich will gar nichts davon wissen. Die Polizei hat mir einen Brief geschickt, ich soll aufs Präsidium kommen. Ich habe den Brief Torsten gezeigt. Er hat nur gelacht, den Brief genommen und zerrissen. »Nur wenn ein Staatsanwalt oder Richter dir eine Vorladung schickt, musst du da hingehen. Und dann musst du nicht einmal aussagen, wenn es um mich geht. Ich bin dein Bruder. Würdest du irgendetwas Schlechtes über mich erzählen?«

»Niemals!«, rufe ich.

Torsten lächelt, legt mir eine Hand auf den Kopf. »Ich weiß doch, Hannah, ich weiß. Und alles, was ich mache, mache ich für uns, für unsere Zukunft. Für Katrins Zukunft. Sie soll in einem freien Land leben. Frei von der Willkür der Behörden und Parteien. Dafür muss ich kämpfen, aber niemand darf etwas merken.«

Er nimmt seine Sachen: seinen Parka, seine Wanderschuhe und die schwere Tasche, die ich nicht aufmachen darf.

Bevor er das Haus verlässt, sagt er noch mal: »Du darfst niemandem vertrauen. Die arbeiten mit allen Tricks. Sie tarnen sich, maskieren sich, sie versuchen dich zu täuschen, sie würden sogar unseren Vater benutzen, um mir etwas anzuhängen und uns Katrin wegzunehmen.«

Leise schließt er die Tür hinter sich. Letztes Jahr hat er sich einen Geländewagen gekauft. Einen Jeep, aber nicht so einen neuen, sondern einen, der wirklich aussieht wie ein Geländewagen. Schlammig-braun ist er lackiert, hat Allradantrieb, und der Auspuff ist nach oben gelegt, damit er durch tieferes Wasser fahren kann. Seine Freunde hat er noch nie mit nach Hause gebracht. Ist vielleicht auch besser so.

Ich werde am Wochenende mit Katrin im Garten spielen. Ich muss nur aufpassen, dass sie keinen Lärm macht. Das mögen die Nachbarn nicht. Hoffentlich passiert Torsten nichts. Ich wüsste nicht, was ich ohne ihn machen sollte. Er ist mein Schutz, meine Lebensversicherung.

Sonntag

Freizeit! Es fühlte sich ungewohnt an. Fran saß in einem Café am Burgplatz und ließ sich die warme Maisonne ins Gesicht scheinen. Das Team hatte sie einstimmig aus dem Büro geworfen und ihr einen freien Samstag und einen freien Sonntag verordnet. Sie hatten damit gedroht zu kündigen, im Scherz natürlich, aber Fran hatte verstanden. Es brachte nichts, sich zu verausgaben, bis man krank wurde oder anfing, seine Untergebenen zu nerven. Den Samstag hatte sie mit Lesen und Putzen verbracht, abends war sie im Kino gewesen und hatte sich eine romantische Komödie angesehen. Balsam für die Seele.

Jetzt war es Sonntag, sie nippte an ihrem Assam-Tee und beobachtete die Menschen, die an ihr vorbeiflanierten. Ein Geräusch drang in ihr Bewusstsein. Ein Brummen. Ihr Handy. Sie hatte es auf Vibration gestellt und in die Handtasche verbannt. Sollte sie rangehen? Es war ihr freier Tag. Sie nahm die Handtasche, fühlte das raue Leder. War es etwas Wichtiges? Ein Blick auf das Display konnte nicht schaden. Sie griff in die Tasche und zog das Handy heraus. Sascha. Er rief wohl kaum an, um mit ihr über das Wetter zu reden.

Sie meldete sich.

»Wo bist du?«, fragte er sofort.

»Am Burgplatz. Ich habe frei.«

»Jetzt nicht mehr.«

Fran richtete sich auf, warf fast ihre Tasse um, registrierte automatisch die Uhrzeit: Es war Viertel vor eins. »Nummer zwei?«

»Dasselbe Bild, nur schlimmer.«

»Ich bin in zwei Minuten da.«

»Ich komme dir in der Mühlenstraße entgegen.«

Die Verbindung war unterbrochen. Fran legte fünf Euro auf den Tisch, warf sich die Handtasche über und ging los. Jetzt hatten sie eine Serie, auch wenn es erst der zweite Fall war. Sie war sowieso keine Anhängerin der Dreier-These, die besagte, dass erst drei Taten, zeitlich in einem bestimmten Abstand hintereinander begangen, als Serie bezeichnet werden durften. Jetzt konnte sie sich nicht mehr drücken, und sie wollte es auch gar nicht.

Sascha kam in Sichtweite, er hatte das Blaulicht aufs Dach gepflanzt. Fran sprang in den Wagen und schnallte sich an.

Sascha schaltete das Martinshorn ein, drückte das Gaspedal durch, der Benz schoss los. »Die Bereitschaft hat ein Gebiet von gut sechzehn Hektar abgesperrt. Es ist wieder eine Naturwaldzelle. In der Nähe der ersten Fundstelle. Es ist die Naturwaldzelle Überanger Mark. Ein Waldarbeiter hat sie gefunden.«

»Wie nah am ersten Fundort?«, fragte Fran.

»Etwa zwei Kilometer, in der Nähe vom Forsthaus Schall. Gut mit dem Auto zu erreichen. Es gibt keinerlei Sichtverbindung zum ersten Fundort.«

»Derselbe Modus Operandi?«, fragte Fran.

»Exakt. Und ich fürchte, da kommt ein ganz großer Hammer auf uns zugeflogen.«

Auf Saschas Stirn bildeten sich Schweißperlen. Fran hatte nicht die geringste Lust zu fragen.

»Ein Kind. Vielleicht acht oder neun Jahre alt. Wahrscheinlich ein Mädchen«, sagte Sascha.

Fran schlug sich mit der flachen Hand auf den Oberschenkel. »Was für ein beschissener Tag!«

Sascha bog auf denselben Weg ein, den Fran schon einmal

entlanggefahren war, in einem Streifenwagen mit ihrem Dad am Steuer. »Wir könnten auch eine andere Strecke fahren, aber ich will mir ansehen, wie die Wege hier verlaufen, welche Möglichkeiten der Täter hatte, zum Ablegeort zu kommen.«

Der Feldweg führte weiter, die nächste Absperrung kam in Sicht. Sie wurden durchgewunken, Journalisten warteten, diskutierten aufgeregt. Sascha hielt, sie stiegen aus. Dasselbe Bild wie am Dienstag, nur dass die Sonne hoch am Himmel stand: grelle Scheinwerfer, Gespenster, die umherhuschten, Kollegen von der Streife, die für Ordnung sorgten. Fran wappnete sich für den Anblick, den sie so fürchtete.

Der Leiter der Spurensicherung führte sie zum Fundort. Sie kannte den Mann nicht. Seiner Miene nach erwartete sie kein angenehmer Anblick. Verwesungsgeruch stach Fran in die Nase. Diesmal hatte der Täter kein Skelett hinterlassen.

Harald Machinsky, der Rechtsmediziner, kam auf sie zu und nickte kurz. Sein Gesicht war todernst.

»Wollen Sie sich die Leiche zuerst ansehen, bevor ich Ihnen meinen vorläufigen Befund gebe?« Machinsky bemühte sich sichtlich um Fassung, seine Kiefer mahlten. »Ich habe zwei Töchter. Gottverdammt, Kinder sollten niemals vor ihren Eltern sterben.«

Immerhin war sie nicht die Einzige, die ein Problem mit toten Kindern hatte. Allerdings aus einem ganz anderen Grund. Fran hatte ein Kind verloren. Der Schmerz würde nie aufhören. Fran zögerte einen Moment, ihr Magen rumorte, aber sie hatte keine Wahl. »Ja, vielen Dank, Herr Machinsky.«

Sie atmete langsam und gleichmäßig, trat hinter die Sichtblende, versuchte sich zu konzentrieren, aber der erste Gedanke, der ihr durch den Kopf schoss, war ernüchternd: Welches Monstrum tötet Kinder?! Sie konzentrierte sich, argumentierte dagegen. Es war immer ein Monstrum, das tötete. Es war nie ein Monstrum, das tötete. Es war immer ein Mensch. Wenn du ein Monstrum suchst, wirst du versagen. Also: Welcher Mensch hat dieses Kind getötet? Wurde es überhaupt getötet? Was sah sie? Ein zerstörtes Gesicht, das nicht zu erkennen war. Erdanhaftungen. Vor der Brust gekreuzte Arme. Eine Pflanze. Nein. Nur den Teil einer Pflanze.

Machinsky trat neben Fran. »Sie können mir halbgare, verweste Leichen auf den Tisch legen, es macht mir nichts aus. Sie können mich in ein Katastrophengebiet schleppen, in dem die Leichenteile in der Gegend rumliegen. Kein Problem.« Er machte eine hilflose Geste. »Ist das unprofessionell, wenn ich bei Kindern Magendrücken bekomme?«

»Solange Sie Ihren Job machen, nein«, erwiderte Fran. »Was ist das für eine Pflanze?«

Machinsky beugte sich zu der Leiche hinunter. »Buchsbaum. Ein Zweig mit Blättern. Er ist nicht abgerissen worden. Die Schnittkante ist glatt, das Holz ist frisch.«

»Danke.« Fran konzentrierte sich wieder auf das tote Mädchen. Die Kleidung sauber und frisch, bis auf die helle Erde, die sie auch bei Birte Rastow gefunden hatten. Dieses Mädchen hier hatte einen warmen Mantel aus dunkelblauem Stoff an, Winterschuhe, eine Strumpfhose, ein Kleid, grün-rot kariert. Unter der Pudelmütze schauten ein paar blonde Locken heraus.

»Sascha!«, rief Fran. »Habt ihr schon die Vermisstenstelle angefunkt? Haben die ein Bild von der Leiche?«

»Ja«, sagte Sascha.

Fran erschrak, er stand direkt hinter ihr. »Du legst es drauf an, was?«

»Wollte nur testen, ob dein Herz in Ordnung ist.«

»Vielen Dank, Herr Doktor!«

Aus Saschas Jacke dröhnte ein Presslufthammer. Er zückte sein Smartphone und starrte auf das Display. »Senior.«

Er hielt ihr die Nachricht hin. Es stand nur ein Name darauf, ein Name, den die meisten Menschen in Düsseldorf und Umgebung kannten.

»Das wirft ein paar unangenehme Fragen auf«, sagte Fran. »Unsere Chefs werden nicht begeistert sein.«

»Das ist die Untertreibung des Jahres«, murmelte Sascha, tippte eine Nummer ein, wartete. »Sascha Herz. Ich muss Innenminister Osterhagen sprechen. Sofort. Es geht um das Leben und den Tod von Lisa Muench.«

*

Sie waren sofort ins Ministerium beordert worden. Staatssekretär Mario Hartbäcker, den Fran vom Sehen kannte, hatte sie begrüßt und sie gebeten, noch einen Moment zu warten. Ein wenig Zeit, sich die verschiedenen Thesen zurechtzulegen, die anhand der dünnen Faktenlage möglich waren. Der Minister war unterwegs, die Sache war ihm so wichtig, dass er den Heli geordert hatte. Hartbäcker hatte Kaffee angeboten und etwas zu essen, das sie dankend angenommen hatten: frische knusprige belegte Brötchen, für jeden Geschmack etwas: Käse, Schinken, gekocht und roh, Lachs, Edelsalami, Ei, Tomate und Mozzarella. Das war kein schlechter Service, und Fran fragte sich, ob das die Regel war oder ob sie damit schon mal auf Loyalität getrimmt werden sollten. Denn in der anstehenden Besprechung würde es genau darum gehen, da Frans wahrscheinlichste These zum Tod von Lisa Muench zu personellen Konsequenzen würde führen müssen.

Der Konferenzraum war etwa dreißig Quadratmeter groß und mit modernster Technik ausgestattet. Sascha hatte sie unterwegs gebrieft: »Du kannst nicht sicher sein, ob der Raum abgehört wird. Wenn wir dort alleine sind, sollten wir nur unverfängliches Zeug reden. Wenn Osterhagen uns zu verstehen gibt, dass der Raum sicher ist, können wir etwas freier reden. Aber du solltest immer im Hinterkopf behalten, dass nichts wirklich vertraulich ist.«

Fran hatte ihn nicht gefragt, woher er das alles wusste. Aus dem netten Kollegen war mit einem Mal ein undurchsichtiger Teil des Sicherheitsapparates geworden.

Eine Tür im hinteren Teil des Raums öffnete sich, Dr. Pascal Osterhagen kam herein, ein gewinnendes Lächeln auf den Lippen. Die Tür schloss sich sofort wieder.

Noch bevor Fran reagieren konnte, sagte Osterhagen, sie sollten sitzen bleiben. Er kam zu ihr, reichte ihr die Hand, seine Finger waren lang und drahtig, sein Händedruck warm und nicht zu kräftig.

»Ich freue mich sehr, Sie kennenzulernen«, sagte er und fügte hinzu: »Das meine ich ernst. Ich habe die Ereignisse im letzten Jahr aufmerksam verfolgt und bin nach wie vor der Auffassung, dass Sie nicht anders handeln konnten. Sie trifft keine Schuld.«

Fran erinnerte sich an den riesigen Blumenstrauß und die Karte von Osterhagen, die er eigenhändig unterschrieben hatte, wie Fran ohne Schwierigkeiten hatte erkennen können: schwarze Tinte. Eine echte Feder. Die Schrift war leicht ausgefranst gewesen, aber gut leserlich. »Ihr Pascal Osterhagen«, hatte unter den Genesungswünschen gestanden.

»Danke für die Blumen und die Glückwünsche, Herr Osterhagen«, sagte Fran.

Der Innenminister sah gut aus für seine fast sechzig Jahre. Sportlich, gesunde Gesichtsfarbe, aber nicht studiogebräunt. Sie hätte ihn sich als Nachrichtensprecher oder Moderator einer politischen Sendung vorstellen können.

Er nickte und begrüßte Sascha mit einem knappen Händedruck, dann setzte er sich. Vor ihm lag nicht einmal ein Block.

»Die Zeit ist knapp, wie immer. Frau Miller, wenn Sie anfangen würden? Womit haben wir es zu tun?«

Genau diese Frage konnte Fran nicht beantworten. »Ein ungelöstes Rätsel.«

Osterhagen schien irritiert. »Natürlich ist es ein Rätsel: Warum ist die Leiche des Mädchens erst jetzt aufgetaucht? Zwei Jahre nach ihrem Verschwinden. Fast zwei Jahre nachdem der Täter verurteilt wurde.«

Seine gute Laune war verflogen. Kein Wunder. Der Fall Lisa Muench konnte ihm das Genick brechen. Wenn Fran auch nur annähernd richtig lag, würde genau das passieren: weil für den Tod von Lisa Muench wahrscheinlich ein Unschuldiger verurteilt worden war.

»Ich kann noch kein präzises Profil erstellen. Wir haben es mit zwei Opfern zu tun, aber augenscheinlich mit zwei Tätern, da für den Tod von Lisa Muench bereits jemand verurteilt worden ist. Und dieser Jemand lebt schon lange nicht mehr.«

Osterhagen ballte die Fäuste. »Sie können ruhig seinen Namen nennen. Dennis Zweig ist für den Mord an Lisa Muench verurteilt worden, und er hat sich sechs Wochen nach dem Urteil in seiner Einzelzelle umgebracht. Auch wenn jetzt erst die Leiche von Lisa Muench aufgetaucht ist, kann er trotzdem der Täter sein.«

Grundsätzlich hatte Pascal Osterhagen recht. Aber wer hatte die Leiche abgelegt und warum? Fran verstand, dass sich Osterhagen an jeden Strohhalm klammerte, denn wenn sie beweisen konnten, dass Dennis Zweig bereits im Gefängnis gesessen hatte oder schon tot gewesen war, als Lisa Muench ums Leben kam, dann wackelte Osterhagens Stuhl mächtig.

Sie rief sich die Fakten ins Gedächtnis. Lisa Muench war vor zwei Jahren spurlos verschwunden. Nur zwei Wochen später hatte man den zweiundzwanzigjährigen Dennis Zweig verhaftet, weil er mit Lisa mehrfach gesehen worden war. Er wohnte in der Nachbarschaft und kam regelmäßig zu dem Spielplatz, auf dem sich das Mädchen oft und lange aufhielt. Dort war Lisa zuletzt gesehen worden, und mit an Sicherheit grenzender Wahrscheinlichkeit war sie von dort verschwunden. In einem angrenzenden Gebüsch fand man einen Plüschteddy mit jeder Menge DNS-Anhaftungen von Lisa Muench und Sperma von Dennis Zweig. Außerdem hatten seine Wanderschuhe, die er in den Müll geworfen hatte, Erde von ebendieser Stelle an den Sohlen. Zweig war vorbelastet, bereits als Sechzehnjähriger wegen sexueller Nötigung zu einer Jugendstrafe verurteilt worden.

Nach vier Stunden Vernehmung hatte er ein Geständnis abgelegt, aufgrund dessen er, trotz Fehlens der Leiche und sonstiger forensischer Beweise, wegen Mordes zu lebenslanger Haft verurteilt wurde. Die besondere Schwere der Schuld wurde festgestellt, ergo würde er nach Verbüßung der Haftstrafe den Rest seines Lebens in Sicherheitsverwahrung verbringen.

Schaurige Details waren ans Licht gekommen. Dennis Zweig berichtete von seinen Fantasien, die er in die Tat umgesetzt hatte: dass er Lisa zerstückelt habe, das Fleisch Schweinen zu fressen gegeben und die Knochen zermahlen und in Fischteiche gestreut habe. Sechs Wochen nach dem Urteil hatte er sich umgebracht, sich nachts die Pulsadern aufgebissen. Eine furchtbare Art der Selbstbestrafung. Dennis Zweig musste sich abgrundtief gehasst haben. »Er konnte mit seiner Schuld nicht mehr leben«, war die einhellige Meinung gewesen.

Osterhagen selber hatte auf einer Pressekonferenz Zweigs Tod bedauert und das Versagen der Justizvollzugsbeamten gegeißelt. Vollmundig hatte er Konsequenzen angekündigt, die bis heute noch nicht einmal im Ansatz umgesetzt waren: mehr Freizeit für Justizvollzugsbeamte, bessere Bezahlung, regelmäßige psychologische Supervision, kostenlos und als Arbeitszeit anrechenbar, sowie einiges mehr.

Fran hatte den Fall aufmerksam beobachtet und die Berichterstattung sorgfältig studiert. Hysterie und Panikmache hatten schnell um sich gegriffen. »Wahnsinniger Mädchenschänder macht Düsseldorf unsicher«, hatten selbst halbwegs seriöse Blätter getitelt. Die Streifen waren verstärkt worden, natürlich ohne jeglichen Effekt, außer dass die Überstundenberge weiter anwuchsen. Über Wochen befand sich ganz Düsseldorf im Ausnahmezustand. Erst als Dennis Zweig verurteilt war, ließ die Hysterie nach.

Sascha kannte die Akten, war überzeugt davon gewesen, dass Dennis Zweig Opfer eines Justizirrtums war. Was er ihr auf der Fahrt hierher erzählt hatte, klang in der Tat nach schlampigen Ermittlungen und der Verurteilung eines Sündenbocks. Seine Aktenvermerke waren ohne Wirkung geblieben, obwohl er nicht der Einzige gewesen war, der weitere Ermittlungen und vor allem die Einbeziehung der OFA gefordert hatte.

Fran fuhr fort: »Zweig könnte der Täter sein, das ist eine mögliche These, keine Frage. Sie lautet: Zweig hat Lisa Muench getötet, aber nicht zerstückelt, sondern liegen lassen. Täter zwei nimmt sie an sich, bewahrt sie sorgsam auf, verzögert durch entsprechende Lagerung die Verwesung, bis er sie heute öffentlich ablegt. Warum? Das weiß ich nicht.«

Osterhagen nickte eifrig. Diese These befreite ihn von einigen Problemen.

Aber Fran war noch nicht fertig. »Theorie zwei: Teamwork. Zweig und ein weiterer Täter haben bereits mehrere Menschen auf dem Gewissen. Denken Sie an Birte Rastow! Die Handschrift ist dieselbe wie bei Lisa Muench. Zuerst vergewaltigen und ermorden die beiden nur erwachsene Frauen.« Fran hob einen Zeigefinger. »Das ist alles Spekulation. Wir wissen noch nicht einmal, ob Birte Rastow überhaupt ermordet wurde.« Sie holte tief Luft. »Die Sache läuft aus dem Ruder. Zweig verlässt den eingeschlagenen Weg, seine latente Pädophilie bricht durch, er vergreift sich an Lisa. Sein Komplize, Täter zwei, weiß, wo sie liegt, vielleicht hat er sie bis heute behalten. Warum er sie abgelegt hat, bleibt vorerst im Dunkeln. Zweig tötet sich selbst, weil er seinen Komplizen nicht preisgeben will und ihn seine Schuld erdrückt. Eine einseitige Beziehung in Täterteams ist die Regel. Ein Herr und ein Knecht. Zweig bietet sich als Knecht geradezu an: nicht sehr intelligent, auf der Suche nach Gemeinsamkeit und Führung, vollgestopft mit seinen furchtbaren Fantasien. Es kann sein, dass nur Zweig getötet hat und dass er auch Birte Rastow auf dem Gewissen hat.« Frans Kehle kratzte. Sie nahm einen Schluck Wasser. Die ganze Sache war nichts als ein Blindflug. Nur Rumeiern aufgrund mangelnder Fakten. »Ich möchte nochmals betonen, dass das alles Arbeitshypothesen sind. Keine belastbaren Fakten für ein Statement vor der Presse.«

Osterhagen trommelte mit den Fingern auf die Tischplatte. »Das sehe ich anders. Sie haben hervorragende Theorien aufgestellt, die alle in eine Richtung weisen.«

»Ich habe noch eine. Die wird Ihnen überhaupt nicht gefallen.«

Osterhagen hob die Hände. »Nur zu. Ich halte was aus.«

Fran war sich sicher, dass Osterhagen auch schon auf diese Idee gekommen war. »Weder Zweig noch ein Komplize haben Lisa Muench getötet. Zweig hat gestanden, weil ihn seine Fantasien in den Wahnsinn getrieben haben, weil er vielleicht kurz davor war, tatsächlich ein Mädchen zu töten, vielleicht sogar Lisa. Es war ja schon so weit, dass er Lisas Teddy als Sexualobjekt missbraucht hat.« Fran nickte Sascha zu.

»Den Akten ist zu entnehmen, dass er Lisa sehr gerne hatte.

Als sie umgebracht wurde, gab er sich die Schuld, weil er annahm, alleine seine Fantasien hätten ausgereicht, um die Realität zu beeinflussen. Er nutzte die Gelegenheit, sich selber aus dem Verkehr zu ziehen, bevor er seine Fantasien in die Tat umsetzen konnte. Es gibt eine erstaunliche Anzahl Pädophiler, die sehr wohl erkennen, dass sie ihre Bedürfnisse nicht ausleben dürfen, weil sie damit großes Unrecht begehen würden.«

Fran war überzeugt davon, dass Dennis Zweig nicht der Mörder von Lisa Muench war. »Wir wissen noch nicht, wann Lisa gestorben ist, ob vor oder nach Zweigs Verhaftung. Also kann der Mörder von Lisa noch auf freiem Fuß sein. Und er könnte jederzeit wieder zuschlagen und ein Kind ermorden. *Das* sollte die Öffentlichkeit wissen.«

Osterhagen kniff die Augen zusammen. »Nur nichts übereilen. Panik hilft gar nichts. Wie gesagt, wir wissen nicht, wann Lisa Muench gestorben ist. Bevor wir das nicht wissen, sehe ich keinen Grund, die Pferde scheu zu machen. Bis jetzt steht für mich fest: Dennis Zweig ist der Mörder von Lisa Muench. Wir müssen klären, wie die Leiche des Mädchens in die Überanger Mark kam. Darauf sollten wir uns konzentrieren.«

Fran spürte Widerwillen. Die Gerichtsmediziner würden Tage brauchen, bis sie feststellen konnten, wann ungefähr Lisa Muench gestorben war. Osterhagen würde auf Zeit spielen, würde sich in seinem Sessel zurücklehnen und sich freuen, wenn sie eingestehen mussten, dass sie den Todeszeitpunkt nicht eingrenzen konnten. Dann war er aus dem Schneider. Das durfte nicht sein. Sie durften nicht einfach zusehen, wie das Unrecht fortgesetzt wurde. Diese verdammten Politiker hatten doch nichts als ihre Karriere im Sinn. Wut stieg in ihr auf: Es war ihre eigene Ohnmacht, die sie gegen Osterhagen aufbrachte. Sie musste etwas tun. Denk nach, Fran. Verdammt, streng dich an.

Sie sprang auf, Osterhagen zuckte zusammen. Sascha griff nach ihr. Sie machte sich los. »Ich muss die Akten sehen. Ich muss Lisa Muench sehen. Ich brauche ein Bild von ihr, das sie möglichst zeitnah zu ihrem Verschwinden zeigt.«

Osterhagen atmete aus und klappte vor sich eine Tastatur aus dem Schreibtisch, die Fran bislang nicht aufgefallen war. Er hackte auf die Tasten ein, und auf der gegenüberliegenden Wand erschien die Oberfläche von INPOL. Ein Cursor blinkte. Osterhagen gab »Lisa Muench« ein, eine Sanduhr erschien. Fran konnte es nicht erwarten, das Bild zu sehen. Dann wurde es heller im Raum, Lisa Muenchs Engelsgesicht füllte den Bildschirm. Das Fahndungsfoto zeigte sie mit langen blonden Locken.

»Gibt es noch andere Fotos, auf denen Lisa zu sehen ist?«, fragte Fran.

Pascal Osterhagen klickte einen Ordner an. Familienfotos, Schulfotos. Da! Fran zeigte auf ein Schulfoto. Es war eine Woche vor ihrem Verschwinden aufgenommen worden – und Lisas Haare waren raspelkurz.

Sascha schlug sich die Faust in die Handfläche. »Sie hat noch gelebt, als Dennis Zweig bereits tot war. Kein Zweifel! Ihr Leichnam hat Locken, die mindestens sechs bis zehn Zentimeter lang sind. Haare brauchen mehrere Monate, um so lang zu werden.«

»Scheiße!«, rief Osterhagen, der sofort begriff. »Zweig kann es nicht gewesen sein.« Er stieß sich vom Tisch ab; sein Kopf lief rot an. Er wandte sich Fran zu, seine Stimme klang bitter. »Demnächst können Sie sich meinen Kopf als Trophäe in die Wohnung hängen.«

Fran musste schlucken.

Osterhagen erhob sich aus seinem Sessel. Seine Haltung änderte sich abrupt. Er lächelte Fran und Sascha an. »Eine Bitte: Warten Sie, bis ich es selbst bekannt gegeben habe.«

»Natürlich«, sagten Fran und Sascha wie aus einem Mund.

Fran war sich nicht sicher, was er damit meinte: seinen Rücktritt oder die Tatsache, dass Dennis Zweig einem Justizirrtum zum Opfer gefallen war, den Osterhagen zu verantworten hatte?

Der Innenminister wandte sich ab, riss die Tür auf, zögerte, drehte sich um. »Noch bin ich Innenminister«, sagte er trotzig, zog sein Handy aus der Tasche und tippte eine Nummer ein. »Ja, ich bin es, Mario. Haben wir bei der OFA-LKA noch Spielraum?« Er hörte einen Moment zu, dann lachte er kurz. »Die werden schäumen vor Wut, das kannst du laut sagen. Zwei Stellen? Ja, mach es. Jetzt. Es eilt. Mach es wasserdicht, versprich Dorfmann irgendwas Schönes dafür.« Er unterbrach die Verbindung. »Ein dramatischer Abgang, nicht wahr? Mein Vermächtnis: zwei neue Stellen für die OFA.« Er lachte schallend, und selbst als er bereits die Tür hinter sich zugezogen hatte, konnte Fran ihn noch hören.

Fran saß wie betäubt am Tisch. Sascha stierte vor sich hin, ihm gingen mit Sicherheit dieselben Gedanken durch den Kopf: Lisa Muench musste mehrere Monate in Gefangenschaft gehalten worden sein, bevor sie starb. Was hatte man ihr sonst noch alles angetan?

*

Sie verließen das Innenministerium schweigend. Erst als sie im Wagen saßen, fragte Sascha: »Kommst du mit?«

»Zu Lisas Eltern?«

»Bevor sie es aus der Presse erfahren. Ich glaube nicht, dass wir es länger als bis morgen früh geheim halten können. Machinsky hat gerade durchgegeben, es bestehe kein Zweifel daran, dass es sich um Lisa Muench handele und dass sie noch gelebt haben müsse, als Dennis Zweig schon tot war. Es ist

Sonntag, hoffentlich sind sie zu Hause. Sie haben ein Recht, es als Erste zu erfahren.«

»Ja natürlich«, erwiderte Fran. Und nicht nur das. Sie mussten die Reaktion auf die Nachricht hautnah erleben. Zwar war eine Täterschaft der Eltern, insbesondere des Vaters, damals ausgeschlossen worden, doch aufgrund der neuen Fakten mussten sie von vorn anfangen. Also gehörte der Vater – und die Mutter – wieder zu den Verdächtigen. »Sollen wir vorher anrufen?«

»Besser nicht, sonst wissen sie sofort, worum es geht. Wir versuchen unser Glück.«

Sie brauchten keine zehn Minuten bis zur Eisenstraße, wo die Muenchs wohnten. Die schmucklose graue Fassade des Mehrfamilienhauses passte in das Umfeld. Das Viertel in Rufweite des Hauptbahnhofs galt als sozialer Brennpunkt. Als Fran noch Streife gefahren war, hatte sich jeder Kollege so gut es ging um den Einsatz hier gedrückt. Zu den üblichen Unannehmlichkeiten, wie häusliche Gewalt, Junkies, Prügeleien und vollgekotzte Wagen, kam noch die latent feindliche Haltung der meisten Anwohner gegenüber der Polizei hinzu.

Sie fanden einen freien Parkplatz. Fran wollte die Straße überqueren, aber Sascha deutete in die andere Richtung.

»Ich will dir zeigen, wo Lisa Muench verschwunden ist. Nur ein paar Minuten zu Fuß von hier.«

Sie bogen von der Eisenstraße in die Stahlwerkstraße ab, und nach knapp zweihundert Metern stießen sie auf die Velberter Straße, die an einer kleinen Grünfläche entlangführte. Fran erkannte sofort das Problem, sie hatte oft genug Drogendealer über diesen Platz gejagt. Die Fläche inklusive Spielplatz maß vielleicht zweihundert mal hundert Meter und war umgeben von Wohnhäusern, in denen an die tausend Menschen lebten. Eine recht kleine Fläche, aber sie war hügelig. Stand man am einen Ende des Platzes, konnte man nicht sehen, was am anderen vor sich ging. Und die meisten Menschen kümmerten sich nicht um fremde Kinder, selbst dann nicht, wenn sie wie am Spieß schrien. Hier ein Kind anzusprechen, noch dazu eines, das oft allein war, und es dazu zu bewegen, mitzukommen, war ein Kinderspiel.

Fran schloss die Augen. Hörte Kinderlachen und Kinderschreien. Sie ging auf Lisa zu. Sie war ein hübsches Kind, so wie ihre Eltern es gewesen sein mussten, als sie jung und noch nicht von Alkohol, zu viel Fett und Sorgen gezeichnet waren. Sie hatte blonde Haare gehabt. So wie Tausende anderer Kinder.

»Haben wir schon die Haarfarbe von Birte Rastow?«, fragte Fran, ohne die Augen zu öffnen.

Sascha hob die Augenbrauen. »Wie kommst du jetzt gerade darauf?«

»Ich stelle mir gerade vor, wie Lisa hier spielt. Wie sie von jemandem entführt wird, der sie mag, der sie schon vorher kannte: Sie ist alleine auf dem Spielplatz, sie ist ein Schlüsselkind. Sie ist nicht mit Freunden da. Sie sehnt sich nach Zuwendung. Die Person, die sie entführt hat, ist nicht zum ersten Mal hier. Lisa kennt unseren Täter, sie haben schon zusammen gespielt. Sie geht ganz selbstverständlich mit. Sie freut sich. Sie sagt: ›Ich muss aber um sechs zu Hause sein.‹ – ›Aber ja‹, sagt ihr Entführer. ›Versprochen.‹ Lisa hätte auch geglaubt, dass sie jetzt zum Mond fliegen. Es war geplant. Mit viel Zeit. Mit unerschütterlicher Ruhe und der absoluten Gewissheit, dass es gelingen wird.«

»Es kann auch ein Fremder gewesen sein, der sie mit Süßigkeiten gelockt hat. Oder es war doch der Vater.«

Fran holte tief Luft und öffnete die Augen. »Natürlich. Alles ist möglich. Vielleicht hat er sie in einem Wutanfall nach einem Missbrauch getötet, oder sie hat gedroht, alles zu erzählen. Er täuscht eine Entführung vor und hat zuerst das Glück, dass ein anderer ins Gefängnis geht. Aber wenn ich dich richtig verstanden habe, war Andreas Muench nicht gewalttätig.«

Sascha nickte. »Das ist richtig. Er galt seiner Tochter gegenüber als liebevoll. Wir hatten nicht eine Aussage, die dem widersprach. Aber das will nichts heißen.« Er zeigte auf die Häuser. »Jeder Anwohner ist vernommen worden. Offiziell. Dennis Zweig war der Einzige, mit dem Lisa an dem Tag, als sie verschwand, gesehen worden ist.«

»Dennis Zweig war zweifellos eine tickende Bombe. Aber zu dem Zeitpunkt ihres Verschwindens hätte er Lisa wahrscheinlich beschützt. Bei seinen ersten Vernehmungen hat er ausgesagt, er habe Lisa gesucht, und Zeugen hatten bestätigt, er sei völlig verzweifelt gewesen«, sagte Fran. »So hast du es mir erzählt, Sascha.«

Er nickte traurig. »Ja. Aber der Richter hat die Aussagen als Schutzbehauptung gewertet. Eine gottverdammte Schlamperei. Ich weiß gar nicht, wo ich da anfangen soll. Alle Zeugen noch mal vernehmen! Jeden der knapp achthundert Hinweise im Fall Lisa neu ausermitteln. Ein Fass ohne Boden!«

Fran kannte das Problem. Vor lauter Bäumen konnte man irgendwann den Wald nicht mehr sehen, oder man wollte ihn nicht mehr sehen. Dennis Zweigs Zuneigung zu Lisa war ihm zum Verhängnis geworden.

Natürlich war Dennis Zweig krank gewesen, seine Gewaltfantasien waren furchterregend. Viele Menschen hatten furchterregende Fantasien, doch sie setzten sie nicht in die Tat um. Genau das war der Unterschied. Wer immer Lisa entführt hatte, hatte *seine* Fantasien Realität werden lassen. Kannte Fran die Fantasien, kannte sie den Täter. Aber wo war die Verbindung zwischen Lisa Muench, dem neunjährigen Mädchen, und Birte Rastow, der jungen Frau? Fran kannte keinen Täter, der

Mädchen *und* Frauen vergewaltigt hatte. Bekannt waren nur die äußerst seltenen Fälle von Männern, die ein Mädchen über Jahre gefangen hielten, bis sie zu Frauen heranwuchsen, und sie über den gesamten Zeitraum vergewaltigten. All das passte hier nicht.

»Genug gesehen?«, fragte Sascha und zeigte auf die Kinder und deren Eltern, die sich auf dem Spielplatz tummelten.

»Vorerst ja. Wir müssen die Leute noch mal ausquetschen. Alle! Bullen sind hier nicht sehr beliebt, aber vielleicht hat es sich der eine oder andere ja überlegt. Vielleicht hat jemand etwas gesehen, und es ist durchs Raster gefallen. Wir sollten an das Gewissen der Leute appellieren, ihnen klarmachen, dass hier vor ihrer Haustür immer noch ein Kindermörder herumläuft. Und dass ihr Kind das nächste Opfer sein kann.«

»Da sind wir uns einig. Ich werde alles veranlassen. Ich werde jeden Stein umdrehen lassen. Ich schicke die Leute mit Bild rum, sie werden nicht lockerlassen. Es haben sich schon Dutzende Kollegen freiwillig zum Dienst gemeldet.«

Sie gingen zurück in die Eisenstraße, klingelten bei den Muenchs, und sie hatten Glück. Ohne Nachfrage summte der Türöffner. Bis in die dritte Etage mussten sie hochsteigen, einen Aufzug gab es nicht. Die Tür zur Wohnung war nur angelehnt.

Fran klopfte auf das abgegriffene Holz. »Hallo, jemand zu Hause?«

Schnelle Schritte näherten sich, ein Mann erschien. Das musste Andreas Muench sein. Trainingshose, Flipflops, weißes Rippunterhemd. Wie in einem schlechten Film. Fehlten nur noch der Schnaps und die Kippe.

»Wer sind Sie denn?«, raunzte Andreas Muench und spähte den Flur entlang.

»Wen haben Sie denn erwartet?«, fragte Sascha.

»Seid ihr vom Sozialamt, oder was? Dann könnt ihr gleich

wieder abhauen. Wir sind keine Schmarotzer. Wir arbeiten für unser Geld. Und wir verpfeifen niemanden.«

Fran und Sascha zückten gleichzeitig ihre Ausweise. »Landeskriminalamt und Kripo Düsseldorf. KHK Miller, KHK Herz«, sagte Fran. »Wir hätten etwas Wichtiges mit Ihnen zu besprechen. Es geht um Lisa.«

Andreas Muench wurde schlagartig weiß wie die Wand. Fran befürchtete, dass er umfallen würde. Sie hätten ihn nur mit Mühe auffangen können, er wog mindestens drei Zentner. Er war ein Hüne, aber nicht mehr fett wie auf den Bildern vom Prozess, sondern mit Muskeln bepackt wie ein Stahlarbeiter.

Wie von einem Schlag getroffen wich er zurück in die Wohnung. Fran und Sascha kamen hinterher.

Andreas Muench stützte sich an der Wand ab, atmete schwer.

»Wann habt ihr sie gefunden?«, flüsterte er.

»Heute Mittag«, sagte Fran leise.

Andreas Muench richtete sich auf, die Augen voll Tränen. Er überragte Sascha um einen Kopf, sein Brustkorb war breit wie ein Schrank. Er blinzelte, dann begann er zu schreien. Fran zuckte zusammen. Es klang wie Fliegeralarm. Er holte röchelnd Luft und schrie erneut.

Eine Frau kam in den Flur gestürzt, mit einem langen Küchenmesser in der Hand, das sie sofort gegen Sascha und Fran richtete.

»Raus, ihr Schweine!«, kreischte sie. »Was habt ihr mit meinem Mann gemacht?«

Die Klinge zuckte vor und wieder zurück, war aber so weit entfernt, dass Sascha den Ausweis in aller Ruhe heben konnte. Er versuchte gegen den Schallpegel von Andreas Muench anzukommen, der inzwischen immer wieder kurz Luft holte und dazwischen einen klagenden Laut ausstieß, ein Stakkato der Verzweiflung, aber es hatte keinen Sinn.

Fran erkannte Antje Muench, die noch genauso übergewichtig war wie vor zwei Jahren. Sie ließ das Messer fallen und stimmte mit ein in die Totenklage. Wie ein Wolf heulte sie und zog dabei den Namen ihrer Tochter in die Länge, solange es irgend ging. »Liiiiisaaaaaaa!«, brüllte sie. Und wieder. Und wieder. Frans Herz schlug bedenklich schnell. Der Angriff mit dem Messer hatte sie vollkommen überrascht, genauso wie die Schreiattacke von Andreas Muench.

Fran hörte Stimmen aus dem Flur. Sie machte Sascha ein Zeichen, dass sie für Ordnung sorgen würde. Sie lief hinaus, aber es war ihr schon jemand zuvorgekommen. Eine Waffe richtete sich auf sie. Ihr blieb fast das Herz stehen. Einen Moment später zeigte der Lauf zu Boden. Auf der Treppe kauerten Streifenbeamte. Sie mussten in der Nähe gewesen und alarmiert worden sein, als das Geschrei in der Wohnung losging. Nur gut, dass sie Fran kannten. Einer der Beamten kam auf sie zu. »Alles in Ordnung da drin, Fran?«

Fran atmete tief durch. Von einer Polizeikugel erschossen zu werden, das hätte noch gefehlt. »Keine Gefahr. Wir überbringen schlechte Nachrichten. Extreme emotionale Reaktion. Wir haben es im Griff. Aber du kannst mir einen Gefallen tun und einen Rettungswagen rufen. Kann sein, dass der Mann durchdreht. Er ist aber nicht aggressiv uns gegenüber. Noch nicht.«

Der Kollege salutierte, verscheuchte die Gaffer und orderte über Funk einen RTW.

Fran ging zurück in die Wohnung, schloss die Tür hinter sich. Andreas Muench stützte sich immer noch an der Wand ab. Er keuchte wie nach einem Hundert-Meter-Sprint. Seine Frau war auf die Knie gesunken, hatte die Hände vors Gesicht geschlagen und weinte leise. Ob es überhaupt Sinn machte, die beiden in diesem Zustand zu vernehmen? Meistens kam dabei nicht viel heraus.

Sascha stand einfach nur da und beobachtete. Er drehte sich zu Fran um, hob fragend die Augenbrauen. Fran zeigte die fünf Finger ihrer Hand. Fünf Minuten warten. Wenn sie sich dann nicht beruhigt hatten, musste erst mal ein Polizeipsychologe ran, bewaffnet mit einer Spritze, die mit einem starken Beruhigungsmittel gefüllt war.

Fran dachte an ihre Mutter. Wie hätte sie reagiert, wenn Bruno zu ihr gekommen wäre, mit düsterem Blick, und ihr erzählt hätte, dass die Ärzte alles versucht hätten, aber leider …

Fran hatte sich nach dem Aufwachen aus der tiefen Bewusstlosigkeit an nichts erinnern können, doch als die Bilder kamen, hatte sie nur noch schreien können, bis ihr Hals geschmerzt hatte. Das waren die Momente gewesen, in denen sie wirklich am liebsten gestorben wäre.

Andreas Muench änderte seine Position. Er kniete sich vor seiner Frau nieder und ergriff ihre Hände. Sie krallte sich in ihn hinein, Fran sah schon Blut hervorquellen, aber es blieb bei roten Striemen. Er zog sie langsam hoch. Widerwillig folgte sie der Bewegung. Ihre letzte Hoffnung, ihre Tochter lebend wiederzusehen, war zerstört. Trauer und Schuldgefühle rissen sie im wahrsten Sinn des Wortes von den Füßen. Sich fallen lassen und nie wieder aufstehen! Von nichts mehr etwas wissen. Und vor allem nichts mehr fühlen. Fran teilte nicht den Schmerz dieser Frau, aber sie wusste, wie sich das anfühlte.

»Wie? Wo?«, stammelte Andreas Muench.

»In der Nähe von Ratingen, in einem Waldstück«, sagte Sascha.

»Ist sie … hat sich jemand an ihr …« Andreas Muench konnte die Worte nicht aussprechen.

»Das wissen wir noch nicht«, sagte Sascha.

Fran versuchte ein Ablenkungsmanöver, um die Eltern aus ihrer Verzweiflung herauszuholen. »Herr Muench, es tut mir aufrichtig leid, und ich kann Ihren Schmerz nachvollziehen. Ich habe ebenfalls ein Kind verloren.«

Andreas Muench funkelte sie an. »Das hilft mir einen Scheißdreck. Und woher soll ich wissen, dass Sie mich nicht anlügen, nur um mich irgendwie dazu zu bringen, Ihre sinnlosen Fragen zu beantworten?« Er löste seine Hände aus denen seiner Frau und nahm sie in die Arme, drückte sie fest an sich. »Wie ist sie gestorben?«

Fran gab Sascha ein Zeichen, dass er seine Worte sorgfältig wählen sollte. Wenn Andreas Muench erfuhr, dass seine Tochter noch Monate gelebt und die Polizei nichts unternommen hatte, um sie zu retten, würde er sehr wahrscheinlich auf sie losgehen. Am besten wäre es gewesen, sie mit aufs Präsidium zu nehmen und unter Bewachung über den Stand der Ermittlungen zu informieren.

»Bitte haben Sie Verständnis«, begann Sascha, »dass wir darüber noch nichts Detailliertes sagen können.«

Andreas Muenchs Zähne klapperten, als stünde er bei minus zwanzig Grad im Freien. Wann würde er die Kontrolle verlieren?

»Ich könnte Ihnen aber im Präsidium in Absprache mit meinen Vorgesetzten Einzelheiten anvertrauen.«

Hoffentlich war Andreas Muench nicht so clever, wie er schien. Sonst würde er den Trick durchschauen.

»Antje«, sagte Andreas Muench, »komm, wir müssen aufs Präsidium. Wieder mal. Es nimmt kein Ende.«

Lisas Mutter hörte plötzlich auf zu weinen. »Geh du. Ich kann nicht. Ich will da nie wieder hin.«

»Aber du machst keine Dummheiten«, sagte Andreas Muench, inzwischen gefasster.

Sie schüttelte nur den Kopf, drehte sich um und verschwand im Wohnzimmer.

Ihr Mann zückte sein Handy und bat eine Freundin von Antje, vorbeizukommen und ihr beizustehen. Eine gute Idee, ansonsten hätten sie den Psychologen oder einen Beamten Wache halten lassen. Eine schlechte, weil sich in Windeseile herumsprechen würde, was geschehen war. Sie konnten es nicht verhindern.

»Es wäre eine große Hilfe, wenn ich Lisas Zimmer sehen dürfte«, sagte Fran vorsichtig.

Andreas Muench schnaufte und zeigte auf eine Tür.

»Danke«, sagte Fran und betrat Lisas Zimmer. Sie schaute sich um. Auf den ersten Blick schien alles normal, ein Kinderzimmer wie viele andere. Aber trotzdem, irgendetwas stimmte hier nicht. Fran konnte es nicht benennen, doch das Zimmer schien erst vor Kurzem aufgeräumt worden zu sein. Sie ging die Bücher in den Regalen durch. Sie standen akkurat nebeneinander, aber die Staubränder zeugten davon, dass sie umgestellt worden waren. Sie öffnete alle Schubladen, suchte unter dem Bett, hob die Matratze. Doch was sie suchte, fand sie nicht: Es gab kein Tagebuch, kein Notizbuch, kein Poesiealbum, kein Freundebuch, nichts. Noch einmal suchte sie, aber das Ergebnis blieb gleich. Sie kehrte in den Flur zurück.

Andreas Muench stand immer noch an die Wand gelehnt.

»Herr Muench«, begann Fran. »Hatte Lisa so etwas wie ein Tagebuch oder ein Poesiealbum? Ein Freundebuch? Ich kann in ihrem Zimmer nichts finden.«

Andreas Muench zuckte zusammen. »Nein. Hatte sie nicht«, brummte er.

Fran war überzeugt, dass Andreas Muench log, aber sie wollte nicht weiter auf den Mann eindringen, er war ein Pulverfass, das jeden Moment hochgehen konnte. Vielleicht sagte er die Wahrheit, vielleicht hatten sie alles schon weggeworfen. Sie würden es herausfinden, so oder so.

Schweigend warteten sie, bis die Freundin kam, bis sie sich beruhigt hatte und sich um Lisas Mutter kümmern konnte.

Andreas Muench zog eine Lederjacke über; er wankte, fing sich. Sascha ließ ihn vorgehen. Sie stiegen in den Wagen und fuhren ins Präsidium, parkten auf dem vorderen Parkplatz.

Sie geleiteten Andreas Muench in Saschas Büro. Fran, die hinter Andreas Muench ging, winkte mehrere Kollegen zu sich, die sie unauffällig begleiteten.

Saschas Büro war deutlich geräumiger als das ehemalige von Bruno. Neue Möbel gab es ebenfalls. Eine Sitzgruppe mit Tisch; die Stühle aus Holz und Metall, geschwungene Lehne, gepolsterte Sitzfläche. Saschas Schreibtisch: Glas und Metall, Laptop, Anschlüsse ans Intranet und einen zweiten, großen Monitor. Kaffeemaschine, zwei große Kübelpflanzen: Ficus benjamina, die übliche Verdächtige. Pflegeleicht und immergrün.

Sascha bot Andreas Muench einen Stuhl und Kaffee an, der beides ablehnte.

Sascha und Fran blieben ebenfalls stehen, Fran schräg hinter Andreas Muench. Die Tür war nur angelehnt, die Kollegen warteten auf dem Flur.

»Ich möchte mich im Namen der gesamten Polizei entschuldigen …«, begann Sascha.

Andreas Muench fuhr dazwischen: »Sparen Sie sich, verdammt noch mal, das Gesülze. Worum geht's? Was ist los? Mit was wollen Sie nicht rausrücken?«

Sascha stellte ein Bein nach hinten. »Lisa hat noch gelebt, als …«

Es passierte alles gleichzeitig. Andreas Muench holte aus – Gott sei Dank war er kein Boxer. Sascha hatte Zeit genug, sich so weit wegzudrehen, dass die Faust seinen Unterkiefer nur streifte.

Fran schrie »Angriff!« und trat Andreas Muench von hinten

in die Kniekehle. Er knickte sofort ein. Die Kollegen stürmten den Raum und nagelten den Mann am Boden fest.

Sascha beugte sich zu ihm hinunter. »Herr Muench, hören Sie mich?«

Lisas Vater atmete schwer, nickte aber.

»Ich verstehe Ihre Wut, und Sie haben nichts zu befürchten. Wir werden den Vorfall vergessen. Es sind furchtbare Fehler gemacht worden, aber weder von mir noch von meiner Kollegin. Wir sind zwar Teil des Apparates, der versagt hat, aber wir persönlich tragen keine Schuld und keine Verantwortung. Haben Sie das verstanden?«

Andreas Muench nickte grimmig, Speichel lief ihm aus dem Mundwinkel.

»Meine Kollegen werden Sie jetzt wieder loslassen. Kann ich mich darauf verlassen, dass Sie nicht mehr handgreiflich werden?«

»Ja, verdammt!«, knurrte Andreas Muench. »Bin ja nicht bekloppt.«

Sascha gab den Kollegen ein Zeichen. Sie ließen Andreas Muench los und zogen sich auf einen Sicherheitsabstand zurück. Er stand auf, ordnete seine Kleidung, wischte sich den Mund ab und setzte sich auf einen Stuhl.

»Alles klar«, sagte Andreas Muench. »Ich habe mich wieder im Griff. Es wird nichts mehr passieren.«

Fran setzte sich auf den Stuhl rechts von Andreas Muench, Sascha links.

»Wie lange?«, fragte Lisas Vater.

Fran übernahm. »Wir gehen von sechs Monaten aus.«

Andreas Muench schnappte nach Luft und stöhnte, aber er blieb ruhig. »Sechs Monate«, flüsterte er und betonte jede Silbe. »Sechs Monate«, wiederholte er. Wieder klapperten seine Zähne.

Fran spürte, wie ihre Schutzmauern ins Bröckeln gerieten. Für Andreas Muench und seine Frau brach eine Hölle los, die noch schlimmer war als die Angst und die Sorge um ihre Tochter und schlimmer als die Gewissheit, dass sie tot war: Sie hatte noch sechs Monate gelebt, und sie hatten ihr nicht helfen können. Sie würden ihre Fantasie nicht zügeln können, sich jeden Tag hundertmal den Vorwurf machen, am Tod und den Qualen ihrer Tochter Mitschuld zu tragen.

Andreas Muench erhob sich, Schweiß stand ihm auf der Stirn. »Ich muss jetzt zu meiner Frau. Sie braucht mich.«

»Sollen wir Sie …«

Andreas Muench winkte ab. »Ich nehme ein Taxi, danke.« Seine Stimme klang stahlhart.

Fran und Sascha hielten ihn nicht auf, sondern begleiteten ihn zurück zum Ausgang. Kaum war er auf der Straße, rannte er los. Fran hoffte, dass er seine Wut und seine Verzweiflung nicht auf andere Weise abbaute.

»Das ist ja noch mal glimpflich abgegangen«, sagte Sascha.

Fran schaute sich sein Gesicht an. Da wo Andreas Muenchs Faust es gestreift hatte, sah sie deutlich einen Bluterguss. »Der Schlag hätte dich umbringen können!«

»Jetzt übertreib mal nicht. Ich wäre k. o. gegangen, aber auch nicht mehr. Das war ich ihm schuldig. Das Risiko musste ich eingehen. Ich bin überzeugt, dass es ihm gutgetan hat, auf mich loszugehen, auch wenn die Jungs ihn dann flachgelegt haben. Er ist einen Teil seiner Aggression losgeworden. Hoffe ich zumindest. Wenn ich mich irre, haben wir ihn bald zu Gast.« Sascha rieb sich die Schläfen und schaute Fran an. »Du glaubst nicht, wie mich das ankotzt. Vorhin war ich kurz davor, den Kram hinzuschmeißen. Als ich ihm gesagt habe, dass Lisa noch gelebt hat, habe ich Magenschmerzen bekommen. Aber so richtig. Mir ist jetzt noch übel. Ich brauche einen Kaffee. Lass uns in die Kantine gehen.«

Fran nickte nur. Sie verließen sein Büro, nickten den Kollegen zu, die sich wieder an ihre Arbeit machten.

»Wenn Osterhagen nicht zurücktritt, dann mache ich ihn fertig.« Saschas Blick wurde hart. Er schien es ernst zu meinen.

»Willst du ihn erschießen?«, fragte Fran.

Sascha lachte. »Traust du mir das zu? Ich nehme das als Kompliment.« Er wandte sich der Treppe zu und sprach im Gehen weiter. »Ich werde an die Presse gehen. Ich weiß genug. Und jetzt kann ich *beweisen*, dass es ein Justizskandal war.«

»Und was ist mit dem Fall? Osterhagen wird dich vom Tisch fegen wie eine lästige Fliege.«

»Wird er nicht, glaub mir.«

Sie erreichten die Kantine. Fran glaubte Sascha. Und sie wollte keine Details wissen. »Jetzt kümmern wir uns wieder um die Lebenden, die uns etwas über die Toten sagen können.«

*

»Die Lisa, Mensch, jetzt ist sie doch tot!«

Die Stimme klang wie ein Nebelhorn, war nicht zu überhören. Sie gehörte einem vierschrötigen Kerl, den Marcel vom Sehen kannte. Wahrscheinlich Lagerarbeiter oder Betonbauer, so wie seine Arme aussahen.

Marcel Kirsch saß über seinem Altbier und wollte sich eigentlich nur entspannen. Es war spät geworden, fast dreiundzwanzig Uhr, er hatte noch ein paar Stunden Papierkram erledigen müssen. Das hatte sich nicht geändert, als er vom Kriminalkommissar zum Privatdetektiv gewechselt hatte: die Aktenstapel.

Er hatte eine Pinte in der Nähe des Hauptbahnhofs gewählt,

um nicht ständig irgendwelchen bekannten Gesichtern zu begegnen. Eine anstrengende Observierung lag hinter ihm, mit dem Ergebnis, dass der Ehemann treu war, aber eine Schwester hatte, von der seine Frau nichts gewusst hatte. Marcel hatte nicht herausgefunden, warum der Mann sie verheimlicht hatte. Auf jeden Fall war er sehr vorsichtig gewesen, hatte sich nur außerhalb von Düsseldorf mit ihr im Wald oder auf Wiesen getroffen. Eine denkbar schwierige Überwachungssituation. Zumindest hatte die Ehefrau anstandslos bezahlt, obwohl sie sich anscheinend ein anderes Ergebnis gewünscht hatte.

»Und der Kinderschänder, den sie eingesperrt haben dafür, der war es gar nicht!«, brüllte ein anderer. »So sieht es zumindest aus. Die Scheißbullen, die haben echt keine Ahnung!«

»Der hat sich im Knast umgebracht. Schad ist es um den nicht. Der hat auf den Teddy von der Lisa gewichst. Allein dafür gehören ihm die Eier abgeschnitten und ins Maul gestopft.«

Die anderen grunzten zustimmend, Gläser klirrten aneinander.

Das Nebelhorn begann wieder zu röhren. »Wenn das einer mit meiner Kleinen machen würde, der würde sich wünschen, nie geboren worden zu sein. Dem würde ich's so lange besorgen, bis er aus dem Arsch blutet.«

Zustimmendes Grunzen. Mein Gott, das hörte sich an wie eine Rotte Wildschweine beim Suhlen. Aber sie hatten natürlich recht. Marcel hatte zwar keine Kinder, aber zwei Schwestern. Wer immer ihnen etwas antäte, den würde er in Stücke reißen. Von wegen andere Wange. Das war etwas für Ökos und Warmduscher.

»Die Scheiße ist ja, dass der Kinderficker immer noch frei rumläuft«, sagte ein anderer Keiler. »Die können nie aufhören. Weiß der Teufel, wen der schon auf dem Gewissen hat, und keiner weiß was davon.«

Der Typ sah wirklich aus wie ein Keiler. Seine Eckzähne waren etwas zu lang, seine Nase kurz und dick, Brusthaare quollen aus seinem Hemd, das zwei Knöpfe zu weit offen stand, selbst aus den Ohren sprossen Haare. Ein Oger war adrett dagegen.

»Ich lass meine nich' mehr allein raus, da kannste einen drauf lassen!«, rief Nebelhorn.

Du fickst deine Kinder nur selber, dachte Marcel, schon klar. Über neunzig Prozent aller Sexualstraftäter, die sich an Kindern vergingen, waren Väter, Onkel und Bekannte.

»Logisch, aber das ist ja auch Scheiße. Du kannst die doch nicht rund um die Uhr einsperren.« Keiler fletschte die Zähne. »Ich will ja auch mal meine Ruhe haben.«

Marcel konnte es nicht fassen. Dieser Kerl hatte tatsächlich Kinder? Die hatten doch schon verschissen, als sie aus ihrer Mutter gekrochen waren. Warum erlaubte man solchen Wichsern, Kinder in die Welt zu setzen? So ein egoistisches Schwein! Seine Kinder würde Marcel nicht eine Millisekunde aus den Augen lassen.

»Musst du dir halt 'nen Bodyguard anschaffen. Verdienst doch genug«, konterte Nebelhorn und kratzte sich zwischen den Beinen.

Marcel hatte genug gehört. Lisa Muench. Was für ein vermurkster und verkorkster Fall. Er war Teil der sechsunddreißigköpfigen Aufbauorganisation »Lisa« gewesen und wieder einmal als Obs-Affe eingeteilt worden. Einmal Obs-Affe, immer Obs-Affe, so lief der Apparat. Ein paar Vernehmungen hatte er machen dürfen, streng im Raster der Ermittlungsstrategie und präzise zeitlich durchgetaktet. Viele Fragen, die Dennis Zweig hätten entlasten können, wurden gar nicht gestellt. Er erinnerte sich noch gut an die Dienstanweisung von ganz oben: »Dem Verdächtigen ist zweifelsfrei seine Tat nachzuweisen.«

Übersetzt hieß das nichts anderes als: »Hängt ihm das Ding an, und zwar hurtig.«

Dennis Zweig war wirklich kein netter Kerl gewesen. Sexuell total abartig. Selbst in der Zelle hatte er ständig masturbiert, der Kerl war definitiv sexsüchtig gewesen. Aber sein Geständnis war so abstrus, dass der Gerichtspsychologe zu bedenken gab, es sei eher eine Fantasie denn real Erlebtes. Beschwören wollte er das letztlich nicht, und er ruderte zurück, als die Schlagzeilen der Boulevardblätter ihn schon als »Komplize im Arztkittel« betitelten. Also stellte er fest, es wäre *möglich*, dass Dennis Zweig gewalttätig geworden sei. Das war nicht gelogen, aber es war auch nicht die Wahrheit gewesen.

Dem Gericht reichte das. Sie hatten das Geständnis und den Teddy und jede Menge Zeugen, die Dennis Zweig mit Lisa Muench gesehen hatten. Ein weiteres Gutachten wurde nicht eingeholt, obwohl sich in der Fachwelt Unmut regte. Und jetzt stand der saubere Minister mit dem Rücken an der Wand.

Ein guter Anfang.

*

»Auch einen Kaffee?«, fragte Sascha.

»Lieber einen Baldriantee«, sagte Fran. »Ich habe noch genug Adrenalin im Leib, um zehntausend Meter zu rennen.«

»Baldriantee gibt's hier nicht«, sagte Sascha und bestellte ein Wasser für Fran. Sie setzten sich an einen freien Tisch. »Dieser Andreas Muench ist ein unangenehmer Zeitgenosse, der zu Recht auf die Polizei sauer ist. Die Medien werden uns in der Luft zerreißen.«

»Und Osterhagen dazu. Sie werden ihn jagen, sie werden ihn erlegen. Was glaubst du, wer wird Osterhagen beerben?«, fragte Fran.

»Falls er wirklich zurücktritt, wird es Mario Hartbäcker sein. Er ist seine rechte Hand, sein engster Berater, außerdem ist er ein Protegé der Ministerpräsidentin. Er hat in der Partei einen guten Stand und kennt sich aus. Er war Richter am Landgericht, bevor er in die Politik gewechselt ist. Und er ist skandalfrei, bisher zumindest. Er kann sich also ein paar Fehler leisten. Was ist mit dir? Bist du dabei?«

»Logisch. Wenn das keine Serie ist, dann können wir das Profiling aufgeben. Aber ich bleibe in der zweiten Reihe. Wir brauchen mehr Fakten, bevor ich das ganze Team loslasse. Ich will keine Ressourcen binden für Arbeiten, die ihr auch machen könnt.« Sascha kniff ein Auge zusammen, Fran hob die Hände. »Damit meine ich nicht, dass ihr weniger wert seid als mein Team. Ihr macht halt andere Sachen, und die macht ihr viel besser als wir. Sei doch nicht so empfindlich.«

»Du klingst wie ein altgedienter Boss. Die Entscheidung, dich in diese Position zu heben, war richtig.«

»Hast du irgendetwas damit zu tun?«, fragte Fran. So langsam traute sie Sascha alles zu.

»Man hat mich gefragt, wie die Zusammenarbeit mit dir war. Ich habe ehrlich Auskunft gegeben.«

»Und trotzdem hat man mich befördert?«

»Red keinen Quatsch. Du weißt genau, dass du gut bist. Soll ich ein Schild machen, es draufschreiben und von Zeit zu Zeit hochhalten?«

Er klang genervt.

»Gute Idee. Das könnte mir helfen.« Fran zeigte nach oben. Über ihnen lagen die Büros des KK 12. »Ist Senior da?«

»Senior? Gute Idee. Zwei Fliegen mit einer Klappe.« Er schaufelte drei Löffel Zucker in seinen Kaffee und kippte das Gebräu in einem Zug herunter. Genussvoll stöhnte er. »Zucker-Kick und Koffein-Kick. Astrein.« Er griff zum Telefon.

»Halt!«, rief Fran.

»Du willst ihn überraschen?«

»Logisch.« Sie trank das Wasser aus. Erst jetzt merkte sie, wie durstig sie war.

Sascha ging vor. Der Paternoster war abgestellt, also stiegen sie die Wendeltreppe hinauf. Sascha drückte die Tür zum Flur auf, deutete auf ein Namensschild: Benjamin Haller. Er hielt einen Finger vor den Mund und trat ein. Fran hörte Seniors Stimme.

»Hallo Sascha, das ist ja ein Ding, was?«

»Ich habe jemanden vorläufig festgenommen. Ich glaube, es ist eine von deinen vermissten Personen«, erwiderte Sascha. Dann rief er: »Du da, reinkommen!«

Fran trat über die Schwelle, Senior stemmte die Hände in die Hüften.

»Auferstanden von den Toten. Komm her!«

Fran drückte Senior fest, sein Kugelbauch war in der letzten Zeit noch ein wenig gewachsen. Sie musste ihren Oberkörper nach vorne beugen, um ihm zwei Küsschen auf die Wangen geben zu können.

Sie machte sich frei, er musterte sie kritisch. »Du hast Ringe unter den Augen, du isst zu wenig, wann hast du den letzten freien Tag gehabt?«

»Samstag und den halben Sonntag. Mir geht es blendend, Senior!«

Er schüttelte nur den Kopf.

Senior war wie Frau Dr. Sola. Nur dass er ihr mindestens ein ganzes Jahr Kur verordnet hätte. »Hast *du* für meine Beförderung gesorgt?«, fragte sie.

»Wie kommst du denn darauf? Wenn ich gekonnt hätte, hätte ich es verhindert. So ein Posten macht wirklich Stress, und das tut dir gar nicht gut. Aber auf mich hört ja keiner.«

»Das mit dem Stress stimmt auf jeden Fall, aber es tut mir trotzdem gut. Und ich bin nicht nur hier, damit du davon überzeugt bist, dass ich noch lebe.«

»Ich habe es mitbekommen. Schöne Scheiße, das Ganze. Immerhin kann ich zwei Personen aus meiner langen Liste der Vermissten streichen. Jetzt sind es noch zwei Kinder und siebenundzwanzig Erwachsene, die langzeitvermisst sind. Zwei Kinder!«, wiederholte er und schüttelte erneut den Kopf.

Fran zeigte auf die Liste. »Wir werden alle überprüfen, dann sehen wir weiter.« Sie wandte sich an Sascha. »ViCLAS hast du wahrscheinlich schon abgecheckt?«

»Ja. Nichts. Kein auch nur annähernder Modus Operandi, keine Handschrift, nichts. Wir haben es mit etwas Neuem zu tun.«

»Und wir wissen noch nicht einmal, ob es wirklich eine Serie ist«, sagte Senior.

»Wir gehen davon aus, dass es eine Serie ist, auch wenn der letzte Beweis noch fehlt«, sagte Sascha.

Ein Telefon läutete. Senior hob ab, hörte zu, seine Miene hellte sich auf. »Das ist ja wunderbar, danke, dass Sie an mich gedacht haben.« Er hörte eine Weile zu, dann legte er auf. »Ein Teenager, eine Dreizehnjährige, die vor vier Wochen verschwunden ist. Wir haben schon das Schlimmste befürchtet. Sie ist wieder zu Hause. Vollkommen fertig und abgemagert, aber ansonsten unverletzt, innerlich wie äußerlich.«

»Irgendwie beneidenswert, oder?«, fragte Fran in den Raum.

Senior hatte es mit Lebenden zu tun. Von den Tausenden, die jährlich als vermisst gemeldet wurden, blieben etwa drei Prozent für immer verschwunden. Für die Angehörigen der absolute Albtraum. Familien zerbrachen. Väter, Mütter, Geschwister begingen Selbstmord, weil sie nicht mit ihren Schuldgefühlen leben und weil sie nicht loslassen konnten.

Senior schüttelte den Kopf. »Wenn ich fünfzig Mal an einer Tür klingeln und sagen kann: Ihr Kind ist wieder da, dann ist das eine schöne Sache. So wie jetzt. Aber weißt du, wie oft ich den Muenchs sagen musste, dass wir nichts wissen? Dass ich ihnen recht geben musste, als sie behaupteten, der verurteilte Täter sei gar nicht der Täter? Und wie oft Lisas Mutter am Telefon weinend zusammengebrochen ist? Mein Gott, es ist noch keine zwei Jahre her. Und immer wieder wurden die Wunden aufgerissen. Falsche Hinweise zu Hunderten. Das ist schlimmer als die Todesnachricht. Normalerweise. Aber die Muenchs werden nicht trauern können, solange sie nicht wissen, was passiert ist. Sie kommen vom Regen in die Traufe. Das ist unerträglich, nicht nur für die Muenchs.«

Fran schwieg betroffen.

»Schon gut«, sagte Senior versöhnlich. »Ich habe es ja so gewollt. Ich bin einfach müde. Noch zwei Jahre, dann ist endgültig Schluss, dann züchte ich Orchideen oder kaufe mir ein Wohnmobil und verbringe den Winter in Andalusien, wo die Sonne immer scheint.« Er lächelte gequält. »Aber wenn ihr mich braucht …«

»Ich werde dich beim Wort nehmen, Benjamin«, sagte Sascha.

»Und jetzt bleibt uns nichts anderes, als Birte Rastow und Lisa Muench zu durchleuchten«, sagte Fran, und es graute ihr vor der Konfrontation mit den Gefühlen der Menschen, deren Welt in Trümmern lag.

Montag

Bis Sascha Fran nach Hause gebracht hatte, war es ein Uhr geworden. Sie hatten alle Akten zu Lisa Muench und Birte Rastow gesichtet, und Fran hatte darauf bestanden, noch einen Kurzbericht für ihr Team zu schreiben, damit sie auf dem Stand der Dinge waren, wenn sie sich um sieben zur Besprechung trafen.

Jetzt war es Montagmorgen, sechs Uhr. Es war bereits hell, Fran lag seit einer halben Stunde wach und grübelte. Sie musste irgendwie den Spagat zwischen dem aktuellen Fall und den Altfällen zustande bringen: einen halben Tag das eine, einen halben das andere. Wobei die halben Tage fünf bis sechs Stunden umfassten. Irgendwie musste sie erreichen, dass die Überstunden bezahlt wurden. Abfeiern war so gut wie gar nicht möglich, der Überstundenberg war jetzt schon höher als der Mount Everest. Mit wem musste sie darüber reden? Wer konnte das entscheiden? Dorfmann, der Leiter des LKA, natürlich. Aber sie musste aufpassen, dass sie eine Regelung fand, bei der am Ende auch wirklich etwas übrig blieb. Oftmals hatten bezahlte Überstunden höhere Einkommensteuersätze zur Folge, die zu einer realen Minderung des Gehalts führten, anstatt zu einer Erhöhung.

Fran warf die Bettdecke zur Seite. Eigentlich war es ja ganz einfach. Sie war jetzt Chefin, sie unterschrieb die Stundenzettel, sie konnte ihr Team anweisen, Arbeit mit nach Hause zu nehmen, um damit die Zeiterfassung auszutricksen. Dorfmann konnte warten.

Ein Problem gelöst – es fühlte sich gut an. Sie machte eine

Viertelstunde Tai-Chi, duschte und überlegte einen Moment, wie sie sich anziehen sollte. Das graue Business-Kostüm, das sie bei offiziellen Anlässen trug? Jeans und Bluse? Sie entschied sich für Jeans, Bluse und Blazer, eine gute Mischung zwischen offiziell und bequem.

Der Motor des Impreza tuckerte gelangweilt vor sich hin, hier in der Volmerswerther Straße musste sie dreißig fahren, und sie hielt sich daran. Vielleicht würde sie heute Abend Zeit haben, eine kleine Spritztour in die Eifel zu machen. Auf der A 1 gab es ein paar schöne gerade Strecken ohne Geschwindigkeitsbegrenzung, auf denen sie den Wagen ausfahren konnte.

Punkt sieben waren alle am runden Tisch, der Tafelrunde, versammelt.

Fran kam gleich zur Sache. Lange Vorreden waren nicht ihr Ding. »Ihr habt meinen Bericht gelesen?«

Alle nickten zustimmend.

»Mein Vorschlag: vormittags der aktuelle Fall, nachmittags und abends, auch gerne zu Hause, die Altfälle. Bei Bedarf Konferenzen, egal ob per Video oder hier. Wir müssen immer auf dem Laufenden sein, auch was die Altfälle angeht. Die Stundenabrechnungen biegen wir jeweils so hin, dass ihr keine Nachteile dadurch habt.«

»Yep«, sagte Bruno.

Alle waren einverstanden.

»Wunderbar.« Sie öffnete in ihrem Computer einen Ordner und projizierte den Inhalt auf das interaktive Whiteboard. Dieses Gerät war ein Segen, und Fran konnte sich gar nicht mehr vorstellen, wie man ohne es zurechtkommen konnte. Sie konnte Dateien, Bilder und Zeitstrahlen darstellen und sie direkt am Whiteboard bearbeiten, darauf schreiben, verschieben – einfach alles, was sie auch auf dem Laptop mit Touchscreen machen konnte –, und sie hatte Zugriff auf alle Daten im System.

Auf dem Whiteboard erschienen Fotos aus verschiedenen Perspektiven der zwei Fundorte von Birte Rastow und Lisa Muench.

»Leider hattet ihr nicht die Gelegenheit, euch die Fundorte anzusehen. Das ist ein Nachteil, aber es ist nicht mehr zu ändern. Also, was seht ihr?«

Martina machte den Anfang. »Wir haben zwei Fundorte, die sehr dicht beieinanderliegen und so etwas wie ein Muster ergeben. Und wir wissen, dass beide Opfer aus Düsseldorf stammen. Daraus kann ich eine vorläufige Analyse erstellen. Vorausgesetzt, es handelt sich in beiden Fällen um denselben Täter.«

Günther meldete sich. »Einen Trittbrettfahrer können wir ausschließen, denke ich. Die Details sind noch nicht durch die Presse gegangen, und die Leichen sind ja nicht frisch.«

»Es schaut so friedlich aus«, sagte Christine. »Obwohl die Körper zum Teil übel aussehen, wirkt die ganze Auffindesituation nicht gewalttätig. Blumenschmuck! Welcher Mann würde seine Leichen mit Pflanzen schmücken? Vielleicht sollten wir von einer Täterin sprechen?«

»In den letzten Jahren hat sich einiges verändert«, erklärte Bruno. »Männer kommen auf den Geschmack: Immer mehr wünschen sich einen Garten oder zumindest ein Blumenbeet. Und wenn es gar nicht anders geht, muss es ein Blumentopf auf der Terrasse tun. Trotzdem kann es natürlich eine Frau gewesen sein.«

»Die Zahlen sprechen eher dagegen.«

Fran fuhr herum. Halb in der Tür, halb auf dem Flur stand eine junge Frau mit einem Blatt Papier in der Hand.

»Was fällt Ihnen ein …?« Fran sprach nicht zu Ende, sondern

erhob sich, packte die Frau am Arm und bugsierte sie ganz auf den Flur, so dass sie nicht mehr in den Besprechungsraum sehen konnte. »Wer sind Sie und was wollen Sie hier? Wie kommen Sie hier herein?« Fran beschloss die Sicherheitsvorkehrungen zu verbessern. Es durfte nicht sein, dass jeder einfach hier hereinspazierte.

Die Frau hielt ihr das Blatt Papier entgegen und schaute gelangweilt an Fran vorbei. »Mein Name ist Sofia Andermatt. Man hat mich in die Abteilung Operative Fallanalyse versetzt. Ziemlich kurzfristig. Wer von Ihnen ist Franziska Miller? Bei der soll ich mich melden.« Sie wedelte mit dem Papier. »Direkt vom Innenminister.«

Fran grapschte nach dem Blatt. Tatsächlich. Eine Versetzungsurkunde. Sie las das Schreiben durch. Sofia Andermatt hatte gerade ihre Ausbildung zur Fallanalytikerin erfolgreich abgeschlossen.

Also machte Osterhagen ernst. Zurückgetreten war er zwar noch nicht, aber anscheinend war die Stellenanforderung umgesetzt worden. Schnell. Sehr schnell. Wo ein Wille war, da war auch eine Stelle, vorausgesetzt zum Willen kam die Macht hinzu. Das hieß, sie konnte damit rechnen, dass noch jemand hier aufkreuzte. Sofia Andermatt brauchte auf jeden Fall erst mal eine grobe Orientierung, wie der Hase in der Abteilung lief.

»Erstens: Ihre neue Chefin steht vor Ihnen. Zweitens: Wenn ich es noch einmal erleben sollte, dass Sie die Vertraulichkeit des gesprochenen Wortes missachten und einfach irgendwo hereinplatzen, egal ob hier oder anderswo, dann fliegen Sie achtkantig aus dem Team. Innenminister hin oder her. Drittens: Bevor ich nicht Ihre Personalakte studiert habe, werden Sie nicht an den Besprechungen teilnehmen.«

Sofia Andermatt wurde blass. »Sorry, ich dachte nur …«

Fran schnitt ihr das Wort ab. Das hatte ihr gerade noch gefehlt. Eine unerfahrene Streberin. Sie hatte einfach keine Zeit, ihr den Babyspeck abzutrainieren, und vor allem keine Lust.

»Warten Sie bitte in meinem Büro.« Sie zeigte den Flur hinunter. »Dritte Tür rechts. Und nichts anfassen! Ich sehe alles! Verstanden?«

»Das war klar und deutlich.« Sofia Andermatt drehte sich auf dem Absatz um und stolzierte den Gang hinunter.

Fran stöhnte innerlich. Die Neue trug High Heels. »Herr im Himmel«, murmelte sie, »womit habe ich das verdient?«

Fran ging zurück zur Tafelrunde und wartete nicht erst, bis jemand fragte. »Sie heißt Sofia Andermatt und ist uns zugeteilt worden. Fallanalytikerin. So grün hinter den Ohren, dass man da Golf spielen könnte. Ich habe sie in meinem Büro erst mal auf Eis gelegt.«

In Christines Augen blitzte es auf. Fran verstand. Das war eine sehr gute Idee.

»Du kannst sie gerne haben. Ein paar Monate Aktenführung werden ihr guttun.«

Christine klatschte in die Hände. »Wunderbar! Dann besteht ja Hoffnung, dass ich am Sonntag einen Tag frei machen kann.«

»Freu dich nicht zu früh«, sagte Fran. »Du musst sie einarbeiten.«

»Und wieso fallen plötzlich Stellen vom Himmel?«, fragte Bruno. »Offiziell bist du ab heute Chefin. Um genau zu sein, seit acht Stunden und achtzehn Minuten. Fellmis hat es in vier Jahren nicht geschafft, auch nur eine halbe Stelle herauszuschlagen.«

Es gab keinen Grund, das Team nicht einzuweihen. Sie ließ nur das Gespräch mit Sascha in der Kantine aus.

Günther strahlte übers ganze Gesicht. »Das ist ja echt der

Hammer! Ich wette, dass Osterhagen nicht zurücktritt. Wer hält dagegen?«

»Ich«, rief Bruno und knallte einen Fünfziger auf den Tisch.

Sollte Fran das tolerieren? Wetten auf den Rücktritt eines Ministers? Ihre Abteilung als illegales Wettbüro? Früher hatte sie sich nur darüber lustig gemacht, wenn Günther eine Wette anbot, und sie selbst war auch schon Gegenstand einer solchen gewesen. Aber jetzt fragte sie sich, wie es aussehen würde, wenn es die Runde machte, dass die OFA ein Wettbüro war. Die Neue würde es bestimmt mitbekommen und brühwarm weitererzählen, nur um es Fran heimzuzahlen. Auf der anderen Seite war es letztlich eine harmlose Sache, und sie war nicht das Gewissen der Abteilung.

Die Regeln waren einfach: Die Wette musste eindeutig sein, das Ergebnis ein Ja oder Nein ergeben, und der Pott wurde durch die Gewinner geteilt.

»Ich wäre euch nur dankbar, wenn ihr die Sache diskret behandeln würdet, bis wir wissen, wie die Neue tickt«, sagte Fran mit einem gequälten Lächeln.

»Kein Thema«, sagte Martina und warf einen Fünfziger in die Mitte. »Rücktritt.«

»Niemals. Der klebt an seinem Stuhl.« Christine legte zwei blitzneue Zwanziger und einen verknitterten Zehner dazu.

Alle schauten auf Fran. Sie wollten, dass sie mitmachte. Das war eine Prüfung. Sie wollten wissen, ob und, wenn ja, wie schnell sie sich als Chefin in eine Spaßbremse verwandeln würde.

Natürlich hatte sie sich das auch schon überlegt. Rücktritt ja oder nein? Was glaubte sie tatsächlich? Nach dem Gespräch gestern hätte sie alles Geld der Welt gewettet, dass Osterhagen zurücktreten würde. Heute war sie sich nicht mehr so sicher. Würde sie an seiner Stelle zurücktreten? Sie konnte es nicht beantworten, aber sie wünschte sich, dass Osterhagen es tun würde, wünschte sich, dass er anders wäre als die anderen, dass ihm seine Verantwortung und sein Ansehen wichtiger wären als sein Posten. Eine schöne Illusion, die ihr fünfzig Euro wert war.

»Rücktritt«, rief sie, kramte ihren Geldbeutel hervor, warf einen Hunderter zu den anderen Scheinen und nahm einen Fünfziger heraus.

Günther ballte die Faust. »Ja! Super! Eine gute Wette. Und ich bin fair. Wir lassen ihm zwei, drei Monate, okay?«

»Das ist mehr als fair«, erwiderte Bruno. »Und jetzt machen wir weiter.«

Günther neigte das Haupt wie ein Höfling, setzte sich und zeigte auf die Bilder. »Die Pflanzen. Welche Botschaft steckt da drin? Warum hat der Täter diese Pflanzen genommen?«

»Hallo?«, tönte es vom Flur her. »Ist da jemand?«

Eine Männerstimme, die Fran nicht kannte. Das musste Osterhagens Vermächtnis Nummer zwei sein. Sie stand auf, trat auf den Flur, setzte ein Lächeln auf. Ihr Gegenüber lächelte ebenfalls, seine Halbglatze glänzte wie poliert, er musste so Mitte vierzig sein, seine Hüfte war deutlich breiter als sein Brustkorb. Ein Bürotyp, der nie Sport trieb, aber deutlich zu viel aß. Auf jeden Fall hatte er nicht gelauscht, sondern sich bemerkbar gemacht, sein Lächeln war echt. Die Grübchen in seinen Mundwinkeln bewiesen, dass er oft und gerne lachte. Er trug ein kariertes Sakko in Farben, die gut zu einem Schotten gepasst hätten. Sie schaute genauer hin. Grünes Hemd, braune Cordhosen, schwarze Lederschuhe, alles in allem doch eher der englische Uniprofessor.

»KHK Malte Fingich.«

Er hielt ihr die Hand hin, sie griff zu, ein kräftiger Händedruck, trocken, warm.

»Fran Miller, ich leite die Abteilung. Wie kann ich helfen?«

Sie ließen los, Malte Fingich griff in die Innentasche seines Sakkos und zog einen Briefumschlag hervor.

»Versetzungsurkunde?«, fragte Fran.

»Man hat mir schon gesagt, dass die Profiler Gedanken lesen können. Außerdem können sie in die Zukunft sehen, heißt es.« Er reichte ihr den Umschlag. »Das allerdings bezweifle ich, denn sonst hätten Sie sich mit der einen oder anderen Lottomillion bereits abgesetzt.«

Fran grinste, nahm einen Bogen Papier heraus und entfaltete ihn. Dasselbe Spiel wie bei Sofia Andermatt. Malte Fingich war allerdings kein Fallanalytiker. Seit acht Jahren bearbeitete er Betrugsfälle aller Art.

»Mit den Profilern ist das ganz einfach: Wir lieben unseren Beruf mehr als Gold und Diamanten«, entgegnete Fran.

Malte Fingich hob die Augenbrauen.

»Und manchmal flunkern wir auch.«

Beide lachten.

»Willkommen im Team«, sagte Fran. »Wenn Sie noch einen Moment in meinem Büro Platz nehmen würden. Ich zeige es Ihnen. Da können Sie sich auch gleich mit der Kollegin bekannt machen, die heute ebenfalls neu zu uns gestoßen ist. Wir haben gerade Teambesprechung, es wird noch etwa eine Stunde dauern. Sie können sich gerne mit Kaffee versorgen.« Fran feixte. »Wenn Sie herausfinden, wie die Maschine funktioniert.«

»Geheimnisse?«, fragte Malte Fingich.

»Unbedingt«, erwiderte Fran.

»In Ordnung. Ich hoffe, ich werde mich bald würdig erweisen, eingeweiht zu werden.«

»Das hoffe ich ebenfalls.«

Die Tür zu Frans Büro stand offen. Sofia Andermatt saß auf einem der Metallstühle und bearbeitete ihr Smartphone.

»Frau Andermatt?«

Die Angesprochene zuckte zusammen und griff sich an die Brust. »Mein Gott, haben Sie mich erschreckt.«

»Das ist doch die Aufgabe von Führungskräften, oder nicht?«, fragte Fran harmlos.

Malte Fingich verbiss sich sichtlich ein lautes Lachen, Sofia Andermatt kniff die Augen zusammen.

»Darf ich vorstellen?« Fran zeigte auf Malte Fingich. »Unser neuer Kollege, KHK Fingich, Betrugsdezernat.« Sie zeigte auf Sofia Andermatt. »Unsere neue Kollegin Sofia Andermatt, Fallanalytikerin. Ich wünsche gute Unterhaltung. Bis später.«

Wenn das so weiterging, dann würden sie in einem Jahr noch keine Ergebnisse haben. Fran ging zurück in den Besprechungsraum.

Bruno war gerade am Reden. »Womit wir wieder bei der Teufelsblume wären. Wir sollten einen satanistischen Hintergrund auf keinen Fall aus den Augen lassen.«

Fran nickte. Günther hob einen Finger und dozierte: »Die Teufelsblume, Fledermauslilie oder auch Tigerbartlilie genannt, wegen der langen Fäden, die wie die Schnurrhaare einer Raubkatze aussehen. Sie stammt nicht aus Europa, sondern aus den Tropen von Thailand und Myanmar. Und die symbolische Bedeutung von Liliengewächsen ist vielfältig.« Günther ging zum Whiteboard und schrieb unter das Foto von Birte Rastow in die Spalte Pflanzen: »Liliengewächse – Hoffnung, wenn als Grabschmuck verwendet.« Er zog eine horizontale Linie. »Was fällt euch sonst noch ein?«

Von allen Seiten prasselten die Begriffe auf Günther ein, der kaum noch nachkam, sie aufzuschreiben.

»Reinheit«, »Heiliger Geist«, »Liebe«, »Gnade«, »Vergebung«, »Keuschheit«, »Tod«, »Harmonie«, »Gegensatz: anregend und entspannend zugleich«.

Woher wussten alle auf einmal so viele Details über Pflanzensymbolik? Fran beschlich ein Verdacht. »Wer von euch hat heimlich recherchiert?« Mehr oder weniger deutlich machten alle eine Handbewegung, die Ja bedeutete. Fran musste lachen. »Ihr seid wirklich ein undisziplinierter Haufen. Genau wie ich. Ich habe mit dem Biologen Alex Zeitfeller vom Institut für Rechtsmedizin in Köln über die Fledermauslilie geplaudert. Oft ist die Lilie bei Heiligendarstellungen zu finden, und bei Herrschergeschlechtern«, ergänzte Fran. »Was haben wir über den Buchsbaum?«

Christine hob die Hand. »Der Buchsbaum ist schon seit Jahrtausenden Teil unserer Kulturen. Schon die alten Römer schätzten das Holz, aus dem sie Dosen für alles Mögliche schnitzten. Der Gelehrte Albertus Magnus hat im dreizehnten Jahrhundert über den Anbau des Buchsbaums im Deutschen Reich geschrieben.«

»Der Buchsbaum steht in erster Linie für das ewige Leben, für Unsterblichkeit«, sagte Günther.

»Was sagt uns das über unseren Täter?«, fragte Fran.

Alle seufzten. Denn letztlich sagte es nichts. Es konnte sich um einen Pfarrer handeln, für den die religiöse Symbolik Teil seiner Fantasien war; es konnte jemand sein, der in einer Gärtnerei arbeitete; es konnte jemand sein, der Blumen einfach nur mochte; es konnte jemand sein, der die Symbolik von jemand anderem übernommen hatte; und im schlechtesten Fall war es jemand, der sich überhaupt nicht um irgendwelche Symbolik scherte, sondern irgendeine Pflanze nahm, die ihm gefiel.

Fran versuchte wenigstens einen Profil-Ansatz, der auf Erfahrungswerten und Statistiken beruhte und auf den Auffindesituationen. Sie setzte voraus, dass Birte Rastow und Lisa Muench ermordet worden waren, und zwar von demselben Täter. »Unser Täter ist zwischen vierundzwanzig und vierzig

Jahre alt. Er ist mobil und hat Kenntnisse in Anatomie, ist nicht wütend oder zornig. Die Leichen sind sorgfältig hergerichtet, geschmückt mit symbolträchtigen Pflanzen. Sie wirken wie aufgebahrt, aber er will sie nicht herzeigen, deswegen versteckt er sie im Unterholz von Naturwaldzellen, wo sie nur durch Zufall gefunden werden. Er geht einem geregelten Beruf nach. Er ist unauffällig. Er wird weitermachen. Was treibt ihn an?«

Günther sagte: »Wenn es nicht Wut ist und nicht Zorn, dann muss es eine Idee sein. Eine Aufgabe, die er erfüllen will oder muss. Immer vorausgesetzt, es handelt sich nicht um Sexualverbrechen. Denn auch dann kann er große Zuneigung zu seinen Opfern empfunden haben. Ein Nekrophiler?«

»Ein Nekrophiler gibt seine Leichen normalerweise nicht her«, gab Bruno zu bedenken. »Er sammelt sie, damit er sich an ihnen entweder vergehen oder einfach nur mit ihnen leben kann. Die Leichen erregen ihn sexuell, er braucht sie. Wenn du einem Nekrophilen seine Leichen abzunehmen versuchst, wirst du richtig Ärger bekommen. Er wird sie mit Zähnen und Klauen verteidigen.«

Sie würde Sascha das vorläufige Profil mitteilen, aber sie mussten mehr ins Detail gehen und noch andere Thesen entwickeln. »Günther, würdest du eine Aufstellung machen über die unterschiedlichen emotionalen Ableitungen, die sich aus den verschiedenen Symbolkomplexen ergeben?«

»Gerne. Das ist eine spannende Sache.«

»Bruno. Du schlägst deine Zelte im Gerichtsmedizinischen Institut auf. Ich will alles über die Leichen wissen. Du hast die Lizenz zum Nerven. Sie sollen die komplette Chem-Tox machen – egal was es kostet. Und das ganze Programm mit Isotopenanalyse und so weiter.«

Fran wusste zwar noch nicht, wie sie das alles bezahlen sollte, denn das Budget war wie immer fast aufgebraucht. Am besten bestellte sie einfach so lange, bis ihr der Kredit gesperrt wurde. Schließlich konnte die Abteilung ja nicht pleitegehen. Das LKA musste bezahlen, so oder so. Was sie hatte, hatte sie.

»Christine, du kannst dir Sofia Andermatt schnappen. Ein gewaltiger Datenstrom wird sich bald über dich ergießen.«

Christine nickte ernst. Sie wusste, was das bedeutete. Stapel von Vernehmungsprotokollen, auf Papier und als Audiodateien, Hunderte Bilder, massenhaft Anträge, Aktennotizen und Vermerke und Kommentare mussten in eine sinnvolle Beziehung gebracht werden. Christine trug eine große Verantwortung. Waren die Akten nicht perfekt geführt, geriet die gesamte Ermittlung ins Wanken, konnten die Profile ungenau, ja sogar grundlegend falsch werden. Fran hätte diesen Job nicht machen können, Christine aber verfügte über die beneidenswerte Gabe, Dutzende Details im Kopf miteinander verknüpfen zu können, ohne sie durcheinanderzubringen, und ihre Geduld und ihr Fleiß waren legendär.

Martina hob die Hand. »Ich stürze mich in die geografische Analyse. Ich werde eine Wegeanalyse anlegen. Welche Strecken sind für unseren Täter am günstigsten? Wo liegen Risiken? Vor allem die Bodenproben werden interessant werden. Wenn wir wissen, wo die Leichen vergraben waren, sind wir ein gutes Stück weiter und haben im besten Fall die Lösung.«

»So sieht es aus«, sagte Fran. Sie wollte aufstehen, aber Bruno hob einen Zeigefinger.

»Wer war das vorhin?«

Malte Fingich! Den hatte Fran glatt vergessen. Du bist mir eine schöne Chefin, dachte sie. »Entschuldigt. Noch ein Neuer. Osterhagen hat, zumindest was das angeht, Wort gehalten. Er heißt Malte Fingich, ist KHK und war beim Betrug.«

»Kriege ich den?«, fragte Günther. »Die vom Betrug haben ein gutes Gespür fürs Tücken, Tarnen und Täuschen.«

Fran schaute in die Runde, niemand erhob Einspruch. Sie klopfte einmal mit der Faust auf den Tisch. »An den Meistbietenden versteigert! Danke, Günther.« Sie wandte sich an Bruno. »Dir auch ein dickes Dankeschön.«

»Die ersten hundert Tage hast du Narrenfreiheit.«

Die ersten hundert Tage! Das klang wie eine Drohung. Schon der erste Tag war voll mit Entscheidungen, schon jetzt hatte sie das Gefühl, die Zeit rinne ihr durch die Finger. Sie hatte noch so viel zu tun heute, und morgen, und übermorgen.

»Das reicht nie«, entgegnete Fran.

»Nicht verhandelbar«, sagte Bruno, und er schien es ernst zu meinen. Er nahm seine Unterlagen und verschwand in sein Büro, ebenso Martina, die am geografischen Profil weiterfeilen würde.

Günther und Christine warteten an der Tür. Logisch. Es war Frans Aufgabe, die beiden Neuen vorzustellen und zuzuteilen.

Sie ging vor. Aus ihrem Büro hörte sie allerdings keinen Ton. Waren die beiden abgehauen?

Sofia Andermatt war immer noch in ihr Smartphone vertieft, Malte Fingich saß leise lächelnd, mit halb geschlossenen Augen, auf einem Stuhl und stand auf, sobald Fran, Christine und Günther eintraten.

»Frau Andermatt?«

»Moment«, brummte Sofia Andermatt.

»Frau Andermatt, bitte, hätten Sie eine Sekunde für uns?«

»Sofort. Bin gleich so weit.« Fran konnte sie kaum verstehen.

Fran beugte sich über die junge Frau und sah, dass sie eine SMS schrieb, in der sie sich mit einer Freundin zum Abendessen verabredete.

»Frau Andermatt!«, donnerte Fran.

Sofia Andermatt ließ das Smartphone fallen und sprang auf. Bevor sie etwas sagen konnte, legte Fran los.

»Noch so ein Ding, und ich werfe Sie achtkantig raus, mit einer Beurteilung, die so schlecht ist, dass man uns beide vor den Personalrat zitieren wird. Ich habe Sie zur Aktenführung bei Frau Austerlitz eingeteilt. Heben Sie Ihr Telefon auf und begeben Sie sich an die Arbeit. Frau Austerlitz wird Sie einweisen. Und wenn ich nur einen Mucks höre …«

Sofia Andermatt hob ihr Smartphone vom Boden auf, nahm ihre Handtasche und eilte Christine hinterher, die das Büro schon verlassen hatte. Fran brauchte sich um Christine keine Sorgen zu machen. Sie hatte einen Sohn, den sie alleine großzog. Sie wusste, wie man mit spätpubertierenden Twens umgehen musste.

Malte Fingich hatte nicht mit der Wimper gezuckt, Günther schien etwas blass geworden zu sein. So kannte er Fran nicht, sie hatten sich bisher nur kollegial gestritten. Ein ewiges Reizthema war gewesen, dass er unbedingt alle in der Abteilung therapieren wollte. Damit war jetzt Schluss. Das Personal hatte nicht an der Chefin herumzudoktern.

Fran setzte ein freundliches Lächeln auf. Das fiel ihr nicht schwer. Sie war nicht wirklich wütend gewesen, im Gegenteil, es hatte ihr Spaß gemacht zu bellen. Ob sie beißen würde? Sie hatte sich weit aus dem Fenster gelehnt. Falls sie ihre Drohung nicht wahrmachte, hätte sie ihre Autorität verspielt, und das Team würde sie verfluchen, weil sie jede verfügbare Kraft brauchten, vor allem, wenn es sich um eine ausgebildete Analytikerin handelte. Sie konnte Sofia Andermatt nicht einfach so wieder hinauswerfen. Hoffentlich wusste die Neue das nicht. Das nächste Mal würde sie etwas zurückhaltender reagieren, ohne schwach zu wirken.

»Ich bin gespannt, was ihr rausfindet«, sagte sie zu Günther und schaute auch Malte Fingich kurz an, damit er wusste, dass sie ihn wahrnahm.

Günther legte Malte Fingich einen Arm um die Schulter und bugsierte ihn zu seinem Büro, während er auf ihn einredete. Fran hörte weg, sie wollte gar nicht wissen, was Günther von sich gab.

Sie ging in ihr altes Büro, das sie mit Bruno geteilt hatte, seit sie hier angefangen hatte. Er war bereits unterwegs in die Forensik, schade, sie hätte gerne mit ihm geredet. Also wechselte sie in ihr neues Büro.

Sie fuhr den Rechner hoch, loggte sich ein, startete den E-Mail-Client und sah zu, wie sich ein Tsunami von E-Mails in ihr Postfach ergoss. Sie stöhnte. Es würde ein langes Jahr werden.

*

Heute habe ich keine Lust auf Tagebuchlesen. Torsten kommt später als sonst. Was hat ihn nur aufgehalten? Er hat auch nicht angerufen. Das ist nicht seine Art. Vielleicht hat er das Handy liegen lassen. Er mag es nicht besonders, sagt, er fühle sich wie eingesperrt, wenn ihn jeder immer und überall erreichen könne.

Ja, da liegt es, auf seinem Schreibtisch. Und der Akku ist auch leer. Ich stecke das Ladegerät ein, es dauert einen Moment, aber dann leuchtet ein rotes Lämpchen auf und zeigt an, dass es lädt.

Das Essen steht auf dem Tisch, es wird kalt, und aufwärmen will ich es nicht. Dann schmeckt es nicht mehr so, wie es schmecken soll. Wenn er das Handy dabeigehabt hätte, hätte er Bescheid sagen können, dass es später wird.

Die Tür geht. Endlich. Torsten zieht seine Straßenschuhe aus und seine Hausschuhe an, kommt ins Esszimmer.

»Wo warst du denn so lange, Torsten?«, frage ich ihn.

»Ich musste noch etwas fertig machen in der Firma. Du weißt

ja, wie es ist. Wenn der Chef nach dir verlangt, dann musst du springen.«

»Ja, das weiß ich, aber du hättest doch anrufen können! Jetzt ist das Essen fast kalt.«

»Das macht nichts. Es schmeckt mir trotzdem.«

Er setzt sich, legt sich die Serviette auf die Beine und lächelt. »Wie schön, dass du auf mich gewartet hast.«

Ich kann ihm nicht böse sein. Er nimmt sich einen Kartoffelpuffer und Apfelkompott. Schenkt sich ein Glas Wasser ein. Er schafft sechs Stück. Ich bin immer wieder erstaunt, wo er das alles hinsteckt. Er hat kein Gramm Speck zu viel auf den Rippen.

»Wie war dein Tag?«, fragt er. Er fragt das immer erst, wenn wir mit dem Essen fertig sind.

»Gut«, antworte ich. »Ich habe Besorgungen gemacht, Wäsche gewaschen und im Garten Unkraut gejätet. Alles wächst so schön.«

»Und hervorragend gekocht hast du!«, ergänzt Torsten.

»Danke«, sage ich. »Was hast du heute noch vor?«

»Vielleicht sollte ich nach dem Ziegel sehen, der schief liegt. Nicht dass es reinregnet.«

»Das ist eine gute Idee. Heutzutage bekommt man ja keine Handwerker mehr, die sich für eine kleine Sache auf den Weg machen. Oder es ist so teuer, dass es sich nicht lohnt. Hast du alles, was du dafür brauchst?«

Er nickt und wischt sich den Mund ab.

»Dann will ich mal.« Er steht auf.

Wie groß er ist, ich bin immer wieder verwundert. Soll ich ihm von Katrin erzählen? Dass es ihr nicht so gut geht, dass die Behandlung nicht richtig anschlägt? Unseren Eltern habe ich es noch nicht gesagt, weil Torsten so etwas immer zuerst wissen will. Vater mischt sich sonst ein, und Torsten sagt zu Recht, dass ihn das eigentlich nichts angeht. Es ist besser, wenn ich es

Torsten erst morgen erzähle. Vielleicht geht es Katrin dann besser.

»Was kommt denn heute Abend im Fernsehen?«, fragt Torsten unvermittelt.

»Krimi«, sage ich.

Er nickt. »Gut. Ich mag Krimis.«

Ich weiß, dass er Krimis mag. Irgendwie ist er komisch heute. Das liegt vielleicht am Wetter. Es ist wärmer als normal und schon recht schwül. Das kann er nicht gut vertragen. Vielleicht ist es auch Ärger auf der Arbeit. Er redet nicht gerne darüber, aber ich merke ihm an, wenn etwas nicht stimmt. Ich werde morgen mit ihm reden. Oder besser am Wochenende, Samstagabend, zwischen *Wetten, dass ...?* und der *Sportschau*. Und am Sonntag wollte Vater vorbeischauen. Hoffentlich ist er gut gelaunt.

Ich mache den Abwasch, hänge Wäsche auf. Wie die Zeit verfliegt! Torsten hat den Ziegel gerichtet. Wir schauen noch ein wenig fern, danach geht es ins Bett. Es war ein guter Tag, mit ein wenig Schatten. Aber ich weiß ja, wie man Schatten bekämpfen kann.

Donnerstag

Der Dienstag und der Mittwoch waren ohne neue Erkenntnisse oder Ereignisse ins Land gezogen. Sascha und sein Team befassten sich mit alten und neuen Zeugen, die Datenberge wuchsen. Frans Team beackerte die Tatrekonstruktion und die vielen verschiedenen möglichen Täterprofile. Die Obduktion von Lisa Muench zog sich, die Chem-Tox ließ auf sich warten. Fran grub sich durch den täglich wachsenden Berg an E-Mails: Anfragen der Pressestelle, Anfragen anderer Abteilungen, Urlaubsplanung, Budgetplanung. Sie trafen sich zweimal am Tag zur internen Tafelrunde: um sieben Uhr morgens und um siebzehn Uhr abends. Dazwischen ging Fran um vierzehn Uhr zur Besprechung mit der Moko Lisa. Sie hatte mit Sascha zu Mittag gegessen, und sie hatten es geschafft, sich über den Frühling, über Urlaub, Schottland und Whisky zu unterhalten.

Fran war froh, dass sie nach der Morgenbesprechung in aller Ruhe ihren Termin bei Frau Dr. Sola wahrnehmen konnte. Zwar war das Arbeitspensum hoch, aber Fran fühlte sich schnell in ihre neue Position ein und erkannte an vielen Stellen das Potential, Zeit zu sparen. Zahlreiche Abläufe ließen sich automatisieren, manches war unnötige Bürokratie. Sabine Fellmis hatte die Abteilung nur noch verwaltet, ohne Ideen, ohne Leidenschaft.

Fran parkte den Impreza rückwärts ein und überprüfte, ob ihr Handy aufgeladen war. Sie klingelte, und nur einen Moment später summte es. Die Tür zur Praxis war wie immer lediglich angelehnt.

Fran setzte sich im Warteraum auf einen der drei Sessel und blätterte in einer Illustrierten, ohne auch nur eines der bunten Bilder wirklich wahrzunehmen.

Die Tür zum Gesprächsraum öffnete sich, Frau Dr. Sola winkte Fran herein, sie setzten sich. Fran begrüßte in Gedanken die Frau im Lavendelfeld und beneidete sie um die Ruhe und den Frieden.

»Gibt es etwas Neues? Etwas, über das Sie zuerst reden möchten?«

Fran brauchte fast eine halbe Stunde, um Frau Dr. Sola auf den aktuellen Stand zu bringen.

Diese hörte zu, unterbrach nicht ein einziges Mal. Erst als Fran eine längere Pause machte, ergriff die Therapeutin das Wort.

»Ein Berg an Aufgaben und Verantwortung. Werden Sie das schaffen? Was glauben Sie?«, fragte sie.

Fran konnte keine Gefühlsregung bei Frau Dr. Sola erkennen. »Natürlich.«

»Ich finde es gut, dass Sie durch diese Herausforderungen anscheinend Ihre Zuversicht zurückgewonnen haben, und zusätzlich noch jede Menge Energie.«

»So ist es. Wie passt das zusammen?«

»Das weiß ich nicht. Geht es Ihnen denn gut damit?« Frau Dr. Sola beugte sich ein wenig vor.

»So ähnlich wie jetzt geht es mir etwa eine halbe Stunde nach einem Sprung. Der Kick ist weg, übrig bleibt die pure Kraft. Neutral.«

»Wie lange reicht die Kraft?«

Fran überlegte. Das war jedes Mal anders. Manchmal hielt es nur einen Tag, manchmal eine ganze Woche, aber nie länger als zehn Tage. »Höchstens zehn Tage. Dann komme ich wieder runter, aber immer ganz sanft.«

»Erstaunlich. Sie wirken frisch und ausgeruht, obwohl der Druck von allen Seiten massiv ist. Vielleicht ist es aber auch genau das, was Sie brauchen. Ich hoffe, Sie merken es rechtzeitig, falls Sie sich überfordern.«

»Zu Risiken oder Nebenwirkungen befragen Sie Ihren Arzt oder Apotheker«, sagte Fran, und sie wunderte sich, warum sie eine so spitze Antwort gab. Irgendetwas war heute anders an Frau Dr. Sola.

»Mich dürfen Sie nicht fragen, ich würde Sie spontan beurlauben, obwohl das nichts helfen würde. Sie müssen andere Wege gehen. Wenn Sie einverstanden sind, würde ich das nächste Mal gerne über Ihren Vater reden.«

»Machen das nicht alle Therapeuten, wenn ihnen nichts mehr einfällt?«, fragte Fran. Das war es! Frau Dr. Sola war dermaßen entspannt, dass es Fran ärgerte.

»Touché! Im Moment fällt mir wirklich nichts Besseres ein. Vor allem, weil Sie sich seit Monaten davor drücken. Aber Sie wissen ja: Wenn Sie nicht wollen, werden wir es lassen.«

Fran schüttelte den Kopf. Sie würde Frau Dr. Sola nicht vom Haken lassen. Immer dieses windelweiche »Wenn Sie nicht wollen, dann halt nicht«. So ging das nicht weiter. Fran wollte vorankommen, nicht mit Wattebäuschchen beworfen werden. »Ich möchte, dass Sie mich dazu zwingen! Ich will, dass Sie meine Widerstände brechen. Befehlen Sie es mir. Ich habe nicht die Kraft dazu. Nicht jetzt. Vielleicht nie. Das ist Ihr Job!«

»Aber das kann ich nicht …«

Fran hatte noch nie erlebt, dass Frau Dr. Sola stotterte, dass sie so aus dem Konzept geriet. Stets musste alles aus einem selbst herauskommen. Damit war jetzt endgültig Schluss.

»Ihre Bemühungen in allen Ehren, aber das hilft mir nicht mehr weiter. Ich brauche …« Jetzt fehlten auch Fran die Worte. Was brauchte sie? Sie wusste es nicht.

»Eine Hand, die Sie führt, die Ihnen Grenzen setzt, Sie aber nicht einsperrt. Damit Sie frei sein können. Ihr Vater hat Sie eingesperrt. Sie mussten sich die Grenzen selber suchen, indem Sie immer wieder Ihre eigenen überschritten. Immer besser, immer höher, immer weniger Zeit für die Reißleine …«

»Das weiß ich schon lange.« Fran stand auf. »Ich glaube, ich habe genug für heute.« Was sollte sie noch hier? Sie droschen immer dieselben abgelutschten Phrasen. Fran ging es gut, die Beförderung hatte sie quasi geheilt, wozu noch Zeit verschwenden mit Psychogequatsche?

»Warum sind Sie so feige? Warum laufen Sie immer wieder davon?«, giftete Frau Dr. Sola.

»Wie bitte?«, fragte Fran. »Was soll das denn jetzt?«

»Ich werde Sie nicht mehr behandeln. So einfach ist das. Sie sind renitent, nichts schlägt bei Ihnen an. Sie sind unhöflich und frech. Sie sind ein hoffnungsloser Fall. Und Sie verlangen Dinge, die einer Therapeutin nicht würdig sind. Bitte gehen Sie. Und kommen Sie nie wieder!«

Frau Dr. Solas Miene war von Abscheu gezeichnet. Was bildete sich diese Quacksalberin eigentlich ein? Was glaubte sie, wer sie war? Sie überschritt eindeutig ihre Kompetenzen. Fran hatte *ihr* den Spiegel vorgehalten, und jetzt ließ sie die Maske fallen. Frau Dr. Sola konnte keine Kritik vertragen, das war es. Fran kannte das von vielen Therapeuten. Nicht zu fassen. Und dieser Frau hatte sie ihre intimsten Geheimnisse erzählt, hatte ihr von laufenden Ermittlungen berichtet, sogar den Deal mit dem Innenminister hatte sie ihr bis ins kleinste Detail beschrieben. Und jetzt das. Niemandem konnte sie trauen. Aber so leicht ließ sie sich nicht abspeisen. Fran stach mit dem Zeigefinger in die Richtung von Frau Dr. Sola. »Sie … Sie …« Ihr versagte die Stimme. »Sie … sind …« Kein Wort. Es kam kein Wort.

»Was bin ich? Wie wollen *Sie* Amateurin das denn beurteilen? Sie haben doch gar keine Ahnung, wer ich bin. Sie sind mir nicht im Geringsten gewachsen. Sie halten sich für eine taffe Profilerin, aber in Wirklichkeit sind Sie nichts als eine gescheiterte Psychologin und eine gescheiterte Polizistin. Das ist die Wahrheit.«

Frau Dr. Sola erhob sich aus ihrem Sessel und wies auf die Tür. »Und jetzt raus!« Ihre Stimme peitschte durch den Raum, sie funkelte Fran an, Hass blitzte in ihren Augen auf.

Frans Blick würde trübe, sie rieb sich die Schläfen. Aus einer Ecke trat ein Mann auf sie zu. Sie kannte den Mann. Was zum Teufel ging da vor sich? Was suchte Dad hier? Er hob die Hand, wollte zuschlagen. Fran wich zurück, aber er folgte ihr. Sie blieb stehen.

»Du hast keine Chance gegen mich. Ich werde dich immer beherrschen!«, rief er.

Fran holte aus, hielt inne. Das war nicht ihr Vater. Das war Frau Dr. Sola. Fran ging in die Knie, Frau Dr. Sola ebenfalls. Sie nahm Fran in die Arme.

»Das nächste Mal sprechen wir über Ihren Vater. So oder so, nicht wahr?«

»Danke«, hauchte Fran. »Danke.«

Frau Dr. Sola zog Fran hoch und schaute ihr tief in die Augen. »Sie sind wieder okay?«

»Ja, absolut. Was war das? Ich hatte eine Halluzination! Sozusagen bei lebendigem Leibe. Das hatte ich noch nie.«

»Ein kleiner Trick. Eine spezielle Art der Provokationstherapie, die nicht in den Lehrbüchern steht. Es war an der Zeit. Sie waren reif. Sie sind ein grober Klotz. Und da hilft nur ein grober Keil.« Sie schmunzelte. »Das haben Sie selber gesagt.«

Fran lachte kurz und hart. »Definitiv.«

»Wie fühlen Sie sich?«

»Gut. Sehr gut. Ich bin erleichtert. Als wäre ein Knoten geplatzt. Diese Halluzination, ich habe Sie für meinen Vater gehalten, und fast …«

»Wie vor einem Jahr. Da haben Sie ihm eine runtergehauen. Aber diesmal haben Sie nicht zugeschlagen. Warum?«

»Ich habe es rechtzeitig gemerkt. Dass Sie *nicht* mein Vater sind.« Jetzt dämmerte es Fran. »Sie haben sozusagen meine Emotionen überladen, einen Kurzschluss ausgelöst.«

»Und es hat funktioniert.« Frau Dr. Sola schien ebenso erleichtert wie Fran.

»Was, wenn nicht?«

»Ich hätte mir ein paar gefangen, bis ich Sie wieder rausgeholt hätte.«

»Das Risiko sind Sie eingegangen?«, fragte Fran.

»Natürlich. Es war der richtige Moment.« Sie schaute auf die Uhr. »Ich muss los, Emily abholen. Ich bin schon etwas zu spät dran. Nächsten Freitag, elf Uhr?«

»Ich werde da sein, Frau Dr. Sola. Wir werden über meinen Vater reden! Und nochmals: Vielen Dank!«

Fran verließ die Praxis. Bis zur nächsten Sitzung mit dem Team hatte sie noch eine halbe Stunde. In einem Café bestellte sie sich einen Milchkaffee. Sie roch daran, steckte vorsichtig den Löffel hinein, zog ihn wieder heraus und kostete. Der Milchschaum prickelte auf ihrer Zunge. Sie dachte an ihren Vater. Kein Groll stellte sich ein. Nur ein wenig Traurigkeit über die vielen verpassten Chancen. Ob es noch eine letzte für sie beide gab?

*

Wie immer war Marcel Kirsch schon vor dem Wecker hellwach gewesen. Er hatte die Augen geöffnet, in den Sternenhimmel gelächelt, den er an die Decke seines Schlafzimmers hatte malen lassen, und sich auf einen neuen, aufregenden Tag gefreut. Er schlief nackt, deswegen musste seine Haushälterin die Bettwäsche zwei Mal in der Woche wechseln. Er liebte das kühle glatte Leinen auf seiner Haut, wenn er zu Bett ging.

Er hatte wie jeden Morgen in seiner Dusche, die rundum verspiegelt war und Platz für vier Personen bot, heiß-kalt geduscht. Er war dreiundvierzig, aber die Jahre sah man ihm nicht an. Die Natur hatte ihn mit einem markanten Kinn, einer dynamischen Adlernase und stahlblauen Augen ausgestattet. Dazu ein athletischer Körper, den er in Schuss hielt. Er wurde oft zehn Jahre jünger geschätzt, was ihm besonders bei den Frauen zupasskam. Heute Morgen hatte er die Massagedüsen auf volle Kraft gedreht und zum Abschluss glühend heißes Wasser auf seinen Körper prasseln lassen. Das hatte ihn vollends aufgeweckt. Mit einem schneeweißen Badetuch hatte er sich abgerubbelt. Einen kurzen Moment hatte er den Anflug einer Erektion gespürt und beschlossen zu verzichten. Heute würde er seine Energien für etwas anderes brauchen.

In einer halben Stunde traf er sich mit Andreas Muench. Konspirativ. Den Vormittag hatte er für organisatorischen Kram genutzt, den er so schnell wie möglich erledigte, denn er erinnerte ihn an die unzähligen quälenden Stunden, die er im Präsidium mit Papierbergen verbracht hatte.

Das Mittagessen hatte aus einem Salat mit schottischem Räucherlachs bestanden. Dazu trank er ein besonderes Mineralwasser, das er aus Norwegen kommen ließ. Es entstammte einer Quelle, der man Heilkräfte nachsagte.

Die Haushälterin hatte eine Zeit lang gebraucht, bis sie seine Vorlieben umgesetzt hatte; er war geduldig gewesen, sie bereit zu lernen. Am Anfang der Woche legten sie den Speiseplan fest; wenn Außeneinsätze anstanden, machte sie ihm ein

Lunchpaket. Nur wenn es nicht anders ging, aß Marcel auswärts.

Aus dem glänzend weiß lackierten Kleiderschrank wählte er ein cremefarbenes Seidenhemd, eine graue Bundfaltenhose und eine schilffarbene Krawatte. Zum krönenden Abschluss tupfte er sich ein sündhaft teures Aftershave auf die Wangen und verzog die Lippen zu einem gewinnenden Lächeln.

»Das ist der Tag, von dem du nicht geglaubt hast, dass er einmal kommen würde«, sagte Marcel Kirsch zu seinem Spiegelbild und grinste bis über beide Ohren.

Gutes Aussehen war in der Branche ein nicht zu unterschätzendes Kapital. Da seine Kundschaft überwiegend aus Frauen bestand, zappelten die meisten in dem Moment an der Angel, in dem sie durch die Tür kamen und er sie warm und dezent anlächelte. Bei Männern erweckte er den Eindruck eines starken, durchsetzungsfähigen Detektivs, der alles beiseiteräumte, was ihm im Weg stand. Das allein reichte natürlich nicht aus, um eine erfolgreiche Detektei zu führen. Seine Erfolgsquote warb für ihn, aber vor allem sein Leumund. Er galt als seriös, diskret, integer und absolut zuverlässig. Er nahm keine Aufträge an, die er für nicht lösbar hielt, und arbeitete nie auf Erfolgsbasis. Den Fall, der ihm heute angetragen wurde, würde er nicht nur ohne Honorar übernehmen, er würde sogar dafür zahlen, wenn es notwendig gewesen wäre.

Er hatte Lisas Eltern nie persönlich kennengelernt, sie nur auf Fotos gesehen, und im Fernsehen, wo sie immer eine Zigarette im Mund hatten. Ein junges Paar, er Arbeiter, sie Kassiererin, beide übergewichtig. Gesellschaftlich standen sie einige Stufen unter ihm, aber das tat nichts zur Sache.

Er zupfte sich noch einen Fussel von seinem grauen Blazer, dann stieg er die Treppe zu seinen Geschäftsräumen hinunter. Jamila, seine Sekretärin, begrüßte ihn mit ihrem honigsüßen

Lächeln. Er betrat sein Büro und spürte wie schon lange nicht mehr, dass er genau da war, wo er sein sollte.

In seiner Laufbahn als Privatdetektiv hatte er mehr Fälle aufgeklärt, und vor allem viel mehr Geld verdient, als in seiner gesamten Laufbahn als Kriminalkommissar. Er setzte sich hinter seinen Schreibtisch mit der blitzsauberen Glasplatte und legte sich einen Block und einen Füllfederhalter zurecht. Die Fenster wurden täglich geputzt, denn alles in seiner Firma sollte Sauberkeit, Transparenz und Wertigkeit signalisieren.

Es gab nichts Dringendes. Also konnte er auch ein wenig früher los. »Ich bin dann mal weg«, sagte er zu Jamila. »Keine Anrufe durchstellen, nichts, okay?«

»Alles klar, Boss«, sagte Jamila und lächelte.

Marcel liebte es, wenn ihn seine Leute »Boss« nannten.

Er hatte mit Andreas Muench einen etwas ungewöhnlichen, aber durchaus konspirativen Treffpunkt ausgemacht. Am Telefon hatte er damit begonnen, Lisas Vater einzutrichtern, dass absolute Diskretion angesagt war. Zur Sicherheit hatte Marcel vier seiner Leute dorthin beordert, die dafür sorgen sollten, dass ihnen nicht irgendeiner von den Pressefuzzis zu nahe kam.

Er ließ seinen Wagen stehen und stieg in ein Taxi. »K21, bitte«, sagte er gut gelaunt.

Der Fahrer nickte und fädelte sich in den Verkehr ein. Von seinem Büro in der Talstraße war es nicht weit zum K21, zu Fuß waren es vielleicht zehn Minuten, aber Marcel Kirsch liebte es, sich chauffieren zu lassen.

Trotz der U-Bahnbaustellen waren die Straßen frei. Marcel gab reichlich Trinkgeld, stieg aus und zog die würzige Frühlingsluft, die ihm heute besonders energiereich schien, tief in seine Lungen.

Das K21, das ehemalige Ständehaus, war jetzt ein Kunstmuseum. Marcel kam seit Jahren regelmäßig hierher. Vor allem die moderne Kunst, die hier ausgestellt wurde, faszinierte und entspannte ihn gleichermaßen.

Er bezahlte den Eintritt, vergewisserte sich unauffällig, dass seine Leute auf ihren Plätzen waren, und drehte eine Runde durch das Museum. Aber heute hatte er keinen Blick für die Kunst, er ging die verschiedenen Varianten des Gesprächs mit Andreas Muench durch. Er würde natürlich versuchen, den Mann davon zu überzeugen, dass er, Marcel Kirsch, der Richtige war, den Fall Lisa Muench zu lösen. Aber das durfte er nicht offen zeigen. Andreas Muench musste ihm den Fall aufdrängen.

Im Obergeschoss stand eine Bronzeskulptur, Umrisse eines Menschen, ob Mann oder Frau war nicht zu erkennen.

Mit großem Vergnügen hatte er den Streit eines älteren Paares darüber beobachtet. Die beiden gerieten sich so in die Haare, dass die Frau schließlich brüllte, sie würde sich scheiden lassen, mit so einem Kunstbanausen könne man nicht zusammenleben. Eine Aufseherin rief sie sofort zur Ordnung.

Marcel hatte sich auch scheiden lassen, schon vor einigen Jahren. Seine Frau hatte sich hinter seinem Rücken durch halb Düsseldorf gevögelt, und er hatte nichts gemerkt, weil er das Interesse an ihr schon längst verloren hatte. Er war nicht sauer gewesen, die Scheidung war in bestem Einvernehmen abgewickelt worden.

Ein großer Mann trat hinter der Bronzestatue hervor. Das war eindeutig Andreas Muench, auch wenn er sich verändert hatte. Das Fett von den Fotos hatte sich in Muskeln verwandelt. Sie beachteten sich nicht, sondern traten beide etwas näher an die Statue heran, so dass sie sich verstehen konnten.

»Marcel Kirsch, angenehm.«

»Andreas Muench, ebenso. Stimmt es, dass Sie an den Ermittlungen damals beteiligt waren?«

Marcel entging der drohende Unterton nicht. Der Mann stand mit Sicherheit noch unter Schock. »Sozusagen nur als Mitläufer. Ich habe observiert und einige Vernehmungen geführt. Die Entscheidungen haben andere getroffen. Ich kann beweisen, dass ich nie an Dennis Zweigs Schuld geglaubt habe.«

Andreas Muench räusperte sich. »Warum sind Sie kein Bulle mehr?«

»Genau deswegen. Die haben gekonnt danebengeschaut.« Marcel verkniff sich die Bemerkung, dass Lisa noch leben könnte, wenn man auf ihn gehört hätte. Er hätte damals die ganze Stadt auf den Kopf gestellt. Massenscreenings, er hätte alle aufgefordert, in die Keller der Nachbarn zu schauen, hätte die Bevölkerung als Ermittler aktiviert. Dann hätten sie Lisa gefunden und das Ungeheuer, das sie ermordet hatte. Auch wenn dabei ein wenig Porzellan zerschlagen worden wäre.

»Können Sie mir garantieren, dass Sie das Schwein schnappen?«

»Nein.« Mehr sagte Marcel nicht. Nicht für alles in der Welt hätte er sich *so* weit aus dem Fenster gelehnt.

»Wussten Sie, dass sie noch ein halbes Jahr gelebt hat?« Ein Zittern lief durch Andreas Muench.

»Ich habe es gehört. Es ist furchtbar.« Marcel unterdrückte den Impuls, dem Mann eine Hand tröstend auf die Schulter zu legen. Verdammte Scheiße! Verdammte riesengroße Scheiße! Sie hatte noch gelebt. Sechs Monate. Eine Ewigkeit! Auf jeden Fall war der Idiot Osterhagen erledigt. Immerhin etwas.

»Das tut mir aufrichtig leid«, flüsterte Marcel. Er musste den Fall haben, er musste das Schwein finden, er musste die Bullen blamieren! Aber er musste vorsichtig sein. Er hatte keine Lust, am Ende als der Verlierer dazustehen.

»Sie sind empfohlen worden.«

Immer wieder ballte Andreas Muench die Fäuste.

»Von wem?«, fragte Marcel.

»Spielt das eine Rolle?«

Dieser Andreas Muench war nicht so dumpf, wie Marcel ihn eingeschätzt hatte. Er ärgerte sich über sich selbst. Es gab nichts Gefährlicheres, als jemanden zu unterschätzen.

»Nein«, erwiderte Marcel. »Ich nehme an, die Polizei war bereits bei Ihnen?«

»Diese Wichser, diese Pisser! Die glauben allen Ernstes, ich schaue diesmal wieder zu. Da haben sie sich getäuscht. In diesem verschissenen Land musst du die Gerechtigkeit selbst in die Hand nehmen. Sind Sie bereit dazu?«

Andreas Muench wollte Selbstjustiz üben. Wollte den Kerl, der Lisa auf dem Gewissen hatte, finden und ihn fertigmachen. Ihn foltern, töten, sich rächen. Marcel konnte das gut verstehen.

»Ich werde tun, was ich kann, aber ich werde Ihnen nichts versprechen. Eine Frage habe ich allerdings noch.«

Andreas Muench nickte ungeduldig.

»Warum haben Sie erst jetzt einen Privatdetektiv eingeschaltet?«

»Wir hatten einen. Der hat unser Geld genommen und nichts erreicht.«

»Aber mir vertrauen Sie?«

»Sie sind unsere letzte Hoffnung«, sagte Andreas Muench und strich mit einer Hand über die Statue. »Wer macht so einen Schwachsinn? Man kann ja gar nicht erkennen, ob es eine Frau oder ein Mann ist.«

»Ich übernehme den Fall. Aber es läuft nach meinen Regeln. Halten Sie sich nicht daran, bin ich raus.«

Andreas Muench zog einen Umschlag aus der Innentasche seiner Lederjacke. »Fünftausend. Mehr habe ich nicht. Ich will, dass Sie das Schwein finden und mir bringen, damit ich ihm die Eier abreißen kann.«

*

Fran brauchte einen Moment Ruhe. Sie setzte sich in ein nahegelegenes Café und ließ die letzte Therapie-Stunde Revue passieren. Ein Knoten war geplatzt, kein Zweifel. Sie dachte an ihren Vater. Bevor sie die Bilder heraufbeschwören konnte, die sie seit Jahren verfolgten und regelmäßig mit diffusen Gefühlen überschwemmten, meldete sich ihr Handy. Sascha. Das nächste Opfer?

Er kam gleich zur Sache. »Wir haben eine interessante Spur. Sowohl Magdalena als auch Frederik Rastow haben regelmäßig als Anwälte der Nebenklage Opfer von rassistischen Übergriffen vertreten. Sie haben in mehr als einem Fall strengere Bestrafungen erwirkt. Und sie haben es mehr oder weniger ehrenamtlich getan.«

»Liegen konkrete Drohungen vor?«

»Es ist nichts bekannt.«

»Sollen wir die Rastow noch mal ausquetschen?«, fragte Fran.

»Noch nicht. Wir werden zuerst die Szene durchleuchten. Ich habe den Staatsschutz informiert. Sie müssten mir noch heute eine Einschätzung geben können.«

Im Hintergrund hörte Fran ein Geräusch.

»Sekunde, Fran, bin gleich wieder da.«

Die Leitung war nicht unterbrochen, aber sie konnte nichts mehr hören.

Rechtsradikale und Rache. Das machte durchaus Sinn. Die verhassten Anwalts-Eltern leiden lassen. Zuerst, indem sie nicht wussten, was mit ihrer Tochter geschehen war. Und dann das Skelett aufgebahrt mit der Teufelsblume als Zeichen der Macht über Leben und Tod. Bei Frederik Rastow hatte es besonders gut gewirkt. Aber was hatten Lisa Muenchs Eltern mit Nazis zu tun?

Sie unterbrach die Verbindung zu Sascha und loggte sich in das System des LKA ein. Wenn es wichtig war, würde er sich wieder melden. Sie rief die Akte Muench auf. Treffer! Andreas Muenchs Großeltern waren Juden gewesen. Sein Vater allerdings hatte der Religion abgeschworen und war bis zu seinem Tod Mitglied in der antifaschistischen Bewegung gewesen. Andreas Muench war SPD-Mitglied und in der Gewerkschaft der Eisenbahner engagiert. Nichts weiter. Sascha musste an der Stelle nachbohren und herausfinden, ob es noch andere Verbindungen gab.

Kalte Rache passte durchaus zur Handschrift des Täters und zum Profil, das sie entwickelt hatte. Er war nicht wütend auf die Opfer, die waren nur Mittel zum Zweck. Seine Wut richtete sich gegen jemand anderen. Gegen die Eltern?

Ihr Handy meldete einen Anruf. Es war wieder Sascha, allerdings nicht mit den Informationen, die sie erwartet hatte. »Harald Sobota, dreiundfünfzig Jahre alt, alleinstehend, selbstständig. Die Leiche ist ziemlich frisch. Arbeitskollegen haben ihn vor sechs Wochen vermisst gemeldet. Er ist eingegraben und dann wieder ausgegraben worden. Er liegt in der Naturwaldzelle Meersiepenkopf in der Nähe von Wuppertal.«

Deswegen hatte er die Verbindung stumm gestellt. »Welche Pflanze?«

»Eisenhut. Und er war aktiv bei ›Welt ohne Grenzen‹, einem Verein, der sich für die Integration von Ausländern eingesetzt hat.«

*

Heute hat Torsten das Handy mitgenommen. Ich bin so dankbar, dass er auf mich hört. Wenn das doch mit MutterZwei auch so wäre. Sie ist ja nicht meine richtige Mutter, aber das macht nichts. Sie ist sehr nett, auch wenn sie meistens auf Vater hört und an ihm hängt wie eine Klette. Meine echte Mutter ist jetzt bei uns. Früher hat sie viel getrunken, aber das hat sich gegeben. Sie geht kaum noch vor die Tür, das Essen bringe ich ihr immer aufs Zimmer. Seit Vater ausgezogen ist, geht es ihr viel besser. Sie hat gesagt, am Wochenende wolle sie einen Spaziergang machen. Das ist ein gutes Zeichen. Nur Katrin, mein geliebtes Schwesterchen, wird von Tag zu Tag schwächer. Wir haben schon alles versucht. Aber die Ärzte schütteln nur den Kopf. Ohne Spender hat sie keine Chance. Niemand aus der Familie passt, dem Aufruf zur Knochenmarksspende sind Tausende nachgekommen, aber alle Tests waren negativ. Es muss doch auf dieser Welt einen Menschen geben, der Katrin heilen kann!

Ich gehe in den ersten Stock, nach Katrin schauen. Sie liegt in ihrem Bett, die Augen geschlossen, sie schläft, aber sie ist so blass, und ihr kahler Schädel sieht irgendwie unheimlich aus. Daran werde ich mich nie gewöhnen. Aber die Medikamente halten sie am Leben und vertreiben die Schmerzen. Ich streiche die Decke glatt. Sie ist so unschuldig, warum ausgerechnet sie? Warum nicht Vater? Warum nicht ich? Warum nicht Torsten? Wir alle haben gesündigt, nur meine kleine süße Katrin nicht. Und sie muss alle Schuld auf sich nehmen, sie muss für unsere Sünden büßen, ist das gerecht? Immer wieder nehme ich mir vor, mit ihr zu sterben, wenn sie stirbt. Ich werde mich einfach neben sie legen und ein Schlafmittel nehmen. Dann dauert es nicht lange, und ich bin wieder bei ihr.

Ich gebe mir eine sanfte Ohrfeige. Was sollen diese Gedanken? Katrin wird wieder gesund werden, daran besteht kein Zweifel. Es wird alles gut werden, so wie immer alles gut wird, dank Torsten.

Ich höre ihn kommen. Er ist früher da als sonst. Ich gebe Katrin einen Kuss auf die Stirn und schaue aus dem Fenster. Er hat eine große Tasche dabei. Oh nein! Gleich wird er in den Garten gehen und vergraben, was er mitgebracht hat. Ich finde es furchtbar, dass er alle toten Tiere, die er findet, eingraben muss. Aber er lässt nicht mit sich reden. Es ist immer dieselbe Leier: Die müssen es doch warm haben, das sind doch auch Seelen, die das Recht haben, in der Erde zu ruhen, damit sie in den Himmel kommen. Ich glaube nicht an den Himmel. Ein Leben nach dem Tod? Ja, aber nicht im Himmel. Es geht einfach alles wieder von vorne los. Was, wenn Katrin stirbt? Immer diese Gedanken, immer diese Gedanken, immer diese Gedanken, die so wehtun. Diese falschen Gedanken. Katrin kann gar nicht sterben.

Torsten ist im Garten. Er hebt ein Loch aus, es ist ein ziemlich großes Loch. Er legt etwas hinein, das aussieht wie eine nackte Katze. Ich darf nicht in den Garten, wenn er etwas vergräbt, sonst wird er furchtbar wütend. Einmal hat er mich sogar geschlagen, sich dann aber ganz oft entschuldigt. Es ist auch nie wieder vorgekommen. Ich bin nicht mehr in den Garten gegangen, und er hat mich nicht geschlagen. Das ist ganz einfach. Man tut etwas, und daraufhin passiert etwas. So ist das ganze Leben. Und wenn man etwas Falsches tut, dann merkt man das schnell.

Ich stelle das Essen auf den Tisch. Mutter hat schon gegessen. Torsten kommt herein, er lächelt sehr zufrieden.

Wir essen, ich habe Gulasch gemacht, mit Rosenkohl und Spirelli-Nudeln.

Nach dem Essen geht er zu Katrin. Sie schläft immer noch. Ob ich nicht besser den Arzt rufen sollte? Aber dann kommt sie wieder ins Krankenhaus, und da war sie so unglücklich, hat immer Angst gehabt und kleine Tiere gesehen. Bestimmt finden wir einen Spender, und dann ist sie bald wieder gesund. Oder es geschieht ein Wunder. Ob Torsten denn noch nie etwas von Spontanheilung gehört habe? Habe er, ja. Das gibt es tatsächlich. Er lächelt. »Ich werde beten«, sagt er, »und eine Lösung finden.« Dann geht er ins Bett.

Ich kann nicht mehr beten. Die Worte sind mir ausgegangen. Ich gehe auch ins Bett, aber ich mache kein Auge zu. Die ganze Nacht denke ich nur einen Satz: »Katrin kann nicht sterben.«

*

Fran hatte sofort eine Besprechung anberaumt und das Team auf den neuesten Stand gebracht. Vorher hatte sie sich den Tatort angesehen, und er hatte bestätigt, was sie vermutet hatte: identische Handschrift. Derselbe Täter, ohne jeden Zweifel. Die Chancen, bei Harald Sobota den Todeszeitpunkt zumindest auf vierzehn Tage genau eingrenzen zu können, standen gut. Die Nachricht, dass es sich vielleicht um eine rassistisch motivierte Mordserie handelte, hatte im Team ungläubiges Staunen hervorgerufen, aber auch hektische Betriebsamkeit.

»Okay«, sagte Fran. »Das war es von mir zum Fall Teufelsblume. Bruno, was gibt es Neues aus der Forensik?«

Bruno kratzte sich am Kopf. Er schien noch bei Harald Sobota zu sein, griff aber sofort nach seinen Unterlagen. »Die Todesursache von Birte Rastow ist noch nicht festgestellt, und so, wie es aussieht, werden wir das auch nicht erfahren, es sei denn, der Täter verrät es uns. Äußere Verletzungen sind logischerweise nicht erkennbar. Die Knochen sind intakt. Keine Hiebverletzungen, keine Brüche, weder alte noch neue. Die ChemTox dauert noch. Todeszeit irgendwann innerhalb der letzten zwei Jahre. Wir haben keinerlei Anhaltspunkte. Die Analyse der Erdanhaftungen wird noch dauern. Zwei bis drei Tage. Zu Lisa: Die Schätzungen stimmen. Wir haben aus der Länge der Haare berechnet, dass sie noch mindestens sechs Monate gelebt hat, nachdem sie verschwunden ist.«

Betretenes Schweigen füllte den Raum. Sechs Monate! Sechs Monate, in denen man hätte suchen können. Sechs Monate, in denen ihr Team die Spur des wahren Täters hätte finden und Lisa Muench hätte retten können. Sechs Monate, in denen das unschuldige Kind die Hölle durchlebt haben musste. Verdammt, verdammt, verdammt.

Malte meldete sich zu Wort. »Das ist mehr als tragisch! Es ist unfassbar.« Er seufzte, ein dunkler Schatten fiel über sein Gesicht. »Wenn es zu sehr behindert, lasse ich es bleiben. Aber ich hätte eine Frage.«

»Frag nur«, antwortete Fran. »Zum einen sollst du möglichst viel wissen, damit du Informationen verknüpfen kannst, zum anderen sind Fragen von Laien oft gut geeignet, uns neue Ansätze zu liefern.«

»Warum dauert die Bodenanalyse so lange?«

Bruno nickte. »Eine gute Frage. Es gibt Hunderte Parameter, die einen Boden ausmachen. Darunter einige spezifische, aus denen wir so etwas wie einen Fingerabdruck erstellen. Dann suchen wir, ob es in den Datenbanken etwas gibt, das unserem Abdruck ähnelt.«

»Also sollte ich besser fragen, warum es so schnell geht?«

»Richtig«, sagte Bruno. »Die Bodenanalysen haben oberste Priorität – und hier im LKA sitzen zwei Spezialisten, die kein Problem damit haben, mal eine Nacht durchzuarbeiten.«

Malte war ohne Frage scharfsinnig. Das konnte hilfreich sein. Dass Laien manchmal durch ihren unverstellten Blick in eine Richtung sehen konnten, die ihnen als Profis auf dem Gebiet versperrt war, hatte sie ernst gemeint. Und in dem Fall der drei exhumierten Leichen musste sie möglichst alles vergessen, was sie gelernt hatte.

Malte hatte noch eine Frage. »Wie genau ist die Bodenanalyse?«

Bruno tippte auf seiner Tastatur ein paar Befehle ein. Es erschien ein buntes Muster, zusammengesetzt aus Dutzenden verschiedener Farben. Er drückte eine Taste, zwei Farben blieben zurück, die in Klecksen über das ganze Bild verteilt waren. Jetzt konnte man erkennen, dass es eine Karte des Großraums Düsseldorf war.

»Wenn wir eine Vergleichsprobe haben, können wir zu hundert Prozent beweisen, dass die Proben identisch sind. Ihr seht hier eine Karte von Bodentypen, also Gebiete, die eine sehr ähnliche Bodenzusammensetzung besitzen. Uns reichen kleinste Mengen für den Abgleich mit einer Probe in der Datenbank. Jede Farbe steht für einen Haupttyp. Ich habe alle Farben ausgeblendet, bis auf die für Löss und Ton. Es sind viele Quadratkilometer.«

»Im besten Fall wissen wir also in zwei oder drei Tagen, wo die Leichen vergraben waren?«

»Nur, wenn es eine Vergleichsprobe gibt«, erinnerte Fran. »Wenn wir etwas in der Datenbank haben. Wie bei Fingerabdrücken oder DNS. Wenn wir nichts finden, können wir nur die einzelnen weitverbreiteten Bodenbeschaffenheiten unterscheiden, das, was du jetzt auf der Karte siehst. Das grenzt den Raum ein wenig ein, aber nicht genug. Wir werden die Bodenbereiche mit den Ergebnissen des Profils verbinden. Daraus ergeben sich etwas präzisere Daten.«

Bruno warf Fran einen kurzen Blick zu, den sie nicht interpretieren konnte. Sie musste nach der Sitzung mit ihm reden, so viel stand fest. Er wischte sich mit der Hand übers Gesicht und machte weiter. »Die Chem-Tox bei Lisa ist noch nicht ganz durch, aber die äußeren Leichenerscheinungen deuten auf eine Vergiftung mit Alkaloiden hin.« Er hob die Augenbrauen.

»Eisenhut?«, rief Martina dazwischen. »Die Verbindung zu Harald Sobota.«

»Möglich«, erwiderte Bruno. »Das können wir noch nicht mit Bestimmtheit sagen. Egal ob es Eisenhut war oder etwas anderes: Es war ein langsamer, sehr schmerzhafter Tod. Je nach Dosis kann es eine halbe Stunde dauern oder Wochen. Krämpfe, Atemnot …« Bruno hob die Hände, ihm fehlten die Worte.

»Das ist immerhin ein Ansatzpunkt. Hauptwirkstoff ist Aconitin. Ist es bei den anderen Opfern noch nachweisbar?«, fragte Fran.

Bruno redete weiter, stockend. Die Sache ging ihm wirklich an die Nieren. »Bei Birte Rastow definitiv nicht. Bei Harald Sobota und Lisa Muench mit Sicherheit. Die Kolleginnen und Kollegen von der Gerichtsmedizin geben ihr Bestes. Und die Quelle sprudelt, Kittner hat ein Budget für externe Labors freigegeben, damit es schneller geht. Und damit es dreifach geprüft wird, bevor wir ins Dunkle feuern.« Bruno setzte sich. »Das ist noch nicht alles. Lisa Muench hat an Hand- und Fußgelenken multiple Narben, die eindeutig von einer Fesselung über einen längeren Zeitraum herrühren.« Bruno ordnete einen Stapel Blätter, der vor ihm lag. »Immerhin haben wir auch ein bisschen Glück. Wir haben in den Bronchien Partikel gefunden, die nur zu einem bestimmten Zeitpunkt dorthin gelangen konnten.«

»Wüstenstaub!« Fran war aufgesprungen. »Lisa Muench wurde am 4.2.2012 vermisst gemeldet. Mitten im Winter. Daher auch der warme Mantel, in dem wir sie gefunden haben. Ende August hing über großen Teilen Europas, auch über NRW, eine Wolke aus Sahara-Staub, der sich bis zum Boden niederschlug. Ich weiß es noch so genau, weil meine Wäsche rot eingefärbt war.«

Bruno nickte Fran zu. »Lisa hat den Staub eingeatmet und muss kurz danach gestorben sein, denn die Bronchien hatten nicht genug Zeit, den Staub wieder nach draußen zu befördern.«

Frans Handy meldete sich. Sie schaute auf das Display. »Entschuldigt, es ist Hasso Kittner.« Sie stellte die Verbindung her.

»Hallo Frau Miller, ich grüße Sie. Haben Sie schon die Obduktionsergebnisse von Lisa Muench gesehen?«

»Wir besprechen sie gerade, Herr Kittner«, gab Fran zurück. Kittners Stimme wirkte vollkommen entspannt, obwohl er wissen musste, dass es nur noch Stunden dauern würde, bis Journalisten in Scharen auflaufen würden.

»Und?«

»Kein Zweifel. Dennis Zweig war unschuldig. Der Mörder ist noch auf freiem Fuß.«

»Können Sie das auf der Pressekonferenz bestätigen?«

»Ja.«

»Ein Profil?«

»Nicht für die Öffentlichkeit. Aber wäre es nicht besser, Sascha Herz …«

Kittner unterbrach sie. »Keine Sorge. Er wird den Stand der Ermittlungen kurz erläutern. Sie werden die Schlussfolgerungen bestätigen. Innenminister Osterhagen macht alles andere.«

Fran konnte keinerlei Anhaltspunkt in Kittners Antwort finden, ob Osterhagen zurücktreten würde oder nicht.

»Und bevor ich es vergesse: Frau Rastow ist tabu«, fügte er hinzu. »Ihr lasst sie ihn Ruhe! Um achtzehn Uhr ist Pressekonferenz. Im Innenministerium.«

»Ich werde da sein.«

»Ein Tipp unter Freunden. Sie sollten nicht der Versuchung erliegen, die momentane Situation auszunutzen, um sich den einen oder anderen Wunsch zu erfüllen. Das könnte missverstanden werden. Alles, was ich oder Dorfmann genehmigen, geschieht in Hinblick auf die Dringlichkeit der Ermittlungen und wird nicht in Ihr Budget übernommen.«

»Alles klar, Herr Kittner«, sagte Fran. Sie konnte nicht verhindern, dass ihre Stimme belegt klang. Sie unterbrach die Verbindung. Das Team sah sie erwartungsvoll an. »Um achtzehn Uhr ist PK im Innenministerium. Und nein, Günther, ich weiß es noch nicht. Die Wette läuft noch.« Sie hatte noch eine gute Stunde bis zur Pressekonferenz. »Ich muss los. Gibt es noch irgendetwas, das dringend ist?«

Keine Reaktion.

»Gut. Priorität haben die Namen, die in den Altfällen auftauchen, damit wir sie nach Querverbindungen checken können. Vielen Dank!«

Die Runde löste sich auf. Fran ging zu Bruno ins Büro, der sich gerade wieder auf den Weg ins gerichtsmedizinische Institut machen wollte.

»Wenn …«, setzte Fran an.

»Stopp!«, sagte Bruno. »Ich zieh das durch. Auch wenn es mir schwerfällt. Meine Objektivität leidet nicht darunter. Im Gegenteil. Es spornt mich an, besser zu sein als sehr gut. Ich werde alles finden, was es zu finden gibt, und werde meine Kollegen zur Not anketten.«

»Alles klar«, sagte Fran. Ihr fiel auf, dass sich das Spiel umgedreht hatte. Jetzt war sie es, die sich um Bruno sorgte, die ihm nicht abnahm, dass er mit den Belastungen des Falles fertig wurde. Sie musste ein Auge auf ihn haben, um im richtigen Moment eingreifen zu können.

Fran wollte gehen, aber Bruno tippte ihr auf die Schulter. »Schaffst *du* das denn alles? Der ganze Flohzirkus hier, deine Therapie, deine Eltern …«

Fran nahm ihn in den Arm. »Ich dachte schon, du fragst gar nicht mehr. Dann hätte ich mir wirklich Sorgen gemacht.«

»Du solltest Sofia im Blick behalten. Sie ist ehrgeizig, sie ist gut, sie ist fleißig. Christine ist begeistert von ihr. Aber sie hat etwas Unbeherrschtes.«

»Dann passt sie ja zu mir. Wilde junge Frauen.«

Bruno machte sich frei. »Du hast dich verändert.« Er blinzelte. »Ich muss los. Und du hast noch einiges zu tun bis zur Pressekonferenz. Weder Osterhagen noch Kittner werden auf dich warten wollen.«

Fran ging noch mal ihre Unterlagen durch. Alles war perfekt. So perfekt es zu diesem Zeitpunkt sein konnte. Fehlte nur noch die Karte der geografischen Analyse. Martina wollte sie vorbeibringen, sie musste jeden Augenblick kommen. Sollte sie Martina bei der Gelegenheit auf ihren Bruder ansprechen? Besser nicht. Sascha hatte ja gesagt, dass es keine direkten Auswirkungen auf die Arbeit hatte, noch keine.

Es klopfte, obwohl die Tür offen stand. Fran hatte mit dem Team vereinbart, dass jeder hereinkommen konnte, ohne zu klopfen, wenn die Tür nicht geschlossen war.

»Nur herein!«, rief Fran.

Martina schob sich durch die Tür, blieb vor Frans Schreibtisch stehen. In der Hand hielt sie einen Stapel Papier.

Fran streckte die Hand aus. »Sind das die Analysen?«

Martina zuckte zusammen. »Ja. Sicher.«

»Kann ich sie haben?«, fragte Fran.

Martina reichte sie über den Schreibtisch und blieb stehen.

»Setz dich doch«, sagte Fran. Irgendwas stimmte nicht, das war nicht zu übersehen. »Was gibt es?«, fragte Fran, stand auf, schloss die Tür und setzte sich wieder. Für einen kleinen Plausch war genug Zeit.

»Ich habe mich noch nicht dran gewöhnt, dass du jetzt meine

Chefin bist«, begann Martina. »Deswegen habe ich zuerst mit Dorfmann geredet.«

Martina schaute vor sich auf den Boden.

»Ja, und?«, fragte Fran.

»Es geht um meinen Bruder.«

Wie gut, dass Fran nicht voreilig gewesen war. Es war natürlich viel besser, wenn Martina die Sache von sich aus ansprach.

»Es ist furchtbar. Er ist endgültig in die rechte Szene abgerutscht. Ich meine, das solltest du wissen.« Sie hob den Kopf und schaute Fran in die Augen.

Fran nahm an, sie wollte herausfinden, ob es eine Neuigkeit war oder ob ihre neue Chefin schon davon wusste. Fran entschied sich, mit offenen Karten zu spielen. »Ich bin informiert worden. Und wie du weißt, hat es keinerlei Auswirkungen auf deine Arbeit hier gehabt. Ich vertraue dir bedingungslos.«

Martina nickte. »Ja, danke. Das hilft mir.« Sie verkniff sich eine Träne. »Ich habe seit drei Wochen keinen Kontakt mehr zu ihm. Er hat bis jetzt nicht versucht, mich auszuhorchen. Sollte er es versuchen, werde ich mich melden. Er hat auch keine Schlüssel mehr zu meiner Wohnung. Ich habe die Schlösser austauschen lassen, sie durch Sicherheitsschlösser ersetzt. Und eine Alarmanlage mit Bewegungssensoren hab ich eingebaut.«

»Das ist super«, sagte Fran. »Wie geht es dir damit?«

»Er war schon immer schwierig, hat die Schule abgebrochen, konnte sich nicht einordnen. Seine diffuse Vorstellung von Freiheit hat er nirgends finden können, weil sie immer auf Kosten anderer gegangen wäre. Ich weiß nicht, was schiefgelaufen ist. Mein Gott, er ist dreizehn Jahre jünger als ich, und ich bin mit achtzehn weg von zu Hause. Ich habe ihn nie richtig kennengelernt. Als er dann bei mir untergekrochen ist, habe ich nur seine angenehme Seite gesehen. Immerhin hat er eine

Banklehre absolviert, und ich dachte, er ist über den Berg. Er ist kein schlechter Mensch. Er lehnt Gewalt ab.«

»Bisher ist auch nichts gegen ihn bekannt, das strafrechtlich relevant wäre«, sagte Fran. Sascha hatte ihr die Akte zugänglich gemacht. Topsecret natürlich.

»Eigentlich darfst du mir das gar nicht sagen, oder?«

»Ich verrate nichts, das schaden könnte. Und wie gesagt, ich vertraue dir.«

Fran sah auf die Uhr, Martina begriff. »Die Pressekonferenz geht um sechs Uhr los. Es wird Zeit.«

Fran legte ihre Hand auf Martinas Ausdrucke. »Wirklich gute Arbeit!«

Gemeinsam verließen sie Frans Büro. Schweigend gingen sie den Flur entlang. Martina hielt sich gerade, sie schien erleichtert. Fran war es nicht. Es war ein ungutes Gefühl, diese Dinge über vertraute Menschen zu wissen. Es zog Verantwortung nach sich. Die Art Verantwortung, die die Gefahr in sich barg, dass man ihr nicht gerecht werden *konnte*. Der nächste Sargnagel.

*

Innenminister Pascal Osterhagen saß in der Mitte, rechts von ihm Staatssekretär Mario Hartbäcker, links Oberstaatsanwalt Hasso Kittner, neben ihm saß Sascha, und dann kam Fran, die sich vollkommen deplatziert fühlte. Sie alle hatten Schilder vor sich stehen, mit Namen und Funktion. Auf ihrem Schild stand: Franziska Miller, LKA, Leitung Operative Fallanalyse. Sie hatte keinerlei politisches Gewicht, keinerlei Entscheidungskompetenzen. Der einzige Grund, warum sie hier saß, war ihre Medienwirksamkeit. Sie galt als glaubwürdig, als Heldin, ihre Abteilung als unantastbar. Dad würde schäumen vor Wut. Was er wohl sagen würde? So was wie: »Hat sie sich jetzt nach oben geschlafen?«, oder: »Da hat das blinde Huhn aber ein dickes Korn gefunden.«

Bevor sie zu schmunzeln begann, wurde ihr bewusst, wo sie war. Es war Punkt sechs Uhr am Abend, der kleine Raum hoffnungslos überfüllt. Sie war sich sicher, dass Osterhagen genau kalkuliert hatte, wo er die Presse empfangen würde. Drei Kameras standen ganz hinten, dann folgten zehn Pressefotografen mit ihren grauen langen Objektiven. Drei Reihen zu je sechs Stühlen waren besetzt. Fran kannte niemanden persönlich. Vor Osterhagen war ein Strauß Mikrofone aufgebaut, von A wie ARD bis Z wie ZDF war alles dabei. Sogar die BBC und France 1 waren vertreten. Wie wohl die Wetten standen? Fran vermutete, dass die meisten nicht mit einem Rücktritt des Innenministers rechneten.

Osterhagen begann. »Meine sehr verehrten Damen und Herren. Ich begrüße Sie herzlich zu dieser aus aktuellem Anlass kurzfristig einberufenen Pressekonferenz.« Er zeigte auf Sascha. »Kriminalhauptkommissar Sascha Herz, Leiter der vierzigköpfigen Soko, die zur Aufklärung der drei Leichenfunde gegründet wurde, wird Sie kurz auf den aktuellen Stand der Dinge bringen.«

Sascha berichtete klar und kurz.

Pascal Osterhagen nickte ihm zu. »Vielen Dank.« Er holte tief Luft. »Die Obduktion und eine erweiterte Untersuchung von Lisa Muenchs Leiche haben zweifelsfrei ergeben, dass Lisa Muench erst gestorben ist, nachdem Dennis Zweig, der für ihren Tod verantwortlich gemacht und verurteilt worden war, in der Haft Selbstmord begangen hatte.« Er griff sich mit der rechten Hand an seinen linken Unterarm und wandte sich Fran zu. »Frau Miller, können Sie das bestätigen?«

Sie blickte zuerst Osterhagen ins Gesicht, dann wandte sie

sich den Kameras zu. »Voll und ganz. Der wissenschaftliche Beweis ist erbracht.«

Ein Raunen ging durch die versammelte Presse, und dann schlugen die Blitzlichter ein.

»Vielen Dank, Frau Miller«, sagte Osterhagen. »Die Konsequenzen aus diesen Erkenntnissen sind weitreichend, wie Sie sich denken können. Wir haben eine zusätzliche Aufbauorganisation ›Lisa‹ gegründet, die mit größtem Einsatz von Personal und Mitteln den Mordfall aufklären und den wahren Täter fassen wird. Auch die Abteilung Operative Fallanalyse ist von Anfang an eingeschaltet worden.«

Osterhagen machte eine Pause. Viele Fragen lagen in der Luft, aber erstaunlicherweise ergriff niemand das Wort. Alle warteten darauf, ob Osterhagen jetzt reinen Tisch machte oder nicht.

»Eine weitere, nicht zu umgehende Konsequenz ist, dass ich die volle politische Verantwortung für die fehlgegangenen Ermittlungen von vor zwei Jahren übernehme.«

Jetzt konnte man eine Stecknadel fallen hören. Fran sah einige respektvoll nicken, anderen stand der Mund offen, dann hörte sie das Klacken der Tasten, auf die eingehackt wurde, und das Kratzen der Stifte auf Papier.

»Ich habe bereits bei der Ministerpräsidentin mein Rücktrittsgesuch eingereicht«

Ein Journalist stand auf und begann zu klatschen. Schnell gesellten sich alle anderen dazu. Standing Ovations für einen Rücktritt! War die Politik tatsächlich so verkommen, dass ein völlig berechtigter und unumgänglicher Schritt eines Politikers mit Applaus bedacht wurde? Fran blickte auf ihre Hände. Sie war hier fehl am Platz. Politik! Was für ein seltsames Spiel. Ein Spiel, dessen Regeln Fran nicht wirklich kannte, und was sie kannte, erfüllte sie mit Schrecken.

Der Beifall verebbte, die Leute setzten sich wieder.

Osterhagen ergriff abermals das Wort. »Ich danke Ihnen für Ihre Anteilnahme, aber ich bitte auch um Entschuldigung dafür, dass ich mich nicht darüber freuen kann.« Er räusperte sich. »Mein Nachfolger wird Staatssekretär Mario Hartbäcker sein, an den ich jetzt das Wort übergebe.«

»Vielen Dank, Herr Minister.« Mario Hartbäcker wartete einen Moment, bevor er weitersprach. »Am Ende der Pressekonferenz bekommen Sie wie immer eine Zusammenfassung der Fakten. Wir stehen jetzt für Fragen zur Verfügung.«

Sofort schossen mehrere Arme in die Luft. Hartbäcker zeigte auf eine junge Frau.

»Sandra Schilp, *Rheinische Post*. Eine Frage an Herrn Minister Osterhagen. Sie sind also verantwortlich für den Tod von Dennis Zweig?« Sie setzte sich und verschränkte abwehrend die Arme vor der Brust.

»Natürlich nicht«, antwortete Pascal Osterhagen ruhig. »Dennis Zweig hat sich selbst das Leben genommen. Es ist ja nicht so, dass wir leichtfertig den Erstbesten von der Straße gegriffen und ihm einen Sexualmord angehängt haben. Dennis Zweig hat ein Geständnis abgelegt. Er hatte Motiv, Mittel und Gelegenheit. Das Gericht ist unserer langen Indizienkette gefolgt. Mein Fehler war, dem öffentlichen Druck nach schneller Aufklärung nachgegeben zu haben. Das ist unverzeihlich, und ich hoffe, mein Nachfolger wird diesem Druck widerstehen können.« Er zögerte einen Wimpernschlag lang. »Das soll nicht heißen, dass ich die Verantwortung den Medien zuschustern will. Es ist die Pflicht eines Ministers, diesem Druck standzuhalten, unabhängig davon, ob dieser Druck berechtigt ist oder nicht.«

Ein anderer Journalist stand auf. »Klaus Krüger, *Focus*. Was werden Sie jetzt machen, Herr Minister?«

Osterhagen hob die Augenbrauen. »Ausschlafen.«

Leises Lachen lief durch den Raum.

Krüger blieb stehen. »Wird es Veränderungen im Innenministerium geben? Die lang erwartete Reform? Mehr Personal? Mehr Mittel? Wird auch das Justizministerium längst fällige Reformen anstoßen?«

»Fragen Sie das bitte Herrn Hartbäcker in hundert Tagen«, erwiderte Osterhagen. »Was das Justizministerium angeht, ich bitte Sie – das fragen Sie am besten den Justizminister.«

Krüger war noch nicht zufrieden, und seine nächste Frage zeigte, dass der kurze Moment der Schonung vorbei war. »Ihr Verantwortungsgefühl in allen Ehren, aber ist es nicht so, dass Ihr Rücktritt auch ganz gut in die Reformvermeidungsstrategie der Ministerpräsidentin passt?«

Osterhagen konnte sich eine bissige Bemerkung nicht verbeißen. »Sehen Sie, das ist *ein* Grund, warum es so schwer ist, als Politiker ehrlich zu sein. Man steht grundsätzlich unter Generalverdacht, der Böse zu sein. Da ist die Versuchung groß, böse zu werden. Die meisten Kolleginnen und Kollegen widerstehen allerdings dieser Versuchung.« Krüger wollte etwas erwidern, aber Osterhagen war nicht nach Streit zumute. »Wobei ich gerne zugebe, dass nicht klar ist, was zuerst da war: das Huhn oder das Ei. Welches von beiden *Sie* sein möchten, überlasse ich Ihnen, werter Herr Krüger.«

Ein kurzes Lachen entspannte die Atmosphäre ein wenig.

»Ich werde Ihre Scharfzüngigkeit vermissen, Herr Minister.« Krüger lächelte etwas gezwungen. »Aber zurück zur Frage.«

Osterhagen faltete die Hände. »Das Erbe unserer politischen Vorgänger wiegt schwer. Die Strukturen sind verkrustet, viele Verordnungen und Gesetze müssen angepasst, aber vor allem in der Praxis umgesetzt werden. Das braucht Zeit. Und zwar mehr als vier Jahre. Aber wir haben damit angefangen. Aus dem NSU-Skandal haben wir die Konsequenz gezogen, dass wir alle, ich wiederhole, alle Mordfälle ohne bekannte Täter wieder aufrollen, mit dem Fokus auf rassistisch motivierte Tatbeteiligung. Und es ist nicht so, dass die zuständigen Kommissariate die Akten noch mal gemütlich bei Kaffee und Kuchen lesen und ein Häkchen dranmachen – wir haben die Abteilung Operative Fallanalyse um zwei Stellen aufgestockt und werden Stück für Stück alle Fälle, die unmittelbar das Land Nordrhein-Westfalen betreffen, von unserem Spezialistenteam unter Franziska Miller penibel untersuchen lassen. Das ist eine Herkulesaufgabe, aber das sind wir den Opfern schuldig. So etwas wie die NSU-Mordserie darf sich nicht wiederholen.«

»Und so etwas wie der Fall Lisa Muench auch nicht!«, rief Krüger ärgerlich und setzte sich. Einige klatschten, Osterhagen nickte.

Jetzt begriff Fran. Die zwei zusätzlichen Stellen waren ein politischer Schachzug gewesen, vielleicht schon beschlossen, bevor Fran den Minister mit den Fakten konfrontiert hatte. Osterhagen trat zurück, aber er bereitete das Feld für seinen Nachfolger, und wer weiß, vielleicht würde er nach einer Schamfrist wieder antreten. Den Weg dahin hatte er sich auf jeden Fall dadurch freigemacht, dass er jetzt schnell und ohne Druck zurückgetreten war.

Eine Frau um die fünfzig meldete sich, gleichzeitig vibrierte in Frans Hosentasche ihr Handy. Sie zog es vorsichtig heraus. Eine SMS vom Kriminaldauerdienst. Nur wenige Worte standen da, die Fran jedoch einen eisigen Schauer über den Rücken jagten: »Achtjähriges Mädchen verschwunden. Sofort melden.«

Was jetzt? Sie konnte nicht einfach aufstehen und gehen. Das hätte Fragen provoziert. Sie musste unauffällig agieren. Auf den Block, der vor ihr lag, schrieb sie: »Herr Kittner! Notfall! KDD meldet Verschwinden eines achtjährigen Mädchens. Wir müssen sofort etwas unternehmen.«

Osterhagen antwortete gerade auf eine Frage, von der Fran nichts mitbekommen hatte. Mit einem Räuspern tippte sie mit dem Stift auf den Text. Hasso Kittner reagierte nicht. Gut, dass auf den Tischen Decken lagen, die vorne bis zum Boden reichten. Fran pikte Hasso Kittner mit dem Finger in den Oberschenkel. Sein Kopf ruckte zu ihr hin, sie starrte auf den Text. Hasso Kittner las, schaute wieder geradeaus. Nach einem kurzen Moment schrieb er etwas auf seinen Block, schob ihn Osterhagen hin, der während des Sprechens einen Blick darauf warf. Als sei nichts geschehen, redete er weiter.

Frans Beine kribbelten. Sie wollte aufspringen, losrennen, sie mussten doch etwas tun. Sie mussten suchen, sie mussten herausfinden, ob es einen Zusammenhang gab zwischen Lisa Muench und dem neuen Fall. Sie trommelte mit den Fingern lautlos auf die Tischplatte. Sie hatten keine Zeit zu verlieren. Das war unerträglich. Die Öffentlichkeit würde es so oder so erfahren. Aber Osterhagen blieb unbeeindruckt, beantwortete noch sieben Fragen, dann erst wurde die Pressekonferenz beendet, mit einem Hinweis des noch amtierenden Innenministers, er habe nicht mehr viel Zeit und wolle seine restlichen Dienstangelegenheiten erledigen.

Osterhagen eilte voran, winkte und dirigierte sie in sein Amtszimmer. »Danke für die prompte Nachricht, Frau Miller«, sagte er und bot Sitzplätze an. »Ich war bereits informiert.«

Er deutete auf sein rechtes Ohr. Fran runzelte die Stirn. »Der Lautsprecher ist so klein, dass Sie ihn nicht sehen können.«

Fran war fasziniert. »Kann ich so etwas für mein Team bekommen?«

»Wenn Sie es mal brauchen sollten, wenden Sie sich an Hasso, er wird das regeln.«

Der Innenminister und der Oberstaatsanwalt duzten sich? Fran holte kurz Luft. Sie tat gut daran, alles, was kommen würde, einfach zu nehmen, wie es war. Sich nicht mehr zu wundern, ja noch nicht einmal zu staunen.

»Entschuldigung …«, stotterte sie.

»Schon gut«, sagte der Innenminister. »Sie haben in der Pressekonferenz richtig gehandelt. Sie haben ein Gespür für schwierige Situationen. Ihre Beförderung ist durchaus nachvollziehbar.«

War das ein Kompliment, oder ließ der Innenminister Zweifel an ihrer Kompetenz durchblicken? »Durchaus nachvollziehbar«, das klang nach: »Ich hätte Sie nicht befördert, aber anscheinend sind Sie doch nicht so schlecht wie erwartet.«

»Und jetzt zur aktuellen Entwicklung.« Pascal Osterhagen schloss kurz die Augen. »Das Mädchen, das vermisst wird, heißt Emily Sola.«

»Verdammt!«, rief Fran.

»Wir wissen, dass sie die Tochter Ihrer Therapeutin ist«, sagte Hasso Kittner. »Da Sie die Ermittlungen nicht leiten und auch nicht im aktiven Polizeidienst stehen, sehen wir kein Problem darin, dass Sie und Ihr Team Sascha Herz weiterhin beratend zur Seite stehen. Haben Sie ein Problem damit, Frau Miller?«

»Im Gegenteil.«

»Das habe ich nicht anders erwartet«, sagte Hasso Kittner. »Ich möchte noch einmal betonen, wie sensibel das Thema ist.«

»Das sehe ich genauso«, sagte Mario Hartbäcker. »Wir werden alle sozialen Netzwerke überwachen. Einen Fall von Lynchjustiz können wir uns wirklich nicht leisten.«

»Soll ich die Übergabe der Geschäfte noch ein paar Tage hinauszögern, Mario?«, fragte Pascal Osterhagen.

»Wenn es dir nichts ausmacht, gerne. Das würde mir den Rücken freihalten für …« Mario Hartbäcker brach ab und sah

Fran an. »Verzeihen Sie, Frau Miller, Sie möchten sicherlich möglichst schnell zurück an die Arbeit. Dasselbe gilt für Herrn Herz.« Er reichte Fran die Hand. »Vielen Dank für Ihr professionelles Verhalten. In dieser Sache bleiben wir in engem Kontakt.« Er überreichte ihr seine Karte. »Wenn es etwas Wichtiges gibt, kontaktieren Sie mich. Wann immer es notwendig ist. Und ich meine: immer.«

Fran schüttelte auch die Hände der anderen beiden, dann ließ sie die Politiker alleine. Zu gerne hätte sie noch zugehört, zu gerne hätte sie erfahren, was da hinter geschlossenen Türen ausgekungelt wurde, was Mario Hartbäcker mit seiner Bemerkung, dass er den Rücken frei brauche, gemeint hatte. Wahrscheinlich für etwas, das die Öffentlichkeit nicht gerne sah, etwas, für das er eine weiße Weste benötigte. Pascal Osterhagens Weste war so verschmutzt, dass ein paar Flecken mehr oder weniger nicht auffielen.

Die Tür schloss sich hinter ihnen. »Kommst du mit, Sascha?«

»Klar.«

Ein knatterndes Geräusch ließ Fran aufhorchen. Hubschrauber. Drei Stück. Die Suche hatte begonnen. Der Apparat würde alles aufbieten, was er hatte: Hundestaffeln, Hundertschaften von Polizei und Grenzschutz würden jeden Zentimeter absuchen – und sie würden nichts finden. Denn Fran war überzeugt, dass Emily demselben Täter zum Opfer gefallen war wie Lisa. Birte, Lisa, Emily. Sie hätten Schwestern sein können.

Frans Handy vibrierte, sie hatte es noch nicht umgestellt. Frau Dr. Solas Nummer. Fran zögerte. Natürlich war sie als Patientin des Opfers befangen, aber als Leiterin der OFA musste sie mit Frau Dr. Sola sprechen. Fran drückte den Zeigefinger auf den grünen Telefonhörer. »Fran Miller hier.«

»Frau Miller! Wie gut, dass ich Sie erreiche. Sie haben es schon gehört?«

Fran hatte eine tränenerstickte Stimme erwartet, aber Frau Dr. Sola sprach mit derselben ruhigen Stimme wie immer. »Ja, es tut mir so leid …« Fran wusste nicht, was sie sagen sollte.

»Ich weiß«, antwortete Frau Dr. Sola. »Bitte wundern Sie sich nicht darüber, dass ich so gefasst wirke. Ich habe ein Beruhigungsmittel genommen, sonst würde ich das nicht aushalten. Hinter der Medikamentenmauer tobt ein Sturm, das können Sie mir glauben. Sie sollen nur wissen, dass ich Sie natürlich nicht mehr behandeln kann. Und dass ich jederzeit für Fragen zur Verfügung stehe. Ich werde alles tun, um meine Tochter zurückzubekommen.« Sie atmete tief durch. »Was ist passiert? Wissen Sie etwas?«

»Das kann ich Ihnen nicht beantworten. Für mich gilt dieselbe Schweigepflicht …«

»Entschuldigen Sie, natürlich. Und Sie werden mir auch nicht versprechen, meine Kleine zurückzubringen, richtig?«

»Das ist richtig. Aber ich schwöre, dass ich alles versuchen werde. Emily hat für uns alle oberste Priorität. Brauchen Sie Hilfe?«

»Vielen Dank, meine Familie steht mir bei.«

»Ich werde mich bald melden.« Fran zögerte einen Moment. »Bis bald.« Fast wäre ihr doch das Versprechen herausgerutscht, Emily lebend zurückzubringen.

»Bis bald.« Frau Dr. Solas Stimme war nur noch ein Flüstern.

Sie musste sehr starke Medikamente genommen haben. Fran steckte ihr Handy ein. Wie standen die Chancen? Es kam darauf an, wer Emily entführt hatte. War es derselbe Täter, der Lisa Muench auf dem Gewissen hatte, war Emily wahrscheinlich noch am Leben, war irgendwo versteckt und wartete darauf, begraben zu werden, um irgendwann wieder ausgegraben und präsentiert zu werden wie ein ausgestopftes Tier. War sie einem

Vergewaltiger in die Hände gefallen, war sie so gut wie tot. Das war alles eine riesengroße Scheiße!

*

Sie hatten sich für fünfzehn Uhr verabredet. Marcel und seine Männer waren samt Umzugskisten ungesehen durch den Keller des Nebenhauses in die Wohnung der Muenchs gelangt. Die Presse blockierte Vorder- und Hinterausgang, da war kein Durchkommen. Und vier Obs-Affen saßen sich die Hintern platt, zwei vor dem Haus in einem unauffällig auffälligen Wagen, zwei dahinter.

Marcel staunte nicht schlecht, als Andreas Muench ihm die Reihe Aktenordner zeigte. Sie waren fein säuberlich beschriftet: Vernehmungen, Spurenordner eins bis vier, Spurenordner Index, Psychologisches Gutachten. Weitere Ordner trugen die Daten der Gerichtstermine. Es waren nur acht Termine gewesen, manche hatten nur eine halbe Stunde gedauert, der ganze Fall war innerhalb von zwei Monaten erledigt gewesen, Justiz- und Innenminister hatten damit geprahlt, das zeige die Effizienz der nordrhein-westfälischen Justiz und des Polizeiapparates.

Aber noch besser war das kleine Buch, das ihm Andreas Muench hinhielt. Lisas Poesiealbum.

»Das Poesiealbum hab ich rausgeholt, bevor die damals kamen. Das sollten die auf keinen Fall kriegen. Da stehen sowieso nur so Kindersprüche drin, das kennen Sie ja.«

Die Wohnung der Muenchs stank nach kaltem Rauch. Lisas Mutter war nicht da, sie hatte Spätschicht an der Kasse. Marcel wunderte sich, dass sie sich nicht freinahm. Wahrscheinlich brauchte sie die Ablenkung.

Marcel griff zu, blätterte die Seiten durch, blieb an einer Seite hängen. Alle Sprüche waren in kindlicher Schrift eingetragen.

Bis auf einen. Konnte es so einfach sein? Dieser eine Eintrag fiel aus dem Muster. Um das zu erkennen, musste man kein Profiler sein. Man musste nur wissen, wonach man suchte. Marcel suchte nach Abweichungen, Besonderheiten, nach allem, was nicht auf Dennis Zweig wies. Simple kriminalistische Basisarbeit.

Andreas Muench steckte sich eine Zigarette an und zeigte auf die Unterlagen. »Ich wollte den ganzen Mist verbrennen, aber meine Frau hat gemeutert, wollte unbedingt alles aufheben. Als Nebenkläger haben wir alles einsehen können, und sie hat jedes Blatt kopiert. Jetzt bin ich froh drum. Jetzt haben wir doch noch eine Chance, den Drecksack zu kriegen. Jetzt geht's dem Kerl an die Eier.«

Irgendein Problem muss Lisas Vater mit seinen Eiern haben, dachte Marcel. Vielleicht war er impotent, und Lisa war gar nicht von ihm? Wäre es nicht der Fall Lisa Muench gewesen, kein Geld der Welt hätte Marcel dazu gebracht, sich mit diesen Prolls abzugeben. Sie wohnten direkt am Bahnhof, dem Wohnzimmer der Fixer, Dealer und Zuhälter. Nicht zu vergessen die illegalen Spielkasinos in den Souterrainwohnungen der Hinterhöfe.

Es ging ihm nur in zweiter Linie um die Arschgeige, die das Mädchen umgebracht hatte. Wenn er es schaffte, den wahren Mörder von Lisa Muench zu schnappen, dann würden seine ehemaligen Kollegen heulen vor Wut, und er hätte bewiesen, dass er schlauer und besser war als der ganze Apparat. Er würde jede Sekunde genießen. Aber so weit war es noch nicht. Der Bär war noch lange nicht erlegt.

»Auch eine?« Lisas Vater hielt Marcel eine Schachtel Gauloises hin.

»Danke, nein.«

»Soll ich die Kippe ausmachen?«

»Nein, nein, kein Problem.«

»Kaffee?«, fragte Andreas Muench und machte ein gequältes Gesicht.

»Wir sollten zur Sache kommen.« Marcel nahm einen Ordner in die Hand. »Ich nehme alle Unterlagen mit, kopiere sie und bringe sie dann zurück. In Ordnung?«

»Ja, klar«, sagte Lisas Vater. »Wann haben wir den Dreckskerl?«

»Wie gesagt. Ich kann nichts versprechen. Das wäre unseriös.«

»Ich kann noch mehr Geld besorgen.« Lisas Vater zog hektisch an seiner Zigarette.

Der Qualm stach Marcel in die Nase. »Das Geld reicht erst mal. Meine Assistenten und ich müssen uns zuerst in die Akten einlesen. Und dann werde ich Ihnen sagen, wie groß die Wahrscheinlichkeit ist, dass wir den Täter vor der Polizei finden.«

Lisas Vater schien enttäuscht, aber er zuckte die Achseln und sagte: »Da mache ich mir keine Sorgen. Die kriegen ja nur die Mörder, die neben der Leiche sitzen.«

Marcel schmunzelte und gab seinen Leuten ein Zeichen. Sie verpackten die Ordner in die Umzugskisten, beschrifteten sie und trugen sie durch den Nachbarkeller nach draußen, wo zwei Kombis warteten.

Es würde mindestens vier Tage dauern, bis sie die Akten durchgearbeitet hatten. Marcel erinnerte sich nur noch an einen Bruchteil der Details, nur die grobe Linie der Staatsanwaltschaft war ihm noch geläufig. Das Geständnis war als echt gewertet worden, alle anderen Indizien hatten diese Annahme gestützt. Entlastendes war so gut wie nicht ermittelt worden. Genau da würde Marcel ansetzen.

Er hatte Andreas Muench eingeschärft, auf keinen Fall der Polizei auch nur ein Sterbenswörtchen von ihm zu erzählen. Das hätte das sofortige Aus seiner Bemühungen bedeutet.

Über Polizeifunk war reingekommen, dass ein Mädchen verschwunden war, eine Emily Sola. Ein guter Bekannter von Marcel, der noch im aktiven Dienst stand, hatte es bestätigt. Hier war ein echtes Monster am Werk, ein Serienkiller, der sich das nächste Opfer gegriffen hatte. Marcel war sich sicher, dass es derselbe war, der Lisa Muench entführt und ermordet hatte. Er würde nicht denselben Fehler wie seine ehemaligen Kollegen begehen. Er würde alles für möglich halten. Andreas Muench gehörte für ihn zu den Verdächtigen, auch wenn er als netter Papa galt. Zu oft schon hatte sich ein fürsorglicher Familienvater als reißende Bestie entpuppt. Vielleicht musste sich Andreas Muench irgendwann selber die Eier abreißen.

»Kann ich jetzt Lisas Zimmer sehen? Ist es unverändert geblieben?«

»Ja.« Andreas Muench zeigte auf eine Tür, zögerte.

»Ich kann mich auch alleine umsehen, kein Problem.«

Lisas Vater zog zweimal heftig an seiner Zigarette.

Das hieß so viel wie »Danke«. Marcel öffnete die Tür, trat schnell ein und schloss sie hinter sich. Das Zimmer war nicht viel größer als eine Gefängniszelle. Ein weiß lackierter Ikea-Bettrahmen, ein knallbunter Bettbezug, der bis auf wenige Stellen von Plüschtieren belagert war. Pferdeposter an der Wand. Ein abgegriffener Schreibtisch, die Schreibfläche mit kleinen Löchern übersät, ein Schreibmäppchen mit Pferdemotiven. Vor dem Schreibtisch ein Schulranzen, leer.

Die Muenchs hatten seit Lisas Verschwinden nicht geputzt. Alle glatten Flächen waren von schwarzen Fingerabdruckspuren übersät. Die Spurensicherung hatte ausschließlich Fingerabdrücke von Berechtigten gefunden, kein Blut, nichts, das auf eine Tatbeteiligung der Eltern gedeutet hätte.

Marcel fand nichts Interessantes. Er schoss ein paar Fotos, machte sich Notizen und verließ das Zimmer.

Lisas Vater stand am Küchenfenster und starrte hinaus, eine Zigarette im Mundwinkel. »Als mein Goldschatz noch da war, habe ich immer auf dem Balkon geraucht.« Er drehte sich um. Tränen schimmerten in seinen Augen. »Verdammte Scheiße«, murmelte er. »Männer sollten nicht heulen. Das ist einfach Mist.« Er wischte sich mit einem Handtuch die Tränen weg. »Aber wir haben uns nicht kleinkriegen lassen. Wir haben durchgehalten.«

»Bewundernswert«, sagte Marcel und hob das Poesiealbum. »Das muss ich mitnehmen. Sie haben gut daran getan, es der Polizei nicht zu geben. Vielleicht habe ich etwas gefunden, das uns zum Täter führt.«

Marcel wusste, dass er sich mit dieser Behauptung weit aus dem Fenster lehnte. Der Eintrag konnte auch eine Sackgasse sein. Aber sein Gefühl sagte ihm, dass dem nicht so war. Dennis Zweig war unschuldig. Das stand fest. Der Täter war auf freiem Fuß und in Lisas Umfeld zu suchen. Marcel hoffte, dass ihn sein Gefühl nicht trog.

»Kein Thema«, sagte Lisas Vater, der sich wieder im Griff hatte. »Ich mach alles, was nötig ist. Und die Bullen können mich mal am Arsch lecken.«

Marcel reichte Lisas Vater, der seine Zigarette schnell in die Linke nahm, die Hand. »Wenn sich irgendetwas tut, Herr Muench, erfahre ich es eine Sekunde später. Kann ich mich darauf verlassen?«

»Kein Thema«, sagte Andreas Muench noch einmal.

Sein Händedruck war schlaff und feucht.

Marcel verließ die Wohnung und freute sich auf eine Dusche und frische Kleider. Sein Magen drückte. Wenn die Ex-Kollegen herausfanden, dass er Beweismaterial unterschlug, würden sie ihm die Hölle heißmachen.

Freitag

Fran hatte nur fünf Stunden schlafen können. Sie hatten vereinbart, sich früher zu treffen, um sechs Uhr, damit sie noch die Altfälle besprechen konnten, die jetzt nach Hinweisen auf eine Verbindung zwischen den mittlerweile drei Opfern des »Gärtners«, wie der große Unbekannte inzwischen genannt wurde, untersucht wurden.

Um halb sechs war Fran bereits im Büro gewesen, kurze Zeit später traf der Rest des Teams ein. Wie immer begann die Sitzung auf die Minute pünktlich.

Inzwischen hatte sich so etwas wie ein Ritual entwickelt. Zuerst sollte Bruno aus der Rechtsmedizin berichten, doch bevor er begann, mussten die Wettgelder ausgezahlt werden. Da Osterhagen zurückgetreten war, bekamen Bruno, Martina und Fran jeweils ihren Einsatz zurück, zuzüglich einem Drittel der Verlierereinsätze. Also zwei mal fünfzig dividiert durch drei. Summa summarum: dreiundachtzig Euro dreiunddreißig.

Günther verteilte das Geld und bemerkte, dieser Osterhagen sei schon immer unzuverlässig gewesen, was er mit seinem Rücktritt nochmals eindrucksvoll unter Beweis gestellt hätte.

Bruno grinste nur und eröffnete die Runde. »Wir haben anhand der Haarlänge und der steigenden Konzentration der Alkaloide sowie der Konzentration des Sahara-Staubes den Todeszeitpunkt von Lisa Muench bis auf zwei Wochen genau eingrenzen können. Die Haare wurden während ihrer Gefangenschaft nicht geschnitten. Das leitet sich aus der Tatsache ab, dass ihre Haarspitzen alkaloidfrei sind. Wären die Haare geschnitten worden, hätten wir keine sogenannte Nullzone. Sie muss zwischen dem 12. und dem 27. August 2012 an einer Vergiftung durch einen Cocktail diverser Alkaloide gestorben sein, dessen Hauptbestandteil Aconitin war. Das ging über einen Zeitraum von vier Monaten. Außerdem wurde sie regelmäßig mit Sedativa ruhiggestellt. Sie lebte in Gefangenschaft, daran kann kein Zweifel bestehen. Allerdings wurde sie gut gepflegt. Keinerlei Zeichen von Unterernährung. Das Letzte, das sie gegessen hat, waren vor allem Kartoffeln. Sie hatte keine Druckstellen, sie wurde also regelmäßig bewegt, oder sie hatte einen gewissen Bewegungsspielraum. Die Verletzungen an den Handgelenken wurden versorgt, die Fesseln wurden später gepolstert. Sie legen nahe, dass sie zuerst eng gefesselt war, dann hat man ihr etwas mehr Bewegungsfreiheit gelassen. Sie war nicht oft an der Sonne, die Haut ist blass.«

»Ihr seid euch sicher, dass Lisa Muench mit Vorsatz getötet wurde?«, fragte Fran.

»Wir sind uns sehr sicher. Die Dosierung der Sedativa wurde über einen langen Zeitraum präzise verabreicht. Dann erfolgte die tödliche Dosis mit Aconitin.«

»Könnt ihr die Art der Sedativa bestimmen?«

»Es ist nichts, das du in der Apotheke ohne entsprechendes Rezept bekommst.«

»Danke, Bruno.« Fran zeigte auf Martina.

Martina tippte etwas auf ihrer Tastatur ein, und sofort erschien ein Bild auf dem Whiteboard. Es zeigte den Großraum Düsseldorf mit konzentrischen Farbschlieren und unterschiedlichen Linien, einige durchbrochen, andere gepunktet. »Die Datenbasis ist noch recht dünn. Wir haben drei Opfer, drei Fundorte, die eines gemeinsam haben: Es sind Naturwaldzellen. Diese Waldgebiete werden nicht bewirtschaftet. Besucher sind angehalten, sich strikt auf den Wegen aufzuhalten. Ein idealer Platz, um etwas abzulegen, das nicht gefunden werden soll.«

»Wie viele dieser Naturwaldzellen gibt es denn?«, fragte Fran.

»Fünfundsiebzig allein in Nordrhein-Westfalen. 1660 Hektar Wald«, antwortete Martina.

»Danke, Martina«, sagte Fran. »Würde es deiner Meinung nach Sinn machen, die Naturwaldzellen abzusuchen? In konzentrischen Kreisen vom Hinkesforst ausgehend?«

»Auf jeden Fall. Auch wenn wir nichts finden, wäre das eine wichtige Information.«

Fran rief Sascha an und schilderte ihm die Lage. Er versicherte, sofort eine Suchaktion anzuordnen.

Jetzt war Günther dran. Fran war gespannt, was er aus der dünnen Datenlage machte. Wie wäre sie vorgegangen? Sie hätte Verhaltenskategorien gebildet, die zu verschiedenen möglichen Tatmotiven gepasst hätten. Dann hätte sie ein Emotionsraster darübergelegt, zuerst grob, dann fein, um zu differenzieren.

Günther stand auf. »Die vorliegenden Fakten reichen nicht aus, um eine bestimmte Kategorie Täter auszuschließen: sexuelle Gewalttäter. Wir lassen diese Kategorie dennoch für unsere Analyse aus, weil wir genug Erfahrungswerte haben, um für diesen Täterkreis ein Profil zu erstellen.

Dass die drei Leichenfunde zusammenhängen, daran zweifeln wir nicht. Der Modus Operandi und die Handschrift sind eindeutig *einem* Täter zuzuordnen. Das heißt nicht, dass es ein Einzeltäter gewesen sein muss. Es kann ein Team sein, das sich strikt an die Regeln ihres MO hält. Mit im Boot sind wieder Frans besondere Freunde, die religiösen Fanatiker, wobei hier erst einmal jede Ausrichtung in Frage kommt, auch eine vollkommen neue.

Der Akt des Ausgrabens kann verschiedene Bedeutungen

haben. Zum Beispiel Rückführung ins Leben. Der Täter will den Tod rückgängig machen – oder glaubt tatsächlich, den Tod dieser Person damit rückgängig gemacht zu haben, hält sich also für ein gottähnliches Wesen.

Die Pflanzensymbole scheinen das zu erklären. Wir haben die Liste der Bedeutungen ergänzt und erweitert: Buchsbaum für Lisa Muench: Reinheit, Wiederauferstehung im christlichen Sinne und Glauben; sie soll zurück ins Leben, der Täter zeigt Reue, oder er hat sich getäuscht, oder es gehört zu seinem Glaubenskonstrukt.

Harald Sobota hat schlechtere Karten. Er wird mit dem Eisenhut garniert, Symbol für das Böse und den Tod, er ist vielleicht sogar der Tod. Er ist ebenfalls mit dem Stoff, der für Eisenhut charakteristisch ist, getötet worden: Aconitin. Wobei wir aufpassen müssen, den Tod nicht nach unseren Werten zu interpretieren: In der Esoterik zum Beispiel bedeutet der Tod Transformation, also etwas durchaus Erstrebenswertes. Der Tod ist der Beginn allen Lebens durch Umwandlung.

Birte Rastows Pflanze war die Fledermauslilie mit den vielfältigen Bedeutungen, die wir ja bereits besprochen haben.

Ein Muster lässt sich erkennen: Die weiblichen Opfer werden mit den eher positiven Eigenschaften versehen. Der bisher einzige Mann mit eher negativen.«

Fran schaute Günther eindringlich an, der sofort verstand.

»Zusammenfassung: Wir suchen einen Täter, der nicht gewalttätig ist, nicht brutal oder bewusst grausam. Er quält nicht vorsätzlich, berauscht sich nicht am Blut oder an der Macht über ein menschliches Wesen. Er tötet innerhalb seiner Welt, die für Außenstehende weder erkennbar noch zu verstehen ist. Der Täter lebt zurückgezogen, er will nicht auffallen. Die Naturwaldzellen scheinen seine Tempel zu sein, in denen er seine Opfer oder auch seine Auserwählten ablegt.«

»Vielen Dank. Eine hervorragende Analyse.«

Günther strahlte, Malte nickte leicht.

»Was sagt ihr zu Emily Sola? Ist sie das nächste Opfer des Gärtners?«, fragte Fran in die Runde. »Sie ist im selben Alter wie Lisa Muench und sieht ihr ähnlich.«

»Das müssen wir mit einbeziehen, das ist klar«, sagte Günther. »Und damit werden die Karten neu gemischt.«

»Schon irgendwelche Schlussfolgerungen?« Fran sah in die Runde. Sofia Andermatt schaute zu Boden und zog sich am Ohrläppchen. »Du willst etwas sagen, Sofia?«

Sofia zögerte.

»Du kannst alles sagen, was du willst. Es gibt nichts Dummes, nichts Unnötiges. Was immer es ist«, erklärte Fran, »lass uns daran teilhaben. Wir wissen das zu schätzen und zu würdigen.«

Sofia hob den Kopf. »Ich spinne einfach mal rum.« Sie streckte sich, rieb sich die Schläfen. »Gehen wir mal davon aus, dass wir zwei Täter haben: auf der einen Seite Birte Rastow und Harald Sobota als Opfer von Täter 1. Auf der anderen Lisa Muench und Emily Sola, Opfer von Täter 2. Damit hätten wir auch zwei Motivkomplexe. Hier, ich sage es mal salopp, der Wahnsinn, da das Geschäft mit Kinderprostitution.« Sie knabberte kurz an ihrem Zeigefinger. »Aber der Modus Operandi – es passt einfach nicht. Vergesst es.«

»Nicht so schnell«, sagte Fran. Wie gut, dass sie Sofia nicht gleich wieder rausgeworfen hatte. Ihre Idee war von bestechender Logik und erklärte die Handlungen des Täters beziehungsweise der Täter.

Sie öffnete die Bilddateien von Lisa Muench und Emily Sola. Die Ähnlichkeit war in der Tat verblüffend, unabhängig von der Länge der Haare. »Sie könnten fast Zwillinge sein. Das stärkt deine These, Sofia. Was meinst du, Günther?«

»Keine Frage, das ist eine weitere Möglichkeit. Eine sehr gute. Der Täter weiß, dass wir nicht herausfinden können, ob Lisa missbraucht wurde. Er kopiert den MO des anderen Täters, um uns in die Irre zu führen. Vielleicht ist Täter 1 sogar ein Kunde von Täter 2. Täter 2 bedient seinen exklusiven Geschmack.«

»Vielen Dank, Günther.« Fran wandte sich Sofia zu. »Du siehst, bei uns werden alle Ideen aufgegriffen, so wie es sich gehört. Wir stehen zwar unter Zeitdruck, aber das spielt keine Rolle.«

Sie wartete, aber niemand hatte noch etwas zu sagen. »Okay, vielen Dank an alle.« Sie warf einen Blick auf die Uhr. »Sascha und ich müssen los, ihr habt ja genug zu tun.«

*

Torsten ist übers Wochenende in die Eifel gefahren. Er hat sein »Besteck« mitgenommen, wie er es nennt. Hoffentlich passt er auf, hoffentlich geht nichts schief. Wenigstens hat er sein Handy dabei. Inzwischen gibt es ja kaum noch Funklöcher, ich kann ihn also jederzeit erreichen, und er mich.

Ich kann verstehen, dass er unsere Eltern nicht sehen möchte, aber ein wenig traurig bin ich doch, dass er mich mit ihnen alleine lässt. Das ist doch immer so schwierig. Wir streiten uns so schnell. Und Vater wird dann unangenehm. Ich mache für morgen, wenn sie kommen, eine Schwarzwälder Kirschtorte. Das ist viel Arbeit, aber Vater isst sie gerne, das stimmt ihn vielleicht etwas versöhnlicher.

Jetzt muss ich aber erst mal nach Katrin schauen. Sie hat den ganzen Tag gestern verschlafen, so kraftlos war sie. Was hat sie vor Freude gelacht, als wir in ihrem Zimmer die Wände blau gestrichen haben, mit ein paar weißen Wolken darin. Das findet sie schön. Sie ist so tapfer. »Mein Zimmer sieht jetzt aus, als wäre ich schon im Himmel. Das ist doch schön!«, hat sie gesagt. Ich werde ihr nicht erklären, dass es keinen Himmel gibt. Meine arme kleine Katrin. Sie darf nicht sterben. Das ist Unrecht!

Was ist das? Jemand singt. Eine Kinderstimme. Es ist Katrins Stimme. Wie kann das sein? Sie klingt kräftig und ausgeruht. Ich stürze die Treppe hinauf, das Singen wird lauter, es klingt so fröhlich. Vorsichtig öffne ich die Tür. Mein Herz hüpft vor Freude. Da sitzt Katrin auf dem Teppich, lauter Puppen um sich herum, spielt und singt dabei. Auf ihrem Kopf sprießen schon wieder die ersten Haare.

»Hannah! Komm, lass uns spielen.« Sie wartet die Antwort nicht ab. »Du wärst jetzt die Mama. Und ich bin der Torsten, und der Teddy ist der Papa.« Sie nimmt den alten abgegriffenen Plüschbären und legt ihn auf den Bauch.

»Hallo, mein Sohn«, sage ich. »Wie war es in der Schule?«

Katrin verstellt ihre Stimme, sie klingt wie eine Quietsche-Maus, obwohl sie eigentlich wie Torsten klingen will. »Langweilig. Der Lehrer hat die ganze Zeit geredet, und wir haben gar nichts gelernt.«

»Wie schade. Was machst du denn gerade?«

»Ich verstecke mich vor Papa.«

»Warum das denn?«

»Ich habe ihm zugesehen.«

»Wobei denn?«

»Er hat mit der Putzfrau gebumst.«

Ach du lieber Himmel. Wo hat Katrin denn dieses Wort her? »So was sagt man nicht, Katrin!«

»Wenn es aber doch stimmt!«

Das müssen die Medikamente sein. Katrins Fantasie geht mit ihr durch. Ich muss mit Torsten reden. Er darf ihr nicht solche schlimmen Dinge erzählen.

»Jetzt bin ich mal der Torsten, und du bist die Mama.«

»Welche Mama? Deine oder meine?«

»Deine Mama, die Petra.«

»Gut.« Katrin überlegt. Sie zieht ihre glatte Stirn kraus. Ihre Gesichtsfarbe ist rosig, so wie es sich für ein gesundes Mädchen gehört.

»Dann hast du jetzt Stubenarrest.« Katrin verschränkt die Arme vor der Brust.

»Aber warum das denn?«

»Weil du nicht artig warst. Du hast wieder verbotene Sachen gemacht«, sagt Katrin ernst.

Sie ist so ernst, fast könnte man meinen, Petra steht da vor mir, nur jünger, viel jünger, aber nicht weniger überzeugend, nicht weniger furchterregend.

»Und wenn ich verspreche, es nie wieder zu machen?«

»Das hast du schon so oft versprochen. Jetzt musst du mal spüren, dass das nicht immer geht. Eine Woche Stubenarrest.«

»Können wir nicht was anderes spielen? Das Spiel gefällt mir nicht.«

Katrins Miene hellt sich auf. »Ja, wir können Doktor spielen. Ich bin der Doktor, du bist Katrin.« Sie zeigt auf den Boden. »Leg dich da hin.« Katrin setzt sich eine Krone aus Papier auf. Dann tastet sie ganz vorsichtig meinen Kopf ab, dann den Hals, es kitzelt ein bisschen.

»Mund auf, Zunge raus«, sagt sie.

Ich strecke die Zunge raus und sage: »Aaaaahhh.«

Sie schaut in meinen Hals und schüttelt langsam den Kopf. »Das sieht schlecht aus. Du hast die Blut-Krankheit. Du musst sterben.«

In meinem Bauch ballt sich etwas zusammen. Nichts wie raus hier, in den Garten, auf die Bank. Oben am Fenster steht Katrin und schaut mich an. Das darf nie wieder passieren. Sie ist jetzt wieder gesund, und sie darf nie wieder krank werden. Ich weiß nicht, wie Torsten den Spender aufgetrieben hat, aber es hat funktioniert. Nichts habe ich davon mitbekommen. Eigentlich glaube ich ja nicht an Gott, aber trotzdem: Danke, lieber Gott, dass du mir Torsten als Bruder geschenkt hast.

Jetzt schicke ich Torsten eine SMS. »Katrin ist wieder gesund. Ein Wunder ist geschehen.«

Torsten schickt sofort eine Antwort. »Ja, Schwester, so ist es. Aber pass diesmal besser auf sie auf. Ich kann das nicht immer machen.«

*

Fran und Sascha hatten sich für zehn Uhr im Präsidium verabredet. Es gebe Neuigkeiten, hatte Sascha angekündigt.

Fran grüßte den Pförtner, stieg in den Paternoster, genoss die Fahrt. Oben angekommen, klopfte sie an Saschas Bürotür, die ausnahmsweise geschlossen war. Sie wartete und klopfte noch mal. Statt einer Antwort öffnete Sascha die Tür persönlich, bat sie aber nicht herein, sondern schob sie auf den Flur. Er trug seine Jacke über dem Arm.

»Wir fahren jetzt sofort zu Magdalena Rastow. Die Schonung wurde aufgehoben.«

»Hast du einen Durchsuchungsbeschluss?«, fragte Fran.

»In meiner Sakkotasche. Kittner hat ziemlich fies gegrinst, als er ihn unterschrieben hat.«

»Ups!« Fran schürzte die Lippen. »Kein Richter?«

»Er traut uns zu, die Sache sehr diskret zu erledigen.«

Das war leichter gesagt als getan. Als Erstes musste sie sich für ihr Auftreten entschuldigen. Dann würden sie versuchen, Birte Rastows Mutter davon zu überzeugen, dass niemand etwas erfahren würde, dass ihr Gespräch vertraulich war, dass sie nur ein Ziel hatten: die Person zu finden, die wusste, wie Birte

Rastow ums Leben gekommen war. Vielleicht ein Mörder, vielleicht der Zeuge des Selbstmords.

Sie stiegen vor dem Haus der Rastows aus, diesmal öffnete sich die Haustür nicht. Fran drückte die Klingel.

»Was wollen Sie denn schon wieder hier? Habe ich mich nicht klar ausgedrückt?« Magdalena Rastows Stimme war eiskalt.

»Zum einen wollte ich mich entschuldigen. Zum anderen klarstellen, dass wir nur daran interessiert sind, herauszufinden, wie Ihre Tochter ums Leben gekommen ist. Wenn sie ermordet wurde, wollen Sie dann nicht wissen, wer es war?«

Eine volle Minute blieb die Gegensprechanlage stumm. Endlich ging die Tür auf. Wie beim ersten Mal stand Magdalena Rastow auf der Veranda, doch heute wirkte sie noch härter, noch unnahbarer. Fran fragte sich, warum sie so schnell nachgab. Das schlechte Gewissen? Hatte sie jemanden angerufen, der ihr geraten hatte, sie doch zu empfangen?

Magdalena Rastow deutete auf den Salon, sie nahmen Platz. Auf dem Serviertisch lag ein natronbrauner Briefumschlag.

»Es tut mir wirklich leid, dass ich Sie so angegangen habe«, wiederholte Fran.

Magdalena Rastow hob abwehrend die Hände. »Schon gut, ich bin nicht aus Zucker. Ich bin es nur nicht gewöhnt, dass mir ein Greenhorn Lehren erteilen will.«

Magdalena Rastow schlug die Hände auf ihre Schenkel. Sie trug eine grau-weiß gestreifte Tweedhose, eine weiße Bluse und ein Collier um den Hals, dessen Wert Fran nicht einschätzen konnte.

Magdalena Rastow zeigte auf den Umschlag. »Sie finden alles, was Sie wissen wollen, da drin.«

»Und das wäre?«, fragt Fran leise.

»Drei Ansichtskarten und ein Brief. Zwei Ansichtskarten

und der Brief sind von Birte. Eine Karte hat sie definitiv nicht geschrieben.«

»Wie bitte?« Sascha richtete sich in seinem Sessel auf, es schien, als wollte er aufspringen. Er atmete zwei Mal tief ein und aus. Er musste wirklich wütend sein. Magdalena Rastow zeigte keinerlei Reaktion.

Fran wurde nicht wütend. Warum auch? Sie war hier, um ein Verbrechen aufzuklären, aber vor allem, um Emily Sola lebend zu finden, und dabei konnten diese Informationen helfen. Jemand hatte in Birte Rastows Namen ihren Eltern eine Ansichtskarte geschickt. Birte Rastow hatte nach ihrem Verschwinden ebenfalls noch gelebt. Wie lange? Die Gerichtsmedizin hatte ihnen nicht weiterhelfen können, aber die Postkarten und Briefe konnten es vielleicht.

Sascha hatte sich schnell wieder beruhigt. Er zog einen Handschuh an, steckte den Umschlag in einen Beweisbeutel und beschriftete ihn. Sie mussten sich gedulden, bis sie im Labor den Inhalt sichten konnten.

Wenn Emily etwas zustieß, weil Magdalena Rastow sich in ihrem Selbstmitleid gesuhlt hatte, dann … nichts dann. Fran rief sich zur Ordnung. Es war nicht ihre Aufgabe, über Magdalena Rastow zu urteilen. Im Gegenteil. Als Profilerin gehörte es zu ihrer Stellenbeschreibung, dass sie neutral und emotionslos jeden Lebensentwurf akzeptierte, wie er war.

»Warum wollte Birte unbedingt von zu Hause weg, Frau Rastow?«, fragte Sascha.

»Sie war wie ich, und ich war wie meine Eltern. Ist es nicht immer so?«

Fran und Sascha blieben eine Antwort schuldig.

»Sie hat sich aufgelehnt. So wie ich mich aufgelehnt habe. Sie wollte nie Rechtsanwältin werden. Sie wollte immer Schauspielerin werden. Sie hatte sogar Talent, aber auch nicht mehr.«

Warum hatten sie Birte nicht gestattet, es zu versuchen? Sie hatten doch Geld genug gehabt? War es der Frust über ihr eigenes unbefriedigendes Leben?

»Sie ist gegangen, weil sie Schauspielerin werden wollte?«, fragte Fran.

»Ah, nein, das hatte sie schon kurz nach dem Abitur aufgegeben, die Flausen hatten wir ihr ausgetrieben. Es war schlimmer. Sie wollte zu Greenpeace. Als Aktivistin.« Sie zeigte auf den Plastikbeutel. »Eine Karte aus Hamburg. Eine aus Berlin. Und der Brief kam dann aus Düsseldorf. Lohbachweg 12 in Gerresheim. Wir sind sofort hingefahren, aber da wohnte sie nicht, hatte sie nie gewohnt.«

Fran lief es eiskalt über den Rücken.

»Einen Moment bitte«, sagte Sascha, zückte sein Handy und bestellte ein Team zu der Adresse, unter der Birte Rastow angeblich nie gewohnt hatte. »Wenn ihr nicht sofort einen Beschluss bekommt, dann durchsucht ihr mit Gefahr im Verzug.«

Magdalena Rastow schluckte, wurde blass. Ihr schien jetzt erst zu dämmern, dass ihre Tochter doch in dieser Wohnung gewesen sein konnte, vielleicht nur ein paar Meter von ihr entfernt, gefesselt, gequält. Vielleicht hatte Birte sie sogar sprechen gehört und stumm nach ihr geschrien.

Sie fasste sich jedoch schnell und fuhr ohne eine weitere Regung fort: »Die letzte Karte kam auch aus Düsseldorf, anonym. Darin stand nur, dass wir unsere Tochter in Ruhe lassen sollten, sie habe ihr Glück gefunden.« Magdalena Rastows Züge versteinerten. »Woher hätte ich wissen sollen, dass sie in dieser Wohnung war?«

Sascha beugte sich ein wenig nach vorn. »Das konnten Sie nicht wissen, Frau Rastow. Und es ist keineswegs sicher, dass sie dort war. Ich habe noch eine Bitte. Dürfen wir Birtes Zimmer sehen?«

Magdalena Rastows Miene entspannte sich ein wenig. »Das wird Ihnen nichts nutzen. Ich bin nicht wie mein Mann. Ich habe das Zimmer ausgeräumt nach der dritten Karte. Außer einem Foto habe ich ihm alles gegeben, das Zimmer streichen lassen und neu möbliert. Ich habe ihm immer gesagt: ›Deine Tochter ist fort, du kannst sie nicht mehr erreichen. Sie ist in meinem Herzen, ich brauche keine Reliquien. Und wenn sie wiederkommen sollte, dann richten wir ihr ein neues Zimmer ein und erfüllen ihr jeden Wunsch. Du musst sie loslassen.‹« Sie federte aus dem Sessel hoch, ihre Kiefer mahlten. »Aber so habe ich es doch nicht gemeint. Nicht für immer loslassen müssen. Ich liebe meine Tochter, ich habe sie immer geliebt. Ich bin keine schlechte Mutter, glauben Sie mir das?« Sie wartete keine Antwort ab. »Bitte, glauben Sie mir. Ich würde alles geben, um sie wieder lebendig zu machen.«

»Ich glaube Ihnen, Frau Rastow. Es ist unerträglich, einen geliebten Menschen zu verlieren. Aber wir müssen Ihnen trotzdem noch ein paar Fragen stellen«, sagte Fran.

Magdalena Rastow gab ein Geräusch von sich, das halb wie Schluchzen, halb wie Schluckauf klang, und setzte sich wieder. »Fragen Sie.«

»Hatte Birte Freunde? Wo verkehrte sie? Hat sie jemanden erwähnt, dem sie besonders nahestand?«

»Ich weiß es nicht. Sie brachte ihre Freunde nicht mehr mit nach Hause, seit sie vierzehn war. Können Sie sich das vorstellen? Wir dachten, es sei wegen der Pubertät, dass sie sich, wie alle Kinder, für ihre Eltern schämte. Aber bis zum Tag ihres Verschwindens hat sie niemanden mitgebracht. Und nichts von einem Freund erzählt.«

Fran verzichtete auf die Frage, ob ihr das nicht seltsam vorgekommen sei. Birtes Eltern hatten nichts von ihrer Tochter gewusst. Fran schaute Sascha an. Er nickte.

»Hatten Sie Feinde?«

Magdalena Rastow lachte kurz. Es klang wie ein Motor, der nicht anspringen wollte. »Jede Menge. Zeitweilig standen wir unter Polizeischutz, weil die Nazis uns mit Mord gedroht hatten.« Ihre Miene blieb undurchdringlich. »Sie meinen, man hat Birte entführt und getötet, um sich an uns zu rächen?«

»Ist das so abwegig?«

Magdalena Rastow blickte zu Boden. »Nein, ist es nicht. Denen traue ich alles zu. Das Maß der Menschenverachtung, das diese Leute an den Tag legen, ist unglaublich. Wie bei allen Extremisten.«

»Wir müssten die Akten einsehen, die …«

Magdalena Rastow unterbrach Sascha. »Ja, natürlich. Das meiste ist digitalisiert. Wo soll ich es hinschicken?«

Sascha reichte ihr seine Karte. »Danke, Frau Rastow«, sagte er. »Das war es erst mal. Vielen Dank.«

Sascha und Fran standen auf, verabschiedeten sich kurz und verließen die Mutter, die so unsäglich versagt hatte und es sich nicht eingestehen konnte.

Auf der Straße drehte sich Sascha zum Haus der Rastows um. »Wenn sie ihre Verantwortung nicht akzeptiert, wird sie nie darüber hinwegkommen«, sagte er mit einem matten Lächeln.

Wem sagst du das?, dachte Fran. Wem sagst du das?

*

Ich träume. Es ist ein seltsamer Traum. Zuerst weiß ich nicht, wer ich bin. Dann kommt jemand und sagt mir, wer ich bin. Ich bin Katrin. Ich war krank, und jetzt bin ich wieder gesund. Das ist richtig. Ich bin wieder gesund. Das haben alle gesagt, aber das ist schon lange her. Ich muss viel schlafen, damit ich nicht wieder krank werde. Und ich soll artig sein, sonst kommt die

Krankheit auch wieder. Warum ist mein Zimmer so anders? Warum hat Mama mir nichts gesagt?

Aber so ist das in Träumen. Manchmal fühlt es sich an, als wäre es wirklich. Ich habe auch schon geträumt, dass ich auf einem Einhorn davongeritten bin. Das habe ich im Krankenhaus oft geträumt. Und einmal bin ich ins Krankenhaus gekommen, weil sie gedacht haben, dass ich wieder krank wäre. Aber das war nur ein Husten und ein Schnupfen und Fieber. Es hat sich so ähnlich wie jetzt angefühlt. Da habe ich auch viel und lange geträumt, Mama hat hinterher gesagt, ich hätte zwei Tage geschlafen.

Ich träume weiter, stehe auf. Das Zimmer ist schön. Blau gestrichen, auf einem Regal stehen ganz viele Spiele in einer Reihe. In einem anderen stehen Ponys. Ich mag Ponys. Ich nehme eins in die Hand. Es fühlt sich echt an. Das Fell ist weich, es schaut mich mit großen Augen an und spricht zu mir. Im Traum geht das. »Du brauchst keine Angst zu haben«, sagt es. »Hier bist du ganz sicher. Hier kann dir nichts Böses geschehen.«

Ich habe auch gar keine Angst. Ich fühle mich ganz leicht. Die Sonne scheint durch das Fenster, auf dem Nachttisch steht plötzlich ein weißer Teller mit einem Stück Nusskuchen. Eine Gabel liegt daneben. Ich nehme die Gabel, spieße ein Stück Kuchen auf und stecke es in den Mund. So einen Traum hatte ich noch nie. Es schmeckt wie echt, aber ein bisschen bitter. Ich esse das ganze Stück, der bittere Geschmack geht schnell weg. Das Pony schaut mich immer noch mit großen Augen an. Ich werde müde. Lustig! Im Traum werde ich müde. Oder träume ich gar nicht? Ich lege mich ins Bett, ziehe die Bettdecke ganz hoch, bis zur Nase, mein Pony halte ich fest im Arm. Ich schlafe ein und träume …

*

Sascha setzte Fran am LKA ab. Sie blickte ihm hinterher und war sich nicht sicher, was ihr lieber gewesen wäre: mit ihm ins Präsidium fahren und die Akten von Magdalena Rastow auswerten oder mit ihrem Team die Altfälle nach Verbindungen durchstöbern. Beides hatte seinen Reiz: Das Team war wie eine Familie, auch wenn es zwei Neue gab, aber die waren innerhalb kürzester Zeit adoptiert worden. Der Fehlstart mit Sofia war längst vergessen. Die Arbeit machte Spaß.

Sascha weckte in ihr ganz andere Gefühle. Er besaß das richtige Maß an Männlichkeit: Er sah gut aus, hatte eine dunkle warme Stimme und konnte sich durchsetzen. Er war einfühlsam, konnte mit Kritik umgehen, war ein echter Teamplayer. Ja, Sascha Herz war nach Frans Geschmack. Zumindest der Teil von Sascha, den sie kannte. Was den anderen Teil anging, seine undurchschaubaren Kontakte, seine Verflechtung mit dem Apparat, das machte sie neugierig und erschreckte sie zugleich ein wenig. »Abwarten«, sagte sie sich.

Das Team arbeitete, sie grüßte alle, plauderte ein wenig, dann setzte sie sich an ihren Schreibtisch. Der Posteingang quoll über. Sie sortierte die Briefe auf verschiedene Stapel: Anfragen, Vorträge, Dienstliches, Werbung. Die Dienstpost bestand vor allem in Informationsmaterial und Protokollen aus Sitzungen, an denen sie nicht teilgenommen hatte. Nicht alles kam per E-Mail, inzwischen waren sogar viele dazu übergegangen, Vertrauliches auf Papier weiterzugeben, am besten persönlich. Das Vertrauen in die Sicherheit der digitalen Post schrumpfte, und das nicht erst seit der NSA-Affäre. Jeder, der sich mit elektronischer Datenverarbeitung auskannte, wusste, dass nichts wirklich sicher war, dass es nur eine Frage der Ressourcen und der kriminellen Energie war, ob man in gesicherte Systeme einbrechen konnte oder nicht.

Fran bearbeitete die reale und die virtuelle Post, ohne dass sie gestört wurde. Dann öffnete sie die Akte Emily Sola. Es gab nach wie vor keine Spur von ihr. Sie hatte nach der Schule nach Hause gehen wollen, weil sich ihre Mutter verspätet hatte. Das war schon öfter vorgekommen. Emily hatte eine Vereinbarung mit ihrer Mutter, dass sie dann einfach von der Landstraße über die Derendorfer Straße zur Jacobistraße ging. Das war kein einsamer Waldweg, auch kein unübersichtlicher Spielplatz. Viele Menschen waren unterwegs, eigentlich hätte jemand etwas bemerken müssen, wenn Emily mit Gewalt in ein Auto gezerrt worden wäre. Aber es gab keinen einzigen Zeugen, der Emily gesehen hatte. Sie wussten nur, dass sie zwischen dreizehn Uhr fünfundvierzig und vierzehn Uhr achtundzwanzig verschwunden war. Das war die Zeit, die Emily für den Heimweg gebraucht hätte, also etwa siebzehn Minuten plus die Zeit, bis Frau Sola bemerkt hatte, dass sie nicht da war. Die Hubschrauber hatten die Suche abbrechen müssen, als es dunkel geworden war. Es hätte sowieso nichts gebracht, es war eher Getöse gewesen denn eine sinnvolle Aktion. Emily konnte überall sein. Und die Zeit lief. War sie irgendwo ohne Wasser eingesperrt, konnte sie bereits nach vierundzwanzig Stunden in eine lebensbedrohliche Lage kommen, wenn sie in Panik geriet: Sie würde enorm schwitzen und ihren Körper in kürzester Zeit dehydrieren.

Fran fasste einen Entschluss. Die Ermittlungen mussten beschleunigt werden. Sie bat Martina in ihr Büro, wenige Augenblicke später stand diese mit fragendem Blick vor Frans Schreibtisch.

»Lass uns einen Spaziergang machen«, schlug Fran vor.

Martina nickte. Sie verließen das LKA und gingen schweigend den Kapellenweg ein Stück entlang. Hinter dem LKA erstreckten sich bis zum Rhein Felder. Sie waren schon bestellt. Fran liebte diesen Anblick, der ihr vorgaukelte, sie sei auf dem Land.

Fran ergriff das Wort. »Ich brauche deine Hilfe.«

»Was soll ich tun?«

»Ich will nicht drum herumreden. Ich muss mit deinem Bruder sprechen. Vielleicht kann er uns sagen, wer in der rechten Szene gewaltbereit ist, wer einen solchen Rachefeldzug geplant und ausgeführt haben könnte.«

Martina ließ sich nichts anmerken. »Was ist mit dem Staatsschutz? V-Leute?«

»Die möchte ich vorerst raushalten. Zum einen könnte es sehr lange dauern, bis die mit irgendwas rausrücken, falls überhaupt, und zum anderen will ich kein großes Fass aufmachen, ich will nur einschätzen können, ob die Richtung stimmt. Die Zeit läuft. Mir geht es um Emily.«

Martina verfiel in Schweigen, Fran ließ sie in Ruhe. Die Entscheidung, die Martina zu treffen hatte, war nicht einfach.

Nach ein paar Minuten zückte Martina ihr Handy, wählte, wartete. Dann sagte sie: »Ruf mich zurück. Gleich. Es ist dringend.« Sie behielt das Handy in der Hand. »Unser toter Briefkasten. Falls es wichtige familiäre Dinge zu besprechen gibt. Todesfälle oder so.« Das Handy zwitscherte. »Ja?«, sagte Martina. »Danke, dass du dich meldest. Ich habe ein Problem. Du musst mir nicht helfen, aber ich wäre dir sehr dankbar, wenn du es tätest.« Martina hörte zu, nickte und erläuterte ihrem Bruder den Fall.

Fran musste sich beherrschen, Martina nicht zu unterbrechen, denn sie vertraute ihrem Bruder interne Ermittlungsergebnisse an. Aber einen anderen Weg gab es nicht. Vertrauen gegen Vertrauen.

»So sieht es aus«, sagte Martina.

Sie setzte ihren Bruder nicht unter Druck, appellierte nicht an seine Moral.

Sie lauschte, nickte mehrfach, brummte zustimmend.

Fran musste sich ablenken, sie saß auf glühenden Kohlen, hätte Martina am liebsten das Telefon abgenommen. Sie ließ ihren Blick über den Hochsicherheits-Gerichtssaal gleiten, der sich an die Rückseite des LKA anschloss. Der Mannesmann-Prozess war hier gelaufen, Blutrache war abgeurteilt worden, die schweren Jungs mussten sich hier vor dem Richter verantworten.

»Fran?«

»Ja?«, fragte Fran instinktiv und wandte sich Martina zu.

»Ich habe ihm geschworen, dass er nicht behelligt wird.«

»Auf den Staatsschutz habe ich keinen Einfluss«, erwiderte Fran.

»Das meine ich nicht. Er weiß Dinge, für die er bestraft werden kann.«

»Von mir wird niemand etwas erfahren.«

»Das gilt auch für Sascha Herz?« Martina sah Fran in die Augen.

»Gerade für Sascha. Ich könnte nicht für ihn garantieren. Ich ziehe das alleine durch.« In dieser Sache gab es nur einen, dem sie vertrauen konnte, der mit ihr durch die Hölle gehen würde.

Martina entspannte sich. »Ich habe drei Namen.« Sie zog einen Notizblock aus der Tasche, kritzelte etwas darauf, riss den Zettel ab, faltete ihn und gab ihn Fran. »Ohne Gewähr. Bitte enttäusch mich nicht. Mein Bruder darf nicht in die Sache reingezogen werden.«

Martina drehte auf dem Absatz um und rannte los. Fran sah ihr hinterher und flüsterte: »Nur wenn es nicht anders geht.«

Bevor sie den Zettel las, musste sie sich versichern, dass ihr Verbündeter auch zu ihr hielt. Sie wählte Seniors Nummer.

»Ich bin's«, sagte Fran.

»Hätte mich auch gewundert, wenn jemand deine Nummer geklaut hätte. Gibt es Neuigkeiten?«

»Ich brauche deine Hilfe. Für eine inoffizielle Ermittlung.«

»Ah!«, war alles, was Senior von sich gab.

»Es geht um Emily. Ich habe eine Spur, die es gar nicht geben dürfte.«

»Oh!«

»Du bist der Einzige, dem ich vertraue.«

»Aha. Wo bist du?«

»Kapellenweg, hinterm LKA.«

»Wo geht es hin?«

»Das weiß ich noch nicht.«

»Ich liebe Überraschungen. Bis gleich.«

Auf dem Zettel standen drei Namen: Torsten Gabald, Sebastian Ingerswald und Holger Anton. Bevor sie durchgestartet waren, hatten sie die Namen im System abgefragt. Torsten Gabald hatte auf den ersten Blick eine weiße Weste. Mehr gab das System über ihn nicht her. Sie waren zu der Adresse gefahren, wo Torsten Gabald gemeldet war: ein Haus in Mörsenbroich. Senior hatte geklingelt, Fran war im Wagen außer Sichtweite geblieben, damit kein allzu offizieller Eindruck entstand. Sie hatten Pech gehabt: Es war nur Hannah Gabald, Torsten Gabalds Schwester, da gewesen, und sie hatte Senior gesagt, ihr Bruder sei verreist, sie erwarte ihn in einer Woche wieder.

Die beiden anderen waren vorbestraft wegen schwerer Körperverletzung, hatten jeweils die vollen vier Jahre abgesessen, zu denen sie verurteilt worden waren. In der Szene waren sie bestens bekannt.

Holger Anton, sechsundzwanzig, lebte sinnigerweise in einem kleinen Dorf namens Schuld in der Eifel und arbeitete in einem Getränkemarkt in Altenahr. An seiner Verurteilung zu einer Gefängnisstrafe ohne Bewährung hatte Magdalena Rastow großen Anteil, denn sie hatte als Vertreterin der Nebenklage Holger Anton das rassistische Motiv nachweisen können. Holger Anton hatte es nicht lassen können. Zurzeit war er wegen leichter Körperverletzung und illegalem Waffenbesitz auf Bewährung seit zweieinhalb Jahren draußen. Bei der Waffe handelte es sich um eine alte 9mm Luger aus dem Zweiten Weltkrieg. Dass er Bewährung bekam, war dem Umstand zu verdanken, dass ihm nicht nachgewiesen werden konnte, mit der Waffe geschossen zu haben. Verstieß er gegen die Auflagen, musste er drei Jahre abreißen.

Sebastian Ingerswald, ebenfalls sechsundzwanzig, war vor zweieinhalb Jahren entlassen worden, lebte seitdem von Hartz IV und hatte bei seiner Mutter Unterschlupf gefunden. Er wohnte nur ein Dorf weiter in Fuchshofen. Zwischen den Rastows und ihm gab es keine sichtbare Verbindung, aber Holger Anton und Sebastian Ingerswald kannten sich von Kindheit an; sie waren zusammen in die Schule gegangen. Sie passten perfekt auf das Rache-Täterprofil.

Senior jagte den Wagen mit aufgesetztem Blaulicht über die Autobahn, sie brauchten nur fünfzig Minuten bis zu dem Getränkemarkt, in dem Holger Anton arbeitete. Senior parkte den Wagen um die Ecke, diesmal blieb er im Auto. Sie wollten nur ein wenig austesten, ob Holger Anton nervös war, ihn in ein Gespräch verwickeln. Fran schaute sich noch mal das Bild an, das sie sich aufs Handy geladen hatte. Holger Anton hatte ein sympathisches rundes Gesicht, ein keckes Grinsen zog sich von einem Ohr zum anderen, alles an ihm schien jungenhaft. Er war schmächtig, aber die nackten Oberarme zeigten durchtrainierte Muskeln. Er trug keine sichtbare Tätowierung.

Fran atmete durch, stieg aus und ging auf den Getränkemarkt zu. Niemand außer Holger Anton war zu sehen. Der hantierte gerade mit einer Palette Leergut, die auf einem Hubwagen stand. Er drehte sich zu ihr um und kniff die Augen zusammen. Fran lächelte, deutete auf den Eingang. Gleichzeitig blickte sie in den gewölbten Spiegel, der über dem Eingang hing. Fran sah Senior, den Wagen und das Blaulicht. Holger Anton ebenfalls. Er ließ den Hubwagen los und sprintete Richtung Straße.

Der Kerl ist nicht nur ein Nazi, sondern auch noch dumm, dachte Fran und schnitt Holger Anton mit drei Schritten den Weg ab. Er wehrte sich nur halbherzig. Sie nahm ihn in den Kreuzfesselgriff und bugsierte ihn zum Wagen. Senior kam ihr entgegen, den Kopf hochrot vor Scham.

Fran verfrachtete Holger Anton auf den Rücksitz und setzte sich neben ihn.

»Wohin so eilig?«, fragte sie im Plauderton. »Ich wollte nur eine Flasche Sprudel kaufen.«

Holger Anton sah sie nicht an, sein ganzer Körper war angespannt wie eine Stahlfeder. »Ihr könnt mir gar nix!«

Senior räusperte sich. »Das ist ein schwerwiegender Irrtum, junger Mann. Widerstand gegen die Staatsgewalt. Bewährung futsch. Schöne Scheiße, was?«

»Wenn du mit uns redest, dann vergessen wir den Vorfall«, sagte Fran. »Ehrenwort.«

Fran hörte Antons Kiefer mahlen. Was würde er ihnen erzählen? Dass er drei Menschen ermordet hatte? Wohl kaum.

Holger Anton seufzte, er fiel in sich zusammen. »Das war nicht meine Idee.«

»Das haben wir auch nicht angenommen, sonst wären wir mit der Kavallerie gekommen. Wessen Idee war es?«

»Immer dieselbe Scheiße. Wegen dem hab ich jede Menge Ärger am Hals.«

»Wegen Sebastian?« Fran stand kurz davor, laut zu lachen.

»Wenn ihr eh schon alles wisst …«

»Wir wollen es aber von dir hören«, setzte Senior nach.

»Er hat den Sprühlack und den Bauschaum besorgt. Wir sind dann zusammen hingefahren und haben alles vollgemacht.«

»Vollgemacht? Was vollgemacht?«, fragte Senior scharf. »Sollen wir dir alles aus der Nase ziehen? Meine Geduld hat Grenzen.«

»Da hatten doch so ein paar dreckige Zigeuner ihr Lager aufgeschlagen. Vor sechs Wochen oder so. Denen haben wir nachts Hakenkreuze auf die Wagen gesprüht und mit Bauschaum die Türen dicht gemacht.«

Senior schnaubte. »Wo ist Sebastian Ingerswald?«

»Na im Krankenhaus.«

»Krankenhaus?« Fran schwante Übles.

»Der hat doch einen Unfall gehabt. Ein Besoffener hat den vom Zebrastreifen geputzt. Kurz nach der Aktion mit den Zigeunern. Der hat Glück gehabt, dass er das überhaupt überlebt hat. Der muss noch mindestens drei Monate im Krankenhaus bleiben.«

»Wo warst du am vierzehnten Mai? Das war der Dienstag vor zwei Wochen.«

Holger Antons Miene hellte sich auf. »Mit dem Chef unterwegs. Wir sind nach Stuttgart gefahren, da hat der Chef einen Stapler gekauft. Gebraucht, ein echtes Schnäppchen. Zweitausend Euro gespart.«

»Wir prüfen das!«, sagte Fran.

Holger Anton zuckte nur mit den Schultern. »Kein Thema.«

Fran und Senior tauschten einen Blick. Das war eindeutig eine Sackgasse. Ohne offizielle Ermittlungen kamen sie nicht weiter. Hatte Martinas Bruder sie ins Messer laufen lassen? Oder unterschätzten sie Holger Anton? Blieb noch Torsten Gabald, der deutlich älter war als die beiden. Er konnte durchaus der Herr in einem Trio sein. Ein Trio! Genial, denn so konnten sie sich gegenseitig ein Alibi geben.

»Du kannst gehen. Wenn wir mitkriegen, dass du irgendjemandem von unserem kleinen Plausch etwas erzählst, bist du fällig.« Senior tippte Holger Anton mit dem Zeigefinger auf die Stirn.

Der rührte sich nicht. »Kein Thema. Bin ja nicht bekloppt.«

»Und jetzt raus.«

Blitzartig verließ Holger Anton den Wagen, trabte zum Getränkemarkt zurück und setzte seine Arbeit fort, als sei nichts gewesen.

»Ich bin so ein Hornochse«, sagte Senior. »Es wird wirklich Zeit, dass ich in Rente gehe.«

Fran setzte sich auf den Beifahrersitz und schnallte sich an. »Vielleicht hätten wir sonst gar nichts erfahren. Jetzt wissen wir wenigstens, dass Sebastian Ingerswald raus ist aus der Sache, zumindest, was das Ablegen der Leichen angeht.«

Senior rümpfte die Nase. »Dieser Holger Anton ist meiner Meinung nach eine ziemliche Dumpfbacke. Das war keine Show. Der ist nicht der abgebrühte Killer. Aber dein Informant vielleicht?«

»Du meinst, er hat uns auf eine falsche Fährte gesetzt? Warum? Er muss doch wissen, dass wir das in kürzester Zeit rausfinden. Ich glaube, dass die beiden mehr Dreck am Stecken haben, als Holger Anton zugegeben hat. Er ist vielleicht dumpf, aber nicht ganz dumm.«

»Bleibt noch Torsten Gabald«, sagte Senior und ließ den Wagen anrollen. »Superweiße-Weste-Saubermann, der verreist ist.«

»Fragt sich, wohin.«

*

Es gab viele Möglichkeiten, Kleinkriminelle zum Reden zu bringen: eine vorgehaltene Waffe; zwei oder drei Türsteher, die sie in die Mangel nahmen; ein Geschäft, das sie nicht ausschlagen konnten; eine Information, die ihnen schaden oder nützen konnte; die richtige Dosis Alkohol und noch einiges mehr. Eine vorgehaltene Waffe hätte Marcel Kirsch in große Schwierigkeiten gebracht, seine Türsteher brauchte er für andere Jobs, und meistens erzeugte Gewalt Gegengewalt.

Die Person, von der er sich einige wichtige Informationen erwartete, war anfällig für Frauen. Da er die fünfzig schon überschritten hatte, zwanzig Kilo zu viel wog und ihm an den unpassendsten Stellen seines Körpers dicke schwarze Haare sprossen, war er auf den Dienst von Prostituierten angewiesen. Und die kosteten Geld. Im Discount-Puff musste er pro Tag siebzig bis hundert Euro hinlegen; Einzeldienste waren, zumindest bei den Nutten, die ihm gefielen, nicht viel billiger.

Sie hatten sich am Bertha-von-Suttner-Platz verabredet, direkt hinter dem Düsseldorfer Hauptbahnhof. Der Treffpunkt war gut gewählt. Wenn es seinem Kontaktmann zu heiß wurde, konnte er schnell verduften. Mehrere Straßen führten sternförmig vom Platz weg und verzweigten sich bald. Ganz in der Nähe war Lisa Muench verschwunden.

Marcel wartete bei einer Metallskulptur, die aus Umrissen von Menschen bestand, deren Proportionen etwas verzerrt waren. Eine interessante Skulptur, die er schon lange nicht mehr betrachtet hatte. Sie schien die Menschen, die hier vorbeiströmten, widerzuspiegeln, mit all ihren unterschiedlichen Facetten.

Sein Mann war bereits zehn Minuten über die Zeit, aber damit hatte Marcel gerechnet. Er wurde beobachtet, und wenn der Mann sich sicher wähnte, nicht in eine Falle zu laufen, würde er aus der Deckung kommen. Es dauerte weitere zwanzig Minuten, dann stapfte sein Mann endlich auf ihn zu. Er war noch hässlicher und noch dicker geworden, als Marcel ihn in Erinnerung hatte, und inzwischen genauso breit wie hoch. Ein echtes Fass. Es hätte ihn nicht gewundert, wenn die Nutten einen Aufpreis verlangt hätten.

Der Mann baute sich vor Marcel auf. »Erst mal die Kohle, sonst geht hier gar nichts!«

Marcel schaute auf das menschliche Fass hinab, verzog die Mundwinkel, drehte sich um und ging los.

»Warte, warte, warte!«, rief Mister Fass und packte Marcel von hinten an der Schulter.

Marcel fuhr herum, fegte die Hand von seiner Schulter und funkelte Mister Fass an. »Ich glaube, du hast vergessen, wie die Sache läuft. Erstens: Nicht anfassen! Zweitens: Erst die Infos, dann die Kohle. Drittens: Wenn du nur Bullshit für mich hast, dann kannst du froh sein, dass ich dich nicht bei den Bullen abliefere.«

»Schon gut, mach mal keine Panik«, flüsterte Mister Fass. »Wie wär's denn wenigstens mit einer kleinen Aufwandsentschädigung für den langen Weg?«

Marcel griff in die Hosentasche und drückte Mister Fass einen Zwanziger in die Hand.

Mister Fass verbeugte sich. »Vielen Dank. Ein guter Anfang. Du bist kein schlechter Kerl.«

»Leg es nicht drauf an!«, knurrte Marcel. Wenn das Fass gewusst hätte, wie dringend er seine Informationen brauchte, hätte es ihm ein paar hundert Euro aus dem Geldbeutel leiern können. »Mach voran! Ich hab schon lange genug gewartet.«

»Du hast gesagt, es geht um die kleine Lisa. Schöne Scheiße. Das arme Kind! Die Bullen sind doch echt die letzten Versager!« Er hustete etwas verlegen.

»Ich bin kein Bulle mehr, also tu deinen Gefühlen keinen Zwang an«, sagte Marcel. »Aber ein bisschen plötzlich.« Dieser Kerl war wirklich vollkommen verblödet. Aber er war der

Mann, den die ehemaligen Kollegen übersehen hatten bei ihren Ermittlungen.

»Ich weiß noch genau, wie die verschwunden ist. Der Andreas hat die ganze Gegend närrisch gemacht, und wir haben alle bis in die Nacht jede gottverdammte Ecke links gemacht. Nix. Aber gar nix haben wir gefunden. Noch nicht einmal ein Kleidungsstück. Nur diesen Teddy, wo dieser miese kleine Pisser draufgewichst hat.«

»Das weiß ich alles. Hast du was, das ich nicht weiß?«

Mister Fass wackelte mit dem Kopf hin und her. »Jetzt mach doch mal langsam! Ich bin am nächsten Tag, nachmittags war das, zu den Bullen, weil die gesagt haben, jeder Hinweis wäre wichtig. Und wenn ein Kind abgegriffen wird, da hört der Spaß auf, da geh sogar ich zu den Bullen. Ich hab denen haarklein erzählt, was mir der Kalle, Gott hab ihn selig, erzählt hat.«

Mister Fass schwieg. Es war an der Zeit, das Schweinchen zu füttern, damit es weiterquiekte. »Die Huren werden sich freuen.« Marcel steckte Mister Fass einen Fünfziger zu, den der sofort in seiner Hosentasche verschwinden ließ.

»Und nur die besten, da kannste einen drauf lassen. Die neuen rumänischen, die sind echt der Knaller.«

»Ja, schon gut, dir geht ja gleich einer ab.«

Mister Fass kratzte sich zwischen den Beinen. »Kann schon sein, wird ja auch mal wieder Zeit. Na ja, der Kalle war ein feiner Kerl, aber der hat einfach zu viel gesoffen. Der war jeden Tag voll weggetreten. Nicht ansprechbar. Die Bullen kannten Kalle auch, zumindest die Streifen. Aber an dem Tag war er für zwei oder drei Stunden richtig gut beieinander gewesen, keine Ahnung, warum. Er hat auch mitgesucht. Mann, der war echt angepisst. Vielleicht hat er deswegen nicht so viel getankt an dem Tag. Hat ständig davon gesprochen, dass er den Mistkerl fertigmacht, dieses perverse Schwein. Am nächsten Morgen ging es ihm dann echt dreckig. Er kam zu mir, hat ein Bier geschnorrt. Mein Gott, das ist, als wolltest du mit einem Glas Wasser einen Vulkan löschen.«

Mister Fass schaute Marcel erwartungsvoll an.

»Ich mach mir gleich in die Hose vor Lachen«, sagte Marcel. Monoton, ohne die Stimme zu heben.

»Kein Humor, wie? Egal. Weiter im Text. Normalerweise ist der nicht ohne zwei oder drei Schnäpse überhaupt in die Gänge gekommen. Und dann hat er mir gesagt, dass er das Schwein gesehen hätte, das die kleine Lisa abgegriffen hat. Ich bin fast vom Stuhl gefallen, hab ihm Druck gemacht, gefragt, warum er das jetzt erst erzählt. ›Die glauben mir doch eh nix‹, hat er gesagt.«

Mister Fass feixte und hielt die Hand auf. So langsam kamen sie der Sache näher. Wenn jetzt noch eine Personenbeschreibung kam, war jeder Euro, den er dem Fass in seine Wichsgriffel drückte, gut investiert. Noch ein Fünfziger verschwand in Mister Fass' Tasche. Zweimal Discount-Puff.

Mister Fass rieb sich die Hände. »Der Typ, der sich die Lisa gekrallt hat, war eine Transe!«

Marcel zuckte leicht zusammen. Das war nicht schlecht. Wenn das stimmte, war das eine lavaheiße Spur. »Wie hat sie ausgesehen? Eher wie ein Mann? Eher wie eine Frau? Größe?«

»Ein Mann in Frauenkleidern. Ganz klar. Blonde Perücke, ist gelaufen wie ein Mann, hat geredet wie ein Mann, Männerstimme.«

»Und du glaubst, was Kalle gesagt hat? Kann es nicht eine Frau gewesen sein, die wie ein Mann ausgesehen hat, mit einer dunklen Stimme?«

»Er war zwar ein gottverdammter Alki und der schlechteste Dieb, den ich kannte, aber sein Kopf hat noch gut funktioniert. Kalle wusste genau, was er sagt.«

Wenn das stimmte, dann war Marcel nicht weit von seinem Triumph entfernt. Jetzt musste nur noch die Auswertung des Poesiealbums das ergeben, was er hoffte, dann war Kalles Aussage das Puzzlestück, das noch fehlte. Dann hieß es, unauffällig die Transen-Szene durchleuchten. Das sollte kein Problem sein, denn Marcel kannte jemanden, der wiederum die Szene in- und auswendig kannte. Wenn sich die Hinweise verdichteten, dass das Schwein wirklich aus der Transen-Szene kam, konnte er seinen Ex-Kollegen immer noch einen kleinen Hinweis geben – nicht ohne vorher die Medien informiert zu haben. Andreas Muench würde so oder so leer ausgehen, denn Marcel hatte keine Lust, wegen Beihilfe zum Mord lebenslänglich in den Knast einzufahren. Wenn hier jemand in den Knast ging, dann das Schwein, das Lisa Muench auf dem Gewissen hatte. Und er, Marcel Kirsch, würde derjenige sein, der dem Monster die Maske vom Gesicht riss.

*

Senior setzte Fran am LKA wieder ab. Er hatte sich bereit erklärt, ein wenig über Torsten Gabald, Holger Anton und Sebastian Ingerswald zu recherchieren, ohne dabei großen Wind zu machen.

Fran löste den Gurt, beugte sich zu Senior und gab ihm einen schmatzenden Kuss auf die Wange. »Du bist ein echter Freund.«

Rasch stieg sie aus. Senior winkte noch einmal, dann war er weg.

Frans Handy meldete sich. Sie erkannte die Nummer sofort. Es war Frau Dr. Sola.

»Guten Tag, Frau Dr. Sola«, sagte Fran und zögerte. Sollte sie nach ihrem Befinden fragen? Besser nicht. »Wie kann ich Ihnen helfen?«

»Ich weiß nicht mehr weiter.« Frau Dr. Solas Stimme zitterte. »Ich vermisse sie so sehr. Ich kann nicht mehr.«

Was jetzt? Fran saß in der Zwickmühle. Auf der einen Seite wollte sie gerne helfen, auf der anderen war sie die Patientin, und sie war als Ermittlerin zwar keine Polizistin, aber dennoch … verkehrte Welt. Doch das schien gerade Frans Schicksal zu sein: Alles stellte sich auf den Kopf.

»Verzeihen Sie bitte, dass ich Sie belästige, das ist absolut unprofessionell. Aber Sie können vielleicht nachvollziehen, wie es mir geht.« Sie weinte, redete weiter. »Ich hätte sie abholen sollen, bin nur ein paar Minuten zu spät gekommen, und da war sie weg. Ein paar Minuten! Drei vielleicht oder vier. Maximal fünf.« Sie schluchzte heftig, rang nach Atem. »Was habe ich getan? Warum wird meine Tochter bestraft? Warum werde nicht ich bestraft?«

Fran spürte einen Kloß im Hals.

»Emily war gerade wieder stabil gewesen. Der Krebs hatte aufgegeben, Emily hatte ihn besiegt, weil sie niemals verzweifelt ist. Sie hat sogar *mich* getröstet. Wir fanden keinen Spender, also Chemo, Sie wissen, was das bedeutet! Jeden Tag den Tod vor Augen. Jeden Tag heimlich Abschied nehmen. Und dann der glücklichste Moment in meinem Leben. Der Krebs war verschwunden und ist bis heute nicht zurückgekehrt. Und jetzt das.«

Frau Dr. Sola weinte nun hemmungslos, schrie ihre Verzweiflung in den Hörer. Fran hielt das Handy vom Ohr weg. Anscheinend hatte Frau Dr. Sola ihre Medikamente nicht genommen und setzte sich damit der vollen Wucht der Trauer und der Verzweiflung aus. Das war mutig, aber war es sinnvoll? Als Mutter musste sie verzweifeln. Zuerst das Warten auf den Tod, jede Minute wurde zur Folter, dann die frohe Botschaft: den Krebs besiegt. Und nun das. Schlimmer als Krebs. Die

Worte riefen ein Echo in Frans Kopf hervor. »Die Krankheit überwunden, und dann doch nicht dem Tod entkommen.« Magdalena Rastow hatte das gesagt – oder hatte Fran es gedacht? Birte Rastow hatte ebenfalls Krebs gehabt. Ebenso Lisa Muench. Blutkrebs – Leukämie.

»Frau Dr. Sola! Hören Sie mir zu! Nehmen Sie sich zusammen, verdammt! Wollen Sie Emily wiedersehen?« Fran hatte keine Wahl, sie musste diese Frau zur Vernunft bringen. Sie konnte später trauern, wenn Emily wirklich tot war, oder ein weiteres Mal feiern, wenn Emily gerettet wurde.

Frau Dr. Sola schwieg abrupt und holte gierig Luft. Fran ließ sie erst gar nicht zu Atem kommen. »Was hat Emily genau gehabt?«

»Leukämie«, flüsterte Frau Dr. Sola, als wäre es der Name des Bösen, das man mit seiner Anrufung heraufbeschwören konnte.

»Nehmen Sie Ihre Medikamente, Frau Dr. Sola. In diesem Zustand können Sie nichts für Ihre Tochter tun.«

Einen Augenblick lang schien die Verbindung tot, aber dann hörte Fran das Knistern von Plastik, das Geräusch, wenn man Tabletten aus der Packung drückt.

»Ich habe die Tabletten genommen.« Noch immer zitterte Frau Dr. Solas Stimme.

»Gut«, sagte Fran. »Und jetzt werde ich meine Arbeit machen.« Sie unterbrach die Verbindung.

Krankheit! Krebs. Konnte das die Verbindung sein?

Es war kurz vor acht. Um diese Zeit war das LKA so gut wie verlassen. Nur in den Büros der Bereitschaft brannte Licht und in ein paar Labors, die dringende Analysen erledigen mussten. Sie hatte ihrem Team eine maximale Arbeitszeit von zehn Stunden verordnet. Es nützte nichts, wenn ihr die Leute aus den Latschen kippten, denn vorher machten sie Fehler, und Fehler konnten sie sich nicht leisten, denn Fehler fraßen Zeit.

Der Pförtner winkte Fran kurz, dann widmete er sich wieder seinem Smartphone. Fran zog die Karte durch den Leser, sprintete durch den Flur, fiel fast die Treppe hinauf. Sie nahm zwei Stufen auf einmal, riss die Tür zu ihrem Büro auf, fuhr den Rechner hoch und loggte sich ein. Sie rief die Obduktionsberichte der drei Toten auf. Kein Hinweis. Sie scrollte durch das Inhaltsverzeichnis der Personendatei. Bingo! Christina und Sofia arbeiteten wirklich ausgezeichnet. Sie hatten die Krankenakten bereits ins System eingepflegt. Birte Rastow, Lisa Muench, Harald Sobota und Emily Sola waren an Leukämie erkrankt und hatten überlebt, waren allerdings in verschiedenen Krankenhäusern behandelt worden. Hatten Sie es mit einem Todesengel zu tun? Aber warum dann Menschen, die wieder gesund waren, die nicht litten? Nein, das Motiv musste woanders zu finden sein.

Sie machte einen Aktenvermerk. »Alle vier Opfer hatten Leukämie. Der Täter kennt sich mit Anatomie aus.« War er im Gesundheitswesen zu finden? Sehr wahrscheinlich. Die Verwendung von Sedativa, die nicht frei verkäuflich waren. Alle Opfer waren in Krankenhäusern behandelt worden, wenn auch in unterschiedlichen. Die Konsequenz war klar, sie tippte weiter: Zu untersuchen sind zuerst alle Institutionen, die Zugriff auf Krankenakten haben. Außerdem müssen die Personalakten der Düsseldorfer Krankenhäuser auf Personen gescannt werden, die in mehreren Kliniken nacheinander oder gleichzeitig gearbeitet haben.«

Fran stutzte. »Krankenakten!«, rief sie. »Krankenkasse. In welcher Krankenkasse wart ihr?« Sie brauchte keine zwei Minuten. Alle vier waren bei der AKV-Südwest versichert gewesen.

Frans Hände wurden feucht. Vielleicht konnten sie Emily retten. Wenn es derselbe Täter war, der Lisa verschleppt hatte, dann blieb ihnen noch Zeit, dann würde Emily Tage, ja vielleicht sogar Wochen oder Monate am Leben gehalten, um als Symbol für irgendetwas zu dienen, wovon Fran noch nicht genau wusste, was es war. Oder als Ersatz!

Bevor sie den Rechner herunterfuhr, warf sie einen Blick auf die Log-Datei. Darin waren alle Zugriffe auf die Daten der Abteilung mit Namen und Datum gespeichert. Malte war außerordentlich fleißig gewesen. Er hatte in den zwei Tagen fast alle Akten durchgesehen. Die anderen hatten jeweils nur die Zusammenfassungen angeschaut. Malte hatte einiges zusätzlich ausgedruckt. Sie musste dran denken, ihn zu ermahnen, keine sensiblen Unterlagen irgendwo herumliegen zu lassen. Oder war das übertrieben? Malte arbeitete länger bei der Polizei als sie selbst, und seine Personalakte war makellos. Sie würde ihn loben für seinen Fleiß, das war wesentlich besser, und würde ihm zeigen, dass sie ihn respektierte.

Sie scrollte in der Log-Datei weiter, Hunderte Einträge huschten über den Bildschirm. Sie stoppte den Lauf. Ein Name passte nicht hierher. Sie bewegte sich wieder rückwärts und hielt an der Stelle an, die ihr aufgefallen war.

Sie kannte den Namen. Und die Dienstnummer. James Miller, 12-3345-G7. Was zum Teufel suchte ihr Vater im System der OFA? Wie war er überhaupt in das System reingekommen? Sie rief sich den Dienstagmorgen in Erinnerung. Er hatte sie zum ersten Leichenfund gefahren! Ja, so konnte er es gedreht haben. Er hatte eine Dienstanweisung bekommen, und damit hatte er sich als berechtigte Person ausgegeben. Frans Hand zuckte zum Telefon und riss den Hörer herunter, sie musste sofort Hasso Kittner informieren. Hätte Dad neben ihr gestanden, sie hätte ihn … Sie stoppte ihre Fantasie, legte den Hörer zurück.

Nicht so schnell, mahnte sie sich. Erst überlegen, dann handeln.

Was fühlst du? Was willst du? »Ich fühle mich in die Enge gedrängt«, flüsterte sie. »Bedroht. Mein Vater bricht schon wieder in meine Sphäre ein, er lässt mich nicht in Ruhe. Er ist wie ein Stalker. Ich will, dass er damit aufhört. Was kann ich tun?« Sie knetete ihre Hände. »Es gibt nur eine Möglichkeit.« Ein leiser Schauer lief ihr über den Rücken.

Sie öffnete die Dienstpläne der Polizeiinspektion. Dad hatte gerade Dienst.

Die ganze Sache war ein verdammtes Dilemma. Was immer sie machte, würde zu weiteren Problemen führen. Größeren, wenn es schlecht lief.

Mit diesem Protokoll hatte sie etwas gegen ihren Vater in der Hand. Kam es heraus, hatte er ernsthafte Schwierigkeiten am Hals. Ein Disziplinarverfahren war das Mindeste. Das konnte ihn seine Position als Dienststellenleiter kosten. Und sie konnte ebenfalls degradiert werden, wenn sie es nicht meldete und das irgendwann herauskam. Manipulieren konnte sie die Protokolle nicht. Wäre sie denn überhaupt bereit, für ihren Vater den Kopf hinzuhalten? Es käme darauf an, wie er damit umging und warum er es gemacht hatte. Sie musste mit dem großen unfehlbaren James Miller reden. Wie gerne hätte sie sich die Hilfe von Frau Dr. Sola geholt. Schon bei dem Gedanken, mit Dad zu sprechen, wurde ihr übel.

Dann lieber mit Sascha reden. Über den Fall. Über ihre Idee. Über Martina und die Nazis. Sie mussten tiefer graben, ohne Martinas Bruder mit hineinzuziehen. Sie erwischte ihn in seinem Wagen, auf dem Weg nach Hause, und nahm ihm das Schweigegelübde ab. Ihm alles zu erklären, dauerte vier Minuten.

Er stieß laut hörbar Luft aus. »Gut. Ich kümmere mich drum.

Auch um die AKV-Südwest. Aber ich glaube nicht, dass wir vor morgen früh jemanden aus dem Bau locken können.«

»Mach Druck, Sascha! Ich weiß, dass du das kannst.«

Er lachte kurz und hart. »Danke für das Kompliment.« Dann kappte er die Verbindung.

Eine tödliche Krankheit, die die Opfer überleben, um dann ermordet zu werden. Fran schüttelte den Kopf. Sie würde etwas drum geben, den gordischen Knoten entwirren zu können, der zu diesen Ereignissen geführt hatte. Es gab keinen Zufall, sondern nur Abläufe; es gab das Leben, und es gab den Tod, von dem niemand wusste, wann er kommen würde.

Hoffentlich überlebte sie das Gespräch mit ihrem Vater. Sie musste grinsen. »Reiß dich am Riemen!«, rief sie ins leere Büro. Das half. Trotzdem beschleunigte sich ihr Herzschlag.

*

Ich habe eine Kirschtorte gemacht und ein paar Nussmakronen. Und natürlich das gute Service aufgelegt. Petra soll schließlich nicht glauben, ich würde sie nicht mögen. Ich verstehe zwar immer noch nicht, warum sie meinen Vater geheiratet hat. Sie hätte jeden Mann kriegen können, sie ist viel jünger als er, und sie ist bildhübsch. Zumindest war sie das vor zwei Jahren. Da war sie bei uns ein paar Wochen zu Gast, Torsten hatte sie mitgebracht. Ich war überrascht gewesen, aber es war eine schöne Zeit. Petra und Katrin und Torsten und ich. Sie ist dann über Nacht wieder abgereist, ohne mir Bescheid zu sagen oder sich von Katrin zu verabschieden. Torsten meinte nur, sie hätte mich nicht stören wollen. Aber ich will nicht klagen, schließlich hat sie uns Katrin dagelassen.

Heute feiern wir Katrins neuen Geburtstag. Sie ist ja sozusagen wie neugeboren, hat ein neues Leben geschenkt bekommen, denn der Krebs ist tatsächlich verschwunden, sie ist ganz gesund.

Es klingelt. Schade, dass Torsten nicht da ist. Torsten hat Vater nie verziehen, dass er Mutter verraten hat. Ich verstehe Torsten ja, aber irgendwann muss man doch die Vergangenheit ruhen lassen. Immerhin darf Katrin bei uns wohnen. Und Mutter ist auf Vater nicht mehr böse, weil er mit einer anderen Frau zusammen ist, ich rede jeden Tag mit ihr, sie will nur, dass es uns allen gut geht. Heute bleibt sie auf ihrem Zimmer, sie fühlt sich nicht wohl, aber ich soll Petra und Vater liebe Grüße ausrichten.

Ich öffne die Tür. Petra strahlt mich an, ich drücke sie ganz fest. Gebe Vater die Hand; er hat Blumen dabei, wie aufmerksam, so kenne ich ihn gar nicht. Ich bitte die beiden herein, sie setzen sich an den runden Tisch von Großmutter. Die Blumen kommen in eine Vase.

»Wo ist denn Torsten?«, fragt Vater.

»In der Eifel. Möchtest du Kaffee?«

»Ist das wieder dieser Bio-Kram? Den mag ich nämlich nicht«, sagt Vater.

Schön, dass Vater das fragt. Ich habe aufgepasst und diesmal den Kaffee gekauft, den er mag. »Nein, Papa. Es ist richtiger feiner Kaffee, so wie du ihn immer trinkst.«

Er kneift die Augen zusammen. »Na mal sehen.«

Ich gieße seine Tasse nicht ganz voll, er braucht immer noch Platz für Milch. Keine Sahne oder so was. Er nimmt immer Vollmilch, frische Vollmilch. Die Milch gießt er sich selbst ein. Petra kriegt ja erst Kaffee, wenn Vater ihn für gut befindet. Das letzte Mal hat sie keinen bekommen, weil das der Bio-Kram war. Er probiert. Verzieht das Gesicht, aber das hat gar nichts zu sagen. Das macht er immer, wenn er etwas kostet. Sein Mund entspannt sich. »Braves Mädchen«, sagt er. »Du kannst Petra einschenken.«

Mir fällt ein Stein vom Herzen. Ich fülle Petras Tasse bis zum

Rand. Vater findet es zwar furchtbar, Kaffee schwarz zu trinken, aber Petra darf ihn so trinken, wie sie ihn mag. Ich verteile jetzt besser den Kuchen. Ich weiß, dass er Vater schmeckt. Wir essen schweigend, denn es ist nicht gut, beim Essen zu reden. Torsten und ich machen das anders, aber Vater ist mein Gast. Die Wünsche der Gäste muss man respektieren.

»Wieso ist Torsten nicht da?«, bohrt Vater weiter.

Ich lächle ihn an. »Er konnte nur heute ...«

Vaters Faust donnert auf den Tisch. »Du sollst mich nicht anlügen. Er drückt sich, nicht wahr? Er hat nicht den Mumm, sich seinem Vater zu stellen. Er ist ein Schlappschwanz und ein Feigling.«

Mein Bauch fängt an wehzutun. Warum ist Vater nur so? Was habe ich ihm getan, dass er mich immer so anschreit?

Wenn er mich beschimpft, ist mir das egal. Aber Torsten ist mein Bruder, er ist der beste Mensch auf der ganzen Welt. Torsten hat vor nichts Angst. Er ist nicht gegangen, weil er vor Vater Angst hat, sondern vor sich selbst. Torsten schützt Vater vor Torsten. Denn wenn Torsten richtig wütend ist, dann wird er zum Berserker. »Ich bring ihn um«, hat Torsten gesagt, als Vater Katrin nicht zum Arzt fahren wollte. Wir haben sie dann einfach hingebracht, als Vater nicht da war, und die Ärzte haben gesagt, dass es wahrscheinlich zu spät ist. Aber Gott sei Dank hatten sie unrecht. Wenn es nach Vater gegangen wäre, wäre Katrin jetzt tot. Danach haben wir Katrin einfach bei uns behalten, und Vater hat nur gesagt: »Wenn ihr sie haben wollt, bitte.«

Petra hat mir später unter vier Augen gebeichtet, sie wäre froh, dass Katrin jetzt bei uns lebt. Bei uns wäre sie sicher und gut aufgehoben. Und sie könne ja jederzeit vorbeikommen, auch wenn Rüdiger das nicht gerne sehe. Ich kann nicht verstehen, warum Vater seine eigene Tochter verstößt. Ist sie vielleicht gar nicht von ihm? Aber Petra hat geschworen, dass er der Vater ist. Wenn er es genau wissen will, wieso macht er dann keinen DNA-Test? Warum verdächtigt er Petra? Bestimmt, weil er selber ein schlechtes Gewissen hat. Er hat Mutter betrogen, warum nicht auch Petra?

»Sag ihm, dass ich mit ihm reden will. Morgen. Er soll gefälligst vorbeikommen.« Vater klingt wie eine Motorsäge.

Es tut mir im Kopf weh. Aber ich verspreche, es Torsten zu sagen. Petra hat die ganze Zeit geschwiegen. Ich frage sie, wie es mit ihrem Sekretariatsjob in der Grundschule so läuft. Sie blickt kurz zu Vater, der nickt.

»Der neue Direktor ist sehr nett. Er hat mich gelobt und mir eine Gehaltserhöhung zugesagt. Außerdem muss ich einen Lehrgang machen. Ich soll dann mit zwei anderen Kolleginnen eine Lernplattform im Internet betreuen.«

Vater verzieht das Gesicht. »Neumodischer Kram. Früher haben wir mit Büchern gelernt, das ging viel besser. Heute verschwenden die jungen Leute ihre Zeit im Internet mit gewalttätigen Spielen. Kein Wunder, dass alles den Bach runtergeht. Aber wenn der Direktor es so will, dann muss sie es machen.«

Plötzlich spüre ich einen Stich in der Brust. Vater ist ein kompletter Idiot. Ohne Internet wäre Katrin jetzt tot. Aber das ist ihm alles egal. Für ihn gibt es nichts außer seiner engen kleinen Welt. Er hat es ja noch nicht einmal geschafft, die Prüfung bei der IHK abzulegen. Deswegen muss er weiter LKW fahren. Warum lasse ich mir das überhaupt alles gefallen? Nur wegen Katrin! Er könnte sie uns jederzeit wegnehmen. Aber dann würde Torsten ihn umbringen, das weiß er ganz genau. Ich hasse Vater! Aber ich muss mich fügen, wegen Katrin. Und wegen Torsten. Ich will, dass Katrin bei uns bleibt und Torsten nicht ins Gefängnis muss, weil er seinen Vater umgebracht hat, obwohl er jedes Recht dazu hätte.

»Da hat Vater ganz recht. Du wirst machen, was der Direktor von dir verlangt, nicht wahr?«

»Das mache ich doch immer«, sagt Petra.

»Wollt ihr mich verarschen?«, schreit Vater unvermittelt.

»Glaubt ihr, ich bin blöde? Ihr seid beide unverschämt und ungezogen.« Er springt auf, wirft eine Tasse um. »Ich muss euch beide bestrafen! Katrin kommt wieder zu uns. Ab morgen!«

Ein Abgrund tut sich auf. Das kann er nicht machen! Das darf er nicht machen. Er stürzt uns alle ins Unglück. Petra steht auf. Sie ist weiß wie die Wand. Sie setzt an, etwas zu sagen, aber ein böser Blick meines Vaters erstickt ihre Worte. Ich schwitze. Oh mein Gott!

»Aber Vater ...«, sage ich. Er muss doch ein Einsehen haben. »Das ist nicht gut. Für niemanden von uns, verstehst du das nicht?«

Doch Vater greift Petra grob am Arm und zieht sie mit zur Tür. Er reißt ihre Jacken von der Garderobe, stößt die Tür auf und dreht sich noch einmal zu mir um.

»Morgen. Pack ihre Sachen zusammen! Und wenn ihr nicht spurt, rufe ich die Polizei.«

Jetzt zerrt er Petra hinter sich her, schlägt die Tür hinter sich zu und stößt sie ins Auto; mit quietschenden Reifen fährt er davon.

Ich kann mich nicht bewegen. Das Unglück ist über mich hereingebrochen wie ein Erdbeben. Vater will alles zerstören. Nur dann ist er glücklich. So war es schon immer, und so wird es immer sein. »Ach, Torsten, bleibt uns denn wirklich keine andere Wahl?«

*

Kein Laut drang vom Flur her in ihr Büro. Fran hatte sich in die Akten vergraben, es war kurz vor Mitternacht, Geisterstunde. Sie wollte den Anruf nicht länger aufschieben. Zahl für Zahl tippte sie ins Handy, als müsse sie genau nachdenken, wie die Nummer ihres Vaters lautete. Sie hatte sie weder als Kontakt eingetragen noch die Nummer auf einer Schnellwahltaste gespeichert. Das Handy bot ihr zwei Möglichkeiten: verbinden oder abbrechen. Was hatte Frau Dr. Sola gesagt? »Sie entscheiden darüber, wie viel Macht Ihr Vater über Sie hat. Selbst wenn Ihr Körper rebelliert, Sie mit Magenschmerzen quält und Ihr Kopf zu platzen droht: Ihr Verstand weiß, dass Ihr Vater keine Macht über Sie hat, es sei denn, Sie lassen es zu.«

Fran drückte auf Verbinden.

Erst beim siebten Klingelzeichen hob ihr Vater ab. »Was willst du?«

Frans Magen zog sich zusammen. Sie sagte sich in Gedanken: »Er hat keine Macht über mich!« Ins Handy sagte sie: »Du hast unberechtigt Akten eingesehen. Nenn mir einen Grund, warum ich dein Dienstvergehen nicht anzeigen sollte.«

Ihr Vater schwieg. Im Hintergrund hörte Fran Kollegen über eine Schlägerei reden. Ein Mann war leicht verletzt worden, eine Frau hatte ihm eine Flasche über den Kopf gezogen, aber die Flasche war nicht geplatzt, der Schlag war halbherzig geführt worden.

»Können wir uns treffen?«, sagte Dad.

Fran überließ die Entscheidung nicht ihrem Magen, der einen Purzelbaum schlug. »Das halte ich für eine ausgezeichnete Idee. Ich bin in meinem Büro im LKA. Ich erwarte dich in zehn Minuten.«

Fran unterbrach die Verbindung, betrachtete ihre Hände. Sie waren trocken. Ihr war nicht schlecht.

Sie setzte sich in ihren Chefsessel und drehte sich ein paar Mal hin und her. Das tat gut, gab ihr das Gefühl, eine Königin zu sein, die zur Audienz bittet. Obwohl sie Dad gegenüber keine Weisungskompetenz besaß, hatte sie doch Macht über ihn. Reale Macht. Was würden die anderen denken, wenn sie ihn anzeigte? »War ja klar, die hat ihren Vater gehasst, und jetzt zahlt sie es ihm heim.« Oder würden sie wissen, dass es eine verdammt schwere Entscheidung gewesen war? Dass es keine richtige Wahl gab? Zeigte sie ihn nicht an, machte sie sich schuldig. Zeigte sie ihn an, bekam er wegen ihr erhebliche Schwierigkeiten. Stopp! Nicht wegen ihr. Er bekam Ärger, weil *er* falsch gehandelt hatte, nicht sie. Er hatte sich Zugang zu den Akten erschlichen.

»Franziska?«

Fran zuckte zusammen. Dads Stimme.

»Ich bin im letzten Büro auf der rechten Seite«, rief sie.

Sie hörte seine Schritte, dann trat er über die Schwelle ihres Büros.

Er sah schlecht aus. Tiefe Ringe unter den Augen, leicht nach vorne gebeugt. »Es ist spät, du hast mich in der Falle, mach es kurz.«

»Nimm Platz«, sagte Fran und zeigte auf die Sitzecke. Es klang falsch, denn es hörte sich an wie bei einem Bewerbungsgespräch. So soll eine Tochter nicht mit ihrem Vater reden, dachte Fran. Er setzte sich in den der Tür zugewandten Sessel. Sie stand auf und nahm den Sessel gegenüber.

Einen Moment musterten sie sich. »Danke, dass du so schnell gekommen bist.«

Er verzog das Gesicht. »Hatte ich denn eine Wahl?«

»Man hat immer eine Wahl«, entgegnete Fran und lächelte. Wen sah sie da vor sich? Einen alten Mann, gebeugt, erschöpft und bemitleidenswert. »Dir geht es nicht besonders gut?«

Dad schien überrascht. »Komm zur Sache«, sagte er unwillig.

Klar, er wollte es hinter sich bringen, so wie Fran es vor wenigen Minuten auch gewollt hatte. »Kann ich dir etwas anbieten? Einen Kaffee? Wasser?«

»Danke, nein. Ich habe nicht ewig Zeit.« Er setzte sich ganz vorne auf die Kante des Sessels. Seine Hände hatte er zwischen den Beinen gefaltet. Sein Blick glitt durch den Raum. »Wie ist es so, als Chefin?«

Er wollte tatsächlich etwas über sie wissen. Oder war es nur ein Ablenkungsmanöver? Heuchelte er Interesse, um sie milde zu stimmen? »Gut«, antwortete Fran. »Es ist anstrengend, aber es macht Spaß.«

»Macht es auch Spaß, seinen Vater in die Pfanne zu hauen?«

Also doch eine Finte. Fran wartete auf die Wut, auf den Hass. Aber es kam nichts von beidem. Seine Bemerkung war unfair, respektlos und voller Selbstmitleid, aber sie traf nicht. Ohne es zu merken, hatte sie sich innerlich einfach zur Seite gedreht, der Schlag war ins Leere gegangen.

»Ob ich dich in die Pfanne haue oder nicht, das kommt darauf an …« Fran lächelte ihren Vater an. »Weißt du, eigentlich ist es mir egal, ob du in der Pfanne landest oder nicht. Mir geht es um etwas ganz anderes. Du hast etwas getan, das dich den Job kosten kann. Mich würde interessieren, warum? Das passt nicht zu dir. Normalerweise bist du korrekter, als die Polizei erlaubt.«

Ihr Vater zwinkerte mehrmals mit den Augen. »Das geht dich nichts an.«

»Okay.« Fran stand auf. »Wir sind fertig.«

Der große James Miller blieb sitzen, machte ein Gesicht, als habe man ihm eröffnet, er werde standrechtlich erschossen.

»Wie, fertig?«, fragte er verunsichert.

»Du willst mir nicht sagen, warum du es getan hast, also weiß ich, was ich wissen muss, um meine Entscheidung zu treffen.« Ihr Herz schlug schnell, aber sie hatte sich unter Kontrolle.

»Das kannst du nicht machen! Ich bin dein Vater. Du kannst mich nicht einfach verpfeifen. Alle werden dich verachten.«

Er klang unsicher. Er lotete sie aus. Versuchte, seinen Hals aus der Schlinge zu ziehen. Spürte, dass sie anders war als sonst.

»Auch das ist mir egal. Sollen die Leute über mich denken, was sie wollen. Außerdem wird es eine Menge Leute geben, die mir dafür Respekt zollen werden, die mich kennen und wissen, dass das nichts mit unserem schlechten Verhältnis zu tun hat. Sie werden dir nicht glauben, dass ich mich damit billig an dir rächen will, wofür auch immer.«

»Das werden wir ja sehen.« Frans Vater stand auf. »Noch irgendwas?«

»Allerdings.« Fran stand ebenfalls auf, lehnte sich nach hinten an die Wand und verschränkte die Arme über der Brust. »Ich gebe dir einen Tag Bedenkzeit. Wenn ich bis dahin nichts von dir gehört habe oder du die Sache nicht selbst geklärt hast, werde ich ein Disziplinarverfahren gegen dich anstrengen.« Sie überlegte einen Moment. Sollte sie ihm noch einen Hieb verpassen? Einen Satz sagen, wie: »Sehen Sie, Mister Sheriff Miller, wir sind hier nicht im Wilden Westen, und auch nicht bei einer Sekte.« Sie entschied sich dagegen, denn genau das wäre billig gewesen, genau das hätte er erwartet. Stattdessen sagte sie: »Ich lege keinen Wert darauf, dir Schwierigkeiten zu machen. Aber wenn du nicht mit mir reden willst, dann habe ich keine Wahl.«

Ein Zittern lief durch den massigen Körper von James Miller. Fran wappnete sich gegen eine verbale Attacke, aber ihr Vater drehte sich nur um und stampfte aus dem Büro.

Fran atmete aus. Die Anspannung ließ nach. Hatte sie es richtig gemacht? Zumindest waren sie nicht übereinander hergefallen. Sie hatte es geschafft, nicht gemein zu werden, ihn nicht anzugreifen, obwohl er sich verhalten hatte wie immer: respektlos, anmaßend und uneinsichtig. Wenn sie es recht bedachte, hatte sie es sehr gut gemacht. Er hatte sie nicht provozieren können, sie war, zumindest nach außen, ruhig und bei der Sache geblieben. Was wäre gewesen, wenn sie sich besser verstanden hätten? Dann hätte er sie einfach angerufen und gefragt, ob sie ihm etwas über den Fall erzählen möchte. Und sie hätte es getan, bei einer Tasse Kaffee und einem Stück Kuchen, auch wenn es nicht ganz korrekt gewesen wäre. Aber sie hätte ihm vertraut, und daraus wäre kein Schaden entstanden. Doch die Wirklichkeit sah anders aus. Sie traute ihrem Vater nicht über den Weg, nicht für fünf Cent. Sie seufzte. Das war bedauerlich. Nicht mehr. Es durfte nicht mehr sein, sonst verstrickte sie sich wieder in die alten Gefühle, die sie dazu brachten, Fehler zu begehen. Schwerwiegende Fehler.

Sie setzte sich wieder an ihren Schreibtisch, fuhr den Rechner hoch und ließ ihre Finger auf der Tastatur tanzen: Psychopathologie und Personenprofil des »Gärtners«. Es war an der Zeit, einem Mörder das Handwerk zu legen, der wie ein kranker Nebel durch die Stadt wehte, Menschen entführte, tötete und die Leute verrückt machte.

*

Eine Tür ist ganz fest zugeschlagen worden. Das habe ich deutlich gehört. Und vorher haben sich Leute gestritten. Das habe ich auch gehört. Jetzt ist es wieder ganz still. Ich öffne ganz langsam die Augen. Mein Kopf tut weh. Es fühlt sich an, als hätte ich einen Hut auf, der zu eng ist. Ich bin immer noch in dem blauen Zimmer. Es ist nicht mein Zimmer. Die Stimmen kenne ich nicht. Ich kann mich nicht bewegen. Wo bin ich? Mein Hals wird eng, ich kann nicht mehr gut atmen. Wer hat mich hierher gebracht? Warum? Wo ist meine Mama? Ich will zu meiner Mama. Ich schreie. Mein Hals tut weh. Ich schreie weiter. Die Tür geht auf. Ich will weglaufen, aber es geht nicht. Ich kann mich nicht bewegen. Ein Riese kommt auf mich zu. Er öffnet den Mund, ist riesengroß, er will mich fressen. Ich kreische, will ihn treten, mein Bein zuckt, aber es geht nicht. Seine Augen sind wie glühende Kohlen, seine Hände sind groß wie Teller. Er beugt sich über mich, ich spüre einen Stich. Er verschwindet. Das Zimmer verschwindet. Mein Schreien verschwindet.

Samstag

Fran schreckte hoch. Lena sang bereits den ersten Refrain von »Like a Satellite«. Das Handy lag neben ihrem Kopf, der auf einer geöffneten Akte ruhte. Ihre Arme lagen rechts und links auf dem Schreibtisch, ein Speichelfaden klebte in ihrem Mundwinkel. Sie erkannte Saschas Nummer, drückte den grünen Button und meldete sich.

»Fran? Alles klar? Wo bist du? Ich verstehe dich kaum.«

»Büro.« Fran schluckte ein paar Mal, ihr Rachen war staubtrocken. »Moment.« Sie rappelte sich hoch, fand im Schrank eine angebrochene Flasche Wasser, setzte an und trank. Es schmeckte schal, aber es ölte die Stimmbänder, das Kratzen im Rachen verschwand.

»Hast du jemanden bei der AKV-Südwest erreichen können?«, fragte Fran.

»Yep! Der Leiter ist in zwanzig Minuten bei mir im Präsidium. Kommst du?«

»Bin schon da«, sagte Fran und unterbrach die Verbindung. Dann schaute sie auf die Uhr. Halb fünf. Samstag. Also hatte Sascha den Chef der AKV-Südwest aus dem Schlaf geholt, noch dazu am Wochenende. Nicht schlecht.

Zehn Minuten später stand sie in Saschas Büro. Die Ringe unter seinen Augen waren nicht heller geworden, aber er schien dennoch bester Laune zu sein. Fran streckte sich, schüttelte die Arme aus und setzte sich. Die paar Stunden Schlaf auf dem Bürosessel waren nicht wirklich erholsam gewesen. Sie bewegte sich zu wenig, ihre Muskeln meuterten, sie musste dringend etwas für sich tun. Aber wann? Sie schob jetzt schon eine Bugwelle an Aufgaben vor sich her. Und solange Emily nicht gefunden war, konnte sie sich keine längere Auszeit leisten.

Sascha legte ihr einen Ausdruck hin. Eine Liste aller Krankenkassen in Düsseldorf und Umgebung. Einhundertzweiunddreißig gesetzliche, an die fünfzig private Anbieter. Gut, dass sie wussten, wo sie zuerst suchen mussten. Schlecht, wenn sie bei der AKV-Südwest nichts fanden.

»Über deine speziellen Freunde aus der Eifel habe ich nichts Neues herausgefunden. Das kann dauern. Was den Staatsschutz angeht, hast du richtiggelegen: Die mauern. Ohne Gerichtsbeschluss sagen die uns noch nicht einmal die Uhrzeit.« Sascha kratzte sich am Kopf. »Und sie haben gedroht, uns, Zitat, ›alle zu machen‹, wenn wir uns in ihre Angelegenheiten einmischen.«

Saschas Schreibtischtelefon läutete. Er hob ab, hörte kurz zu. »Bringst du ihn zu mir? Danke.« Er wandte sich Fran zu. »Der Leiter der AKV-Südwest Düsseldorf, Roman Pragnitz.« Sascha gähnte. »Der Beschluss hat keine zehn Minuten gedauert. Ich habe Pragnitz aus dem Schlaf geklingelt, und er hat sofort eingewilligt, vorbeizukommen und uns Zugang zu allen Personendaten zu geben. Er müsste jeden Moment da sein.«

Wie aufs Stichwort klopfte es. Ein massiger Mann mit rotem Haar und rotem Kopf trat ein. So sieht der Prototyp eines Iren aus, dachte Fran. Ein wenig erinnerte er sie an ihren Vater, nur in roter Ausführung.

»Roman Pragnitz, angenehm.«

Fran war aufgestanden, drückte ihm die Hand. Trocken, nicht zu fest. Gewinnendes Lächeln. »Franziska Miller, ich bin die Leiterin der Abteilung Operative Fallanalyse des LKA. Vielen Dank, das Sie so schnell kommen konnten. Zu dieser Tageszeit.«

»Das ist eine Selbstverständlichkeit. Es geht schließlich um Leben und Tod.«

Roman Pragnitz begrüßte Sascha. Fran stellte sich rechts neben Pragnitz, Sascha auf die andere Seite.

Pragnitz rief das Intranet der AKV-Südwest auf, loggte sich ein. »Wir haben eine Stunde, dann wird das Passwort geändert. Normalerweise können Sie von außen so nicht auf die Daten zugreifen. Hier liegen die sensiblen Informationen.«

Fran zögerte nicht. »Geben Sie bitte ›Birte Rastow‹ ein.«

Roman Pragnitz' Finger huschten über die Tasten, es dauerte drei Sekunden, dann füllte Birte Rastows Datensatz den Bildschirm.

Birte Rastow war mit dreizehn Jahren an Leukämie erkrankt und mit Hilfe einer Knochenmarkspende geheilt worden.

»Können wir das ausdrucken?«

»Kein Problem.« Der Leiter der AKV-Südwest kannte sich wirklich gut aus. Er fand sofort die im Netzwerk verfügbaren Drucker und gab den entsprechenden Befehl.

Es waren dreizehn Seiten. Zahlenkolonnen, Begriffe, die Fran nicht verstand. »Jetzt bitte Lisa Muench.«

Der Bildschirm schien sich kaum verändert zu haben, es war dieselbe Datenbankoberfläche. Lisa Muench war mit fünf Jahren erkrankt. Bei ihr hatte die Chemo geholfen. Der letzte Befund hatte keine Krebsmarker mehr gezeigt. Damit galt sie als geheilt, mit einem sehr geringen Risiko, dass der Krebs wieder ausbrechen konnte. Lisa Muench gehörte zu den Kindern, die von der modernen Medizin profitiert hatten. Noch vor zwanzig Jahren wäre Lisa verloren gewesen. Fran fragte sich, was für Lisas Eltern weniger schmerzhaft gewesen wäre: der Tod durch eine Krankheit, die nicht zu heilen war, oder der Tod durch Gewalt. Es gab wohl kein Maß, das einen Vergleich zuließ. Aber Fran konnte sich vorstellen, dass die jahrelange Ungewissheit das Schlimmste war in dieser Symphonie des Schmerzes, komponiert aus Schuldgefühlen, Trauer, Wut und Verzweiflung.

»Emily Sola bitte«, sagte Fran und hielt die Luft an.

Die Datei bestätigte, was Fran schon wusste. Auch Emily war mit fünf Jahren erkrankt und durch eine Chemotherapie geheilt worden. Sie waren auf dem richtigen Weg. »Jetzt bitte Harald Sobota.« Dasselbe Spiel. Geheilt, regelmäßige Termine zur Nachsorge. »Können Sie alle Leukämiefälle der letzten zehn Jahre isolieren, Alter zwischen null und fünfzig Jahre?«

Roman Pragnitz lächelte und drückte ein paar Tasten.

Eine Liste baute sich auf, mit rasender Geschwindigkeit huschten die Seiten über den Bildschirm. Als der Screen wieder still stand, zeigte die Liste vierzehntausendeinhundertneunzehn Einträge. Fran stöhnte.

»Haben Sie Bilder zu den Fällen?«, fragte Sascha.

Roman Pragnitz nickte. »In aller Regel ja. Und mehr als eines. Wir dokumentieren den Fortschritt der Heilung – oder des Sterbens. Wenn die Patienten oder die Angehörigen einverstanden sind. Und das sind sie zu neunundneunzig Prozent.«

»Können Sie alle Bilder, die nur das Gesicht zeigen, isolieren und mit Namen in einer Datei abspeichern?«

Roman Pragnitz kratzte sich am Kopf. »Grundsätzlich geht das, damit bin ich allerdings überfordert. Da muss ich die Jungs von der EDV dransetzen. Einen Moment bitte.« Er zückte sein Smartphone und telefonierte kurz. »Die EDV ist rund um die Uhr besetzt. Nicht erst seit der NSA-Sache. Wir haben im Schnitt zwei bis drei ernst zu nehmende Angriffe pro Monat.« Roman Pragnitz kam der Frage zuvor, wer an den Daten einer Krankenkasse Interesse haben könnte. »Unsere Daten sind pures Gold: Firmen könnten damit ihre verkaufsfördernden Maßnahmen präzise platzieren: wen sie mit welcher Werbung, mit welchen Angeboten versorgen müssen. Das gilt letztlich für jedes Unternehmen im Gesundheitsbereich, im Inland wie im Ausland. Die Angriffe kommen zu neunzig Prozent aus dem Ausland, vor allem Amerika, Russland und China.«

Sein Smartphone meldete sich mit einem Glockenläuten. Wenn Fran sich nicht täuschte, war es Big Ben. Er lauschte kurz und nickte dann. »Sehr gut. Vielen Dank. Hervorragende Arbeit.« Er unterbrach die Verbindung. »Ich habe die Datei in meinem Sicherheitspostfach. Von da kann ich sie weiterleiten. Wo soll sie hin?«

Sascha gab ihm die FTP-Adresse des LKA. Dort konnten sie die Datei mit einer Bilderkennungssoftware durchsuchen, falls sie ein weiteres Opfer finden sollten. Dadurch würde sich die Identifizierung erheblich beschleunigen.

Roman Pragnitz schickte die Datei los, nur eine Minute später kam die Bestätigung vom LKA. Vor ein paar Jahren hätte die Übertragung Stunden gedauert.

Sascha stand auf. »Ich bin unhöflich. Kann ich Ihnen etwas anbieten?«

»Gerne. Wenn Sie einen echten Polizeikaffee hätten? So einen, der die meisten Toten wieder zum Leben erweckt?«

»Kein Problem.« Sascha verließ den Raum.

Roman Pragnitz rieb sich die Augen und setzte sich. »Haben Sie schon eine Ahnung, wer Emily Sola entführt haben könnte?«

»Eine Ahnung, ja«, antwortete Fran wahrheitsgemäß. »Nicht mehr.«

»Keine Spuren am Tatort? Keine Zeugen? Keine Hinweise?«

»Hunderte. Von allem. Wir werden mit Hinweisen überschüttet. Es dauert ewig, bis alles überprüft ist.«

»Deswegen erhoffen Sie sich von den Akten einen Treffer. Ein stabiles Muster.«

»Ausgezeichnet, Herr Pragnitz. Genauso ist es.«

»Wenn Sie also den Unbekannten in unserer Datei finden und er Leukämie hatte, dann werden Sie unseren Laden auf den Kopf stellen.« Es war keine Frage, sondern eine Feststellung.

»Auch das haben Sie richtig erkannt.«

»Und es kann uns die Schlagzeile blühen: ›Monster von Düsseldorf Mitarbeiter der AKV-Südwest‹.«

Fran hob nur die Hände.

Roman Pragnitz stieß laut die Luft aus und kratzte sich am Kopf. Bevor er etwas antworten konnte, kam Sascha mit drei Tassen zurück, in denen tiefschwarze Flüssigkeit schwappte. »Garantiert ungesund.« Er stellte die Tassen auf den Schreibtisch.

Sie hörten das Ping der eingehenden Nachricht und hoben gleichzeitig die Köpfe. Sascha und Fran hechteten hinter den Schreibtisch. Fran hatte schon immer den Humor der EDV-Leute bewundert. Die erste bestand aus nur einem Wort: »Gotcha!« Ein zweites Ping kündigte die nächste Nachricht an. Eine lange Liste mit Namen. Darunter auch Harald Sobota.

»Wer hat Zugang zu diesen sensiblen Daten?«, fragte Sascha.

Roman Pragnitz überlegte nicht lange. »Ich, meine Stellvertreter, die Sachbearbeiter, die Leute von der EDV, die haben allerdings nicht alle auf alle Daten Zugriff. Es sind etwa achtzig Personen. Wobei die Sachbearbeiter meist nur auf einen bestimmten Bereich konzentriert sind, aber natürlich fast alle Daten abrufen können. Es geht nach dem Alphabet. Rotierend. Die Sachbearbeiter wechseln in einem festgelegten Turnus.«

Fran zeigte auf den Bildschirm. »Können wir eine Abfrage machen, die nur die Personen zeigt, die auf alle Akten der vier Opfer Zugriff hatten beziehungsweise sie bearbeitet haben?«

Auch das war kein Problem. Roman Pragnitz wechselte die Datenbank, loggte sich ein und erstellte eine Abfrage, die etwas umfangreicher war. Das Ergebnis erschien sofort: siebzehn Namen, darunter ein Name, der Fran sofort ins Auge stach: Torsten Gabald.

*

Marcels gute Laune erreichte einen neuen Höhepunkt. Das Poesiealbum hatte gehalten, was er sich davon erhofft hatte. Es hatte fast zehn Stunden gedauert, aber jetzt hatten sie die Einträge im Poesiealbum eindeutig Kindern aus dem Umfeld von Lisa zuordnen können. Bis auf den einen Eintrag, der von einem Erwachsenen stammte, der sich Torsten nannte.

Die Muenchs kannten niemanden mit diesem Namen. Die ehemalige Klassenlehrerin von Lisa musste passen. Auch in den Akten tauchte niemand mit dem Vornamen Torsten auf.

Aber die Kombination Transe und Torsten, das verkleinerte den Kreis der Verdächtigen erheblich, wenn man nur wusste, wo man suchen musste. Sicherlich nicht im Telefonbuch. Da gab es ein paar Hundert Einträge mit dem Vornamen Torsten.

Der Eintrag von Torsten stammte aus dem scheinbar unerschöpflichen Vorrat an Sprüchen, die man in Poesiealben und im Internet finden konnte. Er lautete: »Ein Blatt ist kein Baum, ein Körnchen kein Sand, ein Tröpfchen kein Meer, drum gib mir die Hand. Einer allein kann sich fürchten, einer allein hat es schwer. Doch zusammen sind wir wie der Baum, der Sand und das Meer.« Wer immer das geschrieben hatte, stand auf florale, naturnahe Motive. Das brachte ihn nicht weiter.

Marcel schickte seine beiden besten Leute auf die Suche und schärfte ihnen ein, absolut diskret vorzugehen. Zwei Stunden lang erledigte er Bürokram, denn er durfte die anderen Fälle, die ihm sein längerfristiges Auskommen sicherten, nicht vernachlässigen. Er meldete sich bei Jamila ab, erfreute sich an ihrem Lächeln und machte sich wieder auf den Weg ins Bahnhofsviertel.

Dort hatte er seine Jahre als Straßenbulle abgerissen, eine hervorragende Schule des Lebens. Aus dieser Zeit stammte auch sein Kontakt. Ein warmer Schauer lief ihm über den Rücken.

Vor dem grellen Neonschild des Café Reverse blieb er einen Moment stehen. Hier war er einmal zu einer Messerstecherei gerufen worden. Ein Hetero hatte eine Transe aufgeschlitzt und fast umgebracht, weil er geglaubt hatte, sie sei eine Frau, und sich betrogen fühlte. Er war wegen Mordversuchs eingebuchtet worden, völlig zu Recht, wie Marcel fand. Damals hatte er vor allem darüber gestaunt, wie viel Blut ein Mensch verlieren kann, ohne zu sterben.

Das Café Reverse hatte noch geschlossen, es war viel zu früh für einen lohnenden Betrieb. Marcel klingelte und wartete ein paar Minuten. Dann klingelte er noch mal. Und noch mal. Endlich knisterte die Gegensprechanlage.

»Kirsch, mein Süßer, weißt du, wie früh es ist?«

Marcel schmunzelte. Er wusste, es gab eine Kamera, aber er hatte sie nicht ausmachen können. »Olga, meine Süße, es ist genau die richtige Zeit für einen netten Plausch, bei dem durchaus etwas für dich rausspringen könnte.«

»Das klingt wirklich gut«, säuselte Olga.

»Nicht, was du denkst«, sagte Marcel sofort. »Eher Materielles.«

»Wie schade!« Olga schien enttäuscht, aber der Türsummer bewies, dass sie ihn dennoch empfangen würde. Er drückte die Tür auf, und sofort umwehte ihn der süße Duft von Veilchen. Das war Olga. Veilchenduft überall und jede Menge Plüsch, vor allem in Rot. Deswegen hieß das Café Reverse in der Szene auch das »Moulin Rouge von Düsseldorf«.

Hier trafen sich nicht nur Transsexuelle und Transvestiten, sondern auch eine ganze Menge Intellektuelle, Musiker, Schauspieler und ein paar kleine Zuhälter. Das »Moulin Rouge« war in, war schick und hatte das angenehme Flair des Verbotenen und Subversiven. Und Olga zauberte seit zwanzig Jahren jeden Abend eine verdammt gute Show auf die Bühne sowie erstklassigen Schampus in die Gläser. Zu fairen Preisen. Das war ihr Erfolgsrezept: die Leute nicht ausnehmen, sondern bestens unterhalten. Dann gaben sie ihr Geld freiwillig aus und fühlten sich gut dabei.

Olga empfing ihn in ihrem Allerheiligsten, einem Salon, der mit echten Möbeln aus dem neunzehnten Jahrhundert eingerichtet war. Sie drückte ihm je einen Bisou auf beide Wangen, wobei sie nach Veilchen duftete, natürlich. Sie bot ihm Tee an, er bedankte sich begeistert, denn man durfte sich bei Olga eine ganze Menge leisten, aber den Tee ablehnen, das ging gar nicht.

Sie tänzelte aus dem Salon in die benachbarte Küche, hantierte ein wenig herum und kehrte mit einem Tablett zurück, auf dem Teegeschirr stand, das einen sehr teuren Eindruck machte. Marcel musste sich eingestehen, dass Olga mit ihren knapp über vierzig immer noch eine attraktive Frau war. Hätte er nicht gewusst, dass sie früher ein Mann gewesen war, sie hätte durchaus in sein Beuteschema gepasst. Sie war schlank, hatte einen zierlichen Knochenbau, eine jungenhafte Figur, kleine Brüste, ein ovales Gesicht, das dezent geschminkt war, ungewöhnlich für eine Transe. Selbst ihre Stimme hatte sie sich um eine Oktave nach oben trainiert. Sie war schlicht perfekt.

Olga stellte das Tablett ab, goss Veilchentee in eine Tasse und reichte sie ihm. Sie nahm sich ebenfalls eine Tasse, ließ sich in einen roten Ohrensessel gleiten, schlug die Beine übereinander und richtete ihren Blick mit einem zweifellos erotischen Augenaufschlag auf Marcel.

»Was kann ich für dich tun, mein Süßer?«

»Du siehst blendend aus!«, antwortete Marcel. »Das meine ich ehrlich.«

Olga errötete leicht, was sie noch anziehender machte. Aber Marcel hatte ein Prinzip. Keine Männer. Egal in welcher Verpackung.

»Wie gehen die Geschäfte?«, fragte Marcel. Ein wenig Smalltalk musste sein.

»Ich kann nicht klagen. Ohne Reservierung geht gar nichts mehr.« Olga setzte die Tasse an und schlürfte ein Tröpfchen Tee.

Das war das Zeichen, dass auch er einen Schluck nehmen musste. Marcel hasste Veilchentee, Olga wusste das, und sie genoss sichtlich die kleine Rache, weil er sie damals nicht erhört hatte.

Er nahm einen Schluck und verzog das Gesicht genießerisch, obwohl er das Gebräu am liebsten wieder ausgespuckt hätte. »Es gibt keinen besseren Veilchentee als deinen.«

»Und es gibt keinen besseren Lügner als dich«, erwiderte Olga.

Sie lächelte ihn an. Jetzt war es so weit. Die Formalitäten waren erledigt. Er konnte zur Sache kommen. »Ich suche nach einer Transe. Groß, blond. Torsten ist ihr Name.«

»Torsten?« Olga schien überrascht. »Welche Transe nennt sich denn Torsten?«

»Das habe ich mich auch schon gefragt. Vielleicht ein Anfänger oder eine Anfängerin?« Marcel nahm noch einen Schluck Tee. Er schmeckte nicht besser.

»Vielleicht ist sie am Experimentieren. Weiß noch nicht so richtig, in welches Lager sie gehört.« Olga verfiel in Schweigen.

Marcel ertappte sich bei der Vorstellung, wie es wäre, sie zu küssen. Etwas sträubte sich in ihm, aber etwas anderes fand den Gedanken aufregend. Sie hatte volle Lippen, gleichmäßige Zähne, strahlend weiß, sie war eine wirklich schöne Frau.

»Mir fällt niemand ein, der Torsten heißt, mein Süßer, tut mir leid. Ich würde dir gerne helfen, das weißt du.«

»Ja, das weiß ich. Und ich weiß es zu schätzen.« Marcel stellte die Tasse ab, stand auf, beugte sich zu Olga hinunter, suchte mit seinem Mund ihre Lippen, fand sie – sie waren weich wie Samt. Sie legte ihm eine Hand auf die Brust und drücke ihn sanft weg. Er richtete sich auf.

»Es ist wunderschön, aber du wirst mir das Herz brechen, Marcel. Wie damals.«

Marcel setzte sich wieder, sein Herz schlug wild, es fühlte sich kitschig an. »Entschuldige. Wahrscheinlich hast du recht. Aber ich musste einfach …«

Olga hob eine Hand. »Schon gut.« Sie versuchte zu lächeln, aber es gelang ihr nicht.

Marcel trank den Rest des Tees, der sich immer noch nicht in ein köstliches Getränk verwandelt hatte. »Du hast was bei mir gut. Wenn du mal Ärger hier im Viertel haben solltest, bin ich mit meinen Leuten zur Stelle.«

Olga erhob sich ebenfalls. »Momentan ist es friedlich. Stell dir vor, die Bullen haben mir die Rocker vom Hals geschafft. Die wollten den Laden übernehmen. Aber ein paar meiner Kunden sind deine Ex-Kollegen. Die haben denen ein Angebot gemacht, das sie nicht ablehnen konnten. Ich stehe unter dem Schutz der Staatsmacht.« Sie lachte perlend. »Ausgerechnet ich!« Sie wurde ernst. »Ich werde mich umhören.«

Sie begleitete ihn zur Tür, hielt aber einen Sicherheitsabstand. Marcel respektierte das, obwohl er heute sein Prinzip hätte sausen lassen, obwohl er Olga rumgekriegt hätte, wäre er nur hartnäckig genug gewesen. Aber er mochte sie wirklich, und deswegen wollte er sie nicht schon wieder verletzen.

Sie drückte ihm einen schnellen Kuss auf die Wange und schob ihn auf die Straße. Er blieb noch einen Augenblick stehen. Langsam kühlte er ab, langsam kam seine Vernunft wieder. »Was hast du da gemacht?«, murmelte er. »Du wirst alt, verdammt! Alt und sentimental.«

Gemächlich überquerte er die Straße, schloss seinen Wagen auf und setzte sich hinters Steuer. Er musste diesen Torsten finden. Er steckte den Schlüssel ins Schloss. Sein Handy meldete sich. Olga.

»Sorry, Marcel. Ich musste dich loswerden, sonst wäre ich schwach geworden, und wir hätten es beide bereut. Mir ist etwas eingefallen. Ich kenne zwar keinen Torsten, der eine Transe ist, aber ich kenne eine Frau, die wie deine Transe aussieht und immer wieder mal hier auftaucht und von einem Torsten faselt, der sie und seine Schwester retten soll.«

Marcel brach der Schweiß aus. »Weißt du …«

»Aber ja«, flötete Olga. »Sie hat mit EC-Karte bezahlt. Gabald heißt sie. Hannah Gabald.«

»Tausend Dank, Olga. Ich werde mich erkenntlich zeigen, glaub mir.« Er zögerte einen Moment. Sein warmes Gefühl im Bauch war immer noch nicht verschwunden. »Ich mag dich sehr, Olga. Und vorhin habe ich dich begehrt wie schon lange keine Frau mehr. Ich weiß nicht, ob das Liebe ist, ich weiß nicht, was es überhaupt war. Du kennst mein Prinzip.« Ihm fehlten die Worte.

»Willst du es denn herausfinden?«

»Ja und nein.« Marcel lachte innerlich über sich selbst. Wie idiotisch konnte man sich benehmen? »Entschuldige bitte, Olga, ich fürchte, ich mache mich lächerlich, stammle rum wie ein Idiot.«

»Schlaf eine Nacht darüber. Dann sehen wir weiter. Wenn du dich entschieden hast, egal wie, lass es mich wissen.«

»Du bist wirklich eine bemerkenswerte Frau, Olga.« Marcel traf eine Entscheidung. »Ich komme morgen um dieselbe Zeit zu dir. Und dann schauen wir weiter. Wenn du mich überhaupt empfangen willst.«

»Ich freue mich. So oder so. Bis morgen, Marcel.«

»Bis morgen, Olga.«

Obwohl die Leitung schon tot war, hielt Marcel das Handy noch kurz in seiner Hand. Es fühlte sich richtig an. Morgen würde er Olga besuchen, und dann würde sein Gefühl entscheiden. Oder sein Kopf. Wie auch immer, es würde richtig sein.

Bis dahin würde er bereits in die Polizeigeschichte eingegangen sein. Er brauchte keine fünf Minuten, um herauszufinden, wo Hannah Gabald gemeldet war.

*

Torsten sitzt am Tisch und schweigt. Ich stelle die Kartoffeln hin, den Braten und den Rosenkohl. Das isst er eigentlich besonders gerne. Ich war das ganze Wochenende in der Eifel, im Gartenhaus von seinem Freund, einem seltsamen Belgier. Torsten war hier, Gott sei Dank, so konnte er das Schlimmste verhindern. Vater ist ein gerissener Halunke, aber Torsten ist schlauer. Er hat den Plan sofort durchschaut. Am nächsten Tag, so wie er gedroht hat, ist Vater gar nicht gekommen. Und er hat auch nicht die Polizei gerufen. Vater ist erst am Sonntag gekommen, hat vorher angerufen, wollte sich einschleimen, war stinkfreundlich. Ich wäre vielleicht darauf reingefallen, aber Torsten nicht. Es ist ja auch nicht das erste Mal, dass Vater uns Katrin wegzunehmen versucht. Jetzt, wo es ihr wieder besser geht, wo sie wieder gesund ist. So ist Vater. Ein gesundes Kind, das nimmt er gerne, aber sich kümmern, das kommt nicht in Frage. Aber Torsten hat mir rechtzeitig gesagt, dass es an der Zeit sei, Katrin in Sicherheit zu bringen. Genau das habe ich getan. Niemand kann sie finden. Nur Torsten und ich wissen, wo sie ist.

»Willst du mir nicht sagen, was passiert ist?«, frage ich Torsten. »Ich weiß doch, dass du nichts Böses getan hast, dass du das Richtige getan hast, dass es hat sein müssen. Du hattest keine andere Wahl.«

Er räuspert sich. »Er hat zuerst angerufen. Seine Stimme klang seltsam, es war, als hätte ich sie noch nie vorher gehört. Aber dann habe ich ihn doch erkannt. Er hat seine Stimme nur verstellt. So schlimm war es noch nie. Ich habe gesagt, er soll vorbeikommen. Zehn Minuten später war er da. Ich habe nichts von dem, was er gesagt hat, verstanden. Er hat sogar versucht, mich mit einer Maske zu täuschen. Er hat nach einer Lisa gefragt. Ich habe ihm gesagt, ich kenne keine Lisa. Dann hat er gefragt, ob hier ein Mädchen leben würde, so acht Jahre alt. Ein Bild hat er mir auch gezeigt, hat gesagt, das sei das Mädchen, das er sucht. Aber es war ein Bild von Katrin. Da habe ich ihn durchschaut und ihm etwas gegeben, damit er einschläft. Wie dumm er war!«

»Dumm?« Ich bin so wütend. Dieser Mann hat versucht, uns Katrin wegzunehmen. »Er ist böse. Er ist der Teufel. Hast du ihn am Tempel begraben?«

»Aber ja. So wie es unser Brauch ist. In seinem Grab. In Vaters Grab.«

»Das darf nicht sein!« Noch nie war ich so voller Wut und Zorn und Hass. »Er muss da weg.« Ich kenne meinen Vater. Das bringt nur Unglück. Was geht da vor? »Torsten, du musst ihn wegschaffen. Das war nicht Vater. Vater ist manchmal zornig und seltsam, und er droht, aber er ist nicht so böse. Dieser Mann ist nicht Vater. Er darf da nicht sein, er beschmutzt das Grab, wir müssen Vater wiederfinden. Das kann nicht Vater gewesen sein. Du hast dich getäuscht.«

Torsten nickt bedächtig. »Ich glaube, du hast recht. Ich mache mich gleich auf den Weg. Geht es Katrin gut?«

»Aber ja, das weißt du doch. Sie ist in Sicherheit, sie ist versorgt. Nur Wasser muss ich ihr noch bringen.«

»Wir müssen vorsichtig sein«, sagt Torsten. Sein Blick ist sehr ernst. »Niemand darf etwas davon erfahren. Du weißt, wie die Leute sind. Und wir dürfen nie wieder Fremde in unser Haus lassen.«

»Wir müssen Katrin noch besser beschützen«, flüstere ich.

»Weil Vater immer noch da ist. Kannst du ihn spüren?« Torsten schaut über die Schulter nach hinten.

Ein leises Zittern durchläuft meinen Körper. Ich friere. Ein Schatten huscht über die Wand. »Ist er schon hier?«

Torsten steht auf, geht in die Küche, in den Keller, ins Schlafzimmer, er kommt zurück, lächelt. »Alles in Ordnung. Aber wir sollten die Türen immer verschlossen halten. Und du machst alles wie immer. Gehst zur Arbeit, kaufst ein. Niemand soll merken, dass wir uns Sorgen machen.«

»Was würde ich nur ohne dich machen, Torsten?«

Ich umarme ihn. Und friere noch immer.

*

Fran klopfte mit einem Lineal leise auf den Tisch. Das Team war vollständig. Außerdem war Hasso Kittner dazugestoßen; er musste dabei sein, denn sie mussten Entscheidungen treffen, mussten die weitere Strategie festlegen. Und sie durften nichts überstürzen, obwohl die Zeit drängte. Niemand hatte Lust, seinen Job zu riskieren oder, schlimmer, seine Reputation, nur weil sie wieder einmal aus der Hüfte schossen.

Im Moment liefen alle Fäden bei Torsten Gabald zusammen. Er war der eine Sachbearbeiter gewesen, der alle Opfer betreut hatte. Er gehörte zur rechten Szene. Auch er hatte Leukämie gehabt, war geheilt worden, hatte sich aber nicht mehr zur Nachsorge gemeldet. Er hatte eine Schwester, Hannah Gabald, die Senior schon kennengelernt hatte, und eine Halbschwester, Katrin Gabald. Frans Herzschlag hatte einen Moment ausgesetzt, als sie Katrin Gabalds Krankenakte eingesehen hatte. Sie war mit sieben Jahren an Leukämie gestorben. Eine dickere Verbindung hätte es nicht geben können. Im Zentrum aller Fälle stand der Tod durch oder die Heilung vom Blutkrebs – und die rechte Gesinnung.

Fran hatte noch mal mit Martina geredet, und die hatte ihren Bruder angerufen, ihn gefragt, was mit Torsten Gabald sei. Nach langem Hin und Her hatte Martinas Bruder zugegeben, dass er Torsten Gabald von einem Schießtraining in Belgien her kannte. Er hatte ihn nur einmal gesehen, vor mehr als zwei Jahren, danach nicht mehr. Aber er sei ihm seltsam vorgekommen, habe von einer letzten Reserve gesprochen und davon, dass er die Zukunft seiner Schwester schützen werde, mit allen Mitteln. Und er gehe davon aus, dass Torsten Gabald gewaltbereit sei, ebenso wie Sebastian Ingerswald und Holger Anton. Deshalb habe er seinen Namen genannt.

Das ergab keinen Sinn, denn Katrin Gabald war tot, und Hannah Gabald wurde nicht bedroht, es sei denn, Torsten Gabald litt unter Verfolgungswahn.

Hasso Kittner ergriff das Wort. Auch er hatte tiefe dunkle Ringe unter den Augen. »Torsten Gabald ist angeblich verreist, und Hannah Gabald haben wir nicht angetroffen. Sie wohnt in einem kleinen Haus mit Garten im Heideweg in Mörsenbroich. Das Haus haben die Eltern gekauft, Torsten und sie haben es geerbt. Es ist schuldenfrei. Die Nachbarn sehen Hannah Gabald nur selten. Nichts deutet darauf hin, dass in dem Haus jemand gefangen gehalten wird. Der Garten ist sehr gepflegt, aber es findet sich dort nicht eine der Pflanzen, mit denen die Opfer hergerichtet wurden. Auf ihren Namen und auf den Namen ihres Bruders sind keine weiteren Immobilien eingetragen. Was nichts heißen will. Aber das ist der Stand. Sieht nach Sackgasse aus. Hannah Gabald hat eine weiße Weste. Zufall?«

Daran glaubte Fran nicht. Das waren einfach zu viele Zufälle. »Kein Zufall. Alle anderen Hinweise und Spuren sind bis jetzt im Sande verlaufen. Es muss einen Zusammenhang zwischen der Krankheit und dem Motiv des Täters geben. Torsten Gabald stellt diesen Zusammenhang her, seine Schwester ist an Leukämie gestorben. Er rächt sich am Schicksal, indem er geheilte Menschen tötet, die obendrein seinem Feindbild entsprechen, da sie in irgendeiner Form gegen rechts kämpfen.«

»Was ist mit Andreas Muench?«, fragte Malte. »Er ist extrem aggressiv, er hasst die Polizei. Nach dem aktuellen Stand der Dinge hat er logischerweise kein Alibi mehr. Könnte er seine Tochter nicht auch gefangen gehalten haben? Warum auch immer. Und dann die anderen Morde inszeniert haben? Oder er ist ein Serientäter mit unterschiedlicher Präferenz.«

»Wir sind dabei, ihn zu durchleuchten«, entgegnete Sascha. »Bis jetzt nichts Handfestes. Und wir kennen keinen einzigen Todeszeitpunkt, um daraus eine vernünftige Alibiüberprüfung abzuleiten.« Er schaute Bruno an.

»Exakt. Bei Lisa Muench haben wir ein Zeitfenster von einigen Wochen. Bei den anderen sind es Monate. Immerhin haben wir in den Haaren von Harald Sobota Narkotika nachweisen können. Dieselben wie bei Lisa Muench. Die Haarfragmente, die wir bei Birte Rastow gefunden haben, reichen für eine Analyse nicht aus.«

»Hannah Gabald ist Krankenschwester am Westrheinklinikum. Sie hätte theoretisch Zugang zu diesen Mitteln«, gab

Günther zu bedenken. »Wir wissen ja, wie leicht es ist, eine Medikamentenanforderung zu fälschen.«

»Ich werde das Westrheinklinikum mit dem Flohrechen durchkämmen lassen. Mal sehen, ob dabei etwas hängen bleibt«, sagte Kittner. »Wie sollen wir vorgehen? Hannah Gabald vernehmen, sobald sie wieder zu Hause ist? Sie konfrontieren? Oder sollen wir warten, bis wir etwas in der Hand haben?«

»Wir sollten sie nur beobachten und sehr vorsichtig Informationen sammeln«, sagte Fran. »Wir dürfen sie nicht aufscheuchen. Sie könnte ihren Bruder warnen. Bevor wir nicht wissen, wo Torsten Gabald ist, müssen wir unsichtbar bleiben. Wir suchen ihn mit einer stillen Fahndung.«

Alle nickten und schwiegen. Mitten in die Stille hinein fingen mehrere Handys an, ihre Rufzeichen abzuspielen. Die D-Moll-Toccata von Bach war zu hören, »Like a Satellite« von Frans Smartphone, Vogelgezwitscher aus Kittners Jacketttasche und Saschas Presslufthammer. Alle griffen fast gleichzeitig zum Telefon, und alle lasen dasselbe, gesendet von der Leitstelle des Polizeipräsidiums: »Leichenfund. Frisch. Mit Eisenhut und Erde garniert. Bereits identifiziert: Samuel Braumann, fünfundfünfzig, nicht in der Vermisstendatei erfasst, höchstens eine Woche tot.«

*

Ich will nicht aufwachen. Es ist kein Traum. Ich will nach Hause. Mein Kopf tut wieder so weh und meine Beine auch. Mir wird übel, ich muss brechen, mache die Augen auf, ein anderes Zimmer, an der Decke hängt eine Lampe, die buntes Licht macht und sich dreht. Ich schwitze, noch nie habe ich so geschwitzt, nur einmal, als ich Fieber hatte, ich krieche aus dem Bett, auf allen vieren, dann tut es nicht so weh, ich habe Durst, und mir ist übel. Ich würge, aber es kommt nur eklige Flüssigkeit, sie schmeckt sauer und bitter, und mein Hals brennt.

Ich ziehe mich am Waschbecken hoch, ein Wasserhahn, ich drehe ihn auf, nichts, es kommt kein Wasser.

Ich krabbele zum Bett, ziehe mich hoch, setze mich, ich habe Durst. Ich will weg hier. Aber wie? Es gibt kein Fenster. Die Tür, die nach draußen führt, ist aus Eisen und abgesperrt. Ich schlage mit der Faust gegen die Tür. Es hallt dumpf. Immer wieder schlage ich dagegen, bis mir der Arm so wehtut, dass ich aufhören muss.

Hunger hab ich auch. In einem Regal stehen Butterkekse. Sechs Packungen. Sonst nichts. Ich esse zwei Kekse. Sie sind lecker, aber trocken. Ich kann nur einen essen. Er schmeckt wie Sand.

Warum bin ich hier? Wer hat mich hierher gebracht? Ich kann nichts anderes denken. Mama? Wo bist du? Bring mich weg von hier! Ich rolle mich auf dem Bett zusammen. Ich will schlafen, nur noch schlafen. Aber ich kann nicht schlafen. Ich wälze mich herum, liege da und starre an die Decke, zähle die Platten und die Löcher in den Platten. Ich rolle mich wieder zusammen. Alles tut weh. Ich will nicht sterben, ich will nicht sterben …

Sonntag

Martina tippte wie wild auf ihrer Tastatur herum. Es war das einzige Geräusch, das an der Tafelrunde zu hören war. Mit dem vierten Opfer konnte sie jetzt ein aussagekräftiges geografisches Profil erstellen. Eine Übersichtskarte der Großregion Düsseldorf mit allen Naturwaldzellen im Umkreis von fünfzig Kilometern erschien. Es waren zwanzig. Die vier Fundorte waren mit den Namen der Opfer und den Bezeichnungen der Waldstücke markiert: Birte Rastow, Hinkesforst; Lisa Muench, Überanger Mark; Harald Sobota, Meersiepenkopf; Samuel Braumann, Steinsieperhöh. Die Fundorte von Birte Rastow und Lisa Muench lagen ebenso dicht beieinander wie die von Harald Sobota und Samuel Braumann.

Fran erkannte sofort das Muster. »Die Fundorte liegen in etwa auf einem Kreis, dessen Mittelpunkt Düsseldorf ist, wahrscheinlich Torsten Gabalds Wohnsitz. Der Täter hat die Opfer im Uhrzeigersinn abgelegt.«

»Die Suchtrupps!«, rief Günther.

»Sie sollen die angrenzenden Naturwaldzellen absuchen«, sagte Fran, »und zwar zuerst die mit der laufenden Nummer zweiundvierzig.«

Kittner gab die Anordnung durch.

Noch etwas war Fran aufgefallen. Die weiblichen Opfer lagen dicht beieinander und die männlichen ebenfalls. Die Männer waren beide mit Eisenhut versehen, die Frau mit der Teufelsblume und das Mädchen mit dem Buchsbaum. Vielleicht ging es gar nicht um Rache.

Sie dachte an die Familienaufstellung, die sie mit Frau Dr. Sola gemacht hatte. Sie sollte kleine Figuren auf dem Tisch so verteilen, wie sie ihre Familie empfand. Zuerst hatte Fran die Figur, die sie selbst repräsentierte, in die Mitte des Tischs platziert. Dann ihre Schwester Anne vor sich, sie hatte sie schon immer beschützt, auch vor ihrem Vater. Ihre Mutter hatte sie rechts von sich hingestellt, so dass sie zwar etwas weiter entfernt war, aber immer noch gut zu erreichen. Ihr Vater war ganz am Rand des Tisches gelandet. In welche Naturwaldzelle gehörte Hannah Gabald? Würde Torsten Gabald sie auch über kurz oder lang töten und vergraben? Oder war sie die Schwester, die Torsten Gabald schützen wollte? Wenn es so war, durften sie ihn auf keinen Fall festnehmen.

Die Tafelrunde war in Grüppchen zerfallen, die aufgeregt die neuesten Ereignisse besprachen.

Fran klatschte einmal in die Hände. Sofort kehrte Ruhe ein. »Wir müssen die Fahndung modifizieren. Torsten Gabald darf auf keinen Fall festgenommen werden. Er muss uns zu Emily führen.«

Hasso Kittner rümpfte die Nase. »Er ist ein Serienmörder. Er ist der ›Gärtner‹. Den können wir nicht frei herumlaufen lassen.«

Diese Reaktion hatte Fran befürchtet. »Wenn er unser *Mörder* ist, dann ist er auch der Entführer von Emily Sola. Mit hoher Wahrscheinlichkeit.«

Hasso Kittner rieb sich das Kinn. »Das ist mir zu gewagt. Es gibt Parallelen zu Emily Sola und Lisa Muench, keine Frage. Lisa und Emily könnten Zwillingsschwestern sein, aber warum sollte er sie entführt haben?«

»Weil er Ersatz braucht.«

»Ersatz?« Kittner schüttelte den Kopf. »Wofür?«

»Für seine Schwester, für Katrin Gabald. Sie ist an Krebs

gestorben. Lisa Muench und Emily sind geheilt. Er lebt in der Vorstellung, dass sie Katrin sind. Er lässt sie lange am Leben.«

»Das passt nicht zu den anderen Opfern. Warum eine junge Frau? Warum zwei alte Männer? Nein, das ist zu weit hergeholt. Ich denke nach wie vor, er will sich rächen. Er ist ein verbohrter Nazi. Emily, fürchte ich, werden wir nicht lebend wiedersehen. Sie ist Opfer eines Sexualstraftäters geworden.«

Fran saß zu Hause, vor sich einen Salat mit Sprossen. Sie hatten nach der Besprechung Feierabend gemacht. Die Ermittlungsmaschinerie lief, Suchtrupps durchstöberten die Naturwaldzellen, suchten nach weiteren Opfern und nach Emily Sola.

Torsten Gabald war nach wie vor unauffindbar. Wo hatte er seinen Stützpunkt? Wo hatte er seinen Garten, in dem er die Pflanzen pflegte, die er den Opfern mitgab? Wo tötete er seine Opfer? Wie schaffte er sie dahin? Wo lagerte er sie? Er war ein Phantom. Unsichtbar. Als wäre er auch tot. Aber es gab keinen entsprechenden Eintrag im Sterberegister.

Fran dachte an ihren Vortrag: »Die Menschen, die solch unvorstellbare Dinge tun, sind uns näher, als wir denken, als wir wahrhaben wollen.« Sie hatte sich als Jugendliche öfter gewünscht, ihr Vater würde nicht mehr heimkommen, sie hatte ihn mit Inbrunst gehasst. Aber sie war nie auf die Idee gekommen, ihm etwas anzutun. Das wäre undenkbar gewesen. Was war mit Torstens Vater? Bald würde sie mehr wissen.

Es klingelte an der Tür. Das mussten Günther und Malte sein. Sie hatten sich bereit erklärt, Torsten Gabalds Leben noch mal zu durchleuchten. Saschas Leute hatten ihnen ihre Ermittlungsergebnisse zur Verfügung gestellt.

Sie begrüßten sich kurz, Günther baute seinen Laptop auf und legte gleich los.

»Torsten ist vor zweieinhalb Jahren in Frührente gegangen.

Seine Leukämie war ausgeheilt, aber er hatte Herzprobleme. Der Amtsarzt hat ihn ohne Murren und Knurren für arbeitsunfähig erklärt. Und jetzt wird es interessant. Ab diesem Zeitpunkt verläuft sich seine Spur. Er geht nicht mehr zum Arzt, er löst sein Konto auf und gibt seine Kreditkarte zurück. Die Nachbarn haben berichtet, dass sie Torsten seit Langem nicht mehr gesehen haben, immer nur Hannah. Sie hat eingekauft, hat den Garten gepflegt, und bei den seltenen Gelegenheiten, bei denen sie mit einem Nachbarn geredet hat, gab sie an, Torsten sei verreist.«

»Du liebe Güte«, entfuhr es Fran. »Ich glaube, wir haben einen furchtbaren Fehler gemacht.«

Malte und Günther nickten. »Wir haben in die falsche Richtung geschaut.«

»Macht weiter«, sagte Fran.

Malte fuhr fort: »Jetzt wird es spannend. Rüdiger Gabald, der Vater von Torsten, Hannah und Katrin Gabald, ist an einem Blinddarmdurchbruch gestorben. Trotz Notoperation hielt er nur drei Tage durch. Infektion des Bauchraumes.«

Malte hielt eine Akte hoch. »Die Ärzte standen vor einem Rätsel, aber bevor das Gerücht Nahrung bekam, in ihrem Krankenhaus gäbe es resistente Keime oder es sei ihnen ein Kunstfehler unterlaufen, schrieben sie lieber in den Bericht, eine normale Komplikation habe Rüdiger Gabald das Leben gekostet. Die Verlaufsbeschreibung ergibt ein anderes Bild. Ich bin davon überzeugt, dass Rüdiger Gabald ermordet wurde. Die Tatwaffe: resistente Keime und eine Spritze. Die Gelegenheit: Versorgung des Wundverbandes. Das Motiv: Rache. Die Täterin: Hannah Gabald.«

»Rache? Wofür? Hat Rüdiger Gabald seine Tochter missbraucht?«, fragte Fran.

Malte schüttelte den Kopf. »Das wissen wir nicht, aber es ist eher unwahrscheinlich. Zumindest haben wir keine Anhaltspunkte dafür gefunden. Aber wir haben in den tiefsten Tiefen der Archive einen möglichen Grund gefunden, der gleichzeitig das Motiv für die Entführung von Lisa Muench und Emily Sola liefert.«

Malte zeigte auf Günther. »Danke, Malte. Am 29.11.1988 stirbt Katrin Gabald, Hannah und Torsten Gabalds Halbschwester, im Alter von sieben Jahren in ihrem Elternhaus. Todesursache: Leukämie. Der Hausarzt kreuzt natürlichen Tod an, die Eltern beschließen, Katrin einäschern zu lassen. Bevor es dazu kommt, ist die Leiche von Katrin Gabald verschwunden. Gestohlen aus der Aufbahrungshalle. Zu der Zeit war das noch üblich.« Günther hob die Hände. »Nicht das Stehlen von Leichen. Das Aufbahren der Toten. Im Verdacht stand Torsten Gabald, der angeblich verhindern wollte, dass seine Schwester verbrannt wurde.« Günther zog ein paar vergilbte Blätter hervor, die mit Schreibmaschine beschrieben waren. »Das sind Vernehmungsprotokolle. Torsten Gabald wurde vom Staatsanwalt drei Mal zur Vernehmung vorgeladen. Schon als Junge ist er einem seltsamen Hobby nachgegangen, oder, besser gesagt, er hat eine fixe Idee ausgelebt. Er hat tote Tiere begraben, weil er glaubte, dass sie sonst frieren würden.« Günther machte eine Kunstpause. »Und von Zeit zu Zeit hat er sie wieder ausgegraben, um zu schauen, ob sie noch da sind und ob sie etwas brauchen. Das Verfahren wurde eingestellt. Niemand weiß, wo die Leiche von Katrin Gabald geblieben ist. Mit achtzehn wurde er mehrmals vernommen, wegen des Verdachts, er sei Mitglied in einer rechtsradikalen Vereinigung. Dabei kam ebenfalls nichts heraus.«

»Ihr seid richtig gut!« Fran klatschte in die Hände. »Wie habt ihr das in der kurzen Zeit geschafft?«

Günther schlug Malte auf die Schulter. »Dieser Mann hier hat ein paar Connections, um die ich ihn beneide. Er kennt überall die richtigen Leute. Das Archiv, das er angezapft hat, befindet sich im Justizministerium, also definitiv nicht in unserem Radarbereich. Er hat dort angerufen, und eine halbe Stunde später hatten wir die Akten. Die sind sehr gut organisiert, wenn sie wollen.« Günther drückte eine Taste, Torsten Gabalds Bild erschien auf dem Whiteboard und füllte es komplett aus.

»Er ist zehn Jahre älter als seine Schwester Hannah, und vierzehn Jahre älter als seine Halbschwester Katrin«, ergänzte Malte.

»Und ich bezweifle, dass er noch lebt«, sagte Malte.

Fran ergänzte den Gedankengang: »Wir haben es also nicht mit dem ›Gärtner‹, sondern mit der ›Gärtnerin‹ zu tun.« Fran überlegte einen Moment. »Das heißt, Torsten Gabald hat die Grundlagen zum Modus Operandi von Hannah Gabald gelegt. Wahrscheinlich schon in ihrer Kindheit. Als er stirbt, ob von der Hand seiner Schwester oder nicht, können wir nicht sagen«, sie holte tief Luft, »gerät ihr System aus den Fugen, ihre letzte Verbindung zur Realität reißt ab. Sie verheimlicht seinen Tod, vergräbt ihn vielleicht genau dort, wo *er* Katrin vergraben hat. In den ersten Wochen nach seinem Tod muss sich eine Transformierung vollzogen haben. Sie kommt äußerlich unverändert aus ihrer Trauerzeit zurück, lebt ihr Leben weiter, als sei nichts passiert. In dieser Zeit muss sie einen Weg gefunden haben, nicht vollends zu verzweifeln und sich umzubringen, sondern die Symbiose aufrechtzuerhalten. Sie hat früh gelernt abzuspalten, jetzt vollbringt sie sozusagen ihr Meisterstück: Ihre gesamte Familie ist tot, es lebe die Familie! Innerhalb der sechs Wochen lässt sie ihre Familie wiederauferstehen, zusammengesetzt aus Toten und Lebenden: Lisa Muench und Birte Rastow. Beide sind ja im selben Zeitraum verschwunden.«

Günther starrte auf seinen Bildschirm. »Was werden wir dort vorfinden? *Psycho reloaded?*«

Frans Handy regte sich. Sie brauchte einen Augenblick, um aus den Bildern aufzutauchen, die Günthers Bemerkung wachgerufen hatte: der mumifizierte tote Bruder, Emily, die mit ihm in einem Zimmer leben muss und langsam verrückt wird. Lisa, die irgendwann verrückt geworden war und sterben musste, weil sie sich nicht mehr bändigen ließ. Lena sang; Fran sah, dass es Sascha war, und stellte mit seinem Einverständnis auf Mithören.

»Die Suchtrupps waren erfolgreich. Nicht Emily«, sagte er schnell. »Ein ehemaliger Kollege von der Kripo. Marcel Kirsch. Naturwaldzelle zweiundvierzig. Er ist keine vierundzwanzig Stunden tot. Eingegraben und wieder ausgegraben. Eisenhut. Wir müssen Torsten Gabald festnageln, so schnell es geht. Er ist wie ein menschenfressender Tiger. Und er verändert sein Muster.«

»Was verändert sich?«, fragte Fran ungeduldig.

»Marcel Kirsch war kerngesund, schon immer. Kein Krebs. Noch nicht einmal eine Blinddarmoperation. Er passt nicht.«

Fran schloss die Augen. »Er passt nicht auf Torsten Gabald. Aber vielleicht auf Hannah Gabald.«

»Wie das?«

»Malte, Günther und ich haben Hinweise darauf gefunden, dass Torsten Gabald seit circa zwei Jahren tot ist.«

»Verdammte Scheiße!«, rief Sascha. »Seid ihr euch sicher?«

»Genug, um ihn vorerst als Täter auszuschließen«, sagte Fran. »Ihr könnt so lange nach ihm fahnden, wie ihr wollt. Ihr werdet ihn nicht finden.«

»Ich hole dich sofort ab«, sagte Sascha. »Wir durchsuchen seine Büros. Kirsch war Privatdetektiv. Kittner kommt auch mit. Bis gleich.«

»Moment!«, rief Fran. »Du musst dafür sorgen, dass Hannah Gabald unter gar keinen Umständen Wind davon bekommt, dass wir auf ihrer Fährte sind. Sonst verlieren wir Emily! Nur sie kann uns zu ihr führen. Und glaub mir: Sie ist unberechenbar.«

»Ich werde mich drum kümmern.« Er unterbrach die Verbindung, ohne ein Antwort abzuwarten.

Fran wandte sich Malte und Günther zu. »Ihr habt wirklich hervorragende Arbeit geleistet. Ich danke euch.«

Günther lächelte, Malte blieb ernst.

»Ihr fahrt bitte ins LKA, trommelt alle zusammen, aktualisiert die Daten. Sobald wir wissen, was es mit Marcel Kirsch auf sich hat, stoßen wir dazu und machen einen Schlachtplan. Wir können Emily retten!«

Günther hielt ihr die offene Hand hin. »Gimme five«, sagte er und strahlte über das ganze Gesicht. »Ich hoffe sehr, dass ich mich geirrt habe wie noch nie in meinem Leben.«

Fran schlug klatschend ab. Es waren diese Momente, die sie an ihrem Beruf liebte. Plötzlich lichtet sich der Nebel, und alles ist klar und scharf zu erkennen.

Malte schien mit seinen Gedanken woanders zu sein. Günther stieß ihn an. »Auf, Kollege, wir haben zu tun!«

Malte blinzelte, er schien, ähnlich wie Fran vorhin, aus einem Bildermeer aufzutauchen.

Zu dritt gingen sie nach unten, Fran hörte das Martinshorn, Sascha kam die Volmerswerther Straße in halsbrecherischem Tempo hinuntergerast.

Mit quietschenden Reifen hielten sie vor der Detektei Kirsch, sprangen mit gezückten Ausweisen aus den Wagen und stürmten das Vorzimmer, in dem eine junge Frau hinter einem Schreibtisch aus Glas thronte und sie entgeistert ansah.

»Ich bin Oberstaatsanwalt Hasso Kittner. Wo ist Marcel Kirsch?«

Die junge Frau zuckte mit den Schultern.

»Wo ist sein Büro?«, knurrte Hasso Kittner.

Die junge Frau zeigte auf die rechte Tür.

»Handschuhe«, rief Hasso Kittner.

Sascha reichte ihm ein Paar, zog ein weiteres hervor und zog es über. Fran zog ebenfalls Handschuhe an. Es war zwar riskant, ohne Anzug einen potentiellen Tatort zu betreten, denn es bestand die Gefahr, ihn zu verschmutzen, aber es ging um Emilys Leben. Das rechtfertigte jedes Risiko.

Kittner drehte sich nach der jungen Frau um. »Wenn ein Anruf kommt, will ich mithören. Finger weg vom Computer.« Er nickte einem Streifenbeamten zu, der sich hinter der jungen Frau postierte, die inzwischen leichenblass war.

Hasso Kittner drückte die Tür auf. Ein modernes Büro, viel Glas, Elektronik, Aktenschränke.

»Verdammte Scheiße!«, entfuhr es Kittner. Er zeigte auf ein großes graues Regal, in dem fein säuberlich beschriftet die Ordner mit den Prozessakten des Falls Lisa Muench prangten. »Dem Muench reiß ich den Arsch auf«, setzte er hinzu.

Fran trat an den Schreibtisch heran. Das Poesiealbum von Lisa Muench lag neben dem Gutachten eines Schriftsachverständigen, und auf einen Zettel gekritzelt standen Hannah Gabalds Adresse und ihre Telefonnummer.

»Dieser Idiot!«, rief Fran und zeigte den beiden anderen ihren Fund.

»Sein Ehrgeiz hat ihn das Leben gekostet«, bemerkte Sascha trocken.

»Er wollte es uns allen zeigen«, fügte Hasso Kittner hinzu.

»Das hat er zweifellos«, bestätigte Sascha. »Kannten Sie Marcel Kirsch?«

Der Oberstaatsanwalt schüttelte den Kopf.

»Aber ich habe ihn gekannt. Er hat im Fall Lisa als Obs-Affe ausgeholfen. Ein stiller, frustrierter Typ. Hat den Dienst quittiert. Danach habe ich ihn aus den Augen verloren. Er hat sie vor uns gefunden. Das ist echt peinlich.«

»Es ist vor allem tödlich. Sein verdammter Ehrgeiz hat ihn schließlich umgebracht.« Kittner ballte die Fäuste. »Okay. Jetzt ist sie fällig.«

»Nein!«, schrie Fran.

Hasso Kittner zuckte zusammen.

Fran schloss die Tür so leise wie möglich und blieb davor stehen. »Wir dürfen sie auf keinen Fall aufscheuchen. Sonst ist Emily tot. Nur sie weiß, wo das Kind ist, Herr Kittner, das muss Ihnen doch klar sein.« Fran hatte ihre Stimme gesenkt, um nicht aggressiv zu wirken.

»Die kochen wir weich, gar kein Problem«, erwiderte Hasso Kittner. »Wir drehen jeden Stein um. Und jetzt lassen Sie mich bitte vorbei.«

Fran blieb stehen, versperrte die Tür. »Wollen Sie Hannah Gabald foltern? Wollen Sie Ihren Job verlieren, angeklagt werden? Haben Sie nichts gelernt? Sie werden bei Hannah Gabald nichts erreichen, nicht mit guten Worten, nicht mit bösen. Sie lebt in einer anderen Welt, die bevölkert ist von Dämonen.«

Hasso Kittner fixierte sie mit kaltem Blick. »Im Moment sind Sie die Einzige, die ihren Job riskiert.«

Sascha stellte sich neben Fran. »Und ich. Wir sollten erst mal auf sie hören.« Er wandte sich an Fran. »Was stellst du dir vor?«

Fran wurde einen Moment schwarz vor Augen, eine Gefühlslawine überrollte sie. Erinnerungen an Blut, Tränen und Tod blitzten auf. Ihr Kind, das in einem Schwall Blut starb, auf der Toilette, eine Sturzgeburt, zu früh, um leben zu können. Dann war sie plötzlich in dem Raum, in dem sie fast gestorben wäre, in dem ein Teil von ihr gestorben war.

Sie lehnte sich an die Tür und schloss die Augen. Ein Bild formte sich. Sie spürte Hände, die sie stützten. Sie flüsterte: »Ich weiß noch nicht, wie sie es macht, es ist unfassbar, aber sie lebt inmitten ihrer toten Familie. Ihr Vater ist tot, ihre Mutter, ihre Stiefmutter, ihre Halbschwester, und zuletzt ist ihr Bruder Torsten gestorben. Zeitlich passt es perfekt. Mit dem Tod ihres Bruders verliert sie den letzten Halt, sie versinkt in ihrer Fantasiewelt und lebt dennoch ihr Leben weiter. Das passierte nicht plötzlich. Es muss schon Jahre vorher begonnen haben, dass sie in sich eine zweite Welt abgespalten hat, die sie mit ihrer äußeren Welt verbinden konnte. Sie hat Platzhalter gebraucht, vor allem für ihre Schwester, für Katrin, das haben wir ja schon erkannt.« Fran öffnete die Augen.

Hasso Kittner stand mit offenem Mund vor ihr. »Und das ist tatsächlich möglich?«

»Absolut«, entgegnete Fran. »Denken Sie an multiple Persönlichkeiten. Wenn die Seele den Schmerz nicht mehr erträgt, versucht sie auszuweichen, sich zu schützen. Am leichtesten geht das in der frühen Kindheit, wenn das Gehirn seine Strukturen noch nicht fest ausgeprägt hat. Im Fall von Hannah Gabald glaube ich, dass es eine Mischung ist. Sie hat in früher Kindheit die eine oder andere Personeninstanz abgespalten, um Trennungsschmerz zu bewältigen. Den Tod ihrer Mutter zum Beispiel. Solange ihr Bruder bei ihr war, kam es nie zu gravierenden Folgen, die von außen sichtbar waren. Er war der aktive Part. Hat Tiere vergraben und sie wieder ausgegraben, ist in die rechte Szene abgerutscht, hat seine Schwestern beschützt. Sie haben bis zuletzt zusammengelebt. In einem Haushalt. Eine Symbiose. Fällt ein Teil weg, stirbt der andere oder passt sich an die neue Lebenssituation an. Hannah Gabald hat sich angepasst – auf ihre ganz spezielle Art und Weise. Ihr Erleben ist so real wie die Halluzinationen eines Schizophrenen. Wenn der Schizophrene sagt, dass auf Ihrer Schulter ein Drache sitzt, dann sitzt dort einer, auch wenn Sie ihn nicht sehen können. Er spürt sogar den heißen Atem. Hannah Gabalds Psyche ist weitaus komplizierter. Wenn wir Emily retten wollen, dann müssen wir einen anderen Weg einschlagen.«

Fran ging leicht in die Knie. Sascha und Hasso Kittner fassten sie unter den Achseln und bugsierten sie auf einen Sessel. Ihr Körper zeigte ihr die Rote Karte. Wie sollte sie das schaffen?

»Sie wollen aber nicht andeuten, dass Sie sich in Hannah Gabalds Welt einschleichen …« Kittner unterbrach sich. »Doch, genau das wollen Sie. Sie wollen verdeckt ermitteln, indem Sie in die kranke Seele einer Serienmörderin eindringen und Teil ihres Wahns werden. Und ich sage Ihnen, *Sie* haben nichts gelernt. Daraus wird nichts!«

Frans Gedanken klarten auf, ihr Blick wurde wieder scharf. »Bitte, Herr Kittner, hören Sie mir zu …«

Kittner fuchtelte mit den Händen herum. »Wie soll das denn funktionieren? Es gibt Nachbarn, es gibt Arbeitskolleginnen und Kollegen! Es gibt eine Öffentlichkeit.«

»Herr Kittner!« Sascha baute sich vor dem Oberstaatsanwalt auf. »Das ist doch das geringste Problem. Wir brauchen eine Menge Personal, keine Frage, vier rotierende Schichten vom MEK und Freiwillige, von denen wir genug haben. Die Jungs von der Elektronik verwanzen den Laden inklusive Auto, Fahrrad und Rollator und Haustieren. Der neueste Gimmick: Wir können die Garderobe mit Minipeilsendern versehen, die selbst die Kochwäsche und Bügeln überleben. Wir können sie verfolgen, ohne dass jemand in der Nähe ist.«

Hasso Kittner trat einen Schritt zurück. »Können wir das?

Und wenn wir sie auf dem Mond orten könnten – das ist mir alles zu vage. Was ist, wenn Hannah Gabald Emily Sola nicht entführt hat? Dann verlieren wir wertvolle Zeit. Und binden wertvolle Ressourcen, um anderen Spuren nachzugehen. Wir sind nicht die CIA!«

Warum sperrte sich der Oberstaatsanwalt? Hannah Gabald war mit über neunzigprozentiger Sicherheit die Täterin, und sie hatte eine unberechenbare Psychopathologie: Ein Teil ihres Handelns war sorgfältig und nüchtern geplant, ein anderer spontan und emotional. Sie konnte jederzeit ihre Strategien ändern, das zeigte der Tod von Marcel Kirsch. Sie musste ihn als Bedrohung empfunden und beseitigt haben. Er gehörte nicht wirklich in die Familie, also war er nur kurz eingegraben und schnell wieder verstoßen worden, mit dem Zeichen, dass er zu den Bösen gehört: dem Eisenhut! Folglich musste auch Harald Sobota eine Bedrohung gewesen sein. Allerdings nicht für Hannah Gabald direkt. Oder doch? Sie musste mehr über diese Frau wissen.

»Wir müssen alles über sie ausgraben, mein Team wird jedes noch so unscheinbare Detail analysieren. Ich werde reingehen und Hannah Gabald überzeugen. Wir müssen Emily retten.« Fran stand auf, nahm Kittners Hand. »Bitte!«

Hasso Kittner sah sie entgeistert an. »Das kann ich nicht entscheiden«, stotterte er. »Ich will es nicht!«

Er entzog Fran seine Hand und zückte sein Handy, drehte sich weg und telefonierte einige Minuten so leise, dass sie nichts verstehen konnte. Endlich war Hasso Kittner fertig.

»Der Innenminister ist nicht begeistert. Er empfiehlt Zugriff, und ich bin nach wie vor seiner Meinung. Wir können nicht mehrere andere Leben aufs Spiel setzen, um – vielleicht – eines zu retten.« Hasso Kittner schnalzte mit der Zunge. »Darf ich jetzt gehen?«

Fran schwitzte; sie rührte sich nicht vom Fleck. Sollte schon wieder ein Mensch sterben, weil das System verkrustet war, weil die Menschen ihre Scheuklappen nicht ablegen wollten? Hatte Kittner aus dem Schicksal von Dennis Zweig nichts gelernt? Sie hatte noch *eine* Möglichkeit. Es gab einen Menschen, von dem sie annahm, dass er so dachte wie sie, und der über genügend Einfluss verfügte: der Leiter des BKA, Jörn Vogler. Sie wählte seine Nummer, es klingelte dreimal, fünfmal, siebenmal, dann endlich ging Jörn Vogler dran.

»Frau Miller«, sagte er mit seiner neutralen Stimme. »Was kann ich für Sie tun?«

Fran erklärte ihm das Problem, stellte ihm ihr vorläufiges Profil vor, schilderte ihm, dass sowohl der Innenminister als auch der Oberstaatsanwalt sich völlig vergaloppiert hatten und dass es um das Leben eines unschuldigen Mädchens ging. Und um schlechte PR, wenn sie den Fall versauten. Vogler schwieg volle fünf Minuten. Aus den Augenwinkeln sah sie, dass Sascha Hasso Kittner beschäftigte. Schon wieder warf er sich für sie in die Bresche. Wer war dieser Sascha Herz?, fragte sie sich erneut. Sie wischte sich den Schweiß von der Stirn. Endlich meldete sich Jörn Vogler.

»Ich halte Ihre abenteuerliche These und Ihre vollkommen verrückte Strategie für das Beste, was wir zur Zeit haben.«

Fran spürte einen Kick wie nach einem geglückten Base-Jump und unterdrückte einen Freudenschrei.

»Geben Sie mir mal Herrn Kittner.«

Fran hielt ihr Handy Hasso Kittner hin, der es misstrauisch ansah.

»Jörn Vogler, der Leiter des BKA«, flüsterte Fran.

»Ich weiß, wer Vogler ist«, giftete Hasso Kittner zurück. Er nahm das Handy entgegen wie einen Kelch voll von tödlichem Gift und hielt es an sein Ohr. Er sagte kein Wort, brummte nur ein paar Mal. Er reichte das Handy Fran zurück. »Diesmal haben Sie gewonnen, Frau Miller. Wenn das schiefgeht, gnade Ihnen Gott. Dann ist Ihre Karriere beim LKA beendet.«

Fran steckte das Handy ein. »Das Risiko ist es mir wert. Und wenn ich scheitere, wird mir Gott auch nicht mehr helfen können«, sagte Fran und fügte Hasso Kittner in Gedanken der Liste ihrer neuen Feinde hinzu. Sie wurde täglich länger. »Kann ich auf Ihre …«

Hasso Kittner unterbrach sie barsch. »Jetzt werden Sie nicht paranoid. Wir werden mit Sicherheit keine Freunde werden, aber Sie haben meine volle Unterstützung. Was glauben Sie eigentlich, wer ich bin?«

Fran senkte kurz den Kopf. »Sorry. War nicht so gemeint.« Vielleicht täuschte sie sich wirklich in ihm.

»Dann an die Arbeit. Sie, Frau Miller, und du, Sascha, ihr seht euch hier um. Füttert das OFA-Team mit den Fakten. Vor allem die geografische Analyse halte ich für wichtig. Wenn ihr hier genug gesehen habt, nehmt ihr euch die Muenchs vor. Schont sie nicht. Wenn Ihre Theorie tatsächlich stimmt, Frau Miller, dann sind wir knapp einer Katastrophe entgangen, dann hat Hannah Gabald Marcel Kirsch getötet, um Emily/Katrin zu schützen. Ich werde die totale Überwachung organisieren. Ihr Freund hat mir umfangreiche Ressourcen zugesagt.«

»Er ist …«

Hasso Kittner schnitt ihr das Wort ab. »Noch *ist* er Ihr Freund. Bald schon kann er Ihr übelster Feind sein. Und jetzt genug geplaudert.«

Ohne ein weiteres Wort rauschte Hasso Kittner aus dem Zimmer.

Fran wandte sich Sascha zu. »Danke. Du hast mir den Arsch gerettet.«

»Immer gerne. Früher war ich mal Schutzengel.« Er boxte sie

zart an den Oberarm. »Ein Tipp: Frag Hasso Kittner nie wieder nach einem Gefallen. Und lass dir nicht die kleinste Kleinigkeit zuschulden kommen. Wenn er kann, wird er dich plattmachen, egal wie das hier ausgeht. Du hast ihn vorgeführt wie einen Anfänger.«

Fran schluckte. Sie wollte eigentlich mit dem Oberstaatsanwalt über ihren Vater reden, ihn fragen, was sie machen sollte. Diese Möglichkeit war jetzt verbaut. Vielleicht sollte sie Sascha einweihen? Obwohl er einiges vor ihr verbarg, vertraute sie ihm mehr als allen anderen, weil … weil sie ihn sehr mochte. Zu sehr. Sie wünschte sich eine Umarmung und vielleicht mehr. Das durfte nicht sein, es war gefährlich. Du kennst ihn nicht gut genug! Sei vorsichtig! Du weißt doch, wie es ausgeht! Es mündet immer in eine Katastrophe! Sie verjagte die unangenehmen Gefühle in die tiefsten Tiefen ihres Bewusstseins. Wenn das Ultimatum, das sie Dad gesetzt hatte, abgelaufen war, musste sie eine Entscheidung treffen. Eine einsame.

Sie gingen Marcel Kirschs Akten durch, seine Notizen, sandten den Inhalt des gesamten Intranets der Detektei Kirsch an Christine und Sofia. Prompt kam von Christine eine SMS zurück, mit nur einem einzigen Zeichen: eine kleine Bombe mit brennender Zündschnur, was so viel hieß wie: Seid ihr jetzt komplett verrückt geworden?

Fran stöberte in den Personalakten. Die junge Frau im Vorzimmer hieß Jamila Ribeau. Ein Sanitäter kümmerte sich um sie. Als sie erfahren hatte, dass ihr Chef tot war, war sie zusammengeklappt.

Jamila Ribeau war gelernte Großhandelskauffrau, mit zwei Dutzend Weiterbildungen in allen möglichen Bereichen, darunter Gesprächsführung, Psychologie und Kriminalistik. Man konnte von Marcel Kirsch halten, was man wollte, seine Detektei hatte er professionell geführt und seine Aufträge schnell, korrekt und zuverlässig ausgeführt. Er war eine hervorragende Spürnase gewesen, eine zu gute.

Nachdem er seinen Job bei der Kripo an den Nagel gehängt hatte, hatte er mit Erfolg die Detektei aufgebaut und sehr gut verdient. Fran beneidete ihn um seine Kontakte und seinen guten Ruf in der Unterwelt.

Sie betrachtete die Eintragungen in Marcel Kirschs elektronischem Kalender: »Die Muenchs haben mich kontaktiert. Das ist eine Chance, die nie wieder kommt.« Einen Tag später: »Das Glück bleibt mir treu. Die Ermittlungen damals waren so schlampig, dass es schon wehtut. Ein wichtiger Zeuge ist nicht ernst genommen worden. Er ist der Schlüssel. Und das Poesiealbum.«

Ein weiterer Eintrag, der seinen Tod besiegelte: »Der Triumph gehört mir. Ich habe einen Termin mit Hannah Gabald. Zuerst hat sie mich wohl mit jemandem verwechselt, aber dann hat sie mich sehr freundlich zum Kaffee eingeladen. Sie hat so gar nichts von einer Mörderin an sich. Wie fast alle Mörder. Ich werde alleine gehen, sie festnehmen. Es ist mein Triumph.«

Fran lief es kalt über den Rücken. »Alleine gehen.« Das hatte sie auch vor. Sie würde zwar verdrahtet sein, keine zwanzig Meter entfernt würde ein Sondereinsatzkommando in den Startlöchern sitzen, und Scharfschützen würden den Befehl haben, Hannah Gabald kampfunfähig zu machen, sobald die Situation eskalierte. Aber sie mussten freies Schussfeld haben und durften nicht sichtbar sein.

Es war ein kalkuliertes, aber dennoch ein Risiko. Sie konnten zwar das Haus durchsuchen und, wenn vorhanden, Schusswaffen unbrauchbar machen, ohne dass Hannah Gabald etwas davon merkte. Aber sie konnten schlecht alle anderen Gegenstände entfernen, die Hannah Gabald als tödliche Waffe benutzen konnte: Küchenmesser, Scheren, Stricknadeln, Hammer,

Spaten und Pfannen. Selbst mit einem Dauerschreiber konnte man eine Kehle aufschlitzen. Für Hannah Gabald wäre das kein Problem. Kein Wunder, dass man sie für eine Transvestitin gehalten hatte. Sogar mit bloßen Händen konnte Hannah Gabald Fran umbringen, die Kraft dazu besaß sie ohne Zweifel.

Der Zeuge, dessen Aussage Marcel Kirsch von seinem Informanten erhalten hatte, war zwar Alkoholiker gewesen und bereits tot, aber er hatte richtig beobachtet. Hannah Gabald war einen Meter zweiundachtzig groß und hatte die Statur einer Kugelstoßerin. Die Leichen zu transportieren und abzulegen war nicht besonders schwierig für sie gewesen. Ihr Gesicht war männlich-kantig, die Nase kräftig und gebogen, sie hätte gut zu einem Adligen gepasst.

»Ich bin fertig«, sagte Sascha. »Ich habe, was ich brauche.«

Marcel Kirsch hatte wirklich alles dokumentiert. Auch das Geschäft zwischen ihm und den Muenchs.

Die Kollegen von der Spurensicherung trafen ein. Sascha und Fran erklärten, warum sie das Büro ohne Anzug betreten hatten. Sowohl ihre Fingerabdrücke als auch ihre DNA waren gespeichert, um sie als berechtigte Personen am Tatort ausschließen zu können. Das galt auch für Hasso Kittner.

Sascha ließ sich einen Zwischenstand der Suchtrupps geben. Kein weiterer Fund. Die Hinweise aus der Bevölkerung hatten ebenfalls nichts ergeben. Keine Hinweise auf Emily Sola oder Torsten Gabald. Sascha Herz holte sich bei Hasso Kittner die Genehmigung, die Muenchs hart ranzunehmen. Außerdem mussten die Mitarbeiter der Detektei vorübergehend aus dem Verkehr gezogen werden. Kein Problem, denn nach der jetzigen Faktenlage hatten sie sich alle der versuchten Strafvereitelung schuldig gemacht.

Fran rief Bruno an, um ihn auf den neuesten Stand zu bringen. Das Team arbeitete bereits auf Hochtouren. Die Daten mussten schnellstens ausgewertet werden, alles andere musste zurückstehen.

*

Sascha fand eine Parklücke, direkt vor dem Haus, in dem die Muenchs wohnten. Die Medienmeute hatte das Interesse schon längst wieder verloren. Er drückte die Klingel der Muenchs, keine Reaktion. Mit einer schnellen Bewegung fuhr er einmal über alle Klingelknöpfe. Es dauerte keine zehn Sekunden, bis jemand den Öffner drückte.

Sie eilten die Treppe hinauf. Sascha zeigte auf den Wohnungseingang der Muenchs und hielt sich den Zeigefinger vor den Mund. Fran hörte aufgeregte Stimmen. Plötzlich flog die Tür auf, Andreas Muench kam herausgeschossen, wollte die Treppe hinunterflüchten, aber Sascha hatte ihn in drei Sekunden am Boden im Kreuzfesselgriff festgenagelt. Fran machte einen Satz zur Wohnungstür hin, fegte Antje Muench ein Bügeleisen aus der Hand, bevor sie Sascha damit erschlagen konnte, und gab ihr einen Stüber mit der flachen Hand zwischen die Brüste, der sie rückwärts in die Wohnung taumeln ließ. Fran setzte nach, packte die Frau am Handgelenk, wirbelte sie herum und klatschte sie in einen Sessel. Antje Muench war so geschockt, dass sie keinen Versuch unternahm, sich zu wehren. Fran platzierte sich hinter dem Sessel.

Sascha kam mit Andreas Muench hinterher, dem der Schweiß auf der Stirn stand, rote Adern pochten an seinen Schläfen.

Sascha drückte ihn auf die Knie und bog seinen Arm ein wenig nach oben, gerade so, dass Andreas Muench nicht vergaß, dass Sascha ihm jederzeit das Ellbogengelenk brechen konnte. »Sie haben die Detektei Marcel Kirsch beauftragt, den Mörder Ihrer Tochter zu suchen und ihn zu Ihnen zu bringen, damit

Sie ihn foltern und töten können. Marcel Kirsch hat ihn gefunden. Jetzt ist Kirsch tot!«

Andreas Muench lief Speichel aus dem Mund. »Das Schwein kriegt trotzdem seine gerechte Strafe, dafür werde ich sorgen, und davon wird mich niemand abhalten.« Er spuckte auf den Teppich.

»Dafür können Sie ein paar Jahre in den Knast gehen, ist Ihnen das nicht klar? Verschwörung zum Mord. Das ist keine Kleinigkeit. Lynchen geht gar nicht! Damit sind Sie keinen Deut besser als der Mörder von Lisa.«

Andreas Muench heulte auf und versuchte sich zu befreien, aber Sascha hielt ihn eisern fest.

»Sie haben noch genau eine Chance, dem Knast zu entgehen. Reden Sie mit uns.« Sascha verstärkte noch einmal den Druck auf Andreas Muenchs Arm.

Fran war kurz davor, ihn zu stoppen, denn was er da machte, kam ebenfalls einer Folter gleich und konnte ihn und sie zwar nicht in den Knast bringen, aber es konnte vor Gericht unangenehm werden.

Ohne Vorwarnung ließ Sascha seinen Gefangenen los und trat zwei Schritte zurück, die rechte Hand am Holster. »Wenn Sie mich angreifen, schieße ich, Herr Muench. Verstanden?«

Andreas Muench grunzte. »Das werden Sie bereuen! Ich werde Sie verklagen.«

»Das werden Sie schön lassen«, sagte Fran kalt. »Ansonsten ist Ihre Frau wegen versuchten Mordes an einem Polizeibeamten dran. Sie ist mit einem Bügeleisen auf meinen Kollegen losgegangen.«

Langsam erhob sich Andreas Muench. Er schien verstanden zu haben, dass Sascha, obwohl einen Kopf kleiner und halb so breit, ihn jederzeit flachlegen konnte. »Ihr habt ja keine Ahnung. Ich rufe jetzt meinen Anwalt an.«

»Das werden Sie nicht«, sagte Fran und trat zwischen Andreas Muench und das Handy, das auf dem Couchtisch lag. »Sie hören mir erst mal zu. Marcel Kirsch ist tot. Ermordet von derselben Person, die sehr wahrscheinlich auch Ihre Tochter auf dem Gewissen hat.«

Antje Muench schlug die Hände vors Gesicht und schluchzte los.

»Verdammte Scheiße«, murmelte ihr Mann und ließ sich in einen Sessel fallen.

»Wir sind hier nicht im Sonntagskrimi. Diese Person hat ein Mädchen in ihrer Gewalt, und wir wissen nicht, wo. Es besteht Lebensgefahr. Wir müssen das Mädchen retten und den Täter fassen. Das geht aber nur, wenn wir wissen, was Sie mit Marcel Kirsch besprochen haben. Und ob irgendjemand etwas weiß. Wird der Täter aufgescheucht, ist das Mädchen so gut wie tot. Wollen Sie das?«

»Verdammte Scheiße, nein. Das habe ich nicht gewusst. Kirsch hat mir nichts gesagt.« Andreas Muench starrte aus dem Fenster. »Ich wusste nicht einmal, dass er bei dem Hurensohn war, dass er so schnell herausgefunden hat, wer unsere Lisa …«

Er konnte nicht zu Ende sprechen. Tränen liefen ihm über die Wangen, sein Gesicht versteinerte. »So einen darf man doch nicht laufen lassen. Man muss an die Opfer denken. Das muss gesühnt werden. Die machen immer weiter. In zehn Jahren ist der wieder draußen, und dann bringt er wieder kleine Mädchen um.« Seine Stimme wurde immer leiser, bis sie nicht mehr zu hören war.

»Dieser Täter wird nie wieder freikommen. Man wird ihn für den Rest seines Lebens in die Psychiatrie stecken«, sagte Fran. Andreas Muench schaute sie kurz an, und was sie in seinen Augen sah, war der pure Hass.

»Wir werden Sie unter Hausarrest stellen. Sie dürfen die

Wohnung nicht verlassen. Rund um die Uhr werden Beamte auf Sie aufpassen. Sie dürfen nicht telefonieren. Wenn Sie mit uns kooperieren, lassen wir alle strafrechtlich relevanten Vorwürfe gegen Sie fallen. Wenn nicht, gehen Sie beide für einige Zeit ins Gefängnis«, sagte Sascha ohne eine Spur Mitleid.

»Warum hat der Idiot mir nicht Bescheid gesagt?«, murmelte Andreas Muench vor sich hin und biss sich dabei immer wieder auf die Lippen.

Fran tippte dem Mann auf die Schulter. »Herr Muench, haben Sie gehört, was mein Kollege gesagt hat?«

Er schaute sie mit geröteten Augen an. »Wissen Sie, dass mir das alles vollkommen scheißegal ist? Ich habe eh keinen Bock mehr. Ihr Bodyguard«, er zeigte auf Sascha, »soll mich am besten gleich hier erschießen.« Er richtete sich auf. »Ich werde keine Sekunde ruhen, bis ich das Schwein habe. Und Ihre Drohungen lassen mich kalt. Die Presse wird Sie fertigmachen. Wir sind die Opfer, nicht dieser Scheißehaufen von Kinderfickern. Und jetzt sage ich gar nichts mehr.«

Fran zuckte die Achseln und nahm das Handy an sich. »Ich schau mich mal um.«

Sascha nickte und postierte sich so, dass er die Muenchs im Blick hatte.

Fran fand noch zwei Handys, steckte sie ein und schaltete den Internetrouter aus. Dann betrat sie Lisas Zimmer. Es hatte sich seit ihrem letzten Besuch nicht sichtbar verändert. Verdammt noch mal! Diese Idioten! Hätte Marcel Kirsch nicht seinen Egoismus gepflegt, könnte Emily vielleicht schon frei sein. Und hätten ihre Kollegen anständig ermittelt, könnte Lisa heute noch leben und Marcel Kirsch ebenfalls. Aber das war nicht ihre Verantwortung, nicht ihre Schuld. Sie musste dafür sorgen, dass alles getan wurde, um Emily zu befreien, dann würde sie ihrer eigenen Verantwortung gerecht werden.

Sie schaute noch kurz in die anderen Zimmer. Sie fand nichts, was ihr weiterhalf.

Kollegen von der Streife kamen in die Wohnung. Als Sascha ihnen ihren Auftrag erklärte, zuckten sie zusammen. Erst als er ihnen versicherte, dass die Maßnahme von höchster Stelle abgesichert sei, entspannten sie sich. Er schärfte ihnen noch mal ein, dass sie die Klappe halten sollten, es gehe um das Leben von Emily.

Hier gab es nichts mehr zu tun. Sie fuhren ins LKA. Das Team musste informiert werden, Hasso Kittner musste ein Ermittlungsverfahren gegen die Muenchs wegen Verabredung zum Mord einleiten, und Fran musste sich auf ihr erstes Treffen mit Hannah Gabald vorbereiten. Die Würfel waren gefallen.

Noch 72 Stunden

Fran bat Sascha, alle im Konferenzraum zu versammeln, während sie ihre E-Mails checkte. Er lächelte geheimnisvoll, verneigte sich und zog los. Sie wurde aus diesem Kerl einfach nicht schlau. Er war wie Dr. Jekyll and Mr. Hyde. Liebenswert, einfühlsam, charmant auf der einen Seite, auf der anderen knallhart, brutal, zu allem bereit. Natürlich brauchte man als Polizist diese Eigenschaften, aber bei Sascha schien es ihr, als wechsle er die Persönlichkeit wie andere das Hemd. Würde sie sich auf ihn einlassen, wäre es ein Sprung ohne Fallschirm, in der Hoffnung, er entpuppe sich als Sprungkissen. Töricht! Das kam nicht in Frage. Solange sie seine dunkle Seite nicht kannte, würde sie ihre aufkeimenden Gefühle in Isolationshaft nehmen, oder besser in »Schutzhaft«, so wie sie die Muenchs vorsorglich festgenommen hatten. Die konnten jetzt auch keinen Schaden mehr anrichten.

Eine E-Mail zog Frans Aufmerksamkeit auf sich. Sie stammte von Jörn Vogler. Betreff: »Emily Sola«. Text: »Sehr geehrte Frau Miller. Ich bitte Sie, nichts unversucht zu lassen, um Emily Sola zu finden, und zwar lebend. Wenn Sie irgendetwas brauchen, das Sie nicht anders bekommen können, dann nehmen Sie es sich. Ich decke Sie. Kein Scherz: Diese E-Mail löscht sich in zehn Sekunden von selbst und ist nicht nachverfolgbar.«

Fran zählte von zehn auf null, und tatsächlich, das Mailprogramm meldete einen Fehler. »Die angeforderte E-Mail ist nicht vorhanden.«

Vogler hatte sie mit dieser Mail quasi aufgefordert, illegal vorzugehen. Das wäre nicht nötig gewesen. Sie hatte schon längst entschieden, alles zu riskieren, denn sie musste das Vertrauen von Hannah Gabald erringen, koste es, was es wolle. Nur so konnte sie ihr das Versteck von Emily entlocken. Dass Vogler wirklich hinter ihr stehen würde, wenn es eng wurde, das bezweifelte sie allerdings, denn sonst hätte er die Mail nicht automatisch löschen lassen. Kam es darauf an, wäre sie das Bauernopfer. Aber das war es wert.

Sie studierte die anderen E-Mails. Hasso Kittner bestätigte in einem Aktenvermerk das bisherige Vorgehen. Er hatte den Innenminister eingeweiht, der jetzt ebenfalls umgeschwenkt war. Jörn Vogler musste ein mächtiger Mann sein – oder lag es einfach nur daran, dass er ein *Mann* war?

Hasso Kittner hatte sich bereits mit den verschiedenen Einsatzkommandos kurzgeschlossen. Sie hatten Glück. Es standen zurzeit keine großen Observationen an, und alle Kollegen hatten ihre bedingungslose Zusammenarbeit zugesagt. Es konnten sechs Mobile Einsatzkommandos gebildet werden, die sich im rollierenden Verfahren rund um die Uhr abwechselten. Das hieß, dass die observierenden Personen spätestens alle vier Stunden ausgewechselt wurden. Sollte die Observation länger dauern, würden zusätzliche Kräfte angefordert. Nicht alle Ausrüstungsgegenstände der Überwachungstechnik, von der Sascha gesprochen hatte, standen der Polizei zur Verfügung. Kein Problem diesmal: Dem Innenminister war es gelungen, vom BND, dem Bundesnachrichtendienst, und vom MAD, dem Militärischen Abschirmdienst, die fehlende Ausrüstung zu erhalten. Hasso Kittner wies darauf hin, dass dies topsecret sei, nur die Führungskräfte durften wissen, wo die teuren Spielzeuge herkamen.

Fran war froh, dass sie jede Unterstützung bekam, die möglich war. Gleichzeitig wusste sie, dass das die absolute Ausnahme war. Der Grund für die Material- und Personalschwemme war nicht das Leben von Emily Sola, sondern politisches Kalkül. Egal! Das Schicksal bot ihr die einmalige Gelegenheit, auf noch nie da gewesene Art und Weise als Undercover-Agentin zu ermitteln.

So oder so würde dieser Einsatz in die Polizeigeschichte eingehen, entweder als Triumph oder als Niederlage sondergleichen. Vorsicht!, mahnte sie sich. Du bist nur ein Mensch! Verfall nicht in dieselbe Eitelkeit wie Marcel Kirsch! Du musst aufhören, wenn du merkst, dass du im Kreis läufst oder mit der Stirn an die Wand am Ende der Sackgasse stößt! Aber du darfst nie vergessen: Erst wenn Emily tot vor dir liegt, wirst du aufgeben!

Die anderen Mails waren momentan nicht wichtig. Sie legte sie auf Wiedervorlage, schloss das Programm, loggte sich aus und fuhr den Rechner herunter.

»Wie geht es dir?«

Fran drehte sich langsam um. Bruno stand in der Tür, Dreitagebart, übernächtigt.

»Wenn ich dich so anschaue, besser als dir.« Sie stand auf und nahm Bruno kurz in den Arm. »Danke, dass du dir Sorgen machst. Aber mir geht es nicht schlecht.« Sie überlegte kurz. »Ich weiß, mein Einsatz ist nicht ungefährlich, aber im Moment fühlt sich alles an wie ein Sprung, der nicht endet. Ich bin in einem kontrollierten freien Fall, habe den Überblick, weiß genau, wo es hingeht.«

»Die Schwerkraft gibt dir vor, wohin es geht. Da kontrollierst du gar nichts.« Bruno rieb sich die Augen.

»Die Schwerkraft ist wie das Leben. Das Leben gibt uns auch die Richtung vor: hin zum Tod. Und vorher können wir uns entscheiden, wie wir unser Leben leben.«

»Ich hoffe, du hast die richtige Entscheidung getroffen. Du

begibst dich in Lebensgefahr, trotz aller Sicherungsmaßnahmen, das weißt du?«, fragte Bruno.

»Natürlich weiß ich das. Aber ich muss es tun.«

»Du hast so etwas noch nie gemacht. Weißt du, wie lange Undercover-Agenten vorbereitet werden? Wie sie geschult werden? Welchen Anforderungen ihre Psyche genügen muss?«

»So ungefähr, ja. Es wird nicht einfach werden.«

Bruno zeigte auf Fran. »Bist du dir im Klaren, warum du das machen willst?«

Seine Frage zwickte Fran im Bauch. Ein deutliches Zeichen, dass er einen wunden Punkt getroffen hatte. Das geht dich nichts an, wollte sie sagen, aber das war falsch. Es ging Bruno etwas an. Sie waren Freunde. »Ich weiß, dass wir eine Chance haben, Emily zu retten, eine verschwindend kleine. Das reicht mir.«

Bruno verzog die Lippen zu einem schrägen Lächeln. »Gut. Damit kann ich leben. Komm, die anderen warten.«

Fran hatte mit Widerspruch gerechnet, oder besser: *Ein* Teil von Fran hatte mit Widerspruch gerechnet. Ein anderer hatte gewusst, dass Bruno sie heute ausnahmsweise nicht bevormunden, sondern nur wissen wollte, ob sie das Risiko sehenden Auges auf sich nahm oder ob sie sich blind vor unterdrückten Gefühlen und Eitelkeit in ein tödliches Abenteuer stürzte.

»Ich habe noch ein anderes Problem.«

Bruno schloss die Tür. »Lass hören.«

»Mein Vater hat sich unberechtigt Zugang zum System verschafft und die Akten eingesehen. Ob er etwas ausgedruckt hat, weiß ich nicht, runtergeladen hat er nichts.«

Bruno sog durch die Zähne die Luft ein. »Das ist echt Scheiße. So ein Vollidiot.«

»So weit war ich auch schon.« Fran musste grinsen, obwohl ihr nicht nach Scherzen zumute war.

Bruno kratzte sich am Kopf. »Was würde ich tun?« Er ging einmal um den Schreibtisch herum. »Hast du ihm gesagt, dass er die Sache selbst klären soll?«

»Ich habe ihm einen Tag gegeben.«

»Das ist in Ordnung.« Er schüttelte unwillig den Kopf. »Wenn er das Ultimatum verstreichen lässt, hast du keine Wahl, falls du dir nicht seine Schuld aufladen willst. Ich nehme an, das hast du dir auch schon überlegt.«

Fran nickte.

»Ich kann dir versichern, dass wir alle hier hinter dir stehen. Wir wissen, dass du nicht fahrlässig handelst, und auch nicht aus Rache. Was dein Vater gemacht hat, ist kein Kavaliersdelikt.«

Fran war erleichtert. Ihre Entscheidung war gefallen. »Wir können.«

Bruno zögerte, dann ging er vor. Fran flüsterte ihm von hinten ein »Danke« ins Ohr, wozu sie sich auf die Zehenspitzen stellen musste.

»Immer gerne«, raunte Bruno als Antwort.

Fran fühlte wieder diese angenehme Leichtigkeit, betrat den Konferenzraum, lächelte und sagte: »Schön, dass ihr da seid. Das gibt mir das Gefühl, dass wir es schaffen können, dass wir Emily retten können.«

Alle schwiegen und nickten. Fran erkannte, dass sie ihre Zuversicht nicht teilten.

»Günther, würdest du uns bei der Profilerstellung auf den neuesten Stand bringen?«

Günther ließ einen Finger auf die Tastatur seines Laptops fallen, und sofort erschien auf dem interaktiven Whiteboard eine komplexe Mindmap. In der Mitte stand »Hannah Gabald« in Fettschrift, darunter hatte Günther ein Bild von ihr eingefügt. Eine blaue Linie umgab Bild und Namen. Davon gingen verschiedene Linien aus zu anderen Namen und Bildern. »Malte und ich haben Hannah Gabald und ihre familiären Beziehungen dargestellt, ähnlich wie bei einer Familienaufstellung. Dazu zählen auch die Opfer, denen wir, nach Frans Theorie, Plätze innerhalb der Familie zugewiesen haben.« Günther zeigte auf Fran. »Ich muss sagen, deine These ist ziemlich genial. Wenn sie stimmt, könnten wir in die Medizingeschichte eingehen, weil wir ein neues Krankheitsbild beschreiben können, das übrigens dann zu einigen Symptomkomplexen passen würde, die bisher als nicht beschrieben gelten.« Er fuhr mit dem Zeigefinger durch die Luft. »Das Miller-Syndrom!«

Fran zeigte auf Günther. »Wir sollten die Haut des Bären erst zerteilen, wenn wir ihn erlegt haben, meinst du nicht? Und wenn ein neues Krankheitsbild benannt werden sollte, dann mit einem Namen, der uns alle miteinbezieht. Das Geld des Nobelpreises werde ich allerdings alleine verprassen.«

»Natürlich, Chef.« Er grinste boshaft. »Ich habe nichts anderes erwartet. Möchte jemand wetten, dass …«

Er ließ den Satz unvollendet, denn Fran funkelte ihn böse an.

Malte übernahm. »Zuerst haben wir gedacht, es könne etwas mit Nekrophilie zu tun haben. Das hat sich schnell erledigt. Dann die Nazi-Rache-Theorie. Weit gefehlt.« Er nahm den Laserpointer und zeigte auf Torsten Gabald, der zwar zehn Jahre älter war als Hannah, ihr aber wie ein Zwilling glich. »Fran hat erkannt, worum es geht. Hannah Gabald hat sich eine Familie aus Toten gebastelt. So sieht sie aus, die tote Familie der Hannah Gabald.« Er drückte eine Taste, die anderen Namen erschienen mit farbigen Linien, die eine engere oder weitere Bindung an Hannah Gabald symbolisierten.

Unwillkürlich lief es Fran eiskalt über den Rücken. Birte Rastow war der Platzhalter für Petra Fleck, Hannahs Stiefmutter, gewesen. Wen hatte Hannah Gabald im Austausch für Birte

Rastow ausgewählt? Harald Sobota und Samuel Braumann vertraten ihren Vater. Marcel Kirsch war eine direkte Bedrohung gewesen. Aber war Hannah Gabald in der Lage, eiskalt und rational zu töten? Lisa und Emily waren Ersatz für Katrin. So hatte Hannah ihre Schwester unsterblich gemacht. Das Problem musste gewesen sein, ein passendes Kind zu finden. Es musste Katrin ähnlich sehen, es musste Leukämie überstanden haben. Deshalb lag so viel Zeit zwischen Lisas Tod und ihrer Ablage. Erst Emily hatte den Voraussetzungen als Platzhalterin für Katrin genügt. Die anderen beiden Mädchen, die noch als vermisst gemeldet waren, entsprachen diesen Kriterien nicht. Fran ging davon aus, dass sie einem Sexualtäter zum Opfer gefallen waren. »Danke, Günther. Hat noch jemand eine Bemerkung?«

Sascha hob die Hand. »Jetzt kommt ein unangenehmer Teil.« Er stellte einen schwarzen Kasten mit roten digitalen Ziffern auf den Tisch. »Der Innenminister hat uns ein Ultimatum gesetzt. Danach befiehlt er Zugriff. So oder so.« Er drückte einen Knopf. Die Anzeige sprang auf zweiundsiebzig Stunden, null Minuten, null Sekunden. »Es ist jetzt halb zehn abends.« Sascha drückte einen anderen Knopf. Sofort geriet die Anzeige in Bewegung. Die Zweiundsiebzig schlug in Einundsiebzig um. Die Minuten sprangen auf neunundfünfzig. Die Sekunden aber tickten so schnell davon, dass Fran schwindelig wurde. Sie hatten schon jetzt keine zweiundsiebzig Stunden mehr. Wenn die Uhr abgelaufen war, würde Hasso Kittner zubeißen, Hannah Gabald verhaften und sie weichzukochen versuchen. Fran blickte erneut zur Uhr. Schon drei Minuten waren vergangen. Die Zeit raste. Sie hatten keine Sekunde zu verlieren.

»Ich muss alles lernen, was Katrin wissen muss, und noch einiges mehr!«, rief Fran in den Raum und schlug mit der Faust auf den Tisch. »Diese verdammte Uhr!« Fran schluckte hart.

Was für einen Wahnsinn hatte sie produziert? Sie wollte in die kranke Seele eines Menschen eindringen, den sie überhaupt nicht kannte. Sie setzte ihr Leben und das Leben eines kleinen Mädchens aufs Spiel, nur um auszuprobieren, ob sie mit ihrer These recht hatte. Es gab kein Zurück mehr. Sie war von einer Brücke gesprungen, die viel zu niedrig war. Sie *konnte* die Reißleine gar nicht rechtzeitig ziehen. Sie hatte verloren, bevor sie angefangen hatte.

*

Torsten frühstückt schweigend, liest die Zeitung. Manchmal räuspert er sich, wenn er etwas liest, das ihm nicht gefällt. Ich schmiere ihm ein Butterbrot für die Arbeit, mit Gouda. Ich packe das Brot zusammen mit einem Apfel und einer Haselnussschnitte in seine Brotdose, die ich vorher gründlich gesäubert habe.

»Was ist denn mit deinem Tagebuch?«, frage ich ihn.

Er lässt die Zeitung sinken. »Ich habe aufgehört. Ich möchte mich nicht mehr erinnern. Verstehst du das?«

Natürlich verstehe ich das. Erinnern tut weh. Deswegen erinnere ich mich nur an die schönen Dinge. Als Katrin auf die Welt kam zum Beispiel. Sie war so klein, so zerbrechlich, so unschuldig. Oder mein achtzehnter Geburtstag. Oder als ich die Prüfung bestanden habe. Es gibt so viele schöne Momente.

Torsten ist zur Arbeit, vorher hat er mir den Rest der Medikamente zurückgegeben. Sie müssen wieder ins Krankenhaus. Ich muss auch los. Es ist schon Viertel vor fünf. Ich habe Frühschicht. Manchmal vergesse ich die Zeit.

Ich nehme den Bus. Die Leute sehen alle traurig aus, keiner lächelt. Das macht mich auch traurig. Ich schaue aus dem Fenster. Grelle Reklame sticht mir ins Auge, ich verstehe nicht, was sie mir sagen will. Die Haltestelle liegt nur ein paar Minuten zu

Fuß von der Klinik entfernt. Ich bleibe einen Moment vor dem Eingang stehen, mache mir klar, dass ich jetzt in eine andere Welt eintauche, in eine seltsame, die sich unecht anfühlt. Torsten hat mir gezeigt, wie das geht. Wie man sich darin bewegt, wie man sich geben muss, wie man überleben kann. Man muss freundlich sein, auch wenn man sich nicht danach fühlt. Man muss tun, was einem die Vorgesetzten sagen, auch wenn es manchmal unsinnig ist. Man darf nicht anzweifeln, was die Ärzte sagen. Man muss immer ein bisschen mit den Patienten reden. Man muss immer pünktlich sein. Man muss manchmal länger bleiben, ohne es auf dem Stundenzettel zu vermerken. Man darf keine Medikamente verwechseln oder sie zu spät ausliefern. Man muss ein Bett in zweieinhalb Minuten machen, weil man sonst nicht fertig wird. Das alles kann ich. Ich kann es gut. Ich bin stark, mein Leben hat einen Sinn, ich beschütze Katrin.

Die Schwester Pförtnerin grüßt mich freundlich, ich grüße zurück.

Ich übernehme die Station, die Arbeiten sind im Verzug, auf der Nachtschicht hat es zwei Zwischenfälle gegeben. Einer ist gestorben, einer musste in den OP. Es geht hektisch zu. Ich bringe zuerst die Medikamente zurück, dann stürze ich mich in die Arbeit. Ein neuer Zivi bringt das Frühstück für die Station. Er wirkt mürrisch. Wir haben vier Neuzugänge, die morgen operiert werden sollen. Der Tag wird lang werden und schwarz-weiß. Ich muss an Katrin denken und danke Gott, obwohl er gar nicht existiert, dass er sie gerettet hat.

Noch 63 Stunden

Die Überwachungstechnik war in einen weißen Lieferwagen eingebaut, das Kennzeichen polnisch. Er sah aus wie einer der vielen Sperrmüllsammler, die die Stadt bevölkerten. Im Innern gab es vier Sitzplätze und eine Miniküche, in der vorwiegend Kaffee gekocht wurde.

Fran nahm vor einem Monitor Platz, der so groß war wie drei Fernseher der neuesten Generation – fast zwei Quadratmeter, rechts unten prangten die Ziffern einer grünen Digitaluhr: Viertel vor fünf.

Sascha setzte sich neben sie und stöhnte. Pünktlich um fünf Uhr war Hannah Gabald zur Arbeit gegangen. Die Kollegen hatten noch eine halbe Stunde warten müssen, bis sie – hoffentlich – ungesehen in das Haus eingedrungen waren.

Zwei Männer und zwei Frauen gehörten zum Team, Kollegen, die Fran nicht kannte. Sie kamen von der Abteilung Verfassungsschutz/Überwachung und galten als absolute Spitzenkräfte. Es verging eine weitere halbe Stunde, in der Fran und Sascha die Ergebnisse der Überprüfung der Altfälle durchgingen. Tatsächlich gab es eine vage Spur von Torsten Gabald zu dem Mord an dem Grundschullehrer Metin Küczük. Torsten Gabald hatte mit mindestens einem der damals Verdächtigen Kontakt gehabt. Deswegen war er auch vorgeladen worden. Danach riss die Verbindung ab.

Das erste Fenster flammte im Monitor auf. Es zeigte ein Kinderzimmer. Blau gestrichen. Eher eine Farbe für Jungen. Aber die Einrichtung und die Spielsachen waren für ein Mädchen gedacht: Barbie, Ponys, Teddys, Kinderküche, sogar ein Puppenhaus. Keine Spur von Emily.

Die Kollegen tüteten verschiedene mögliche DNA-Träger ein. Obwohl alles sehr gepflegt war, gab es an vielen versteckten Stellen Staub, und Staub bestand zum größten Teil aus menschlicher Haut. Fingerabdrücke wurden ebenfalls genommen, die Kohlespuren sofort beseitigt. Fran musste dem Team Respekt zollen. Sie arbeiteten ruhig, effizient und gründlich. Bald würden sie wissen, ob Emily Sola in diesem Haus gewesen war.

Ein zweites Fenster poppte auf. Ein Schlafzimmer. Kiefernmöbel, Blümchentapeten. Das Zimmer war irgendwann in den Neunzigern neu möbliert, aber nicht neu tapeziert worden. Ein Stilbruch, der zu Hannah Gabald passte.

Sascha rümpfte die Nase. »Die Kombination ist nichts für schwache Nerven.«

In rascher Folge öffneten sich immer mehr Fenster, bis sie schließlich jeden Raum in Hannah Gabalds Haus auf ihrem Monitor sehen konnten.

Einer der Kollegen vom Verfassungsschutz hielt etwas in die Kamera. »Tagebücher. Es gibt eine ganze Reihe davon. Wir brauchen Verstärkung, um sie zu erfassen.«

Sascha schickte drei Leute von der Kriminaltechnik, ausgerüstet mit hochauflösenden Digitalkameras, die ihre Bilder per Internet sofort ins LKA schickten, damit sie dort gespeichert und weiterverarbeitet werden konnten. Es waren Hunderte von Seiten. Der Zeitraum der Eintragungen zog sich über mehr als zwanzig Jahre. Ein Glück, dass Hannah Gabalds Schrift akkurat und gleichmäßig wie aus dem Computer war.

Der Schriftsachverständige meldete sich wenige Minuten nach Eingang der ersten Daten. »So etwas Eindeutiges wünsche ich mir öfter! Die Texterkennungssoftware wird nicht lange brauchen. Die Zielperson weist einen eher zwanghaften

Charakter auf, sehr willensstark. Die geht mit dem Kopf durch die Wand.«

Fran bedankte sich und wandte sich dem Durchsuchungsteam zu. »Ist irgendwas von Torsten Gabald dabei?«

Ein Kollege wandte sich der Kamera zu und schüttelte den Kopf. »Die Tagebücher sind allesamt von Hannah Gabald. Wenn die Beschriftungen stimmen.«

Fran glaubte nicht, dass die Beschriftungen falsch waren.

»Ich glaube, du solltest besser mit dem Lernen anfangen, Fran.« Sascha hielt ihr einen Stapel Ausdrucke hin. Es waren die ersten Seiten des Tagebuchs, die das LKA an den Einsatzwagen geschickt hatte, und die biografischen Daten, die Saschas Team gesammelt hatte.

Fran nahm den Stapel Papier entgegen und blätterte darin. Wie sollte das gehen? Wie sollte sie in ein paar Stunden eine Informationsmenge aufnehmen, für die man Monate brauchte, um sie überhaupt zu lesen?

»Du solltest dich besser ins Büro zurückziehen«, sagte Sascha. »Du brauchst Ruhe, damit du dich konzentrieren kannst. Nutz die Zeit, so gut es geht!«

»Du hältst mich auf dem Laufenden?«

Sascha verzog das Gesicht.

»Schon gut«, sagte Fran. Sie riss sich von den Monitoren los, verließ den Überwachungswagen und schaute sich um. Wer den Wagen über längere Zeit beobachtete, dem war schnell klar, was in seinem Innern vor sich ging. Deshalb würde er in einer halben Stunde durch einen Wagen abgelöst, der auf einer anderen Position in der Nähe in Stellung gehen würde und ein anderes Kennzeichen hatte.

Fran stieg in ihren Impreza und startete den Motor. Jetzt einfach losfahren, Richtung Süden, das wär's. Aber wie von selbst fuhr der Impreza zu Fran nach Hause, nicht ins Büro. Sie kontrollierte den Flur, die Tür und die Räume. Alles sauber. Den Stapel Papier warf sie auf den Wohnzimmertisch. Sie zog sich bequeme Schlabberklamotten an, braute sich einen extrastarken Kaffee und ließ sich in die weichen Kissen fallen, die auf der Couch kleine Gebirge bildeten. Sie angelte sich den Stapel und begann zu lesen. Hannah Gabald beschrieb fast jedes Detail ihres Tagesablaufs. Wie sollte sie das jemals hinkriegen?

Noch 51 Stunden

»Torsten war eine Zeit lang weg. Jetzt ist er endlich wieder da. Ich hatte schon gedacht, er hätte sich abgesetzt, hätte genug von allem, von seinem Job, von unseren Eltern und der ständigen Sorge um Katrin. Gestern Abend saß er wieder am Tisch. Ich habe ihm ein Spiegelei gebraten, und er hat erzählt, dass er die Zeit gebraucht hätte, um über alles nachzudenken.«

Fran ließ das Tagebuch sinken, warf einen nervösen Blick auf die Uhr. Sechs Uhr einunddreißig.

Der Eintrag datierte auf den 17.5.2012. Ziemlich genau sechs Wochen nach Torsten Gabalds Tod. Den hatte Hannah Gabald in einem Nebensatz erwähnt: »Heute ist ein seltsam trauriger Tag, denn Torsten ist heimgegangen, ich konnte es nicht verhindern.« Fran machte sich eine Notiz: »Torsten war ihre wichtigste Bezugsperson. Sie hat ihn aller Wahrscheinlichkeit nach nicht getötet. Aufpassen, dass ich ihn nicht in irgendeiner Weise in ihrer Gegenwart demontiere. Heftige emotionale Reaktionen möglich.«

Sie breitete die Mindmap der Familie Gabald aus, die Günther und Malte entwickelt hatten. Wirklich gute Arbeit. Sie war stolz auf ihre Leute. Sie dachte an Sabine Fellmis. Hatte sie nicht gewusst, wie gut das Team war? Oder war die Kränkung durch ihre Versetzung so nachhaltig gewesen, dass sie blind geworden war gegenüber den Menschen? Wahrscheinlich das Letztere. Tragisch, aber für Fran ein Glücksfall. Zwar hatte sie noch nie im Leben so viel gearbeitet und so viele Dinge gleichzeitig im Kopf gehabt, aber es gab ihrem Dasein einen Sinn.

Ihr Handy spielte »Like a Satellite«. Sascha.

»Erstens: Wir können nicht mit Sicherheit sagen, ob Emily Sola in dem Haus war oder nicht. Die DNA-Fragmente sind zu stark durchmischt, die gefundenen Haare sind nicht von Emily. Das wird dauern. Zweitens: Wir haben ein Tagebuch gefunden, das nicht von Hannah Gabald stammt, sondern von ihrer Mutter, Renate Gabald. Hannah Gabald hatte es sehr gut versteckt. Es müsste gleich in deinem Postfach sein. Bis dann.«

Er hatte aufgelegt, bevor sie etwas sagen konnte, und schon signalisierte ein leises »Ping«, dass sie eine E-Mail bekommen hatte. Sie öffnete die Datei und las fast zwei Stunden lang.

»Hannah Gabald«, murmelte Fran und zog das Papier glatt. »Und ihre Mutter Renate Gabald. Also noch mal von vorne. Fangen wir mit der Stiefmutter an. Wie stehst du zu ihr, Hannah?«

Fran folgte dem roten Pfeil. »Petra Gabald, geborene Fleck, Jahrgang 1958, elf Jahre jünger als Hannahs Vater Rüdiger Gabald, neun Jahre jünger als Hannahs Mutter.«

War Birte Rastow ihr Ersatz gewesen? Wenn ja, warum? Wenn nein, wen hatte sie ersetzt? In welchen Zyklen wurden die Familienmitglieder ausgetauscht? Zumindest bei Katrin hing es von der Verfügbarkeit passender Platzhalter ab. Was war der Auslöser für die Suche? Für einen Austausch?

Hannahs Kindheit war nicht besonders glücklich, aber auch nicht besonders schlimm verlaufen – bis auf den Tod ihrer Mutter. Immerhin konnte Fran jetzt den ungefähren Zeitpunkt festmachen, ab dem Hannah Gabald begann, sich ihre eigene, ganz spezielle Welt zu bauen. Am 12.3.1981 stirbt ihre Mutter Renate Gabald – an Krebs, mit einunddreißig Jahren. Allerdings war es nicht Leukämie, sondern eine seltene Form von Brustkrebs, die so früh zum Tod führte. Hannah war vier Jahre alt, ihr Bruder Torsten vierzehn. Er liebte seine Schwester über alles, beschützte sie, kümmerte sich um sie, wenn die Eltern feierten oder betrunken waren. Er hielt alles Böse von ihr fern – und er brachte ihr bei, wie sie ihre Mutter in ihre Seele integrieren konnte. So stand es in einem der ersten Tagebücher von Hannah Gabald.

Torsten Gabald musste ein besonderer Mensch gewesen sein, hochempathisch und gleichzeitig verstört. Von klein auf zeigte sich sein Hang, Dinge in der Erde zu konservieren oder vor den Augen der anderen zu verbergen. Zuerst Spielsachen, dann Tiere, dann seine Schwester Katrin?

Der Abgleich mit den Vermisstenlisten und dem Krebsregister hatte ergeben, dass noch fünf Personen in das Beuteschema von Hannah Gabald passten: drei ältere Männer und zwei junge Frauen. Kein Kind, kein Mädchen, Gott sei Dank. Die Suchmannschaften hatten nach wie vor keine weiteren Opfer finden können.

Aus Zeugenbefragungen ging hervor, dass Rüdiger Gabald nicht gewalttätig gewesen war. Manchmal hatte es Streit gegeben, wie in jeder Familie, aber alles hielt sich in normalen Grenzen. Kein Vergleich zu James Miller, der seine Familie regelrecht terrorisiert hatte. Und trotzdem war Fran kein Serienkiller geworden, und ihre Schwester auch nicht. So einfach war es halt nicht.

Die Familie Gabald war eine normale Durchschnittsfamilie gewesen, und es hatte Fran nicht überrascht, dass Renate Gabald ihre Sexualität als funktionalen Vorgang zur Befriedigung ihres Mannes beschrieb, der nicht besonders unangenehm war, weil in der Regel sehr kurz und von Rüdiger mit Rücksichtnahme ausgeführt. Renate Gabald litt unauffällig, ohne sich dessen bewusst zu werden, und sie driftete Stück für Stück in den funktionalen Alkoholismus ab, die Familie zerbrach nicht, sie erstarrte. Bis zu ihrem Tod hatte Renate Gabald Tagebuch geschrieben, mit fortschreitendem Alkoholmissbrauch immer wirrer und so, als habe sie es beim Schreiben gerade erlebt.

Danach gab es einen kleinen Aufschwung für Hannah und Torsten, doch Rüdiger Gabald hatte sich sehr bald eine Frau ausgesucht, mit der er die Nacht zum Tag machen konnte, die mit ihm sexuelle Praktiken ausübte, von denen er vorher nur geträumt hatte. Hannah hatte es beobachtet, es musste ihr das Herz gebrochen haben. Oder war auch das die Fantasie eines verlassenen Kindes?

Petra wurde bald schwanger, Katrin wurde geboren und genauso behandelt wie vorher Torsten und Hannah: Sie wurde mehr oder weniger sich selbst überlassen. Torsten und Hannah sprangen ein, wurden die Ersatzeltern. Als Katrin an Leukämie starb, brach für beide ihre Welt zusammen. Hannah integrierte Katrin in ihren Wahn. Sie und Torsten sannen auf Rache, und es war mit großer Wahrscheinlichkeit Hannah, die sich Jahre später im Krankenhaus die Gelegenheit nicht entgehen ließ, ihren Vater zu töten. Ab diesem Zeitpunkt musste der böse Vater immer wieder sterben: Harald Sobota, Samuel Braumann – und Marcel Kirsch?

Zu Petra hatte Hannah ein gespaltenes Verhältnis. Ihre Stiefmutter war Opfer, aber auch Mitläuferin. Faszinierend!

Hannah Gabalds Wahn hatte es wirklich in sich. Nicht nur, dass sie sich lebenden Ersatz für Katrin beschafft hatte; sie hatte Lisa zuerst leben lassen, als leibhaftige Katrin, sie sediert und gefesselt, dann getötet und vergraben. Obwohl es fast eineinhalb Jahre gedauert hatte, bis sie Emily gefunden hatte, war sie stabil geblieben. Es gab viele Parameter, die auf die Dauer der Stabilisierung einwirkten. Die Störung durch Marcel Kirsch war sicherlich eine massive Destabilisierung gewesen. Es konnte also sein, dass Hannah einen kürzeren Zyklus brauchte, was Katrin beziehungsweise Emily anging, dass sie Emily sehr bald würde töten wollen, um wieder ruhig zu werden. Fran rieb sich die Schläfen. Sie musste einfach Erfolg haben, sie musste Hannah Gabald davon überzeugen, ein Teil der Familie zu sein, der Katrin beschützen wollte, damit sie Fran zu Emily führte! Hoffentlich hatte Hannah Emily mit ausreichend Wasser versorgt. Es konnte genauso gut sein, dass sie durch Marcel Kirsch in Panik geraten war und Emily schnell weggeschafft hatte, ohne sich Gedanken um deren Gesundheit zu machen.

Zweifellos war der Tod ihres Bruders die Initialzündung für ihr weiteres Verhalten gewesen. Vielleicht wäre es besser, dass jemand in Torstens Rolle schlüpfte? Oder sie sogar zu zweit auftraten, um Hannah Gabald so aus dem Takt zu bringen, dass ihr Schutzmechanismus versagte? Genauso gut konnte es sein, dass sie dann komplett dichtmachte. Es war ein Hochseilakt ohne Sicherung, egal, wer oder wie viele Figuren sie zum Leben erweckten. Fran würde nie begreifen können, was wirklich im Kopf dieser Frau vor sich ging, das musste sie sich immer vor Augen halten.

Frans Handy meldete sich. Die Stunden waren verflogen. Es war schon Abend, kurz vor halb sechs. Sascha. »Kommst du? Hannah Gabald ist auf dem Weg nach Hause.«

Er hörte sich müde an. »Hast du geschlafen?«, fragte Fran. »Und lüg nicht!«

Sascha lachte kurz. »Ich habe vier Stunden in einem Luxus-Liegestuhl geschlafen. Mir geht es gut.«

»Okay, ich will es dir glauben. Bin gleich da.«

Vier Stunden waren ausreichend, um Schlafentzugssymptome zu vermeiden. Je nachdem, wie man veranlagt war, konnte man auch längere Zeit mit vier Stunden auskommen. Fran hatte letzte Nacht fast fünf Stunden geschlafen. Mehr als genug.

Sie klopfte an die Tür des Überwachungswagens, der jetzt drei Straßen weiter weg stand, immer noch weiß war und ein deutsches Kennzeichen trug. Sascha ließ sie herein und deutete auf die Monitore. »Das musst du dir ansehen. So etwas habe ich noch nie erlebt.«

Ein Techniker räumte seinen Platz. Fran setzte sich. Hannah Gabald wechselte von einem Monitor in den anderen. Sie hatte einen Bademantel an, die schwarzen Haare hatte sie hochgesteckt. Sie summte ein Lied vor sich hin, aber Fran erkannte die Melodie nicht.

Sascha zuckte mit den Schultern. »Keine Ahnung, was sie summt. Die Melodie wechselt ständig. Die Spezialisten suchen.«

Hannah Gabald ging in die Küche, setzte einen Stieltopf mit Wasser auf den Herd. Die Melodie brach ab. »Wie viele Eier möchtest du zum Abendessen?«, rief sie über die Schulter. »Torsten? Hörst du? Wie viele Eier?« Sie wartete. »Zwei? In Ordnung.« Sie öffnete den Kühlschrank, nahm drei Eier heraus und ließ sie ins Wasser gleiten. Wieder öffnete sie den Kühlschrank, nahm Butter, Erdbeermarmelade und Orangensaft heraus. »Nein«, sagte sie, »Mutter isst später auf dem Zimmer. Sie möchte ausschlafen.«

Fran schluckte. Das waren keine normalen Selbstgespräche. Das war reales Kopfkino. Für Hannah war Torsten so lebendig wie Sascha für Fran.

Hannah Gabald verschwand für den Bruchteil einer Sekunde von den Monitoren, dann tauchte sie im Esszimmer auf. Da war also ein kleiner toter Winkel.

Sie deckte den Tisch für zwei Personen. »Katrin ist ja nicht da. Schade, es wäre schön, wenn sie mit uns essen würde. Wenn sich Vater beruhigt hat, holen wir sie wieder nach Hause, nicht wahr, Torsten?«

Das bestätigte die Befürchtung, dass Emily irgendwo außerhalb des Hauses versteckt war.

Die Eier waren fertig, der Kaffee ebenfalls. Hannah stellte alles auf den Tisch, schenkte sich ein, dann goss sie Kaffee in Torstens Tasse, gab Milch dazu und zwei Stücke Zucker. Sie selbst trank den Kaffee schwarz. Schweigend aß sie, nur ihre Kiefer bewegten sich, als würde sie lautlos vor sich hin murmeln.

Als sie fertig war, goss sie Torstens Kaffee in den Abfluss und warf die Eier in den Müll. Das Geschirr räumte sie in die Spülmaschine. »Was machst du denn noch so heute?«, fragte Hannah und stellte die Butter und die Marmelade in den Kühlschrank. »Du bist müde? Du willst früh ins Bett. Das ist gut. Ich bin auch müde.«

Sie wechselte ins Wohnzimmer, schaltete den Fernseher ein und starrte auf das Gerät. Nichts von dem, was sich auf dem Bildschirm abspielte, schien sie zu erreichen.

Wenig später ging sie ins Bett, und bald hörte man sie schnarchen. Sie hatte sich in die Welt der Träume zurückgezogen und einen Überwachungswagen voller fassungsloser Polizisten zurückgelassen.

Noch 40 Stunden

Je besser Fran Hannah Gabald kennenlernte, desto unmöglicher erschien ihr der Plan, sich als Mitglied der Familie auszugeben und der Frau das Versteck zu entlocken. Sie vergaß mehr als die Hälfte der Informationen, nachdem sie sie gelesen hatte.

Wieder hatte sie, bis auf drei Stunden unruhigen Schlafs, durchgearbeitet. Um zwei hatte sie sich hingelegt, um fünf war sie wieder aufgestanden. Ein dreifacher Espresso und eine Viertelstunde intensive Gymnastik hatten zwar die Müdigkeit vertrieben, aber die Verzweiflung bohrte sich immer stärker in ihr Bewusstsein. Jetzt war es sechs, sie stieg in den Impreza, ließ den Motor an und genoss den Sound. Sie gab ein paar Mal Gas und handelte sich böse Blicke von ein paar Müttern ein, die mit ihren Kindern auf dem Weg in den Kindergarten waren.

Fran fuhr langsam los, die Straßen waren frei. Wenige Minuten später stellte sie ihren Wagen auf dem Parkplatz des LKA ab. Seit sie befördert worden war, es schien Monate her zu sein, hatte sie einen eigenen Platz, ein netter kleiner Luxus, an den sie sich durchaus gewöhnen konnte.

Sie grüßte den Pförtner, betrat ihre Abteilung, stutzte kurz. Der Gedanke war richtig. Es war jetzt *ihre* Abteilung. Sie grüßte ihre Mitarbeiter, fragte nach dem Stand der Dinge. Letztlich gab es nichts Neues. Hannah Gabald war wieder auf der Arbeit. Sie hatten sich daran gewöhnt, dass sie mit verschiedenen Stimmen sprach und den Tisch für Personen deckte, die es gar nicht gab, und das Essen danach in die Mülltonne warf.

Kurz vor sieben machte Fran eine Bürorunde, aber niemand

hatte Neuigkeiten. Sie verzichteten auf die Teambesprechung, es wäre nur Zeitverschwendung gewesen.

Fran vertiefte sich erneut in die Daten der Familie Gabald, aber ihr Gedächtnis weigerte sich inzwischen standhaft, irgendetwas aufzunehmen. Sie warf einen Hefter in die Ecke. »Das geht nicht!«, rief sie verzweifelt. »Ich kann das unmöglich alles behalten.«

Martina erschien an der Tür. »Ich glaube, ich komme keinen Moment zu früh. Das, was du da vorhast, geht in der Tat nicht. Es ist zu viel, selbst für dein ziemlich gut ausgestattetes Gehirn. Und deshalb müssen wir die ganze Sache vollkommen anders aufziehen.«

»Willst du mir den ganzen Mist mit dem Trichter in den Schädel schütten?« Seit gefühlten hundert Stunden paukte sie Chronologie. Immer wieder warf sie Daten durcheinander, verwechselte Orte und Namen. Es war unmöglich. Sie würde nicht einmal die ersten fünf Minuten als Katrin überstehen. Oder als Katrins Mutter. Geschweige denn als Hannahs Mutter. Das Team hatte zwanzig Ordner an Informationen herbeigekarrt; sie hatte nicht gefragt, woher das alles kam und wie sie es beschafft hatten.

Martina räusperte sich. »Du wirst ab jetzt nur noch Rahmendaten lernen. So wie damals im Geschichtsunterricht. Alles andere werden wir dir in Echtzeit auf deinen Knopf im Ohr liefern. Du musst dir nur von Anfang an so etwas wie eine verzögerte Reaktion angewöhnen. Zwei oder drei Sekunden reichen völlig. Hannah Gabald kennt das ja. Manchmal reicht auch eine einzige Sekunde.«

»Ach ja? Wie soll das gehen? Kannst du inzwischen Gedanken lesen?«

»Ich nicht.«

Martina grinste, was Fran noch mehr auf die Palme brachte.

»Reiß dich verdammt noch mal am Riemen!«, donnerte Sascha.

Fran zuckte zusammen, sie hatte ihn nicht kommen sehen, starrte ihn an, ließ sich in ihren Bürostuhl fallen. Ihre Wut war wie weggeblasen. Sie hob eine Hand. »Okay, bin wieder an Bord. Sorry. Also, Martina. Wir werden Hannah Gabalds Gedanken lesen. Wie?«

»Wie gesagt, nicht ich, nicht du, sondern er hier.« Sie zeigte auf Frans Rechner. »Nicht er alleine. Wir brauchen dazu einen großen Teil der Rechenkapazität des LKA.«

»Spracherkennungssoftware!«, rief Fran und schlug sich an die Stirn. »Kombiniert mit einer relationalen Assoziationsdatenbank. Alles, was wir dafür brauchen, haben wir. Wir müssen es nur richtig kombinieren. Du bist genial!«

Martina strahlte. »Du bist mit einem Mikrofon ausgestattet, die ganze Wohnung ist verwanzt. Wir hören also jedes Wort von dir und von Hannah Gabald und jedem anderen, der in der Wohnung ist. Die Rechner analysieren alles in Echtzeit und präsentieren alle Fakten, die du in dem Moment benötigst. Wir geben sie an dich weiter. Beispiel: Hannah Gabald fragt dich, wie es im Urlaub auf Amrum war. Der Rechner sucht den Begriff, er findet nichts. Wir sagen dir: ›Kein Amrum.‹ Du sagst zu Hannah Gabald: ›Amrum? Da kann ich mich gar nicht dran erinnern.‹ Dann werden wir sehen, ob sie dir eine Falle gestellt hat oder nicht. Das ist noch nicht alles: Das System ist in der Lage, anhand unseres Profils Voraussagen zu treffen, was Hannah Gabald meint, was sie wissen will.«

»Der Haken ist allerdings, dass das nur mit Informationen funktioniert, die wir haben«, wandte Fran ein.

»Korrekt«, erwiderte Martina. »Aber mit den Tagebüchern haben wir einen riesigen Schatz an Erinnerungen. Sie sind alle eingescannt und bereits erkannt, indiziert und assoziiert. Natürlich gibt es Orte, die nicht in den Aufzeichnungen vorkommen: der Ort, an dem Emily gefangen gehalten wird, und der Ort, an dem die Leichen liegen, bis sie ausgesetzt werden.«

»Du kannst doch als Katrin mit deiner Krankheit spielen«, schlug Sascha vor. »Du hast Leukämie! Oder leidest unter der Chemo. Dir wird schlecht, du hast Kopfweh, es ist so lange her, hilf mir auf die Sprünge. Wenn wir richtig liegen, dann vergöttert Hannah ihre Schwester. Du kannst sie leicht um den Finger wickeln.«

»Wir haben noch knapp fünfunddreißig Stunden«, stellte Fran fest. »Es wird Zeit. Ist das System einsatzbereit?«

»Noch etwa vier Stunden. So lange kannst du die Basisdaten pauken. Und wir haben Glück. Hannah Gabald hat sich einen halben Tag frei genommen. Sie kommt schon um dreizehn Uhr nach Hause.« Martina gähnte. »Ich kann keinen Kaffee mehr sehen, und er wirkt auch schon lange nicht mehr. Sind Pep-Pillen im Budget vorgesehen?«

Fran zuckte mit den Schultern.

Sascha griff in seine Jackentasche, zog ein transparentes Röhrchen heraus und warf es Martina zu. »Alle vier Stunden eine. Und nicht länger als zweiundsiebzig Stunden. Wenn die anderen was brauchen, sollen sie zu mir kommen. Und kein Alkohol, sonst können wir dich aus der Umlaufbahn um die Erde einfangen.«

Martina fing das Röhrchen, schluckte eine und steckte die Tabletten in die Hosentasche. In der Tür drehte sie sich noch einmal um. »Eins muss man dir lassen, Fran. Dein Assistent ist echt ein Typ für alle Fälle.« Lachend machte sie sich auf den Weg, toten Maschinen ein wenig menschliches Verhalten einzuhauchen.

Noch 32 Stunden

»Ihr hört mich?«, fragte Fran.

»Laut und deutlich«, antwortete Sascha. »Alle Systeme auf Go! Hannah Gabald ist gerade nach Hause gekommen. Sie hat eingekauft. Eine ganze Menge. Vielleicht erwartet sie Besuch? Ansonsten verhält sie sich vollkommen normal. Sie ahnt nichts. Die Straße ist frei. *Ready for take-off!*«

Fran holte noch einmal tief Luft. Die Medikamente, die Sascha besorgt hatte, wirkten hervorragend. Sie fühlte sich leicht, alle Sorgen schienen meilenweit weg, und trotzdem war ihr Kopf klar. Wenn sie jetzt um die Ecke bog, war sie auf der Bühne. Ab da konnte Hannah sie entdecken, wenn sie zufällig einen Blick aus dem Fenster warf. Sie würde eine junge blonde Frau von siebenunddreißig Jahren sehen, knielanger Rock, weiße Bluse, mit einem silbernen Herzen an einer silbernen Kette um den Hals. Genauso alt wäre Katrin jetzt. Fran sah ihr ähnlich wie eine Schwester, das hatten die Anthropologen vom LKA bestätigt. Allein deshalb hatte sie keine Wahl. Sie war die beste Kandidatin und doch nicht gut genug.

Fran setzte ihr Kinder-Lächeln auf und überquerte die Straße mit federndem Schritt, das hatte Günther empfohlen. »Du musst alles tun, damit ihr Wahn das Kindliche in der Erwachsenen erkennt und es ganz schnell in ihre Welt integriert. Sie muss innerhalb der ersten zwei Minuten glauben, dass du Katrin bist. Das wird ihre tiefsten Sehnsüchte berühren und vor allem erfüllen. Und ganz wichtig: nicht die Rolle wechseln! Keine Experimente, ohne dass wir es besprochen haben. Du wirst unter enormem emotionalem Stress stehen und große Probleme haben, eine rationale Entscheidung zu treffen.«

Deshalb hatte ihr die Visagistin ganz dezente rote Bäckchen geschminkt und ihr Belladonna in die Augen getropft, damit sie groß und schwarz aussahen und möglichst nahe an das Kindchenschema herankamen. Zum Glück hatte Katrin keine blauen Augen gehabt, sondern braune, wie Fran.

Fran drückte das niedrige Gartentor auf, warf einen Blick auf die Pflanzen im Vorgarten. Tulpen überwiegend. Die letzten fünf Schritte bis zur Haustür erschienen ihr wie ein Marathonlauf. Noch zweiunddreißig Stunden, dachte Fran, und schon drückte sie den Klingelknopf. Es rührte sich nichts.

»Sie ist erschrocken«, hörte Fran Sascha sagen. »Sie lauscht. Klingel noch mal.«

Fran drückte den Klingelknopf. Nichts. Sascha schwieg, sie hörte kein Geräusch aus dem Haus.

»Sie geht zum Fenster, zieht den Vorhang beiseite, sie beobachtet dich.«

Fran wippte ein wenig in der Hüfte. So wie Mädchen das machen, wenn sie ein wenig verlegen sind. Alles Zeichen, dass sie ungefährlich war, dass sie hilflos war, schwach. Hannah Gabalds Mutterinstinkt musste jetzt anlaufen, oder sie hatten schon verloren.

»Sie kommt.«

Die Tür öffnete sich mit Schwung, Hannah Gabald stand vor ihr und musterte sie misstrauisch. Jetzt begriff Fran endgültig, warum der Zeuge, der Marcel Kirsch auf ihre Spur geführt hatte, Hannah Gabald für eine Transe gehalten hatte.

»Was willst du?«

Ein leiser Schauer rieselte Fran über den Rücken. Mit geschlossenen Augen hätte Fran die Stimme nicht von der eines Mannes unterscheiden können. Auf jeden Fall fing es gut an.

Hannah duzte sie! Das konnte heißen, dass sie Fran nicht als Erwachsene wahrnahm oder sie nicht für voll nahm.

Fran schlug die Augen nieder, hob dann den Blick wieder. »Aber ich bin's doch!«

Hannah Gabald musterte sie von oben bis unten. »Ich kenne dich nicht.«

Fran schluchzte einmal. Sie hatten es geübt, aber es war ihr nicht gelungen, auf Befehl zu weinen. Sie war keine Schauspielerin. Das Schluchzen musste reichen. »Es ist lange her. Kennst du mich wirklich nicht mehr? Ich bin's. Katrin. Deine Schwester.«

Das war der entscheidende Augenblick. Konnte Fran in die exklusive Welt der Hannah Gabald eindringen?

Hannah runzelte die Stirn. »Katrin? Aber du bist doch …«

»Ich war eine Zeit lang weg. Jetzt bin ich wieder da. Darf ich reinkommen? Ich möchte dir erzählen, wie es mir ergangen ist. Ist Torsten auch da? Und Mama?«

Hannah Gabald starrte sie wortlos an. Fran konnte sehen, wie es hinter ihrer Stirn arbeitete. Wie ihr Unterbewusstsein und die verschiedenen Instanzen ihrer Persönlichkeit versuchten, die Situation irgendwie ins Gleichgewicht zu bringen. Denn eine erwachsene Katrin störte das Gleichgewicht erheblich. Es konnte doch keine zwei Katrins geben! Oder doch? War Hannah Gabald in der Lage, ihre Familie einfach um ein Mitglied zu erweitern? Sich auf zwei Zeitebenen zu bewegen? Warum nicht? Sie konnte ja auch Tote zum Leben erwecken. Der Vorstellungskraft ihres Gehirns waren keine Grenzen gesetzt. Und Hannah Gabald hatte mehr als genug unter Beweis gestellt, wie flexibel ihre Fantasie neue Szenarien entwickeln konnte.

Was Fran jetzt tun musste, kostete sie mehr Überwindung als der Sprung von einer Brücke, bei dem man nur eine halbe Sekunde Zeit hatte, die Reißleine zu ziehen. Sie schloss die

Augen und warf sich Hannah Gabald in die Arme. Diese Frau war stark genug, Frans Brustkorb mit einem kräftigen Druck so zu komprimieren, dass sie keine Luft mehr bekam. Oder ihr einfach das Genick zu brechen wie einem Kaninchen. Nichts dergleichen geschah. Hannah Gabalds Hände legten sich sanft auf Frans Rücken.

»Katrin!«, murmelte Hannah. »Wie seltsam. Wie schön.«

Gewonnen!, schrie Fran lautlos. Die gute Seele, der Beschützerinstinkt, die Sehnsucht nach Liebe und Familie hatten bei Hannah die Oberhand gewonnen. Die erwachsene Katrin war jetzt vorläufig Teil der Familie. Fran musste darauf achten, dass es so blieb.

»Komm doch rein«, sagte Hannah und schob Fran über die Schwelle in den düsteren Flur. Die Tür schloss sich mit einem leisen Klicken, das Fran an das Geräusch erinnerte, das entstand, wenn man ein Magazin in die Waffe schob und es verriegelte.

Hannah drängte sich an Fran vorbei und wies mit der Hand nach rechts. »Wir gehen in die Küche. Ich mache tagsüber keine Lampen an, das kostet nur unnötig Strom. Willst du etwas trinken?«

Noch war ihre Stimme kühl, Zweifel nagten an Hannah.

Während sie den Flur entlangging, erkannte Fran auf den Fotos an den Wänden Hannahs Vater Rüdiger, ihre Mutter Renate und die Stiefmutter Petra Gabald, geborene Fleck. Die Ähnlichkeit zwischen ihr und Birte Rastow war ebenso verblüffend wie die zwischen Lisa Muench, Emily Sola und Katrin. Hannah Gabald folgte also einem klaren Muster. Fast hätte Fran aufgeschrien. Das letzte Bild zeigte nicht Katrin Gabald, sondern Emily Sola. Das hatte sie auf den Monitoren nicht erkennen können. Unglaublich! Die Mischung zwischen Wahn und Wirklichkeit war perfekt. Ein präzise austariertes Gleichgewicht. Wodurch wurde es gestört? Durch einen unrechtmäßigen Eindringling. So wie Marcel Kirsch. So wie sie selbst. Die Strafe war der Tod.

»Machst du mir einen Kakao? So wie früher? Halb Wasser, halb Milch mit einem Löffel extra Zucker?« Fran hasste Kakao, vor allem, wenn Zucker hineingeschüttet wurde.

Hannah Gabald blinzelte. Verwirrung. Sie versuchte einzuordnen, warum diese Person, die behauptete, sie sei Katrin, das wissen konnte. Für Hannah Gabald gab es nur eine Möglichkeit: Es musste Katrin sein. Wie das möglich war, würde ihr Wahn zurechtbiegen, er würde eine Erklärung erfinden, die akzeptabel war für die anderen Anteile der Hannah Gabald. Hoffentlich.

Ein flüchtiges Lächeln huschte über Hannahs Gesicht.

Punktgewinn für Katrin, alias Fran! Die Jungs vom SEK hatten wirklich hervorragende Arbeit geleistet. In den Tagebüchern hatte Hannah mehrfach darüber berichtet, wie Katrin ihren Kakao am liebsten trank. Doch das Versteck, in dem sie ihre Opfer untergebracht hatte, wurde mit keinem Wort erwähnt.

Fran ermahnte sich, Hannah statt Hannah Gabald zu denken. Sie musste unbedingt den Nachnamen weglassen, das erzeugte zu viel unbewusste Distanz. »Hast du echten Kakao? Früher hattest du immer Kakao.«

Das Lächeln verschwand. »Ja. Ich habe Kakao.«

Sie betraten die Küche. Ein Fenster ging nach draußen, doch Frans Blick fiel auf eine Hauswand, die vielleicht achtzig Zentimeter entfernt war. Nur wenig Licht fand den Weg hier hinein. Draußen strahlte die Sonne vom Himmel, hier drin schien es ein diesiger kalter Novembertag zu sein, wie gemacht für eine tiefe Depression.

Die Einrichtung hatte Fran bereits über die Kameras begutachten können. Ikea-Möbel aus den späten Neunzigern. Die Küche bestand vor allem aus Kiefernmöbeln, die aussahen, als hätte sie ein begabter Hobbyschreiner zusammengeschraubt. Die Spülmaschine war keine fünf Jahre alt, ebenso der Kühlschrank. Der E-Herd allerdings hatte schon mindestens zwölf Jahre auf dem Buckel.

Hannah zeigte auf einen Stuhl, ebenfalls Kiefer. »Setz dich doch.«

Fran ließ sich nieder, legte die Hände auf ihre Oberschenkel. Hannah nahm Milch aus dem Kühlschrank, goss sie in den Stieltopf, in dem sie auch die Eier für Torsten gekocht hatte, stellte den Topf auf den Herd und schaltete ihn ein. Der Kakao stand über der Spüle in einem offenen Regal. Es war reines Kakaopulver. Hannah rührte ihn mit Wasser und Zucker an, denn in kalter Flüssigkeit klumpte er. Alle Bewegungen waren geschmeidig, Fran konnte keine Aussetzer erkennen. Hannah war also auf den ersten Blick vollkommen gesund. Anders hätte sie ihren Job als Krankenschwester nicht durchstehen können. Kurz bevor die Milch aufkochte, nahm Hannah den Topf vom Herd, goss das Wasser-Kakao-Gemisch hinein und rührte kräftig. Ihre Hände waren mindestens ein Drittel größer als Frans, Adern traten hervor, dennoch waren das keine Männerhände. Es waren starke Frauenhände.

Hannah goss den Kakao in zwei weiße Steinguttassen, stellte eine davon Fran hin und schwieg.

Fran nippte am Kakao. Er war dick und heiß, süß und eklig. Sie stöhnte lustvoll. »So einen leckeren Kakao habe ich schon lange nicht mehr gehabt. Danke.« Fran stellte die Tasse hin und schaute sich um. »Es hat sich nicht viel verändert.« Fran zeigte auf die Spülmaschine. »Die ist aber neu, nicht wahr?« Fran musste Hannahs Hirn mit allem, was sie als Katrin auswies, füttern, damit das Misstrauen nicht zu groß werden konnte.

»Ja, die hat Torsten zweitausendneun gekauft. Die alte war ausgelaufen. Riesensauerei. Einen halben Tag habe ich geputzt.«

»Wann kommt Torsten denn nach Hause?«, fragte Fran und versuchte, ihren Puls unter Kontrolle zu bringen.

»Torsten«, sagte Hannah fragend. »Torsten. Ja.« Tonlos. Dann schwieg sie und starrte auf den Tisch. Ihre Hände kneteten die heiße Tasse. Sie schien nichts zu spüren, atmete flach.

Hatte sie Hannah überfordert? Sie schien sich nicht entscheiden zu können. In ihr musste ein heftiger Kampf toben. Eine neue Realität musste her, das Neue musste eingebaut, akzeptiert oder vernichtet werden.

Hannahs Kopf schoss hoch, Fran zuckte zusammen, doch Hannah bemerkte es nicht. »Er hat sich eine Woche Urlaub genommen. Er ist in der Eifel.«

Die Eifel war auch in den Tagebüchern vorgekommen. Torsten fuhr oft in die Eifel, aber sie hatten nur Andeutungen gefunden. Es klang, als würde er dort etwas Verbotenes tun. Inzwischen hatten sie herausgefunden, dass es sich um einen Schießplatz handelte, aber sie hatten bis jetzt nicht den geringsten Hinweis auf irgendein Versteck entdeckt. Und es machte keinen Sinn, auf Teufel komm raus zu suchen. Die Eifel war einfach zu groß.

»Sollen wir ihn besuchen? Er würde sich bestimmt freuen, mich zu sehen.«

Hannah sprang auf. »Nein!« Sie blieb kurz stehen. Wieder wirkte sie abwesend, der Kampf ging weiter.

Fran spürte ihr Herz bis in den Hals schlagen, Panik stieg in ihr auf.

»Ganz ruhig, Fran.« Saschas Stimme. Genau zum richtigen Zeitpunkt. Der Sog, der von Hannahs Wahn ausging, war stark, die Anspannung, nicht zu wissen, was in der nächsten Sekunde geschah, zerrte an Frans Nerven. Ohne die Verbindung nach draußen hätte sie nicht lange durchgehalten. Und genau das war die Schwachstelle ihres Plans. Wenn Hannah sie einladen würde, hier zu übernachten, hier zu wohnen, dann wurde es eng. Selbst *eine* Nacht würde Frans Abwehrkräfte bis zum Äußersten auf die Probe stellen und die Nerven der Sicherheitskräfte bis zum Zerreißen dehnen. In der Theorie war ihr das klar gewesen. Dass die Praxis so hart sein würde, damit hatte sie nicht gerechnet. Vielleicht war sie doch die falsche Kandidatin, vielleicht war sie noch zu sehr in ihrem eigenen Trauma gefangen.

»Er möchte seine Ruhe haben.« Hannah setzte sich wieder, schaute Katrin in die Augen. »Wo wohnst du denn?«

Gemeinsam mit den Kollegen vom Verfassungsschutz hatten sie in Windeseile eine Legende für sie erstellt. Wohnort, beruflicher Werdegang, Freunde, Hobbys, Vorlieben und Abneigungen – projiziert aus Hannahs Tagebucheinträgen über Katrin.

»In Berlin.«

Hannah hob die Augenbrauen. »Das ist weit weg.« Sie lächelte.

Fran entspannte sich ein wenig. »Ja. Aber Berlin ist eine tolle Stadt.«

»Warum so weit weg?«

Da war wieder das Lauernde, das Drohende. Gib Acht, Fran! Diese Frau ist unberechenbar und schlau. Du weißt nicht sicher, ob sie dich als Schwester anerkannt hat. Im Moment bist du nur geduldet, sie kann es sich jederzeit anders überlegen.

»Weißt du denn nicht mehr?« Fran schwieg, wollte Hannah ein wenig auf die Folter spannen. Hannahs Körpersprache war so reduziert, dass Fran nicht sagen konnte, wie sie sich wirklich fühlte. Auch Hannahs Mimik bestand vor allem aus Archetypen. Ernst. Nicht ernst. Traurig. Lächeln. Es gab keine Abstufungen, die Mimikwechsel erfolgten wie harte Schnitte im Film. Keine Übergänge, keine Blenden. »Du hast mir geraten, zum Studium nach Berlin zu gehen.« Natürlich glatt gelogen, aber notwendig, um Hannah dazu zu bringen, Katrin anzunehmen. Denn alles, was nach Katrins achtem Lebensjahr geschehen war, konnte Hannah nicht wissen.

»Studium?«

»Du hast gesagt, in Berlin kann man alles werden, was man will. Da ist man frei. Das war ein guter Rat.«

»Ach so, ja. Aha.« Hannahs Miene veränderte sich nicht.

»Ich habe mir ein Zimmer genommen. Am Bahnhof.«

»Du bist mit dem Zug da?«

»Dann kann ich bei der Fahrt lesen«, antwortete Fran.

»Das ist gut.« Hannah hatte noch keinen Schluck von ihrem Kakao getrunken, sie drehte ihren Oberkörper zur Seite.

War Frans Kakao vergiftet? Unwahrscheinlich. Im ganzen Haus war nicht die Spur eines Betäubungsmittels gefunden worden. Es musste entweder unter einem Bodenbrett versteckt oder im Garten vergraben sein, doch dort hätte Hannah Gabald es nicht unentdeckt hervorholen können.

Das Gespräch kam nicht voran, aber es musste weitergehen, damit Fran auf das Wichtigste zu sprechen kommen konnte. Sie musste Hannah auf Trab halten. »Gibt es mein Kinderzimmer noch?«

Hannahs Kopf ruckte zu Fran herum, ihre Lippen waren schmal. »Ja. Aber da darf niemand rein.« Hannah setzte die Tasse an und trank sie in einem Zug leer, legte ihre Hände vor sich nebeneinander auf die Tischplatte und starrte wieder in die Luft.

Sie war labiler, als Fran erwartet hatte. Sie musste viel behutsamer vorgehen. Aber die Uhr tickte. Sie hatten noch dreißig Stunden bis zum Zugriff.

»Schade. Aber das macht nichts. Ich weiß ja noch, wie es aussieht.« Fran wartete. Hannah reagierte nicht.

Fran rief sich das Kinderzimmer ins Gedächtnis. »Sitzt Knuffel immer noch auf meinem Kopfkissen und wartet auf mich, bis ich ins Bett gehe?« Nichts. Keine Reaktion.

Fran legte eine Hand auf Hannahs Rechte. »Du hast mich gerettet, damals, weißt du noch? Dafür werde ich dir immer dankbar sein. Jetzt bin ich wieder da. Wir können zusammen nach Ameland fahren, so wie damals, mit Torsten.« Fran senkte die Stimme. »Papa darf nicht mitkommen. Mama schon. Deine und meine. Dann gehen wir am Strand spazieren, füttern die Enten und kaufen beim Metzger Slavinken.«

Fran hatte nicht gewusst, was Slavinken waren, bis sie das System getestet hatten. Der Rechner hatte in weniger als einer halben Sekunde die Definition ausgespuckt und den Zusammenhang: »Slavink, Mehrzahl Slavinken. Niederländisches Gericht. Dünne Speckscheiben werden um ein Bällchen aus Mett gewickelt und gebraten. Wird oft mit Kohl serviert. Wurde von Hannah und Katrin im Urlaub auf der Insel Ameland gegessen. War ihre Lieblingsspeise.«

»Und Chocomel«, sagte Hannah leise. »Und Speckpfannekuchen.«

»Und Softijs beim Bäcker.«

»Und Fahrräder leihen bei Molenaars.«

»Und eine Cola am Leuchtturm, im ›Land en Zeezicht‹.« Fran musste gegen eine plötzlich aufsteigende Übelkeit ankämpfen. Ihr Körper signalisierte ihr, dass ihre Seele meuterte. Lügen und betrügen war gar nicht so einfach, vor allem nicht, wenn es um etwas ging. Wie brachten es die Undercover-Kollegen nur fertig, über Monate hinweg mit einer falschen Identität zu leben? Sie war noch keine halbe Stunde Katrin Gabald und fühlte sich zerschlagen wie nach einer Prügelei. Vielleicht lag es auch daran, dass die Medikamente nachließen. Angst und Nervosität trieben den Stoffwechsel nach oben und bauten die Wirkstoffe schneller ab als erwartet.

»Ameland gibt es nicht mehr«, sagte Hannah.

Fran hörte einen unterdrückten Fluch in ihrem Ohrknopf, dann Günthers Stimme. »Das haben wir nicht vorhersehen können. Anscheinend ist Ameland schwer negativ belastet. Versuch sie davon abzulenken. Es könnte sie sonst in eine Depression stoßen. Stichwort Garten.«

»Aber unseren Garten gibt es noch?«, fragte Fran.

Hannah sprang auf, Schweiß stand auf ihrer Stirn, sie ballte die Fäuste und fletschte die Zähne.

Verschissen, dachte Fran. So was von verschissen!

*

Ich schwitze ständig, das macht mich noch durstiger. Wenigstens muss ich nicht so oft pinkeln, und wenn, dann ins Waschbecken. Ich war so müde, dass ich im Sitzen eingeschlafen bin und mich nicht ausgezogen habe. Die Kopfschmerzen sind fast weg, die Beine tun auch nicht mehr so weh. Wenn ich sie bewege, wird es besser. Es ist langsam hell geworden.

Ich habe so Hunger, aber die Kekse sind zu trocken. Warum bekomme ich kein Wasser? Jemand muss mir Wasser bringen. Mama muss mir was zu trinken bringen. Ich muss weinen. Ich setze mich aufs Bett, wippe mit dem Oberkörper von hinten nach vorne und wieder zurück. Das beruhigt mich. Ich darf mich nicht verrückt machen, das hat Mama mir gesagt. Ich fange wieder an zu heulen, wenn ich an Mama denke, ich schlucke die Tränen runter. Wenn ich mal irgendwo eingesperrt sein sollte, dann muss ich mir vorstellen, es sei ein Spiel. So hat sie es gesagt. Ich habe gefragt, wer soll mich denn einsperren? Und

Mama hat gesagt, es könnte ja sein, dass ich mal den Schlüssel vergesse und eine Tür hinter mir zuziehe, die sich nicht wieder öffnen lässt ohne Schlüssel. So wie die Kellertür. Und Mama hat mir felsenfest versprochen, dass sie mich überall rausholt, egal wo. Es könnte höchstens mal ein bisschen dauern. Bis jetzt hat Mama immer alles gehalten, was sie versprochen hat. Also denke ich mir jetzt ein Spiel aus. Vorher schaue ich noch, was ich hier alles finden kann! Ich habe noch gar nicht richtig gesucht.

Als Erstes schaue ich unterm Bett nach. Eine Kiste! Ich ziehe sie hervor. Ja! Legos, ein dicker Malblock, ein ganzes Mäppchen mit Stiften, ein Spitzer und zwei Handpuppen, ein Kasper und ein Krokodil.

Als Erstes spiele ich Kaufmann. Ich sortiere alles, was ich finde. Dann überlege ich, was es kostet. Mit den Malsachen könnte ich eine Fantasiereise machen, weit weg, wohin ich will, und die Orte, die ich gemalt habe, an die Wand hängen. Wenn Mama dann kommt, machen wir die Reise noch mal zusammen. Zuerst baue ich ein kleines Kaufhaus aus den Legos, dann tue ich Sachen rein und schreibe Preisschilder.

Hoffentlich kommt Mama mich bald holen. Ich muss immer wieder daran denken. Sie kommt bestimmt bald, spätestens morgen. Allerspätestens übermorgen. Ich brauche Wasser. Ich bin so durstig. »Bitte, bitte, bitte, Mama«, flüstere ich, »vergiss mich nicht.«

*

Hoffentlich hatte Sascha bessere Nerven als Fran und befahl nicht den Zugriff. Hannah war wie eingefroren, ihre Energie verpufft. Es kam kein Angriff.

Noch war nichts verloren. Fran senkte nicht den Kopf, um

Unterwürfigkeit zu signalisieren, sondern suchte Hannahs Blick, um ihre Unschuld, ihre reinen Absichten zu beweisen. »Was ist denn mit unserem Garten?«, fragte sie harmlos.

Fran hielt ihren Blick fest, blinzelte nur ein paar Mal, damit die Augen nicht tränten.

Mehrfach öffneten und schlossen sich Hannahs Fäuste. »Er ist nicht zugänglich«, presste sie hervor. »Niemand darf hinein.«

»Das wusste ich nicht«, sagte Fran und nahm noch einen Schluck Kakao. »Schade, aber nicht so schlimm. Hauptsache, wir beide können was zusammen unternehmen.«

Hannah griff nach der Lehne ihres Stuhls, ohne Fran aus den Augen zu lassen. Sie verlagerte ihr Gewicht auf die Lehne und glitt wie in Zeitlupe hinter den Tisch, zurück auf den Stuhl. Die Hände legte sie erneut vor sich nebeneinander auf die Tischplatte.

»Störe ich dich?«, fragte Fran.

Hannah blieb ihr die Antwort schuldig. Stattdessen nahm sie ihre Tasse und setzte sie an die Lippen, tat so, als nähme sie einen Schluck, aber die Tasse war ja bereits leer. Sie verlor das Gleichgewicht. Fran musste gegensteuern, musste sie ein wenig mehr auf die reale Seite ihrer Wahrnehmung ziehen. Aber nicht zu viel, sonst würde sie sofort die Scharade durchschauen. Im Augenblick kämpften Wahn und Wirklichkeit zu stark gegeneinander. »Arbeitest du immer noch am Westrheinklinikum?«

»Ja«, sagte Hannah sofort. »Es ist viel zu tun.«

»Machst du auch Wechselschicht?«

»Nicht mehr. Ich bin krank davon geworden. Mein Arzt hat mir eine Bescheinigung ausgestellt, dass ich nicht mehr in der Nachtschicht arbeiten darf. Nur noch Frühschicht und Mittelschicht.«

Das war schon fast ein Vortrag. Fran war auf dem richtigen Weg. Ihre Übelkeit war verschwunden, die Anspannung deutlich geringer geworden. »Das tut bestimmt gut.«

»Ich habe zwar etwas weniger Geld, aber viel mehr Freizeit, weil ich nicht immer so kaputt bin.«

»Frag sie nach den Medikamenten.« Saschas Stimme.

Fran hielt das für keine gute Idee. Sie wollte alles vermeiden, was Hannah unter Druck setzen konnte. Sie musste erst einen sicheren Platz in ihrem Erleben haben, dann konnte sie weiterbohren. Sie musste Hannah zur Komplizin machen – oder umgekehrt. »Ich habe ein Problem.« Der Köder hing in der Luft.

»Brauchst du Geld?«

Fran schüttelte den Kopf. »Jemand stalkt mich.«

»Was?« Hannah hatte sich wieder unter Kontrolle. Ihre Mimik war wie eingefroren.

»Jemand stellt mir nach.« Diese Lüge ging Fran leicht über die Lippen. Zwar stalkte sie im Moment niemand, aber letztes Jahr war sie Opfer dieser perfiden Foltermethode geworden, und noch immer griff die Angst nach ihr, wenn sie nach Hause kam.

»Das war nicht abgesprochen, Fran.« Günthers Stimme. Ärgerlich. »Du darfst dich nicht zur Komplizin machen. Das ist zu riskant.«

Sascha redete dazwischen. »Nicht jetzt. Mach weiter, Fran. Könnte klappen.«

Hannah griff Frans Hand, sie lag wie ein Vögelchen in der Pranke eines Löwen. »Das ist ja furchtbar. Warum macht er das?«

»Er bildet sich ein, ich würde etwas von ihm wollen. Aber ich habe ihm ganz deutlich gesagt, dass das nicht so ist.« Fran bemühte sich, unverfängliche Worte zu benutzen, die trotzdem Hannahs Gefühle ansprachen. »Er ruft mich ständig an, überschüttet mich mit Briefen, in denen er unanständige Dinge schreibt.« Fran rief sich den Tag vor Augen, an dem sie ihr Kind verloren hatte. Verzeih mir, mein Kind, dass ich dich benutze, dachte sie, und schon drängte die Trauer den Hals hinauf. Vielleicht können wir ein anderes Kind retten. Dich konnte ich nicht retten. Frans Lippen zitterten. Die ersten Tränen kullerten über ihre Wangen, sie schluchzte auf, und schon heulte sie los.

Hannah stand auf, kam um den Tisch herum zu ihr, kniete sich vor Fran hin und nahm sie schützend in die Arme.

Fran verlor den Boden unter den Füßen. Bei allem, was recht war, es tat gut. Unendlich gut. Hannah war nicht böse, war keine Psychopathin, sie konnte Mitleid empfinden. Sie war verloren in ihrer kranken Seele, einer Seele, die so zerstört war, dass sie nicht mehr unterscheiden konnte zwischen Recht und Unrecht, zwischen Realität und Wahn.

»Ich werde Torsten anrufen. Er soll sich drum kümmern«, flüsterte ihr Hannah ins Ohr und strich ihr über den Kopf. »Wo wohnt der Kerl?«

»Wupperstraße 7«, sagte Fran. Die Adresse von Sascha. Hoffentlich merkte Hannah nicht, dass es seltsam war, dass sie in Berlin wohnte, aber von jemandem gestalkt wurde, der in Düsseldorf lebte. »Er heißt Frank Meier.« Sie konnte sich selbst kaum verstehen, so zerhackt waren die Worte, immer wieder schluchzte sie auf. Hannah hielt sie wie ein Baby und begann ein Kinderlied zu summen. »Hänsel und Gretel verliefen sich im Wald.«

Sie wiederholte immer wieder die erste Zeile. Ihr Oberkörper bewegte sich langsam vor und zurück, ihr Griff wurde fester.

Frans Trauer verflog, machte einer wachsenden Angst Platz. Hannah packte immer fester zu, summte immer lauter, immer falscher.

»Hannah!«, rief Fran. Keine Reaktion. »Hannah! Du tust mir weh!« Fran nahm alle Kraft zusammen und drückte gegen die Arme, die genauso gut einem Holzfäller hätten gehören können, so vollgepackt waren sie mit Muskeln.

Plötzlich ließ der Druck nach, Hannah stand auf. »Du musst jetzt gehen. Komm morgen wieder. Um zwei Uhr am Nachmittag.«

Fran folgte ihrer Bitte, besser gesagt ihrem Befehl, unverzüglich. Hannah begleitete sie nicht, sondern blieb in der Küche stehen und murmelte unverständliche Worte, wechselte ständig die Stimmlage. Wahrscheinlich unterhielt sie sich mit Torsten. Fran ging betont langsam durch den Flur, ihre Knie zitterten, ihre Beine waren purer Pudding. Sie öffnete die Tür, trat hinaus, es fühlte sich an wie eine Wiedergeburt. Sie trat auf die Straße, hörte ein Auto vorbeifahren und Vögel zwitschern, roch die warme würzige Frühlingsluft. Zurück im Leben. Zurück in der realen Welt. Sie wandte sich dem Haus zu, winkte, sah, dass Hannah an einem Fenster halb hinter einem Vorhang stand und in ihre Richtung sah. Ohne jegliche Regung. Fran überquerte die Straße, bog um die Ecke. Wie lange war sie weg gewesen? Sie wusste es nicht. Sie war in ein anderes Universum eingetaucht, es hätte sie nicht gewundert, wenn Jahre vergangen wären.

Die Tür des Überwachungswagens öffnete sich. Zuerst sprang Sascha aus dem Wagen, dann Günther. Sie trafen sich mitten auf der Straße. Günther war wütend, sein hochroter Kopf war nicht zu übersehen.

Sascha aber lächelte. »Du bist mindestens genauso wahnsinnig wie Hannah Gabald«, sagte er. »Aber bei dir ist es für einen guten Zweck.« Er drehte sich zu Günther um und hob einen Zeigefinger. »Kein Wort!«

Günther blies die Backen auf, er sah aus wie ein Kugelfisch.

Sascha lächelte. »Ich habe die Jungs schon losgeschickt. Sie präparieren meine Wohnung, damit wir wissen, was Hannah macht, falls wir sie einlassen müssen. Kann ich dich kurz unter vier Augen sprechen?«

Günther knurrte und verdrückte sich. Das würde noch einen Mordsärger geben. Sie hatte sich nicht an die Absprache gehalten, ihre Rolle einzuhalten, das stimmte. Aber was hätte sie tun sollen? Um ein Haar wäre ihr Hannah vollends entglitten. Jetzt war es egal, ob sie Fran für Katrin hielt oder nicht. Sie hatten jetzt einen gemeinsamen Feind, der bekämpft werden musste. Und sie wussten jetzt, dass Torsten die Identität war, die zuständig war für die Leichen. Aber er war kein eigenständiger Charakter, den man hätte ansprechen können, wie das bei einer multiplen Persönlichkeit der Fall gewesen wäre. Torsten war Teil von Hannahs bewusstem Erleben. Für sie existierte er, als lebte er noch. Sie kommunizierte mit ihm, sie interagierte mit ihm als eigenständige Person. Welche Familienmitglieder steckten gerade noch in Hannah und waren aktiv?

»Fran?« Sascha lächelte sie noch immer an.

»Entschuldige, ich war in Gedanken.«

»So sehr, dass du nicht gehört hast, was ich gesagt habe.« Das Lächeln wurde schmaler, schließlich verschwand es. »Kittner ist fast ausgerastet. Er war kurz davor, abzubrechen und Hannah Gabald einzukassieren. Er stellt in Frage, ob du geeignet bist, die Aktion fortzusetzen. Der Mann ist nicht dumm. Er hat gesehen, dass du von deiner Rolle abgewichen bist. Du wurdest Fran und bist mit Hannah eine nicht professionelle Beziehung eingegangen. Und sie hat bei dir Übertragungen ausgelöst. Habe ich recht?«

»Schuldig in jedem Punkt der Anklage«, erwiderte Fran. Sie wollte nur noch ins Bett. Die Decke über den Kopf ziehen. Schlafen. Sie hatte es versaut.

»Ich bin nach wie vor davon überzeugt, dass du die einzige Person bist, die überhaupt in der Lage war, Kontakt mit Hannah Gabald aufzunehmen, ohne dass sie sofort Lunte gerochen hätte.« Er lachte kurz auf. »Günther hat uns da drin«, er zeigte auf den Lieferwagen, der vollgestopft war mit Elektronik, »ohne Unterlass Vorträge gehalten über die Psychopathologie von Hannah Gabald. Du hast brillant reagiert, Fran.«

Unwillig schüttelte Fran den Kopf. »Ich habe sie auf eine vollkommen falsche Fährte geschickt. Oder willst du dich betäuben und begraben lassen? Woher willst du wissen, dass sie dir nicht sofort eine tödliche Dosis verpasst? Wir sind genauso weit wie am Anfang. Nur, dass ich noch ein Fass aufgemacht habe, das wir nicht mehr schließen können.«

Sascha klopfte ihr auf die Schulter. »Wir gehen jetzt erst mal was essen. Wie wäre es mit Sushi?«

Frans Magen knurrte. »Und die anderen?«

»Die haben zu tun. Wir auch. Während du Algen schlürfst und mit den Essstäbchen kämpfst, erkläre ich dir meinen Plan. Du hast mich inspiriert.«

Sascha lachte auf eine Art, als wäre alles für ihn nur ein Spiel. Einen Moment lang hasste Fran ihn dafür.

*

Sie ist weg. Ich kann nicht glauben, was sie mir da weismachen wollte. Katrin ist doch erst acht Jahre alt. So war es zumindest gestern. Ich muss nachsehen, ob es Katrin gut geht. Und ich muss ihr Wasser bringen. Sie muss viel trinken, damit die Tabletten wirken, die sie gegen den Krebs bekommt.

Wer war dieser Mensch? Es könnte Katrin gewesen sein. Sie weiß so viel über sie. Und über mich. Sie war so nervös, so angespannt, so unecht. Zu Anfang. Erst als sie geweint hat, war sie echt. Ich muss wissen, wer sie ist. Und wer dieser Frank Meier ist. Wenn er ihr wirklich nachstellt, dann muss Torsten etwas unternehmen, denn das geht nicht. Sie ist so wehrlos wie meine Stiefmutter. Hat sie sich vielleicht mit Katrin verwechselt? Oder habe ich sie mit Katrin verwechselt? Petra, meine Stiefmutter. Ich gehe in den Flur, da hängt ein Bild von Petra, sie sieht der erwachsenen Katrin sehr ähnlich. Ja, so könnte es sein. Es war nicht Katrin, es war Petra. Aber warum kommt sie alleine? Sie kommt nie alleine, sie kommt immer mit Vater. Ich muss es wissen. Ich rufe bei Petra an. Niemand meldet sich. Was sagt Mutter dazu? Sie schläft schon wieder, sie ist immer so müde. Ich lasse sie in Ruhe. Das regt sie nur unnötig auf.

Mein ganzer Tagesplan ist durcheinander. Ich wollte eigentlich hinterm Haus Unkraut rupfen. Wenn ich zu Katrin gehe, kann ich gleich noch einen frischen Beifuß mitnehmen und für Mutter einpflanzen. Und ich muss von Torstens Stein das Moos abkratzen. Er mag es nicht, wenn Moos darauf wächst. Bei den anderen muss ich auch aufräumen. Die Eiche, unser Lebensbaum, wirft immer so viele Blätter ab, das sieht nicht schön aus.

Zuerst muss ich mir etwas zu essen machen. Es ist schon fast sieben Uhr. Ein Brot muss reichen. Mir fällt etwas ein. Was, wenn Petra von Vater geschickt wurde? Er hat ja schon versucht, sich als jemand anderer auszugeben, aber das habe ich durchschaut.

Sie wollte den Garten sehen. Weil sie glaubt, dass Katrin dort ist. Aber den Garten darf niemand sehen. Nur Torsten und ich. Sonst stirbt der Lebensbaum. Das hat mir Torsten immer wieder gesagt: »Der Lebensbaum ist nur für uns beide. Wir können schweigen. Wir passen auf. Vater versucht es immer wieder. Er hat Petra manipuliert. Wollte er nicht sogar die Polizei rufen?«

Ich gehe ans Fenster. Schaue hinaus. Alles ist normal. Petra will doch nur, dass ich zu Katrin gehe. Dann folgt sie mir und nimmt uns Katrin weg. Aber ich bin zu schlau. Und dieser Frank – das ist natürlich Vater. Er ist wie Loki, der germanische Gott. Er kann beliebige Gestalten annehmen. Ich rufe Torsten an. Er meldet sich nicht. Vielleicht ist die Batterie seines Handys leer. Ich darf nicht zögern. Ich muss Katrin versorgen. Ihr darf nichts zustoßen. Aber erst muss ich Vater in den Garten bringen, dann kann ich sicher sein, dass er nichts verrät. Der Eisenhut blüht so schön. Er wird sich wohlfühlen. Ich will ihm ja nichts Böses. Und dann werde ich Petra zur Rede stellen. Wenn sie nicht einsichtig ist und weiterhin behauptet, Katrin zu sein, dann bringe ich sie auch in den Garten, damit sie lernt zu schweigen.

*

Was war das? Ein Geräusch! Es ist so dunkel, dass ich nichts sehen kann. Warum ist das Licht aus? Ist die Birne kaputt? Ich taste nach Justin, so habe ich den Kasper genannt. Er liegt neben mir. Wieder das Geräusch. Es ist lauter als das Rauschen in meinen Ohren und mein Herzschlag. Ein Pochen, ein Klopfen. Es hat aufgehört. Ich muss ganz dringend pinkeln. Mein Mund brennt. Die ganze Zeit habe ich Durst, es hört nicht auf. Ich schwitze immer mehr, es ist heiß hier drin.

Vorsichtig richte ich mich auf. Wieder ein Geräusch? Mein Herz schlägt wild. Ist da jemand im Zimmer? Ich Dummerchen. Die Matratze hat gequietscht. Ich drücke mit der Hand auf das Bett. Dasselbe Geräusch. Ich muss plötzlich lachen, ganz laut, bis mir die Tränen kommen und ich fast in die Hose pinkele. Ich rutsche aus dem Bett, taste mich auf allen vieren voran, es ist viel weiter zum Waschbecken als bei Licht. Es riecht schlecht aus dem Abfluss. Da ist das Stuhlbein. Ein wenig nach rechts. Ich stoße an das Regal. Das war zu weit rechts. Wieder nach links. Unter das Waschbecken habe ich ein paar Legos gelegt, dann weiß ich, dass ich den Kopf vorsichtig heben muss, damit ich mir nicht wehtue. Das Abflussrohr, ich richte mich auf, greife an das kühle Becken, ziehe mich hoch. Jetzt kommt der schwierige Teil. Ich muss mich draufsetzen, sonst spritzt alles daneben. Es hält mein Gewicht aus, das habe ich ausprobiert. Ich spreize die Beine, lasse sie rechts und links hinunterhängen und lasse es laufen. Das tut gut. Meine Blase ist wirklich voll. Mit einem Stück Vorhang wische ich mich trocken. Gut, dass ich noch nicht groß musste. Und wenn, dann weiß ich, was ich mache: Ich wickle es in ein Stück von dem Vorhang und lege es in die Kiste, und auf die Kiste lege ich das Holzbrett, das ich gefunden habe. Dann stinkt es nicht so viel. Langsam klettere ich vom Waschbecken runter. Ich weiß nicht, wie viel Uhr es ist. Hoffentlich wird es bald wieder hell. Da! Das dumpfe Pochen. Jetzt ist es vorbei. Was kann das sein? Ich krabbele ins Bett zurück, nehme Justin in den Arm und versichere ihm, dass er bald hier rausgeholt wird. Er muss nicht weinen, er muss keine Angst haben. Er sagt nichts. Ich wische mir die Tränen aus dem Gesicht. Plötzlich bin ich ganz leicht. Ich schwebe.

Noch 28 Stunden

Ein grüner Teller mit zwei Lachs-Nigiri zockelte an Fran vorbei. Sie griff zu, stellte den Teller vor sich hin und schmierte sich einen viertel Teelöffel Wasabi auf den Fisch. Sie steckte den ganzen Nigiri in den Mund, der Wasabi explodierte im Rachen, ihr kamen die Tränen, und es brannte herrlich erfrischend bis in die Nase.

Sascha schüttelte ungläubig den Kopf. »Die Menge Wasabi würde mich umbringen. Wie machst du das?«

»Du bist halt ein Weichei«, erwiderte Fran schmunzelnd.

»Das hatte ich völlig vergessen«, sagte Sascha und schob sich eine Gabel Algensalat in den Mund. »Von dir kann man das wirklich nicht behaupten. Du bist zwar manchmal frech wie eine Berliner Göre, aber du hältst was aus, und vor allem scheust du kein Risiko.«

Fran steckte sich den nächsten Wasabifisch in den Mund. Die Nase prickelte, die Kopfhaut schien sich ablösen zu wollen, so sehr stieg ihr die Schärfe des grünen Meerrettichs in den Kopf. Sie hatten sich einen Japaner ausgesucht, der seinen Wasabi frisch zubereitete. »Schleimer!«, sagte sie und nahm einen Schluck Jasmintee. »Worauf willst du hinaus?«

»Du musst dich Hannah auf Gedeih und Verderb ausliefern. Du musst herausfinden, ob sie dir tatsächlich auf den Leim gegangen ist. Ich bin nicht davon überzeugt.«

»Ich auch nicht. Deshalb habe ich ja die Finte mit dem gemeinsamen Feind vorgetäuscht. Darauf ist sie eingestiegen. Das Problem ist, dass sie jetzt dich auf dem Kieker hat.«

»Das ist nur dann ein Problem, wenn sie mich kriegt.«

Fran angelte sich einen weiteren Teller vom Band. Zuerst hatte sie gedacht, sie könne keinen Bissen hinunterbringen, doch als die ganzen köstlichen Häppchen an ihr vorbeidefilierten, war der große Appetit ausgebrochen, und sie stopfte sich ein Teil nach dem anderen in den Mund. »Willst du doch kneifen?« Es tat gut, Sascha ein wenig zu ärgern oder es zumindest zu versuchen.

»Natürlich. Ich bin doch nicht lebensmüde!«

Ein Ruck ging durch Fran. »Aber ich bin lebensmüde, oder was? Und deswegen kannst du mich verheizen?« Sie hielt ihm ein Essstäbchen vor die Nase.

»Bist du denn lebensmüde?« Er nahm ein Stück Fisch vom Band und spießte es auf das Stäbchen. »Iss!«

Fran musste grinsen. »Ist das Kugelfisch?«

»Lenk nicht ab.«

»Sollst du mich ausspionieren? Ich dachte, ihr wisst alles über mich?«

Sascha seufzte. »Das würde ich anders machen. Ich würde einfach deine Behandlungsakten von Frau Dr. Sola einsehen.« Er tunkte eine California Roll in die Sojasoße. »Und?«

»Ich bin mit Sicherheit nicht suizidgefährdet. Aber manchmal bin ich des Lebens müde. Wenn die Erinnerungen kommen. Die Bilder. Wenn ich nachts schweißgebadet aufwache und ihn vor Schmerz so laut schreien höre, als würde er neben mir liegen. Dann will ein Teil von mir nur noch schlafen – für immer. Aber dieser Teil hat nicht die Mehrheit in meinem Parlament.«

»Wie viele Stimmen hat er?«

Fran glaubte Sascha, dass er nicht aus Kalkül fragte, sondern weil er sich für sie interessierte, vielleicht auch, weil er sie mochte. »Zwanzig Prozent.«

»Das ist eine stabile Minderheit. Klein genug, um keinen dauerhaften Schaden anzurichten, groß genug, um dich zu quälen.« Er nahm einen Teller mit Makis.

»Was sollen wir tun? Das Ultimatum läuft ab.« Unruhe befiel Fran. Sie saßen hier, aßen Sushi für hundert Euro, während Emily vielleicht gerade verdurstete. Sie warf die Stäbchen auf den Tisch.

Sascha steckte sich eine weitere California Roll in den Mund. »Wenn dein Profil stimmt, und ich habe keinen Zweifel daran, dann wird Hannah unverzüglich handeln. Sie wird mich auskundschaften und einen Plan machen. Ich bin eine Bedrohung für sie. Es muss schnell gehen, damit die Ordnung wiederhergestellt wird. Wie bei Marcel Kirsch. Mich wird sie gar nicht antreffen. Du wirst vor Ort sein und sie abfangen. Herausfinden, für wen sie dich hält.« Er winkte der Bedienung. »Sie sieht in dir vielleicht nicht Katrin, aber da sie mich als Bedrohung sieht, muss sie dich irgendwie in ihr System integriert haben.«

Fran nickte bedächtig. »Du bist wirklich gut, Sascha. Du hast verstanden, wie Hannah tickt. Du hast verstanden, was wir machen können, vielleicht machen müssen. Genau das macht mir Sorgen.« Sie musste sich überwinden, weiterzureden. Ein Gefühl hatte von ihr Besitz ergriffen, das sie nicht loslassen wollte.

»Ich habe Angst, Sascha. Nicht du bist das Weichei. Wenn ich an diese Frau denke, wird mir übel. Nicht weil ich sie hasse oder verdamme. Ich bin ihr nicht gewachsen. Ich bin dem Wahnsinn nicht gewachsen, weil er meinen eigenen Wahnsinn entfesselt.«

Sascha nahm ihre Hand. »Du bist mutiger als wir alle zusammen. Du stellst dich deinen Dämonen. Du benennst sie. Du kämpfst. Wenn du willst, blase ich die Aktion ab, dann mache ich mich zum Köder. Das ist kein Problem.«

»Ich will nicht aufgeben. Ich will, dass diese Angst weggeht.

All mein Wissen, all meine Professionalität hilft nicht.« Saschas Hand lag warm in ihrer, es fühlte sich richtig an.

»Was ist größer? Deine Angst vor Hannah Gabald oder deine Angst, Emily zu verlieren?«

Das war die richtige Frage. Fran schloss die Augen. Hannah Gabald tauchte auf, eine Riesin, die sie streng ansah und mit ihrer dunklen Stimme befahl: »Lass mich in Ruhe. Lass meine Familie in Ruhe! Oder ich töte dich!« Entsetzt drehte sich Fran um. Emily lächelte ihr von einem Foto entgegen, das ihre Mutter aus einem Album genommen und ihr gegeben hatte. Emilys Lächeln überspannte den ganzen Himmel, ihre Augen leuchteten warm. Kein Vorwurf lag in ihnen. Fran drehte sich um. Hannah Gabald stand vor ihr, geschrumpft auf normale Größe, sie überragte Fran um einen Kopf, aber das erschreckte sie nicht. Fran nahm Hannah an der Hand. »Ich weiß einen Weg«, sagte sie zu Hannah. »Komm einfach mit.« Hannah sagte nichts, aber sie folgte Fran.

Fran stand auf und blickte Sascha in die Augen. »Ich bin so weit.«

*

In einer halben Stunde ist meine Schicht zu Ende. Ich muss noch die Medikamente für Vater holen, aber bisher war ich nicht allein in der Medizinkammer. Ich muss meine Kollegin weglocken. Auf Zimmer 306 liegen drei, die noch in Narkose sind. Ich drücke alle drei Klingeln und renne aus dem Zimmer, verstecke mich in der Besenkammer und zähle bis zehn. Jetzt ist sie im Zimmer, ich husche hinaus, dann in die Medizinkammer, nehme drei Ampullen, das genügt, um Vater ein sanftes Einschlafen zu ermöglichen, renne wieder hinaus, auf die Toilette. Ich höre schon das Fluchen meiner Kollegin. Sie hat keine Ahnung, was passiert ist.

Sie schiebt es auf die Technik. Alle drei auf einmal? Das muss ein Fehler in den Schaltern sein. Ich setze mich ein paar Minuten auf die Klobrille, ziehe ab, wasche und desinfiziere mir die Hände, dann schlendere ich zurück. Meine Kollegin ist noch immer ganz aufgeregt. Ich beruhige sie und sage, dass das in der letzten Zeit bei mir schon häufiger vorgekommen sei. Ich rate ihr, den Vorfall auf sich beruhen zu lassen, weil es sonst sein könnte, dass man sie für verrückt erklärt, weil ja die Technik nicht fehlerhaft sein kann. Sie bedankt sich für den Tipp und wünscht mir einen schönen Feierabend.

Davon kann nicht die Rede sein. Ich versuche, Torsten zu erreichen, aber er geht immer noch nicht ran. Was ist nur los? Vielleicht sollte ich doch besser warten, bis er sich meldet? Ich denke an Katrin, stecke meine Karte, gehe zum Parkplatz. Im Handschuhfach habe ich noch Spritzen. Hoffentlich ist er da. Ich will nicht länger als nötig mit Spritzen in der Tasche rumlaufen. Wupperstraße 7. Das ist irgendwo im Hafenviertel, wo die seltsamen Häuser stehen. Eine Viertelstunde mit dem Auto. Vielleicht auch zwanzig Minuten, wenn viel Verkehr ist.

Ich finde keinen Parkplatz, das ist schlecht. Dann muss ich ihn dazu bringen, dass er zu mir ins Auto steigt. Das ist nicht einfach. Ich muss sagen, dass ich Hilfe brauche. Das könnte funktionieren. Oder ist es besser, wenn ich warte, dass er zu mir kommt? Bis jetzt ist er immer zu mir gekommen. Alle sind zu mir gekommen. Vater, Petra, Mutter, Katrin. Immer wieder.

Ich habe Glück. Jemand macht einen Parkplatz frei. Ich parke rückwärts ein, öffne den Kofferraum. Ziehe eine Spritze auf. Stark genug, dass Vater einschläft und nicht mehr aufwacht. Ich gehe die Klingeln durch, klingele bei Frank Meier. Vielleicht kann ich ja mit Vater reden und ihn zur Vernunft bringen. Wenn nicht ...

Noch 27 Stunden

Obwohl Fran sich noch ein Dutzend der köstlichen Fischhäppchen hätte einverleiben können, hatte sie aufgehört, bevor ihr Magen zu voll wurde. Sie musste schnell reagieren können. Ein voller Magen studierte nicht nur ungerne, er vermied auch schnelle Bewegungen.

Sie hatte auf dem Siegplatz hinter einem Baum gewartet. Sascha hatte ihr beschrieben, was Hannah Gabald tat. Immer wieder hielt sie mitten in einer Bewegung inne, manchmal für Sekunden, manchmal eine volle Minute.

»Okay, Fran. Du hast grünes Licht.« Fran hörte Sascha noch einmal atmen, dann schaltete er die Leitung stumm.

Hannahs Absicht schien klar: Der geöffnete Kofferraum sprach dafür, dass sie etwas oder jemanden darin abtransportieren wollte: Frank Meier.

Fran sprintete los, hetzte über die Straße, atmete hektisch, es musste echt aussehen. Sobald Hannah in Sicht kam, schrie Fran Hannahs Namen. Keine Reaktion. Hannah drückte die Klingel. Mehrmals hintereinander, hektisch.

Fran erreichte sie, doch Hannah nahm sie nicht wahr. Sie hielt den Klingelknopf gedrückt, auf ihrer Stirn stand Schweiß. Fran atmete durch und packte Hannah am Arm.

Sie drehte sich zu Fran, runzelte die Stirn. »Petra? Was machst du denn hier?«

Petra also. Katrins Mutter, Hannahs Stiefmutter. Sie hatte ihr keine Sekunde geglaubt, sie sei Katrin. Sie hatte Fran in ihr System eingebaut als Katrins Mutter.

Hannah trat einen Schritt zurück, ihre Augen wurden schmal. »Du wolltest Vater warnen. Weil ihr gemeinsame Sache macht. Ich habe es doch gewusst.«

Gemeinsame Sache! Hannah machte immer wieder ihren Vater für Katrins Tod verantwortlich, weil sie glaubte, er wolle ihr Katrin wegnehmen. Fran genoss für den Bruchteil einer Sekunde die Genugtuung, dass ihre These richtig war. »Ich wollte *dich* warnen, Hannah!«

»Du lügst!« Hannah ging auf Fran zu, griff in ihre Jackentasche, zog eine Spritze heraus, rammte sie Fran durch den Stoff hindurch in den Oberarm und drückte den Kolben durch.

Heißer Schmerz jagte Fran den Arm hinunter. Jetzt haben wir sie, dachte Fran. Sie bringt mich zu Katrin. Hoffentlich verliert Sascha nicht die Nerven.

Sie schloss die Augen, und bevor sie zu Boden sank, spürte sie die starken Arme von Hannah Gabald, die ihren Sturz abfing und sie wie eine Feder hochhob.

*

Das Licht kommt von oben. Durch einen Schacht. Vielleicht komme ich da hoch. Dann könnte ich hier raus. Warum ist Mama noch nicht da? Ich versuche nicht zu weinen, weil ich davon noch durstiger werde. Irgendwo muss doch Wasser sein! Der Wasserhahn! Der ist bestimmt einfach nur unten zugedreht. Ich lege mich unter das Becken. Da sind die kleinen Hähne. Sie gehen schwer, aber ich kann sie drehen. Nach links. Beide. Oben der Hahn ist offen. Nichts. Kein Tropfen. Das ist nicht wahr. Das kann nicht sein. Ich reiße an der Leitung, da muss Wasser drin sein. Ich muss trinken. Wenigstens muss ich nicht mehr pinkeln. Und nicht mehr groß. Mein Herz schlägt immer schneller. Ich lasse mich auf den Boden fallen. Bewege mich nicht. Es wird etwas besser. Ich habe Durst. Wo ist Justin? Mama? Wo bist du? Ich muss weinen, mein Bauch tut so weh. Ich rolle mich zusammen, aber es hilft nichts. Mama. Mama, Mama, Mama …

*

Fran spürte die Kante des Kofferraums. Ihr Puls jagte nach oben. Gleich würde sie dort eingesperrt sein. Ein furchtbarer Gedanke, aber es war der einzige Weg.

Hannah würde sie in ihr Versteck bringen, um sie einzugraben. Sie würde sich wundern, dass Fran alles andere als tot war. In der Ampulle war Kochsalzlösung gewesen, sie hatten einen Mann vom Verfassungsschutz als Zivi im Krankenhaus eingeschleust, der dafür gesorgt hatte, dass die Ampullen ausgetauscht wurden und gleichzeitig keiner der Patienten etwas Falsches bekommen hatte.

Hannah kippte sie in den Kofferraum, mit der Hüfte knallte Fran auf einen spitzen Gegenstand, sie musste einen Schmerzensschrei unterdrücken. Der Kofferraumdeckel schlug zu, es wurde sofort stockdunkel. Fran hob die Hüfte, zog den Gegenstand hervor, auf den sie gefallen war, und tastete ihn ab. Es war eine kleine Pflanzschaufel. Mit so einer hatte Fran im Sandkasten gespielt, bis Dad sie ihr abgenommen hatte, mit der Bemerkung, das sei nichts für kleine Kinder, sondern ein Werkzeug für Erwachsene.

Der Geruch von Erde stieg Fran in die Nase. Aber da lag noch etwas in der Luft. Leichter Verwesungsgeruch. Hannah Gabald hatte die Leichen in ihrem uralten Sierra transportiert.

Der Motor heulte auf, es ruckelte, Fran stützte sich mit einer Hand und den Füßen ab, sie fuhren los. Hannah Gabald war keine sehr gute Autofahrerin, sie hatte nicht viel Fahrpraxis:

Der Wagen war einundzwanzig Jahre alt und hatte erst sechsunddreißigtausend Kilometer auf dem Tacho. Ihr Bruder hatte einen eigenen Wagen gehabt, den sie nach seinem Tod verkauft hatte. Das musste in einem hellen Moment gewesen sein, einem Moment, in dem ein Teil von ihr, der zu sinnvollen Handlungen fähig war, begriff, dass ihr Bruder tot war.

Mit der anderen Hand untersuchte Fran den hinteren Teil des Kofferraums. Gummistiefel, eine zusammengefaltete Plane, ein Sixpack Plastikflaschen, wahrscheinlich Wasser.

Fran wartete, bis der Wagen beschleunigt hatte, dann legte sie sich so zurecht, dass sie aus dem Kofferraum hechten konnte, sobald Hannah Gabald ihn wieder öffnete.

Das MEK ließ den Wagen keine Sekunde aus den Augen, drei Peilsender sorgten dafür, dass sie wussten, wo Hannah Gabald hinfuhr, selbst wenn die Verfolger zurückbleiben mussten, weil eine Ampel auf Rot sprang oder sich Fahrzeuge dazwischendrängten. Hoffentlich kamen sie nicht zu spät.

»Wir sind bei dir, Fran.« Noch nie hatte sich Fran über Saschas Stimme so gefreut wie jetzt. »Sie fährt auf die Hammer Straße, die Kavallerie ist vier Wagen hinter dir. Wenn sie die Stadt verlässt, hängt sich der Hubschrauber dran.«

Frans Augen brannten. Sie hatte sie die ganze Zeit weit aufgerissen, um wenigstens ein Quäntchen Licht einzufangen. Behutsam schloss sie die Augen, schnell ließ der Schmerz nach.

Immer wieder rumpelte der Sierra über eine Unebenheit im Boden. Fran brauchte ihre ganze Kraft, um sich festzuhalten und nicht wie ein nasser Sack hin und her geworfen zu werden.

»Sie fährt auf die A 46 Richtung Osten.« Sascha wartete auf Frans Reaktion. Als sie nichts erwiderte, hakte er nach. »Alles klar bei dir?«

»Sorry«, antwortete Fran. »Ich war in Gedanken.«

Der Sierra beschleunigte, aber schon bald bremste er wieder ab.

»Sie nimmt die Ausfahrt Holthausen. Keine Ahnung, was sie vorhat. Sie kann schlecht mit einer Leiche in der Stadt spazieren gehen.«

»Vielleicht hat sie sich verfahren. Sie ist ja manchmal wie weggetreten«, flüsterte Fran.

»Möglich. Sie fährt jetzt Richtung Norden. Richtung Angermund.«

Fran rieb sich mit der freien Hand die Oberschenkel. Die Muskeln versteiften sich, das musste sie verhindern, damit sie im richtigen Moment beweglich genug war, Hannah Gabald zu überwältigen.

»Da stimmt was nicht.«

Fran hörte auf zu massieren. »Was ist los, Sascha?«

»Ein schwarzer Golf folgt euch. Es ist keiner von uns.«

»Könnt ihr ihn abfangen?«

»Mist, nein. Die Jungs sind zu weit weg. Fran! Pass auf! Er überholt.«

Der Schlag kam zu schnell. Fran konnte sich nicht halten. Sie wurde auf die Seite geschleudert, das Kreischen von Metall übertönte Saschas Stimme, der Sierra neigte sich zur Seite, Frans Füße pressten sich an das Blech des Kofferraums. Gleich musste sich der Wagen überschlagen, aber die Bewegung hielt inne, kehrte sich um. Mit einem dumpfen Knall krachte der Wagen wieder auf die Reifen. Fran drückte den Hebel für den Kofferraumdeckel. Sie hörte Schreie. Gott sei Dank, der Deckel schwang auf. Sie sprang hinaus, um sie herum herrschte das Chaos. Der schwarze Golf war in die Fahrerseite des Sierra gekracht, ein Mann hob einen Vorschlaghammer über seinen Kopf und drosch auf die Beifahrertür ein. Autos standen kreuz und quer, Menschen rannten, kreischten, fluchten. Fran erkannte den Angreifer: Andreas Muench. In seinen Händen wirkte der Vorschlaghammer wie ein Spielzeug. Wieder ließ ein Schlag den Sierra erzittern. Hannahs Kopf lag auf dem geplatzten Airbag, sie bewegte sich nicht.

Gottverdammte Scheiße!, dachte Fran. Wenn Hannah tot war, dann würde sie dafür sorgen, dass Andreas Muench den Rest seines Lebens im Knast verbringen würde. Ein anderer Gedanke schoss ihr durch den Kopf. Woher wusste Muench, wo Hannah Gabald zu finden war? Sie dachte an die Zugriffsprotokolle. Hatte ihr Vater die Aktion sabotiert? Hatte er die Frequenz abgehört und Andreas Muench einen heißen Tipp gegeben? Das Ultimatum, das sie ihm gesetzt hatte, war abgelaufen, er hatte nicht reagiert und sie auch nicht. Gottverdammte riesengroße Scheiße. Wenn Dad das Leck war, dann war sie dafür verantwortlich, dass Andreas Muench jetzt hier den Berserker gab. Und sie war dafür verantwortlich, dass Emily sterben musste.

Andreas Muench hatte die Tür so weit demoliert, dass er sie öffnen konnte. Er ließ den Hammer fallen. Jetzt oder nie. Fran nahm zwei Schritte Anlauf. Andreas Muench war so in seiner Raserei gefangen, dass er sie nicht kommen sah. Sie sprang mit beiden Füßen voran in seine Seite, spürte kurz den Widerstand der Rippen. Die Wucht ihres Angriffs riss Andreas Muench aus der Tür heraus und warf ihn um. Fran rollte sich ab, kam auf die Beine, wollte erneut zutreten, aber Andreas Muench war bereits kampfunfähig. Er lag auf dem Rücken, starrte ungläubig in den Himmel, hielt sich die Seite und atmete flach. Reifen quietschten, Türen schlugen, die Kavallerie war da, endlich.

Fran rannte um den geschrotteten Sierra herum, griff durch das geborstene Fenster an Hannahs Hals. Deutlicher Puls. Sirenen kamen näher. Der Rettungswagen. Vorsichtig hob sie Hannahs Kopf an, drückte die Folie des Airbags zur Seite, so dass die Frau gut atmen konnte. Den Rest musste der Notarzt machen.

Ein Mann vom MEK kam auf sie zu. »Alles in Ordnung?« Er zeigte mit dem Daumen auf Andreas Muench. »Dem haben Sie es aber gegeben. Der kommt uns so schnell nicht wieder in die Quere. Das war echt filmreif, Kollegin.«

»Warum, verdammt noch mal, konnte dieser Idiot uns überhaupt in die Quere kommen?«, fauchte sie. Die blöden Komplimente konnte sich der Kerl sonst wo hinstecken. Die ganze Aktion war gescheitert. Emily Sola verloren.

»Sorry, war nicht so gemeint«, raunzte der Beamte. »Ich wollte nur freundlich sein.«

»Wenn Sie was Sinnvolles machen wollen, dann suchen Sie das Handy von Andreas Muench und bringen es mir.«

Der Kollege trollte sich, sichtlich verärgert.

Ein Sanitäter kam auf Fran zu. »Sie bluten am Kopf«, sagte er tonlos.

Fran nickte, der Sani säuberte und desinfizierte die Wunde, klebte ein Pflaster darauf und verzog sich wortlos.

Jetzt erst fiel Fran auf, dass Sascha keinen Ton gesagt hatte.

»Sascha?«, fragte sie in die Luft. Nichts. Die Geräte waren zerstört. Sie ging zu einem Streifenwagen und ließ sich mit Sascha verbinden.

»Bist du in Ordnung, Fran?«, war das Erste, was er sagte.

Schön, dass er sich um sie sorgte, dass sie ihm wichtiger war als die Aktion. »Danke, Sascha, nur ein Kratzer. Ich suche mir ein ruhiges Eckchen, dann reden wir, okay? Hier wäre es jetzt nicht so günstig. Zu viel Betrieb.«

Sascha zögerte. Das war unüblich, eigentlich hätten sie sich sofort absprechen müssen, aber er verstand. »Okay, ich bin in der Leitstelle im Präsidium.«

Der Kollege vom MEK drückte ihr schweigend eine Plastiktüte in die Hand. Andreas Muenchs Handy. Fran zog Handschuhe an, zog das Handy aus der Tüte und drückte die Wahlwiederholung. Sie kannte die Nummer nicht, aber sie kannte die Stimme, die sich meldete und sagte: »Alles klar, Andreas?«

*

Das ist ein heller Stern. Selbst wenn ich die Augen schließe, ist er so grell, dass er wehtut. Justin sitzt neben mir und erzählt mir eine Geschichte. Plötzlich hebt er ab, fliegt los und fällt auf das Bett zurück. Er ist ganz verschrumpelt, und er grinst mich an, sein Kopf steht plötzlich in Flammen, ich will weg von ihm, aber ich kann mich nicht bewegen. Das ganze Bett fängt an zu brennen, meine Beine, mein Bauch, meine Arme, mein Kopf. Ich schreie, aber mein Hals ist zugeschnürt, es kommt kein Laut, das Feuer krabbelt an mir hoch wie Insekten, es sind wirklich Insekten, es sind Ameisen, die alle aussehen wie Justin, eine schlägt ihre Zangen in meinen Oberschenkel und reißt ein Stück Fleisch heraus, es tut nicht weh, warum? Ich schlage nach der Ameise, aber sie rührt sich nicht. Die anderen Ameisen sind überall, sie sitzen da und schauen mich an. Auf ihren Köpfen glänzt ein Tropfen. Wasser! Die Ameisen bringen mir Wasser. Ich greife nach einer, aber da ist nichts, sie ist plötzlich verschwunden, alle sind verschwunden, es ist nur noch dunkel, und meine Kehle brennt. Mama? Wo bist du? Du hast es mir versprochen! Mama … Mama … Mama …

Noch 26 Stunden

Gott sei Dank hatte nicht Dad die Aktion verraten! Das Furchtbare aber war: Sie hätte es ihm zugetraut. Das Schöne: ihre Erleichterung und dass sie sich nicht *gewünscht* hatte, dass Dad den Verrat begangen hatte.

Trotzdem war ein Maulwurf in den eigenen Reihen eine Katastrophe. Fran musste würgen. Nie wieder würde sie jemandem, den sie nicht kannte, vertrauen. Ab sofort würde sie neue Mitarbeiter erst mal in Quarantäne schicken, durchleuchten und dann erst mit sensiblen Daten betrauen, nach einem halben Jahr vielleicht.

»Sascha, bist du allein?« Sie drehte das Mikrofon der Funkanlage in der Hand und schaute sich um. Niemand war in Hörweite.

Es rauschte, dann meldete sich Sascha. »Jetzt bin ich es.«

»Du musst Malte Fingich festnageln. Er hat Hannah Gabald ans Messer geliefert, hat Andreas Muench informiert, wo er sie am besten abgreifen kann. Und wahrscheinlich hat er dafür gesorgt, dass der sich der Überwachung entziehen konnte.«

»Verfluchte Scheiße, dieser Mistkerl! Den mach ich fertig«, knurrte Sascha.

»Ganz langsam, Sascha. Malte Fingich kriegt, was er verdient, aber riskier nicht deine Karriere, um diesen Wurm zu bestrafen.«

Sascha atmete tief ein und aus. »Es ist, als hätte er mir ein Messer in den Rücken gestoßen.«

Fran begriff. »Du hast ihn empfohlen? Du kennst ihn?«

»Er hat mir vor einigen Jahren mal den Arsch gerettet. Wir waren als Obs-Affen unterwegs, kurz vorm Zugriff. Ein Schläger wollte mir von hinten einen Barhocker über den Schädel ziehen. Malte hat sich dazwischengeworfen und ist dabei erheblich verletzt worden. Danach habe ich ihn aus den Augen verloren. Und dann hat er mich angerufen und gefragt, wegen der Stelle bei dir. Keine Ahnung, woher er das wusste.«

Fran konnte es nicht fassen. »Verdammt, Sascha! Du hättest mir sagen müssen, dass er dein Protegé ist.«

»Ich wollte nicht, dass du voreingenommen bist, weil ich ihn empfohlen habe.«

»Du hättest ihn mir überhaupt nicht reindrücken dürfen! Wie soll ich dir vertrauen, wenn du hinter meinem Rücken so eine Scheiße machst?« Fran war den Tränen nahe. Lebte sie wirklich in einer Welt voller Lügner, Betrüger und Trickser?

»Es war falsch. Entschuldige.«

»Darüber reden wir, wenn wir Emily haben. Wenn wir sie überhaupt finden. Hannah wollte zu ihr, nachdem sie das mit dem Stalker geregelt hatte, davon bin ich überzeugt. Weißt du, was das heißt?« Fran hätte den Streifenwagen in kleine Stücke reißen können. »Die ganze verfluchte Aktion war sinnlos.« Fran bemühte sich, nicht allzu laut zu reden. Immer mehr Polizisten und Sanitäter wuselten herum. Sie atmete dreimal tief ein und aus. Es wirkte. Sie beruhigte sich. »Jetzt sack erst mal Fingich ein, dieses Arschloch.«

Sie unterbrach die Verbindung, denn aus den Augenwinkeln sah sie Hasso Kittner herbeirauschen, seine Miene verhieß nichts Gutes.

Er schaute sich suchend um, entdeckte sie und war in drei großen Schritten bei ihr. »Was zum Teufel geht hier vor?«

»Malte Fingich hat Andreas Muench …«

»Malte Fingich?« Hasso Kittner wurde bleich.

»Haben Sie ihn …?«

»Ich? Nein. Damit habe ich nichts zu tun.« Hasso Kittner wedelte mit einer Hand vor Frans Gesicht herum.

»Wissen Sie, wer ihn protegiert hat?«

Hasso Kittner nickte. »Ich weiß, wer ihn empfohlen hat. Aber das sage ich Ihnen nicht. Nach Prüfung der Personalakte sprach nichts dagegen. Absolut weiße Weste, nur …«

»Nur was?«

Hasso rammte seine Hände in seine Sakkotaschen. »Er hatte …«

Fran ließ ihn nicht ausreden, sie ahnte, worum es ging. »Eine Tochter, die vergewaltigt und ermordet wurde!«

»Na ja …« Kittner scharrte mit dem Fuß auf dem Boden herum wie ein kleiner Junge, der zugeben musste, dass er seiner Mama fünf Euro aus dem Geldbeutel geklaut hatte. »Es steht halt nicht in der Personalakte.«

»So jemanden lassen Sie bei der Jagd auf einen Mädchenmörder von der Leine? Und mich lassen Sie ins Messer laufen?«

Hasso Kittner zuckte mit den Schultern. »Er war nicht auffällig. Die Kollegen haben bestätigt, dass er die Sache längst verarbeitet hatte. Schließlich hat er inzwischen drei weitere Kinder.«

Fran konnte sich nicht beherrschen. »Sie haben ja keine Ahnung!«, stieß sie hervor. »Für ein totes Kind gibt es keinen Ersatz! Es ist ein Loch in der Seele, das niemals heilt. Man kann nur eine Haltung erlernen, erarbeiten, damit das Loch einen nicht auffrisst.« So wie bei mir, dachte Fran. Hatte sie die Sache im Griff? Das war die falsche Frage. Für den Tod *ihres* Kindes trug niemand die Schuld. Insofern war sie nicht befangen, was Kindermörder anging.

»Hätten Sie ihn abgelehnt, wenn Sie das gewusst hätten?«, fragte Hasso Kittner.

»Ich hätte ihn auf Herz und Nieren geprüft.«

»Sie hätten sich täuschen können.«

»So wie Sie?«

Hasso Kittner nahm die Hände aus den Taschen. »Das Kind ist im Brunnen. Wir sollten uns jetzt eine neue Strategie ausdenken. Hannah Gabald ist bereits wieder bei Bewusstsein.«

»Und sie schweigt!«, giftete Fran.

»Sie ist in einem fast katatonischen Zustand. Keine Reaktion, starrer Blick, organische Funktionen vollkommen in Ordnung.« Hasso Kittner seufzte. »Sie wissen, dass ich das nicht wollte?«

Ich *glaube* es, dachte Fran, nicht mehr. Hasso Kittner hatte ein schlechtes Gewissen. Immerhin. Das konnte sie ausnutzen. »Wenn wir gerade beim Beichten sind …«

»Ja?« Hasso Kittner dehnte das Wort und hob ganz am Ende die Stimme.

»Ich habe am vergangenen Sonntag herausgefunden, dass sich mein Vater unberechtigt Zugang zu den Rechnern meiner Abteilung verschafft hat. Er hat nichts kopiert und, soweit ich weiß, auch nichts ausgedruckt. Er hat ausführlich gelesen. Ich hatte ihm bis Montag Zeit gegeben, sich mir zu erklären oder Selbstanzeige zu stellen. Er hat die Zeit verstreichen lassen.«

»Sie dachten, *er* habe die Muenchs auf dem Laufenden gehalten.«

»Einen kurzen Moment, ja.«

Hasso Kittner grinste. »Ist das alles?«

»Alles?«

»Das ist zwar keine Lappalie, aber auch kein Grund, sich verrückt zu machen. Er kriegt eine Standpauke und fertig. Gut, dass Sie mich eingeweiht haben. Das verhindert Schlimmeres.«

»Aber …« Fran konnte es nicht fassen.

»Er wird das nie wieder tun, glauben Sie mir. Aber er ist ein verdammt guter Polizist, ein ausgezeichneter Dienststellenleiter. Polizeipräsident Heinz Manger ist ein guter Freund von mir, er wäre nicht begeistert, wenn wir Ihren Vater suspendieren müssten. Und Ihre privaten Angelegenheiten sind mir herzlich egal. Es ist bekannt, dass Sie beide wie Hund und Katz sind.« Hasso Kittner zückte sein Handy, tippte eine Nummer ein. »Kittner hier. Grüße Sie, Herr Miller.«

Fran fiel fast in Ohnmacht.

»Dank dem besonnenen Vorgehen Ihrer Tochter kann ich Ihre vollkommen bescheuerte Dummheit mit wenig Rauchentwicklung aus der Welt schaffen. Sie können froh sein, dass Fran Ihnen nichts Böses will. Sie ist wirklich eine gute Tochter. Das hätte nämlich ins Auge gehen können, wenn die falschen Leute das erfahren hätten. Der Polizeipräsident wird sich noch bei Ihnen melden und Sie anständig zusammenstauchen.« Hasso Kittner hörte einen Moment zu. »Das sehe ich auch so. Gut. Sie werden den Ball extrem flach halten. Dann sind wir uns ja einig.« Er unterbrach die Verbindung und grinste Fran an. »Das hat sich gelohnt, allein nur, um Sie einmal sprachlos zu sehen. Die Familientherapie ist übrigens kostenlos. Und jetzt sollten wir uns überlegen, was wir noch tun können.«

Fran blieben tatsächlich die Worte im Hals stecken. Hasso Kittner hatte recht. Sie mussten sich etwas ausdenken. Sie schob ihren Vater in eine entlegene Ecke ihres Kopfes. »Das Problem ist: Hannah Gabald hat sich in ihre Welt zurückgezogen. Da holen wir sie nicht mehr raus. Das ist ihr Überlebenskonzept. Da hilft keine Folter und auch kein Wahrheitsserum.«

»Das heißt, wir haben Emily verloren?«

»Davon gehe ich aus. Trotzdem werden wir versuchen, an Hannah heranzukommen. Aber das geht nicht, solange sie in einer für uns vollkommen fremden Welt lebt. Das ist, als wollten Sie mit einem Wesen, das Methan atmet, einen Spaziergang an der frischen Luft machen. Tödlich!« Es war zum Verrücktwerden. Der Countdown lief weiter. »Sie tötet nicht aus Lust. Sie tötet aus Verzweiflung. Sie hat Wasser im Kofferraum. Das heißt, sie weiß, dass ›Katrin‹ in Gefahr ist. Sie wollte Katrin versorgen.« Fran zeigte auf den Krankenwagen, in dem Hannah Gabald gerade abtransportiert wurde. »Das ist jetzt nicht mehr möglich.« Fran ließ den Kopf hängen.

»Dann müssen wir das Äußerste wagen«, sagte Hasso Kittner. »Wir müssen Sie in Hannah Gabalds Welt zurückbringen. Irgendwie.«

Fran hob den Kopf.

»Methan atmen!«, sagte der Oberstaatsanwalt.

»Methan atmen!«, wiederholte Fran. Der Mann war gar nicht so dumm. Ob ihm klar war, was das bedeutete? Was Fran tun musste, damit sie wieder ins Spiel kamen? Sie musste nicht nur den Weg der Legalität verlassen. Diesmal musste sie wirklich zur Komplizin werden. Sie musste aufs Ganze gehen und ihre Freiheit riskieren.

*

Das Zimmer schwankt hin und her. Ich kann mich kaum auf den Beinen halten. Das Bett ist weg und das Regal auch. Es ist dunkel, dann wieder hell. Manchmal regnet es, aber ich werde nicht nass. Ich bin in der Wüste. Ich grabe im Sand nach Wasser. Irgendwo muss es in der Wüste Wasser geben. Die Beduinen graben auch im Sand nach Wasser. Der Sand ist hart, wo ist das Wasser? Ich komme nicht voran, warum lässt sich der Sand nicht einfach wegschieben? Ich stemme mich mit aller Kraft gegen den Sand, aber er bewegt sich nicht. Das Zimmer dreht sich plötzlich auf den Kopf. Ich falle. Da ist nichts mehr außer Schmerz. Und Dunkelheit.

Noch 25 Stunden

Das ist mir noch nie passiert. Ein Unfall mit dem Auto. Ich erinnere mich nicht, wie ich in den Krankenwagen gekommen bin. Der Sanitäter antwortet nicht. Er hat mir eine Infusion gelegt. Kochsalzlösung. Wo ist Petra? Sie wird mich anschwärzen. Ich muss Torsten anrufen. Aber man gibt mir mein Handy nicht. Dann muss ich es mir holen, aber es geht nicht, weil meine Arme und Beine festgebunden sind. Das macht man normalerweise nur mit Randalierern. Aber ich bin doch kein Randalierer. Ich beschwere mich beim Sanitäter, aber der grinst nur verächtlich und brummt, die Polizei werde sich um mich kümmern. Also hat Vater ernst gemacht. Er hat die Polizei gerufen, hat ihnen Lügen erzählt, und jetzt bin ich die Schuldige. Ich darf nichts sagen. Ich muss stark bleiben. Aber was ist mit Katrin? Ich kann ihr jetzt nicht helfen. Katrin ist stark. Sie hat den Krebs besiegt. Sie ist unsterblich. Nichts kann ihr etwas anhaben. Ich muss einfach nur warten, bis Torsten mich holt.

Der Krankenwagen hält an, ich lasse die Augen zu, sonst wird Vater versuchen, mich zu hypnotisieren. Sie werden mich untersuchen, sie werden meinen Kopf durchleuchten, aber sie werden nichts finden, ich habe nur leichte Kopfschmerzen, der Airbag hat das Schlimmste verhindert. Ich mache am besten eine Reise, da kann mir keiner folgen. Ich fahre nach Ameland! Da ist Torsten, er winkt, und Katrin ist auch da. Wir stehen auf dem obersten Deck der Fähre, die Möwen kreischen, Katrin wirft Brot in die Luft, die Möwen stürzen sich darauf, es ist ein rechter Spaß. Die Luft riecht nach Salz und Tang, der Wind zerrt an meinen Haaren. Die

Flut kommt, auf den Sandbänken liegen Robben, sie fliehen ins Wasser, sie haben Angst vor dem Schiff, der Anleger von Ameland kommt in Sicht, viele Menschen stehen am Kai und winken. Das ist immer der schönste Moment. Wir kommen an, die anderen aber müssen nach Hause fahren. Elegant legt die Fähre an, wir steigen ins Auto, Torsten fährt, er fährt gut, rücksichtsvoll, nicht zu schnell, aus dem Bauch der Fähre quellen die Autos und Fahrradfahrer und Fußgänger. Ganz früher waren die Fähren viel kleiner gewesen, man blieb im Auto sitzen, und um von Bord zu kommen, musste man über Holzbohlen fahren.

Ich spüre das Pflaster der Straße, es fühlt sich an, als führen wir über ein Waschbrett. Auf den grünen Weiden stehen Schafe und Kühe und ein paar Pferde. Es ist so schön, wieder hier zu sein. Mit Torsten und Katrin. So kann es für immer bleiben.

*

Fran schaute demonstrativ auf die Uhr, es war genau neunzehn Uhr dreißig. Sie reichte dem Wachmann einen Becher mit Kaffee und nickte ihm freundlich zu. »Na, Kollege, wie lange hast du noch?«

Der Beamte nahm den Kaffee entgegen. »Danke. Drei Stunden.«

»Alles ruhig?«, fragte Fran.

»Die hat sich noch nicht gerührt. Liegt da mit offenen Augen und reagiert auf nichts. Schon seltsam.«

Der Mann streckte seine Glieder. »Ich bin echt müde.«

»Ich kann dich ablösen, ich will sowieso versuchen, mit Hannah Gabald zu sprechen.«

»Echt? Jetzt?« Er zögerte. »Aber ich soll mich hier nicht wegbewegen.«

»Sie ist doch angebunden, oder?«

»Ja sicher, aber …«

»Dann kann ja nichts passieren.« Fran legte die Hand auf die Klinke. »Wie du willst. Mir ist es egal.«

»Ich geh nur mal kurz vor die Tür, dann bin ich wieder da.«

»Alles klar, Kollege. Bis gleich.«

Der Beamte zog los, Fran öffnete die Tür und schlüpfte ins Zimmer.

Hannah Gabald war mit Lederriemen und gepolsterten Handschellen ans Bett gefesselt. Im Krankenwagen hatte sie versucht aufzustehen, hatte aber schnell aufgegeben, als sie gemerkt hatte, dass sie keine Chance hatte zu entkommen. Fran blieb kurz stehen. Vor etwa einem Jahr hatte sie auch an einem Krankenhausbett gestanden, in dem ein gefesselter Mensch lag, dem man Mord vorgeworfen hatte. Später hatte sich der Vorwurf als berechtigt erwiesen.

Noch konnte sie zurück. Sie musste nur einfach warten, bis der Wachmann zurückkam, und sich dann vorlügen, sie hätte ja alles versucht, um Emily zu retten. Die Entscheidung fiel ihr leicht.

Sie zog den Schlüssel aus der Tasche, trat ans Bett, schloss die Handschellen auf, löste die Riemen und machte sofort zwei Schritte Richtung Tür.

Hannah Gabald reagierte nicht. Sie lag da wie eine Leiche auf dem Seziertisch, mit dem Unterschied, dass ihre Augen geöffnet waren und darin Leben zu erkennen war.

»Katrin geht es schlecht«, flüsterte Fran. »Sie braucht dringend Wasser, sonst verdurstet sie.«

Hannah Gabald atmete gleichmäßig, ihre Lider schlossen sich mechanisch alle zwei Sekunden. Sie war weit weg.

»Vater ist verreist. Er kommt erst in einer Woche wieder.« Nichts. Verdammt! Welcher Satz, welches Wort war der Auslöser, der eine Tür zu ihrer Welt öffnete? Der Wachmann konnte jeden Augenblick zurückkommen. »Torsten hat mich angerufen«, sagte Fran etwas lauter.

Hannahs Kopf ruckte herum, ihr Blick verschleierte sich. Ihre Augäpfel zuckten wild hin und her, dann fixierten sie Fran. »Wo ist er?«

»Ich weiß es nicht. Er hat mir nur gesagt, du musst dich heute um Katrin kümmern, sonst wird sie wieder krank. Vielleicht stirbt sie sogar.«

»Ich bin gefesselt.«

»Bist du nicht. Ich habe dich befreit.«

Hannah hob ihren Arm, schlug die Decke zur Seite, schwang die Beine aus dem Bett und stand auf. Einen Augenblick schwankte sie, dann hielt sie das Gleichgewicht. »Warum machst du das? Du hast doch immer Vater gehorcht. Was ist los?«

»Es geht um meine Tochter. Es geht um Katrin. Deine Schwester. Ich habe Fehler gemacht, aber ich will sie wiedergutmachen.«

Hannah sah sie einen unendlich scheinenden Moment an, den Blick voll Trauer und Sehnsucht und Vergebung.

Bevor Fran reagieren konnte, schlang Hannah ihre Arme um sie und drückte sie sanft. »Du kannst nicht mitkommen, das weißt du. Ich sage dir Bescheid, wenn ich mit Katrin gesprochen habe. Ich sage ihr, dass ihre Mutter sie liebt.«

Fran schluckte. »Danke«, hauchte sie. »Ich bringe dich hier raus.« Es funktionierte. Fran hätte schreien mögen vor Glück.

Hannah zog sich an. Fran sah nach, ob die Luft rein war. Sie huschten über den Flur, nahmen die hintere Treppe, dann den Lieferanteneingang. Fran drückte ihr den Schlüssel des Impreza in die Hand. »Der blaue Wagen dort, das ist meiner. Den kannst du nehmen. Aber sei vorsichtig, er ist ein bisschen wie ein Rennwagen.«

Hannah nahm den Schlüssel ohne Worte, schloss auf, setzte sich hinters Lenkrad, startete den Wagen, der Motor heulte auf, Fran hörte das Getriebe ächzen, als Hannah Gabald den ersten Gang einlegte. Mit einem Satz fuhr sie los, die Rücklichter verloren sich schnell in den verwinkelten Straßen.

»Wir haben *ein* Team vom MEK.« Sascha trat aus der Dunkelheit ins Licht. »Mehr ging nicht. Und den Überwachungswagen. Und uns.«

»Und Senior und vier von meinem Team. Das sollte reichen.«

»Dein Wort in Gottes Ohr.«

»Ich bin Atheistin.«

»Dein Wort im Ohr des Universums.« Sascha zeigte in den Himmel.

»Ich glaube, wir brauchen den Beistand aller Götter, des Universums und des großen gelben Kürbis. Wir haben gerade einer Serienmörderin zur Flucht verholfen«, sagte Fran leise. »Was meinst du, wie viel gibt das?«

»Job weg, Pension weg, zwei Jahre auf Bewährung, Ächtung im gesamten Justizapparat. Mindestens. Wenn jemand zu Schaden kommt: fahrlässige Tötung, summa summarum drei bis vier Jahre.«

»Wir könnten eine Privatdetektei aufmachen, wenn wir wieder rauskommen.«

»Da geh ich lieber putzen.«

»Das möchte ich sehen.« Fran gelang es zu lächeln.

»Wir sollten los.«

»Nach Ihnen«, sagte Fran und zeigte auf die Straße.

Noch 24 Stunden

Ob sie mir folgt? Oder hetzt mir Vater seine Hunde hinterher? Petra ist schon immer die treibende Kraft hinter Vater gewesen. Ihre Heuchelei ist so leicht zu durchschauen! Mir hat sie geglaubt, dass ich ihr glaube. Ich schaue in den Rückspiegel. Kein Wagen hinter mir. Aber so einfach kriegt Petra mich nicht. Ich bin nicht dumm! Nicht mehr! Gerade hat Torsten mich angerufen und mir gesagt, ich soll vorsichtig sein. Und er hat bestätigt, dass Petra lügt. Katrin geht es gar nicht schlecht. Ich werde Vater abschütteln und dann zu Katrin fahren und sie wegbringen von hier. Weit weg. Irgendwohin, wo sie wirklich sicher ist. Ich fahre am besten auf eine Landstraße und dann in den Wald. Dann kann ich sehen, ob jemand hinter mir her ist. Ich muss lachen. Petra ist so dumm! So dumm!

*

Aus dem Lautsprecher des Funkgerätes rauschte es leise, dann meldete sich die Stimme von Senior. Er klang verschnupft. »Sie fährt auf der B 8 Richtung Norden.«

Sascha ließ den Wagen langsam anrollen, sie hatten es noch nicht eilig. Das MEK-Team war an ihr dran, später würden Günther und Martina übernehmen, dann Bruno und Christine. Die Gefahr, dass Hannah Gabald Fran erkannte, war zu groß. Sie würden erst eingreifen, wenn klar war, wohin die Reise ging.

Sofia hatten sie nicht eingeweiht, und Malte saß in Untersuchungshaft. Sobald Fran an ihn dachte, spürte sie einen Klumpen im Magen. Der Haftrichter hatte keine Sekunde gezögert. Wenn Malte Pech hatte, würde er wegen Beihilfe zum Mordversuch für einige Jahre ins Gefängnis gehen. Sollte er Geld genommen haben, war er komplett erledigt, dann würde er nicht nur wegen Beihilfe, sondern wegen Mittäterschaft angeklagt. Dann blühten ihm bis zu fünfzehn Jahre. Fran empfand nicht das geringste Mitleid. Bis jetzt hatte er nichts gesagt, nur dass er seinen Anwalt sprechen wolle.

»Sie fährt auf die B 1«, sagte Senior. Sascha gab Gas.

Fran musste an den Wachmann denken, der jetzt wieder vor der Tür saß, in dem Glauben, Hannah schliefe sanft und selig. Sie hatte einen Zettel an die Tür geheftet: »Bitte nicht stören. Patientin braucht Ruhe.«

»Sie verlässt jetzt die A 52 an der Anschlussstelle Breitscheid. Sie nimmt die Kölner Straße Richtung Norden.«

Fran hatte nicht damit gerechnet, dass Kittner mitspielen würde. »Methan atmen!«, hatte er wiederholt und sich dann an die Nase gegriffen. »Als ich das letzte Mal nicht auf Sie gehört habe, hat es einen Menschen das Leben gekostet. Sollte es diesmal umgekehrt sein, dann werden wir gemeinsam büßen«, hatte er gesagt und hinzugefügt: »Fragen Sie mich bitte nicht, warum. Sie sind die Psychologin. Vielleicht können Sie es mir irgendwann erklären.«

»Sie ist von der K 4 abgefahren und ist jetzt auf dem Mispelkamp, einem schmalen Sträßchen in den Wald hinein. Sie hält an. Vor einem leerstehenden ehemaligen Forsthaus.«

Kittner meldete sich. »Zugriff!«

»Halt!«, schrie Fran. »Nicht so schnell.« Der Ort stimmte nicht mit der geografischen Analyse überein. Die Entfernung zu den nächsten Häusern stimmte nicht. Martina hatte errechnet, dass das Versteck mindestens einen Kilometer von den nächsten bewohnten Häusern entfernt sein musste. Hier waren es kaum dreihundert Meter. Die soziale Kontrolle wäre zu hoch gewesen, irgendjemandem wäre die seltsame Frau, die fast wie ein Mann aussah, aufgefallen. Man hätte sich mal umgesehen, einen Blick über den Zaun gewagt, getratscht, und schnell wäre Hannah Gabald Dorfgespräch gewesen. Es war eine Falle. Außerdem passte die Hauptcharakteristik der Bodenproben nicht. Hier gab es schwarzen Waldboden und keinen hellen Löss und Sand.

»Was jetzt?« Ein Kollege vom MEK fragte ungeduldig nach. »Wir brauchen ein bisschen, bis wir am Objekt sind.«

»Zieht euch zurück, so weit, dass wir sie nicht verlieren können. Sie handelt instinktiv, sie ist misstrauisch, sie hat mir nicht geglaubt. Sie versucht herauszufinden, ob sie verfolgt wird.«

»Aber du hast sie aus dem Bau gescheucht«, sagte Sascha.

Senior meldete sich. »Sie geht um das Haus herum. Du hattest recht, Fran. Das ist nicht ihr Haus. Sie steigt wieder ein.«

»Hoffen wir, dass ihr das genügt. Irgendwann fällt im Krankenhaus auf, dass sie weg ist, und dann ist die Hölle los«, sagte Fran. Die Angst saß ihr wie Krebs in den Knochen und nagte an ihr. »Bitte, bitte, bitte, fahr jetzt zu deinem Versteck.«

Als hätte Hannah Gabald sie gehört, ließ sie den Motor des Impreza an und gab Gas. Sie schoss die Straße entlang. Sie hatten Frans Wagen ebenso mit Kameras und Mikrofonen verwanzt wie das Haus von Hannah Gabald. Auf einem kleinen Monitor konnte Fran ihr Gesicht sehen. Immer wieder bewegte Hannah Gabald die Lippen, aber dabei blieb es. Sie brachte kein Wort heraus.

Fast eine halbe Stunde irrte Hannah Gabald ziellos umher, hielt ein paar Mal an, schaute sich um, wartete, stieg ein, stieg wieder aus. Frans Mut sank, denn es schien, als sei Hannah Gabald in einer Gedankenschleife hängen geblieben: »Irgendwer verfolgt mich, ich muss aufpassen, ich darf mich nicht erwischen lassen.«

»Sie fährt auf die A 40 Richtung Venlo!«, rief Senior. »Verdammte Scheiße! Die will in die Niederlande!«

»Die machen uns einen Kopf kürzer, wenn die rauskriegen, dass wir eine Serienmörderin in ihr Land lassen«, sagte Kittner. »Es ist zum Kotzen! Wenn ich die Behörden informiere, dann sind wir raus aus dem Fall, dann müssen wir einen Auslieferungsantrag stellen. Die Niederländer werden sie einkassieren, das steht fest.«

»Sie überquert gerade die Grenze. Was sollen wir tun?« Sogar Senior verlor langsam die Nerven. Seine Stimme vibrierte.

Das war der absolute GAU. Es blieb keine Wahl. »Abbrechen«, sagte Fran tonlos. »Zugriff bei der nächsten Gelegenheit und so schnell wie möglich zurück auf deutsches Gebiet.« Frans Enttäuschung war so groß, dass sie fast überhört hätte, was Senior gerade sagte.

»Langsam. Sie biegt ab, Richtung Kaldenkirchen.« Er machte eine Pause. »Seit vierzig Jahren habe ich das erste Mal wieder gebetet. Und was soll ich sagen? Es hat gewirkt.«

Hinter Kaldenkirchen lagen der Brachter Wald, die Kahlberg'sche Heide und ein ehemaliges Munitionsdepot. In über hundert Hallen hatten dort bis ins Jahr 2000 Tausende Tonnen Munition gelagert. Das Depot war eingezäunt gewesen, man hatte die Zäune stehen lassen und das Gelände als Naturschutzgebiet ausgewiesen. Sechs Eingänge gab es, innerhalb des Zauns konnte man sich frei bewegen. Fran war hier schon oft spazieren gegangen.

Ein ideales Versteck! Die Depots waren zum Teil in den Boden eingegraben worden, oder man hatte sie bepflanzt. Einige waren dicht zugewachsen, selbst im Winter waren sie kaum auszumachen. Dort gab es hellen sandigen Löss sowie ein Labyrinth an Wegen und Straßen, die mit dem Auto befahrbar waren. Der Waldrand der Kahlberg'schen Heide bildete in fast gerader Linie die Grenze zu den Niederlanden. Man konnte sich also schnell ins Ausland absetzen. Aber Fran glaubte nicht, dass Hannah Gabald bei der Wahl ihres Verstecks derartig weit gedacht hatte. Vielleicht war es Torsten gewesen, der es ausgesucht hatte. Oder es war Zufall gewesen.

So vieles wusste sie nicht über Hannah Gabald: was sie wirklich dachte; wie ihr Wahn funktionierte; welche Auslöser sie zum Handeln brachten; wer ihre Welt bevölkerte und wie sie es fertiggebracht hatte, ihr reales Leben in ihre Welt zu integrieren.

Senior meldete sich. Er klang entspannt. »Sie hält an. Steigt aus. Fährt weiter. Sie ist jetzt im Naturschutzgebiet. Sie hält wieder an. Es ist der Bunkerplatz Nummer 37a. Sie steigt aus, bewegt sich.«

»Diese neuen GPS-Sender sind echt gut«, hörte Fran jemanden im Hintergrund sagen.

Senior gab die nächste Position durch. »Sie ist ein Stück in den Wald gegangen, die Position ist stabil. Jetzt ist das Signal abgerissen.«

»Zugriff!«, rief Fran. Sascha pflanzte das Blaulicht auf und gab Gas. Sie waren am nächsten dran, würden etwa fünf Minuten brauchen, das MEK vielleicht sechs oder sieben. Wie clever war Hannah Gabald? Oder, besser gesagt, wie paranoid? War es wieder eine Falle? Ahnte sie, dass sie mit modernster Technik überwacht wurde? Die Antwort lag zwischen den Munitionsdepots.

»Wo ist sie?«, rief Fran. »Wir sind jetzt an der Einfahrt. Das Tor steht offen.«

»Ihr müsst geradeaus, die erste rechts, geradeaus, links, einmal rechts und sechshundert Meter geradeaus. Dann seid ihr an Platz 37a und 37. Ihr müsst zu Fuß weiter. Zwischen den Splitterschutzwällen durchgehen. Dann noch mal fünfzig Meter geradeaus, dann zwanzig Meter nach rechts. Da muss sie sein. Wahrscheinlich ein Bunker, da die Signale komplett gefressen werden.«

Fran wurde übel. Genauso war sie schon einmal fast in ihr Verderben gerannt. Erinnerungen schossen hoch. Diesmal ist es anders, sagte sich Fran. Diesmal ist Sascha dabei, er hat eine Waffe, und er würde nicht einen Lidschlag zögern, sie einzusetzen – die Verstärkung ist unterwegs.

Frans Impreza kam in den Kegel der Scheinwerfer. Sascha legte eine Vollbremsung hin und stellte den Wagen so, dass der Impreza nicht wegkonnte. Hannah Gabald musste für einen der Zugänge zum Naturschutzgebiet einen Schlüssel haben. Es waren schwere Schiebetore, die mit Vorhängeschlössern gesichert waren.

Fran sprang aus dem Wagen, zückte die Taschenlampe und rannte los, hörte Sascha hinter sich, zählte die Schritte, hundert, endlich, sie blieb stehen, leuchtete nach rechts. Ein schmaler Durchgang, den man vom Weg her leicht übersehen konnte, führte in das Innere einer von Buchsbaumbüschen umgebenen Fläche. Ein flacher Munitionsbunker verdeckte die Sicht auf das dahinterliegende Gelände. Die schwere Luftschutztür war geschlossen. Fran rannte weiter, durchquerte den Durchgang.

»Sei vorsichtig!«, schrie Sascha. »Mach langsam!«

Aber Fran konnte nicht langsamer machen. Es ging um jede Sekunde. Emily? Wo war sie? Sie schwenkte den Lichtkegel der Taschenlampe und begriff innerhalb des Bruchteils einer Sekunde, dass sie an Hannah Gabalds Seele nur gekratzt hatte.

Ein langgezogener Schrei gellte durch die Dunkelheit.

Frans Taschenlampe erfasste Hannah Gabald, die sich aufrichtete, einen Spaten hoch über den Kopf erhoben, das Gesicht von Wut verzerrt. Neben ihr lag ein lebloses Bündel. Fran blieb stehen, Sascha ebenso, der sofort seine Waffe zog und auf Hannah Gabald richtete. »Lassen Sie den Spaten fallen, oder ich schieße. Ich zähle bis drei. Eins, zwei …«

Der Spaten fiel in das Loch, das Hannah anscheinend mit ihm ausgehoben hatte. »Torsten!«, rief sie. »Wo bist du? Sie sind hier! Sie haben das Allerheiligste entweiht.« Sie ging in die Knie. »Torsten, bitte, hilf mir!« Ihre Stimme wurde immer leiser, bis sie ganz verstummte. Sie ließ sich auf die Seite fallen, rollte sich zusammen wie ein Embryo und wimmerte.

Sascha platzierte sich neben Hannah Gabald, behielt sie mit gezogener Waffe im Blick, zielte auf ihren Kopf.

Erst dann machte Fran einen Satz zu dem leblosen Bündel und schlug die Decke zur Seite. Emily. Die Augen geschlossen. Fran beugte sich zu Emilys Mund. Sie atmete. Emily lebte!

»Sie lebt!«, schrie Fran. »Bei allen Göttern! Sie lebt!« Es fühlte sich an, als sei sie zu Hause angekommen, nach einer langen beschwerlichen Reise, deren Ausgang ungewiss gewesen war. Pure Erlösung. Sie hatte alles riskiert, und sie hatte alles gewonnen. Fran nahm vorsichtig eine Hand. Emily zuckte kurz. Fran sah, warum. Die Fingerkuppen waren blutig, die Knöchel blaugeschlagen. Am Handgelenk leuchteten frische Bissspuren, die sie sich wahrscheinlich selbst zugefügt hatte, halb wahnsinnig vor Durst. Die körperlichen Verletzungen würden bald heilen, doch Emilys Seele würde sich lange an dieses Martyrium erinnern. Und sie war noch nicht aus dem Schneider. Hannah Gabald hatte sie sediert, aber wie stark?

Rufe und heftiges Atmen kamen näher. Die Kollegen vom MEK. Sie sicherten Hannah Gabald, die sich nicht wehrte. Sascha lief auf den Bunker zu.

Fran streichelte Emily über den Kopf und murmelte: »Alles ist gut, alles ist gut.«

Ein Notarzt und zwei Sanitäter scheuchten Fran zur Seite. Sie legten Emily zwei Zugänge, einen für die Elektrolytlösung und einen für Medikamente zur Stabilisierung des Kreislaufs. Emily war jetzt in besten Händen. »Aconitin!«, rief Fran dem Notarzt zu. »Wahrscheinlich Eisenhut.« Ein Sanitäter nahm Emily auf den Arm, der andere trug die Infusionen. Sie rannten zum Krankenwagen. Fran schaute ihnen hinterher. Sie hatte ihren geheimen Schwur erfüllt und Emily lebend gefunden. Jetzt mussten die Ärzte den Rest machen.

»Fran, kommst du mal?«, rief Sascha. »Das musst du dir anschauen.«

»Einen Moment noch.« Sie zückte ihr Handy, wählte die Nummer von Frau Dr. Sola. Sie hob sofort ab. Fran sagte nur zwei Worte: »Sie lebt!«

Frau Dr. Sola brach in Tränen aus. Fran sagte ihr noch, dass eine Streife sie abholen und zu Emily bringen würde, dann unterbrach sie die Verbindung und folgte Sascha in den oberirdischen Bunker.

»Das war mal ein Schutzbunker, für die Soldaten, falls das Lager hochgehen sollte. Dann wären Bomben in die Luft geschleudert worden, dort explodiert, und die Splitterschutzwälle hätten nichts genützt«, erklärte Sascha.

Fran fragte sich, ob in dem Fall irgendetwas genutzt hätte. Noch im Golfkrieg hatte das Depot die alliierten Armeen mit Munition versorgt, mit Bomben, die Hochhäuser zum Einsturz bringen konnten.

Der Bunker bestand aus einem Raum. Es stank nach Fäkalien und Urin und Schweiß. An den grauen Betonwänden Blutspuren. Ebenso am Boden. Emily musste versucht haben, Wasser zu finden, war ins Delirium gefallen, hatte unter Halluzinationen gelitten, hatte gegraben und sich dabei die Fingerkuppen blutig geschabt. Das gesamte Bettzeug war in kleine Schnipsel zerrissen, eine Kasperlepuppe lag in einem Handwaschbecken. Zwei kleine Absperrhähne waren herausgerissen und lagen am anderen Ende des Bunkers. Ein altes Ikea-Regal war umgestürzt, vier ungeöffnete Packungen Butterkekse lagen auf dem Boden verstreut.

Hier gab es für sie nichts mehr zu tun. Die Spurensicherung musste ran.

Sie gingen nach draußen, leuchteten auf das frisch ausgehobene Grab. Hannah Gabald hätte Emily lebendig begraben. Sie musste unter enormem Druck gestanden haben. Fran schauderte. War so Birte Rastow gestorben?

Eine mächtige Eiche ragte in der Dunkelheit vor ihr aufauf. Das Grab war mit der Längsseite im rechten Winkel zum Stamm ausgehoben. Sie schwenkte die Lampe langsam hin und her. Die Schatten gaben ein Muster frei: Um den Baum herum befanden sich vier Hügel, geschlossene Gräber. Darin würden sie sehr wahrscheinlich vier Leichen finden. Ein zweites Grab war geöffnet. Reserviert für Frank Meier, der als Rüdiger Gabald das Grab hätte füllen sollen. Es würde ab jetzt leer bleiben. Hinter dem Baum, etwa zehn Meter vom Bunker entfernt, erkannte Fran einen Stein. Sie konnte nicht näher heran, bevor die Spusi alles eingetütet hatte, aber sie konnte die Inschrift trotzdem lesen: »Meinem geliebten Bruder Torsten«. Lag dort Torsten Gabald begraben? Wenigstens das würde sie bald wissen. An den Kopfenden der Gräber standen die Pflanzen, die Fran bereits kannte: Eisenhut am Grab des Vaters, Buchsbaum bei Katrin, an einem anderen Grab stand ein Rosenbusch. Fran musste genau hinsehen, um zu begreifen, was sie daran störte. Die Dornen fehlten. Das musste das Grab für ihre leibliche Mutter sein. Die Rose ohne Dornen, Maria, das Urbild der heiligen Mutter, die frei war von jeglicher Sünde.

Die anderen Pflanzen konnte sie nicht bestimmen. Das würden die Kriminaltechniker erledigen. Und dann würden sie wochenlang über den Ergebnissen brüten und einen ellenlangen Abschlussbericht schreiben. Fran fühlte sich müde. Aber nicht aus Schlafmangel. Die Anspannung ließ nach.

Sascha schüttelte traurig den Kopf, dann lächelte er schwach. »Wir hätten sie niemals gefunden. Nicht mit hundert Suchtrupps.« Er fasste Fran an der Schulter. »Das macht mir manchmal wirklich zu schaffen.« Er seufzte. »Dass wir immer hinterherrennen müssen. Dieses Mal haben wir Glück gehabt. Großes Glück.«

»Ich glaube, wir haben dem Glück auf die Sprünge geholfen. Wir haben vielleicht nicht alles richtig gemacht, aber wir haben das richtig gemacht, das uns zum Ziel geführt hat. Emily lebt. Das ist die Hauptsache.«

»Wir werden uns dennoch verantworten müssen.«

»Lass sie nur kommen. Ich glaube, das wird interessant.«

Saschas Handy meldete sich. Er hörte einen Moment zu, dann unterbrach er die Verbindung, ohne ein Wort zu erwidern.

»Eine sehr interessante Sache. Das war Innenminister Hartbäcker. Kittner, du und ich sind mit sofortiger Wirkung vom Dienst suspendiert.«

Epilog

Fran schlug die Augen auf, drehte langsam den Kopf und warf einen Blick auf den Wecker. Kurz nach sechs. Sie widerstand dem Impuls aufzustehen, drehte sich auf die Seite und schlief wieder ein.

Als sie das nächste Mal die Zeit kontrollierte, war es halb zehn und ihr Kopf war gefüllt mit klebriger Zuckerwatte. Sie hatte fast neun Stunden geschlafen. Ihr Kreislauf war dermaßen im Keller, dass sie im Liegen ihre Beine und Arme bewegte, um den Blutfluss ein wenig in Gang zu bringen.

Es war spät geworden gestern Abend. Sie hatten gefeiert. Hasso Kittner hatte sie zu sich nach Hause eingeladen, sich nicht lumpen lassen und zu guter Letzt auch noch die Taxis bezahlt. Fran konnte sich nicht mehr an alles erinnern. Nach einem Glas Prosecco waren sie sofort zu Härterem übergegangen. Kittner hatte eine kurze Ansprache gehalten, deren Kernaussage gewesen war, egal was kommen mochte, er bereue nichts, denn Emily Sola lebte. Und die Medien standen auf ihrer Seite. Was wollte man mehr? Seine Frau hatte ihn vor versammelter Mannschaft abgeknutscht, dann hatte er seinen Spezialgetränkeschrank geöffnet. Fran schätzte, dass sie für um die tausend Euro Whisky gesoffen hatten. Die letzte Erinnerung war, dass Sascha und Hasso Kittner einen Walzer getanzt hatten, und das nicht einmal schlecht.

Danach wurde es schwarz. Wer hatte sie nach Hause gebracht? Ausgezogen? Adrenalin schoss ihr ins Blut. Sie sprang auf, hetzte durch die Wohnung. Auf dem Küchentisch lag ein Zettel. »Wenn du die Nacht überlebst, ruf mich an. Sascha.«

Fran atmete auf. Keine Komplikationen. Kein alkoholgeschwängerter Sex zum Abreagieren von Stress.

Bevor sie irgendwen anrufen konnte, musste sich Fran zuerst eine halbe Stunde unter die Dusche stellen. Heiß – kalt, heiß – kalt. Dann eine halbe Stunde Tai-Chi. Dann zwei doppelte Espressi. Dann war ihr schlecht. Sie machte sich eine Kanne Fencheltee, fläzte sich aufs Sofa und nahm ein Buch zur Hand, das seit zwei Wochen auf sie wartete. Die Geschichte einer Frau, die sich im neunzehnten Jahrhundert zu emanzipieren versucht und damit scheitert. Sie las zwei Stunden und trank dabei den Tee. Ihr Magen belohnte es mit Wohlgefühl. Jetzt war sie in der Lage, Kontakt zur Welt aufzunehmen. Sie wählte Saschas Nummer.

»Guten Morgen, Fran! Na, wie schmeckt das Faulenzerleben?«

»Ich kann nicht klagen. Hartbäcker hat mir wirklich einen großen Gefallen getan. Ich genieße es, mich um sechs auf die andere Seite zu drehen und einfach weiterzuschlafen.«

»Er hatte keine Wahl.«

Fran schob sich ein Kissen in den Rücken. »Natürlich nicht. Er ist noch keine Woche Innenminister, und schon fliegt ihm der halbe Apparat um die Ohren. Wir haben die Aktion komplett an ihm vorbeigeplant und durchgeführt, mit nichts als Gefahr im Verzug im Gepäck.«

»Die Medien lieben uns dafür.«

»Sie lieben uns, weil wir Emily Sola gerettet haben und sie eine Sondersendung nach der anderen auflegen können. Sie hassen uns, weil wir auf keinen einzigen Anruf reagiert haben und auch auf keine E-Mail. In ein paar Tagen ist die Sache raus aus den Schlagzeilen.«

Sascha hustete. »Wir kriegen aber trotzdem ein Diszi.«

»Weißt du, von mir aus können sie mich rausschmeißen. Es wäre einerseits schade, aber andererseits bin ich mir klar darüber geworden, dass ich als Führungskraft nicht geeignet bin. Zu viel Politik. Zu viele Seilschaften. Zu viele Interessen von zu vielen Leuten, die nicht an einem Strang ziehen. Ich habe seit meiner Suspendierung vor einer Woche acht Angebote bekommen. Angefangen von Universitäten bis hin zu einem Großunternehmen, für das ich die Führungskräfte weiterbilden soll. Die bezahlen richtig gut dafür. Und wenn ich sage, richtig gut, dann meine ich zweieinhalbtausend Euro pro Tag, zuzüglich Mehrwertsteuer und Hotel und Reisekosten und Wellness. Irre, was?«

»Du hast es gut! Ich werde wahrscheinlich degradiert. Das schmeckt mir nicht besonders«, sagte Sascha.

»Wir können immer noch die Detektei aufmachen.«

»Nein, Fran, das ist wiederum nichts für mich. Irgendwelchen gehörnten Ehemännern den Beweis der Untreue ihrer Frauen zu liefern und umgekehrt – nein danke! Ich werde meine Überstunden abfeiern, und dann sehe ich weiter. Aber ich werde auf jeden Fall Polizist bleiben. Vielleicht ziehe ich auch nach Hamburg zu meiner Freundin.«

Ein heißer Stich fuhr Fran durch den Magen. »Du hast eine Freundin? Du hast noch nie von ihr erzählt.«

»Wir kennen uns noch nicht sehr lange. Mit so was bin ich immer vorsichtig.«

Fran schluckte. Hoffentlich merkte Sascha ihr die Enttäuschung nicht an.

»Sie besucht mich am nächsten Wochenende. Vielleicht können wir ja was zusammen unternehmen?«

»Ja, gerne. Warum nicht?«, log Fran. Sie musste das Thema wechseln. »Hast du Neuigkeiten von Hannah Gabald?«

»Zuerst Torsten Gabald: Er lag tatsächlich in dem Grab mit dem Stein. Wir werden wohl nie erfahren, ob Hannah ihren Bruder getötet hat oder nicht. Er ist vollständig skelettiert. Und jetzt zu Hannah. Ein erstes vorläufiges psychiatrisches Gutachten liegt vor. Vom Chefarzt der Geschlossenen. Sie ist definitiv nicht schuldfähig. Sie wird den Rest ihres Lebens in der Geschlossenen verbringen. Nicht überraschend, oder? Sie hat seit ihrer Festnahme kein Wort geredet. Nichts. Es ist unglaublich.« Er schwieg einen Moment, aber Fran spürte, dass er noch etwas sagen wollte.

»Das habe ich erwartet. Ich weiß, das klingt überheblich, aber es passt zu hundert Prozent ins Profil. Ich würde glatt wetten, dass sie für immer verstummt ist.« Fran brannte eine Frage auf der Seele. Sie am Telefon zu stellen war vielleicht taktisch unklug, aber sie wollte es wissen. »Sascha, wie kommt es, dass du immer über …«, sie zögerte, dachte an Malte Fingich, »… über fast alles Bescheid weißt, selbst jetzt?«

Sascha seufzte. »Diese Frage habe ich erwartet. Sie passt zu hundert Prozent in *dein* Profil.«

Beide lachten leise.

»Das ist recht simpel. Es gibt eine Menge Leute, denen ich vertrauen kann und die mir vertrauen können. Es hat Jahre gedauert, dieses Netz aufzubauen.«

Das war nur die halbe Wahrheit, davon war Fran überzeugt. Aber es zeigte, wie gut Sascha lügen konnte. »Das hört sich an wie aus einem oberflächlichen Politkrimi.«

Sascha räusperte sich. »Du hast recht. Genauso ist es. Die andere Hälfte der Wahrheit kann ich dir nicht sagen.«

»Du bist Geheimnisträger?«, fragte Fran. Die Frage war dazu gedacht, ihm die Möglichkeit zu geben, ihr zu verschweigen, was er nicht erzählen konnte oder wollte, und das Geheimnis dennoch zu lüften, zumindest teilweise.

»So etwas in der Art. Können wir trotzdem Freunde bleiben?«

»Sind wir denn Freunde?«

»Zumindest sind wir auf dem Weg dahin. *Ich* vertraue dir.« Bevor Fran etwas erwidern konnte, fügte Sascha noch einen Satz hinzu: »Ich verstehe, dass *du* mir nicht vertrauen kannst. Der Mist mit Malte und meine Geheimnistuerei sind keine gute Grundlage für Freundschaft und Vertrauen.«

»Wenn du mir vertraust …«, begann Fran.

»… dann brauche ich keine Geheimnisse vor dir zu haben«, ergänzte Sascha.

Eine Weile schwieg er, sie hörte ihn ruhig atmen.

»Okay«, sagte Sascha. »Hiermit liefere ich mich dir aus. Ich werde dir jetzt die Wahrheit sagen: Ich gehöre der verdeckten Inneren an. Das weiß noch nicht einmal meine Freundin, der ich es auch mit Sicherheit nicht erzählen werde.«

Fran musste schlucken. Das war in der Tat ein Vertrauensbeweis. Damit konnte sie ihn jederzeit hochgehen lassen. Zum einen, weil er ihr es verraten hatte, zum anderen, weil er damit zu einem Kreis von Personen gehörte, die es offiziell gar nicht gab. Die Beamten der verdeckten Inneren gab es nur gerüchteweise. Sie waren so etwas wie Nessie. Eine Legende. Phantome.

»Und du hast keine Angst, dass unsere Telefone abgehört werden?« Fran erkannte sofort, dass die Frage naiv war. »Natürlich nicht«, nahm sie seine Antwort vorweg. »Du weißt, dass sie nicht abgehört werden.«

»Korrekt.«

»Das heißt, der Innenminister war doch über unsere Aktion informiert?«

»Korrekt. Aber nicht von mir. *Das* habe ich erst gestern erfahren. Ich bin nicht Gott, nur ein Erzengel. Ich ermittle in einem anderen Fall, von dem ich dir allerdings kein Wort erzählen werde, denn das hätte nichts mit Vertrauen zu tun, sondern es wäre Geheimnisverrat.«

Fran musste lachen. Das alles war vollkommen absurd. »Kittner?«

»Natürlich. Er hat es mir nach dem achten Whisky gebeichtet. Es wird ein Disziplinarverfahren geben, es werden Ermahnungen ausgesprochen werden, und das war's. Keine Degradierungen, keine Kündigungen. Wir sind zu wertvoll.«

Das bedeutete, dass Sascha nicht als verdeckter Ermittler der Inneren mit ihr ins kalte Wasser gesprungen war, sondern aus Überzeugung. »Ein abgekartetes Spiel, um im Falle unseres Versagens den Innenminister nicht zu beschädigen!«

»Genauso ist es. Sieh es mal so: Sie haben dir geglaubt. Sie waren fest davon überzeugt, dass du recht hast. Trotzdem musste Hartbäcker sein Amt schützen.«

Fran wurde nicht wütend. Sie wunderte sich, obwohl sie beschlossen hatte, sich nicht mehr zu wundern. Und sie war auch ein wenig geschmeichelt. Sie wusste, dass Politik ein schmutziges, hinterhältiges Geschäft war. Es aber so facettenreich am eigenen Leib zu spüren, das war neu, und da es diesmal gut ausgegangen war, auch prickelnd. Sie war zwischen den Mühlen der Mächtigen nicht zerrieben worden, sondern mit einem blauen Auge davongekommen.

»Danke, Sascha.«

»Immer gerne. Was ist? Machen wir zusammen einen Ausflug? Du, ich, meine Freundin und vielleicht noch jemand, den du mitnehmen möchtest? Am Sonntag?«

Sascha mochte ein ausgefuchster Mehrfachagent mit der Lizenz zum Tücken, Tarnen und Täuschen sein, aber es war ihm tatsächlich vollkommen entgangen, was Fran für ihn empfand. Dass es mehr gewesen war als Freundschaft, was sie von ihm hatte haben wollen. Eigentlich war das gar nicht so schlecht.

Seine Freundin lebte in Hamburg. Wenn Sascha in Düsseldorf blieb, wovon sie überzeugt war, dann konnte sie ihn ganz unauffällig besser kennenlernen.

»Aber ja, gerne. Ich frage meine Schwester, ob sie Lust hat mitzukommen. Mal schauen, ob du mit drei Frauen klarkommst.«

»Ich werde mich vorbereiten. Bis Sonntag! Lass es dir gutgehen. Und denk drüber nach, ob du wirklich wieder in die zweite Reihe willst.«

»Werde ich«, versprach Fran. »Bis Sonntag.«

Sie unterbrach die Verbindung, wollte das Handy weglegen, aber es spielte schon wieder »Like a Satellite«. Vielleicht war es jetzt an der Zeit, einen anderen Song zu nehmen. Vielleicht Bob Marley: »I Shot the Sheriff …«

Fran betrachtete den Namen, der im Display erschien. »James Miller«. Nichts geschah. Keine feuchten Hände, kein Knoten im Bauch. »I shot the sheriff«, murmelte sie, drückte die grüne Fläche und meldete sich. »Was gibt's?«

Einen Moment war es still. Dann räusperte sich ihr Vater.

»Deine Mutter macht am Samstag Frankfurter Kranz. Sie würde sich freuen, wenn du vorbeischaust.«

Fran musste grinsen. Ein echter James Miller. Seit fast zwei Wochen kein Ton und jetzt eine Einladung, unbeholfen, übergriffig, manipulierend. Sie verstand, was er sagen wollte. Das war das ultimative Friedensangebot.

»Und du? Freust du dich auch?«

»Ja. Klar.«

Mehr konnte Fran nicht erwarten. Diese zwei Wörter kamen einem emotionalen Ausbruch gleich.

»Ich komme gerne.«

»Einfach so?«, fragte ihr Vater. Er konnte es einfach nicht lassen.

»Einfach so. Keine Bedingungen. Keine Regeln. Wie zwei normale Menschen.« Fran machte eine kurze Pause. »Ich weiß, dass wir nicht zu dieser Spezies gehören.«

»Gut. Vier Uhr.«

»Vier Uhr.«

»Übrigens, Fran …«

»Ja, Dad?« Das Wort kam ihr nicht leicht über die Lippen, aber es musste sein.

»Danke.«

Bevor Fran etwas erwidern konnte, war die Verbindung unterbrochen.

»Nun denn«, sagte Fran zu ihrem Handy. »Auf in die Höhle des Löwen. Was kann da schon passieren?«

Sie ließ das Handy auf ein Kissen fallen und lachte, bis sie keine Luft mehr bekam.

Dank

Vielen Dank für die Hilfe:

Klaus Dönecke
Frank Glenewinkel
Sonja Hager
Brigitte Janson
Daniela Jarzynka
Sabine Klewe
Heike Rosbach
Frank Scheulen
Klaus Stickelbroeck

Atemlos, verstörend, hochspannend

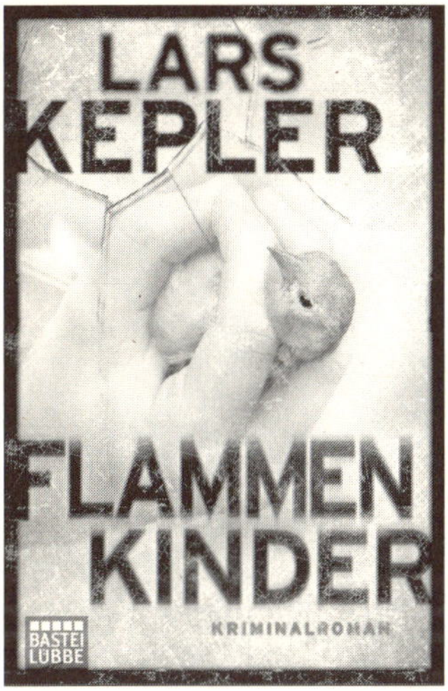

Lars Kepler
FLAMMENKINDER
Kriminalroman
Joona Linna, Bd. 3
Aus dem Schwedischen
von Paul Berf
624 Seiten
ISBN 978-3-404-16966-5

Sundsvall: In einer Einrichtung für schwer erziehbare Jugendliche werden ein Mädchen und eine Betreuerin brutal ermordet. Als entdeckt wird, dass ein anderes Mädchen verschwunden ist, scheint klar, dass sie die Morde verübt hat. Was rätselhaft ist: Niemand will etwas gesehen haben. Da meldet sich eine verzweifelte Frau: Ihr Auto wurde gestohlen, wahrscheinlich von dem geflohenen Mädchen – und auf dem Rücksitz saß ihr vierjähriger Sohn! Kommissar Joona Linna ermittelt unter Hochdruck …
Der Nummer-1-Bestseller aus Schweden

Bastei Lübbe